Die Autorin

Eva Isabella Leitold lebt mit ihren beiden Söhnen und ihrer Zwergpintscherdame in der grünen Steiermark in Österreich und arbeitet als Verlegerin, Lektorin und Autorin. Sie beschreibt sich selbst als verträumten, romantischen und idealistischen Menschen, der dem Chaoten in ihr denselben Raum gibt wie dem Perfektionisten. Sie glaubt an Karma und an Seelenverwandtschaft, betrachtet das Leben aber dennoch mit einer gesunden Portion Humor.

Weitere Titel der Autorin:

Team Zero: Heißkaltes Spiel
Team Zero: Heißkaltes Verlangen
Team Zero: Heißkaltes Geheimnis

Eva Isabella Leitold

TEAM ZERO

Heißkaltes Spiel

Paranormal Romantic Suspense

ROMANCE EDITION

HEISSKALTES SPIEL

EVA ISABELLA LEITOLD

8712 Niklasdorf, Austria

Neuauflage
1. Auflage erschienen 2011 im Sieben Verlag
Covergestaltung: © Sturmmöwen
Titelabbildung: © Blitznetsov

Printed in Germany

ISBN-Taschenbuch: 978-3-902972-87-3
ISBN-EPUB: 978-3-902972-88-0

www.romance-edition.com

1. Kapitel

Der Einsatzbus des SWAT-Teams fiel in der Wohnsiedlung sicherlich auf, denn er setzte inmitten der Grautöne definitiv Akzente. Aber weder Josy noch ihr Team bemühten sich um Unauffälligkeit, schließlich würde dieser Fall hier und heute beendet werden.

Als leitende Beamtin saß Josy zusammen mit ihrem Team auf einer der Rücksitzbänke, in voller Ausrüstung. Schwarzer Einsatzoverall, Vollvisierhelm, darunter eine Sturmhaube, um die Identität des jeweiligen Beamten zu verbergen, eine ballistische Weste, Stahlkappenschuhe und bewaffnet mit einer 9-mm-Glock.

Josy starrte auf den Boden, konzentrierte sich auf ihre Atmung und bereitete sich auf die bevorstehende Aufgabe vor. So wie sie es in solchen Momenten immer tat, um sich von den Wogen ihrer Emotionen nicht überrollen zu lassen. Äußerlich blieb sie reglos, während es unter der Oberfläche heftig brodelte. Adrenalin, gepaart mit ungeduldiger Erwartung, raste durch ihre Venen. Sie spürte dieses Kribbeln bis in die Fingerspitzen. Es war, als säße sie in einem Flugzeug und wartete voller Spannung auf ihren Sprung in die Tiefe, die Schnur des Fallschirms in Reichweite, die Sicherheit des unversehrten Aufkommens im hintersten Winkel ihres Verstandes.

Während die Einsatztruppe wartete – ihre Waffen und ihr Innerstes bereit für den Einsatz – hätte man das Geräusch einer fallenden Stecknadel wahrnehmen können.

Die Vorgehensweise stand seit der Einsatzbesprechung, die in der Zentrale stattgefunden hatte, fest. Man wusste jedoch nie, was sich ergeben, oder wie die Lage sich verändern würde. Zwar konnte man vieles planen, aber ob die Realität sich an den Plan hielt, war immer auch ein Glücksspiel. Also musste sie auf ihr Urteilsvermögen zählen können, das in wenigen Sekunden den gesamten Verlauf des Einsatzes entscheiden konnte, und auf ihr für diese Einsätze eigens ausgebildetes Team vertrauen, das jedoch für seine Kompetenz bekannt war.

Je näher sie dem Ziel kamen, desto deutlicher spürte man die Anspannung. Die Minuten vor dem Einsatz waren eine der mühsamsten Belastungen. Vor allem die Wartezeit ohne aktive Handlungen zerrte an jedermanns Nervenkostüm. Josy öffnete sich für ihre Aufgabe, ließ ihre Sinne schweifen und suchte nach dem Geist des Täters – einem Menschen mit perfiden Gedanken und Gelüsten, der sich Befriedigung verschaffte, indem er sich der Lust, seine Opfer leiden zu sehen, hingab. Er quälte, misshandelte und tötete seine Opfer auf bizarre Art. Josy hatte schon viele bestialische Morde gesehen. Sie war der Meinung, dass sie nichts mehr überraschen oder erschüttern konnte, doch sie wurde in diesem Fall eines Besseren belehrt.

Sie war in ihrem Element. Innerlich lächelte sie bereits, denn sie würde diesen Psychopathen in wenigen Minuten zu fassen bekommen. Das Wissen, dass sie heute durch den Einsatz ihrer Gabe einen weiteren Schandfleck der Gesellschaft beseitigen würde, verschaffte ihr nicht nur persönliche Genugtuung, sondern sie würde wieder einmal beweisen, dass sie in der beruflichen Männerdomäne als Frau bestehen konnte.

Gedanklich hatte sie die Szene schon einige Male durchgespielt. Sie wusste, wie sie vor ihn treten und ihm das Handwerk legen würde. Der Gedanke an das bevorstehende Kräftemessen ließ sie vor Erwartung schaudern. Ihre Andersartigkeit war der Schlüssel, um einen weiteren Mörder zur Rechenschaft ziehen zu können.

Wenn er dabei spielen wollte, na gut, er hatte eine würdige Gegnerin gewählt. Wie es schien, war die Herausforderung bereits ausgesprochen, der Fehdehandschuh geworfen, und sie war mehr als bereit, ihn aufzuheben, zumal ihr dieser Dreckskerl bereits zweimal entwischt war. Noch nie hatte sie sich in der Lage befunden, einem Täter eine zweite Chance eingeräumt zu haben. Bis zum heutigen Einsatz lieferte sie sich mit jedem genau zwei Runden. In der ersten war er ihr voraus. Doch während er sich noch in seinem Triumph sonnte, stöberte sie bereits durch die Reste seiner Tat, nahm seine Spur auf, und prägte sich seine geistige Signatur ein. In der zweiten Runde hatte sie entscheidende Vorteile dem Täter gegenüber. Er hatte keine Chance ihr zu entkommen. Bis dieser hier aufgetaucht war und sie herausgefordert hatte.

Die Kratzer an ihrem Ego waren nichts im Vergleich zu dem Druck, den sie sich für diesen Einsatz auferlegt hatte. Durch ihre Gabe war es ihr immer leichtgefallen, ihre Kontrahenten zur Strecke zu bringen. Vermutlich zu leicht. Dieser hier zumindest hatte ihr diesen Gefallen nicht getan. Er war schlau und hatte seine Handlungen bis ins kleinste Detail geplant. Doch für den gegenwärtigen Moment hatte sie ihre Hausaufgaben ebenfalls gewissenhaft erledigt. Sie war seiner Aura gefolgt, hatte ihn drei Tage observiert und sich nicht, wie sonst, auf seine letzten Gedanken und seine Vorhaben verlassen. Sie kannte nun jeden Winkel seines Verstandes. Jede noch so schmutzige Einzelheit seiner Fantasie.

Dabei hatte sie sogar eine Gemeinsamkeit entdeckt. Auch sie nahm niemals etwas auf die leichte Schulter, und wenn sie sich für einen Auftrag entschieden hatte, war sie verbissen genug, bis zum Ende zu kämpfen. Heute würde dieser Kampf zu ihren Bedingungen entschieden werden. Der Adrenalinspiegel war bereits gestiegen und hatte jegliches Gefühl von Müdigkeit verdrängt. Sie war hellwach, nahm jedes Geräusch, jede Bewegung wahr. Nein, heute würde er kein leichtes Spiel mit ihr haben.

Vor einer Stunde war sie noch bei ihm gewesen, hatte die junge Frau, Marie, gesehen, die er sich angelacht hatte. Wie eine Klette hatte diese sich an ihn gehängt. Ihr war nicht annähernd bewusst gewesen, mit wem sie sich einließ. Und dann hatte er sie hierhergebracht, in diese schäbige Siedlung. Bisher hatte er eine Vorliebe für junge, hübsche Frauen gezeigt. Nun würde ihm das zum Verhängnis werden.

Durch die unbewusste Mithilfe von Marie, zusammen mit dem anonymen Tipp, der in der Zentrale eingegangen war, war sein Schicksal besiegelt worden.

Die Spannung, die inzwischen von Josys Team ausging, konnte man förmlich fühlen. Sie hörte die Erregung beinah knistern wie das Geräusch einer Hochspannungsleitung. Gern hätte sie jedem Teammitglied versichert, dass sie alles unter Kontrolle hatte. Doch dann würde sie in Erklärungsnot geraten, also ließ sie es wie immer bleiben und verließ sich stattdessen auf ihre Vorbereitungen und auf ihre Intuition.

Plötzlich spürte sie wieder dieses zarte Raunen, das durch ihren Körper streifte. Darauf hatte sie gewartet. Sie brauchte nur dieses Gefühl. Ein Summen, das durch ihr Bewusstsein drang. Als käme man mit einer Wünschelrute über eine Wasserader.

»Fahr hier rechts ran«, wies Josy den Fahrer an. Er lenkte den Einsatzbus an die Stelle, die sie ihm aufgetragen hatte, und schaltete den Motor ab. Derweil besah sie sich die Umgebung. Prägte sich jedes noch so kleine Detail ein. Sie senkte den Blick, schloss die Augen und richtete ihre ganze Aufmerksamkeit auf ihn. Sofort spürte sie dieses Prickeln im Nacken, das sich rasend über ihren ganzen Körper ausbreitete. Sie lockerte ihre Schilde. Ihr Geist begann, sich aus ihrem Körper zu schälen. Verdichtungen wandelten sich in Energiegebilde. Wie kleinste Fasern von Stoff hielten sie aneinander fest. Sie hob ab und tauchte ein in leuchtendes Licht, das sie wie zähflüssige Masse umschloss. Rasch verschmolz sie mit Licht und Hitze, gab sich ihren Sinnen hin und suchte nach dieser individuellen Kombination, nach seiner Note, nach seinem Seelenabdruck aus Mord, Lust und düsterer Freude. Als sie ihn erfasste, legte sie die Fäden ihres Bewusstseins um seinen Geist.

Es fühlte sich an, als ließe sie ihren Körper als leere Hülle zurück, während sie in einem anderen Kopf als unbeteiligte Beobachterin Platz nahm. Es dauerte nur wenige Sekunden, um ihre Sinne an die neue Situation anzupassen.

Dann betrachtete sie die Welt aus den Augen eines Mörders.

Er verließ das Badezimmer im Erdgeschoss und schloss leise die Tür hinter sich. Über seine kräftigen, flinken Hände hatte er weiße Latexhandschuhe gezogen, die sich wie eine zweite Haut anfühlten. Doch jetzt, wo seine Gedanken und Gefühle Josy durchströmten, wusste sie, dass er diese Handschuhe nicht nur trug, um keine Spuren zu hinterlassen, es ging auch darum, eine Barriere zwischen sich und seinem Opfer zu schaffen. Eine Distanz, die er kontrollieren konnte. Auf seinem Weg über einen dunklen Flur in das angrenzende Wohnzimmer griff er nach dem Nylonseil, das er bei seiner Ankunft unbemerkt dort hingelegt hatte.

Seine Gedanken überschlugen sich. Josy nahm seine Zerrissenheit wahr. Er trug einen inneren Kampf aus: der Sadist gegen den Mörder. Energisch zwang er sich zur Zurückhaltung. Er wollte Herr der Lage bleiben. Josy spürte seine Angst, der Mörder könnte allzu schnell die Oberhand gewinnen und den Sadisten um sein Vergnügen bringen. Nicht der Tod an sich war sein Verlangen, sondern der Schmerz, die Furcht und die Qual, die damit einhergingen. Die Macht, die er in diesen Momenten besaß, erfüllte ihn mit einem Gefühl tiefen inneren Friedens.

Mit grausamer Gelassenheit schlenderte er in einen großen Raum, der nur mager eingerichtet war und für normale Maßstäbe als unbewohnbar gelten würde. Der graue Teppichboden war fleckig und an den Fenstern hingen alte, vergilbte Vorhänge. In der rechten Ecke stand ein hässlicher alter Esstisch, darauf ein Laptop, davor ein Stuhl – in der Mitte des Raumes ein grünes schmuddeliges Sofa, das längst ausgedient hatte. Auf einer eigens für sie über das Sofa ausgebreiteten sauberen Decke saß Marie und spielte nervös mit ihrer Halskette. Ganz sicher hatte sie sich ein etwas anderes Ambiente vorgestellt und das schien sie zunehmend unruhiger zu stimmen.

Er achtete nicht auf ihr Verhalten. Beinah geräuschlos bewegte er sich auf sie zu. Wie ein Jäger, der seiner Beute auflauert, schritt er geschmeidig wie ein Raubtier zu ihr und nutzte die Gelegenheit, um ihren reinen Anblick und ihren femininen Duft einzusaugen. Für ihn roch sie herrlich verführerisch. Ein Geruch, der ihm das Töten zusätzlich versüßen würde. Ein Geruch, der den Sadisten in ihm reizte. Sein Atem beschleunigte sich. Seine Erregung wuchs. Zum wiederholten Male ermahnte er sich zur Ruhe. Er wollte nicht abschlachten. Er wollte genießen. Er hatte alles unter Kontrolle.

Marie drehte sich in seine Richtung und lächelte schwach. Doch als sie das Seil sah, ließ sie von ihrer Halskette ab. »Was ... was ...«, stammelte sie. In ihrem Gesicht las Josy, dass die Situation für sie mehr als beängstigend geworden war. Sie konnte es ihr nicht verdenken.

Er sagte nichts, sondern ergötzte sich an dem ängstlichen Ausdruck in ihren Augen, während er mit dem Seil in seinen behandschuhten Händen spielte. Er ließ ihrer Fantasie freien Lauf. Die Veränderung in ihrem Ausdruck, das Anwachsen der Angst, bis diese in Panik umschlug. All das nahm er in sich auf, labte sich daran. Er beherrschte dieses Spiel. Es war Teil seiner Leidenschaft. Für einen Moment gestattete er sich, die Augen zu schließen, um das herrliche Gefühl der Macht und der Vorfreude auszukosten. Doch dann wollte er nicht mehr warten. Mit wenigen Schritten war er neben ihr, schnappte Maria mit einem brutalen Griff und schleuderte sie zu Boden. Während er ihre Hände fesselte, steigerten ihre hilflosen Schreie seine Gelüste, die sich in seiner wachsenden Erektion bemerkbar machten.

Josy schüttelte sich und riss sich von Maries wehrlosem Anblick los.

Es wurde Zeit, zu handeln.

Sie verließ seinen Verstand genauso schnell, wie sie in ihn eingedrungen war, kehrte seinen Gefühlen den Rücken und in ihren Körper zurück. Das Zeitfenster war eng, also wollte sie schleunigst handeln. Da sie wusste, dass er gern mit seinen Opfern spielte, blieben der Truppe vielleicht zwanzig Minuten, bis er sie töten würde, doch sie wollte es nicht drauf ankommen lassen.

»Mike, John, Bill. Ihr geht um das Haus herum«, wies sie drei ihrer Männer ihres Teams an. »Auf der Terrasse befindet sich eine weitere Tür, die ins Wohnzimmer führt. Dort wartet ihr, bis ich mit dem Rest des Teams durch die vordere Tür gedrungen bin. Darauf folgt ihr uns durch den rückwärtigen Zugang. Ihr wisst, was dann zu tun ist.«

Die Männer nickten. Niemand fragte, woher sie die Informationen über die Raumaufteilung des Hauses hatte. In dieser Siedlung glichen sich die Häuser wie ein Ei dem anderen. Es wäre auch ohne ihre Fähigkeit nicht schwer zu erraten gewesen. Außerdem stießen sie nicht das erste Mal auf einen Mörder in dieser lausigen Gegend. Und bestimmt nicht das letzte Mal.

Sie öffnete die Schiebetür des Wagens und schlich mit ihrer Eskorte in gebückter Haltung näher an die Front des Gebäudes. Es war zweistöckig, mit alten Holzfenstern, einer abblätternden Fassade und einem renovierungsbedürftigen Dach. Es sah genauso schäbig aus wie der Rest der Siedlung, die größtenteils leer stehend oder von alten Menschen bewohnt war, die nicht in der Lage waren, ihre Häuser zu renovieren. Alles in allem war dieses Viertel in katastrophalem Zustand, nicht nur, was die sozialen Verhältnisse betraf.

Mit ihrer Glock im Anschlag stahl sie sich zur Eingangstür, stellte sich mit dem Rücken zur Hausmauer in Position und gab sich und ihren Männern eine Sekunde, um sich auf die folgenden wichtigen Momente vorzubereiten. Jeder Schritt, jede Handlung musste sitzen. Dann ging alles blitzschnell. Sie zerschoss das Schloss und drang mit ihrem Team ins Haus ein.

Mit schnellen Schritten stürmten sie über den Flur. Das Blut rauschte in ihren Ohren, jede Faser in ihrem Körper war gespannt, als sie die Wohnzimmertür mit einem kräftigen Tritt an die Wand schmetterte. Mit gestreckten Armen und durchgeladener Glock rannte sie in den Raum.

Sie stutzte. Das Zimmer war völlig verändert. Auf dem Tisch, den sie kurz zuvor noch durch seine Augen gesehen hatte, lag rücklings eine tote, nackte Frau.

Und dabei handelte es sich nicht um Marie.

Die Hände und Füße der Unbekannten waren an den vier Tischbeinen angebunden, ihr Kopf hing schlaff nach hinten, die

Augen weit aufgerissen. An ihrer Kehle und ihren Pulsadern klafften tiefe Schnittwunden. Die Sehnen an den Handgelenken waren glatt durchtrennt worden. Blut tropfte aus den Wunden, hatte fünf Lachen auf dem Teppich unter dem Opfer hinterlassen, während rote Spritzer wie Regentropfen auf ihrem schlanken Körper hafteten.

Die Leiche und das viele Blut wandelten das ohnehin düstere Zimmer in ein entsetzliches Bild des Grauens. Die Art, wie die Leiche aufgebahrt war, ließ auf einen rituellen Mord schließen.

Das Eindringen ihres restlichen Teams nahm Josy nur am Rande wahr. Sie war zu schockiert, um ihren Blick von der Toten wenden zu können. Der qualvolle, gepeinigte Ausdruck in den leeren Augen ließ sie nicht los. Die ganze Szene war surreal, vor allem, weil sie auf eine völlig andere Situation vorbereitet gewesen war.

Ihre Männer hatten bereits das Untergeschoss des Hauses gesichert, als Pat kam und sie aus ihrer Erstarrung riss.

»Wir gehen jetzt nach oben«, informierte er sie, ohne sie direkt anzusehen, weil er ebenfalls die Leiche anstarrte.

Josy nickte, unfähig, auch nur ein Wort zu sagen. Sie hatte erneut versagt. Die Aura des Täters löste sich bereits auf. Er musste gerade erst den Ort des Entsetzens verlassen haben. Wie war das möglich? Wie konnte er von hier verschwunden sein, ohne dass irgendjemand ... ohne dass *sie* es bemerkt hatte?

Und wo war Marie?

Oh Gott. Sie ballte ihre zitternden Hände zu Fäusten. Ihre Empfindungen fuhren Achterbahn. Gedanken stoben durcheinander. Übelkeit stieg hoch. Verdammt, verdammt, verdammt!

»Bill, John.« Sie legte ihnen nah, ihr zu folgen und ging den Flur entlang zu der Treppe, die in den oberen Stock führte.

Übler Gestank nach faulendem Fleisch und der metallische Geruch nach Blut schwallten ihr entgegen. Je weiter sie sich dem Obergeschoss näherte, desto schärfer wurde der Geruch, der sich grausam in ihre Nase brannte. Sie straffte sich innerlich. Erwartete bereits das Schlimmste. Doch als sie das Zimmer, auf das Pat wies, betrat, traf sie beinah der Schlag. Marie und ein weiteres, ihr unbekanntes Mädchen, lagen nackt auf dem stark verschmutzten Teppichboden. Die Augen gen Zimmerdecke gerichtet und ebenfalls weit aufgerissen. Sie hatten den Tod kommen sehen ...

Der Körper des jüngeren, unbekannten Mädchens war von tiefen Schnittwunden und Einstichen übersät. Soweit das Auge reichte war Blut. Die Kulisse glich einem Massaker. Die Leiche lag in ausgedörrtem Erbrochenen. Sie lag wohl schon länger dort. Die langen Haare, die sich über ihren toten Körper ausgebreitet hatten, wirkten wie eine Art Schutz, um ihre Nacktheit zu bedecken. Ihr Gesicht war schmerzverzerrt, der Mund in einem stummen Schrei weit aufgerissen. Die Unterarme hatte es am Schlimmsten erwischt. Die Wunden zeugten von erbittertem Abwehrverhalten. Sie hatte sich vor ihrem Peiniger bis zum Ende schützen wollen. Josy erkannte, dass diese Person die Einzige war, die unmittelbar vor ihrem Tod noch die Möglichkeit zur Gegenwehr gehabt hatte. Die Wucht ihrer Gefühle traf sie derart hart, dass sie strauchelte. Eine Mischung aus Mitleid und Bedauern schlug wie eine Welle über ihr zusammen. Am stärksten jedoch traf sie die Wut auf ihre selbstsichere Einstellung, die sie mit erbärmlicher Gelassenheit in dieses Haus getrieben hatte. Etwas, das sie niemals hätte empfinden dürfen.

Es war ihre Schuld, dass Marie den Tod gefunden hatte.

Josy hätte es verhindern müssen. Nur sie wäre dazu in der Lage gewesen. Sie hatte versagt. Sie war für den Tod dieser Menschen verantwortlich.

»Die Spurensicherung ist bereits eingetroffen. Sie beginnen mit dem Erdgeschoss«, rief Pat ihr zu, der im Türrahmen stand.

Wieder nickte sie ihm nur zu. Ihr fehlten die kühnen Worte, die sie ansonsten in solchen Momenten parat hatte, um die Situation für alle und vor allem für sich selbst erträglicher zu machen.

»Mich würde interessieren, was sich dieser Bastard dabei gedacht hat«, meinte Pat mit gerunzelter Stirn.

Sie folgte seinem Blick und schnappte nach Luft. Auf der hinteren Wand, neben dem kleinen Fenster, stand in großen, blutverschmierten Buchstaben:

Wenn Gedanken Taten beherrschen, wer beherrscht die Gedanken?

Ihr Magen rebellierte.

Er wusste es. Er wusste es und hatte ihre Gabe gegen sie eingesetzt. Er hatte sie ausgetrickst und in eine Falle gelockt. Sie hatte keine Ahnung, wie das geschehen konnte, woher er es wusste oder wie er es hatte herausfinden können.

Diese Erkenntnis warf alles über den Haufen, wofür sie immer gekämpft, woran sie festgehalten hatte.

Keine zwei Minuten später war sie ihr mageres Abendessen wieder losgeworden. Sie war nicht zimperlich, aber diese Situation überstieg ihr Repertoire an Selbstbeherrschung und Gefasstheit und brachte ihre Welt – die ohnehin auf tönernen Füßen stand – ins Schwanken.

Sie zitterte am ganzen Körper. Bill und John starrten sie mitleidig an, doch sie versuchte, dieses Bedauern nicht auch noch in sich aufzunehmen. Es reichte völlig, mit ihren eigenen Gefühlen ringen zu müssen, die sie schwach wirken ließen. Und sie wollte nicht als verletzlich oder schwach gelten. Sie war kein kleines, zerbrechliches Mädchen, weder in ihrem Job noch als Mensch. Schwäche war ihr größter Feind, bot Angriffsfläche und führte unweigerlich zu einem inneren Schlachtfeld. Also biss sie die Zähne zusammen.

»Du hast soeben auf den Tatort gekotzt«, bemerkte Bill und versuchte, ihre sonst so sarkastische Stimme nachzuahmen.

»Ich hatte wenig Spielraum«, presste sie hervor und starrte auf den Boden. Sie ertrug jetzt kein Mitleid, also vermied sie, einem der beiden ins Gesicht zu sehen. Außerdem war es einfacher, der Welt zynisch zu begegnen, als seine eigentlichen Gefühle offen auf dem Silbertablett zu präsentieren.

Zeitgleich reichte John ihr ein Stück Toilettenpapier, ließ seine Hand aber gleich wieder sinken, weil sie keine Anstalten machte, sich zu rühren. Offenbar hatten beide verstanden, dass sie an ihre Grenzen gekommen war und nur mehr allein sein wollte, denn sie wandten sich ohne Kommentare ab und dem Tatort zu. Erst dann wischte sie sich den Mund an ihrem langärmeligen T-Shirt ab und richtete sich zu ihrer vollen Größe von einsfünfundsiebzig auf. Schweiß lief zwischen ihren Schulterblättern hinunter. Plötzlich war ihr die schusssichere Weste zu eng. Selbst ihre Unterwäsche fühlte sich kratzig an.

Scheiße.

Sie musste hier raus. Sofort. Und zwar auf dem schnellsten Wege, bevor sie endgültig explodierte und auch noch dem Rest der Truppe gestand, wie miserabel sie sich fühlte. Auf der Treppe stolperte sie beinah, rannte dennoch weiter. Einfach nur weg hier. An einen sicheren Ort, wo sie zusammenbrechen konnte, ihre Wunden lecken. Die Spurensicherung kümmerte sich bereits zusammen mit den Cops um die Beweismittelsicherung. Kleine Fähnchen und Nummerierungen wurden verteilt. Der Tatortfotograf war bereits eingetroffen. Alles wurde dokumentiert und für spätere Untersuchungen sichergestellt.

Ihren Bericht würde sie später abgeben, denn ihr stand nicht der Kopf danach, mit den anderen darüber zu sinnieren, was dieses Mal schief gegangen war.

Schließlich wusste sie das bereits.

Sie ballte die Hände erneut zu Fäusten, bis ihre Knöchel weiß hervortraten. Diese Geste fühlte sich sicher an. Als könnte sie sich daran festklammern. Als könnte sie so die anklagenden Blicke, die über sie hinweghuschten, leichter ertragen. Vielleicht bildete sie sich diese auch nur ein. Sie wusste es nicht. Mit schnellen Schritten überquerte sie den Rasen, während sie sich die Weste vom Oberkörper zerrte.

So schnell, dass sie beinah erschrak, ergriff jemand ihren Arm und riss sie beiseite. Dan. Ihr Vorgesetzter.

Lässig lehnte er neben dem Wagen und musterte sie aufmerksam. Sie sah, wie er mit sich kämpfte, seinen Blick so unbeteiligt wie möglich ausfallen zu lassen. Es war jämmerlich, trotzdem wurde ihr warm ums Herz. Er kannte sie einfach. Ohne etwas zu sagen, reichte er ihr eine Tasse Tee aus der Thermoskanne.

»Danke dir.« Sie versuchte, das Beben in ihrer Stimme zu verbergen.

Dan war der einzige Mensch, der hinter ihre Fassade blicken konnte. Sein wortloses Verständnis rührte sie beinah zu Tränen. Bei ihm konnte sie die raue Schale, hinter der sie sich oft verbarg, ablegen, denn er wusste so oder so, dass sie aus der Bahn geworfen war. Das war seltsam, denn im Grunde konnte sie ihr Innerstes vor allem und jedem verschließen. Manchmal fragte sie sich, ob ihre Truppe sie genau deshalb mochte und schätzte, weil sie sich unerschütterlich gab und ihnen somit eine Stütze sein konnte. Das war schließlich Teil ihres Jobs. Aber wer war ihre Stütze? An wen konnte sie sich klammern, wenn sie den Wald vor lauter Bäumen nicht mehr sah? Wenn laut die Verzweiflung in ihr aufschrie? Wenn sie den Boden unter den Füßen verlor und sie vergeblich nach Halt angelte? Und vor allem, wer würde ihre Sicht der Dinge verstehen? Darauf wusste sie keine Antwort. Sie hatte in den vergangenen Jahren auch nie innegehalten, um es herauszufinden. Sie hatte auch nicht vor, noch einmal auf ihrem Weg anzuhalten und zu überprüfen, ob es nicht doch einen Menschen gab, der ihr Vertrauen wert war. Sie war mit genug hässlichen Erfahrungen geschlagen. Eine Wiederholung kam nicht infrage.

Auch wenn sie nicht mit Dan über ihr verkorkstes Leben und ihre Gabe sprechen konnte, hatte sie doch das Gefühl, dass er sie besser verstand als jeder andere. Sie hatte keine Ahnung, was er über sie dachte, wenn er sie mit diesen weisen Augen betrachtete. Sie wollte es auch gar nicht wissen, da war zu viel Angst, dass sie das, was zwischen ihnen war, zerstörte. Sie hütete sich davor, in den Geist der Menschen einzudringen, mit denen sie ständig zusammen war. Es war eine Sache, in den Köpfen kranker Menschen herumzustochern, aber eine ganz andere, von seinen Mitmenschen zu wissen, was sie von einem dachten. Wie sie einen sahen.

Die Wahrheit kann oft schmerzlich sein. Das wusste sie nur allzu gut.

Dan sah sie noch immer an. Mittlerweile hatte sie sich so weit beruhigt, dass sie den roten Nebel aus ihrem Kopf vertreiben konnte. Zumindest hatte sie nicht mehr das Bedürfnis, etwas zerdeppern zu müssen.

»Ich möchte mit dir sprechen, Jo.«

»Okay.« Sie nahm noch einen Schluck Tee. Tequila wäre ihr lieber gewesen, oder etwas ähnlich Starkes, um das beklemmende Gefühl in ihrer Brust zu vertreiben. Härtere Sachen trank sie selten, aber nach dem heutigen Einsatz könnte sie etwas Stärkeres als Tee vertragen.

»Komm, steig ein, wir fahren eine kleine Runde.«

Dabei deutete Dan auf seinen BMW Kombi. Verwundert sah sie ihn an. Sie erinnerte sich nicht daran, wann er das letzte Mal so frühzeitig einen Tatort verlassen hatte. Für gewöhnlich war auch sie eine der Letzten, die das Feld räumten, denn sie musste sich die Aura des Täters einprägen, um eine Chance zu haben, ihn auf der geistigen Ebene zu erreichen. Doch in diesem Fall hatte sie das ja bereits getan, somit hatte sich ihre Arbeit wohl erledigt. Innerlich seufzte sie, während Dan die Beifahrertür öffnete. Sie stieg ein und griff nach dem Gurt.

Als sie das Viertel hinter sich gelassen hatten, sah sie ihn von der Seite an. »Du wolltest etwas mit mir besprechen?«

»Wie geht es dir, Jo?«

Sie wunderte sich über diese Frage, denn dahinter verbarg sich eine Anklage. »Mir geht es gut«, versicherte sie, bemüht, einen selbstsicheren Eindruck zu machen.

»Du verweigerst seit vier Monaten das Gespräch mit Dr Corey.«

Hier war sie also, die Anklage. Dr Corey war die Psychologin, die die Dienststelle des SWAT-Kommandos betreute. Jedes Teammitglied musste in regelmäßigen Abständen mit ihr über die Einsätze sprechen.

»Ja. Und was willst du mir damit sagen?«

»Denkst du, für dich gelten nicht dieselben Regeln wie für alle anderen?«

»Wolltest du nur mit mir reden, um mir zu sagen, dass ich die Gespräche mit der Psychologin vernachlässige?«

Dan schüttelte den Kopf. »Jo, diese Gespräche sind wichtig. Wir können nicht alle Erlebnisse allein verarbeiten.«

Er sprach mit ihr wie ein Vater zu seinem Kind. Sie kannte Dan, seit sie vor zwei Jahren zum SWAT-Kommando kam. Er leitete die Abteilung und hatte Josy damals eingestellt. Vom ersten Moment an mochte sie ihn. Er war acht Jahre älter als sie und mit seinen bereits teilweise ergrauten Haaren und seinem besonnenen Charakter strahlte er eine ansteckende Ruhe aus. Doch im Augenblick brachte er Josy mit seinem Gerede und seiner offenen Anklage nur auf die Palme.

»Ich sehe einfach nicht ein, wieso ich mit einer fremden Person über meine Gefühle reden soll. Denkst du, es hilft mir, wenn ich mit ihr darüber rede, was in mir vorgeht, wenn ich die Einzelteile einer Leiche aufsammeln muss, oder gezwungen bin, einen Mörder zu erschießen?«

»Hör mir doch einfach mal zu«, fiel Dan ihr ins Wort.

»Es rührt mich, dass du dir Sorgen um mich machst, aber ich bin ein großes Mädchen und ich habe alles im Griff. Und was die Psychologin angeht ... Woher sollte sie wissen, was wir da draußen erleben und zu sehen bekommen? So kann das nicht funktionieren, Dan.«

Da war er wieder, dieser Druck, der sich langsam in ihr aufbaute. Sie wusste, dass sie jeden Moment in die Luft gehen konnte, wenn sie sich weiter in Rage redete. Der misslungene Einsatz und die Gesichter der toten, entstellten Frauen trugen dazu bei, dass es ihr zusehends schwerer fiel, sich zu zügeln. Sie fühlte sich von Minute zu Minute mieser.

»Wie funktioniert es denn deiner Meinung nach?«, fragte er ruhig.

Wie bitte? »Bist du tatsächlich der Ansicht, dass unsere seelischen Verwundungen durch Gespräche geheilt werden können?« Um ihren Worten noch mehr Nachdruck zu verleihen, schüttelte sie den Kopf.

Doch es war, als spräche sie gegen eine Wand, denn Dan setzte mit seiner typisch ruhigen Art noch eins obendrauf. »Du willst nicht mit ihr reden, weil du Angst hast, dass sie herausfinden könnte, was wirklich in dir vorgeht. Du willst dich vor allen verschließen.«

Kurz verblüffte sie seine Anschauung. »Wem sollen diese Gesprächstherapien eigentlich helfen? Mir oder den toten Frauen?«

»Du versuchst doch nur, dich herauszureden.«

Seine Engelsgeduld ging ihr auf den Nerv. Wo waren die guten alten Konfrontationen, wenn man sie benötigte? »Der Eindruck täuscht.« Und damit Ende der Diskussion. Wenn sie etwas von ihrer Würde behalten wollte, war genau jetzt ein Themenwechsel angesagt. Oder schweigen.

Während der vergangenen zwei Jahre hatte sie durch den Einsatz ihrer besonderen Gabe mehr Mordfälle gelöst als jeder andere in der doppelten Zeit. Der Gedanke, dass ihre Arbeit an ihrer geistigen Gesundheit nagen könnte, war ihr schon in den Sinn gekommen, bevor diese Psychoanalytikerin aufgetaucht war. Aber wollte sie das offiziell bescheinigt haben?

Gut, es war alles andere als leicht verdauliche Kost, die ihnen in ihrem Job vorgesetzt wurde, aber sie hatte gute Nerven und vor allem glaubte sie an das, was sie tat. Nachdem sie die schrecklichen Schatten ihrer Vergangenheit endlich begraben und sich ein Leben aufgebaut hatte, in dem sie anerkannt und geachtet wurde, würde sie sich von einer Diplom-Psychologin sicher nicht sagen lassen, dass sie kurz vor einem Burn-out stand. Was war das überhaupt für eine neumodische Bezeichnung? Konnte man nicht einfach sagen, ein bisschen überarbeitet? Wie auch immer. Sie war ganz sicher nicht davon betroffen. Das würde sie wissen.

»Wem willst du eigentlich etwas vormachen, Jo? Wir müssen über unsere Gefühle sprechen, das ist wichtig. Oder willst du mir etwa allen ernstes weismachen, diese Einsätze ließen dich kalt?«

Wie konnte er so etwas fragen? Am liebsten wäre sie auf der Stelle explodiert, hätte den grässlichen Gefühlen, die in ihr brodelten, freien Lauf gelassen, bis auch der letzte Funke Zorn und Wut wegen ihres heutigen Versagens und dem daraus resultierenden Ergebnis aus ihrem Kopf gewichen war. Drei Frauen hatten den Tod gefunden. Die jüngste war kaum älter als neunzehn. Jetzt war sie tot. Sie würde nie mehr lachen oder sich mit Freunden treffen. Ob sie das kalt ließ? Es brachte sie um den Verstand und es passierte immer wieder. Immer und immer wieder gab es Tote, weil es Psychopathen gab, die Unschuldigen das Leben raubten. Sie war nun einmal nicht Gott, sie konnte nur ihr Bestes geben und es war heute nicht gut genug gewesen.

Sie machte hier also überhaupt niemandem etwas vor. Nicht einmal sich selbst. Das Einzige, was sie einfach nicht kapierte, war, wie in Herrgotts Namen eine Psychologin ins Konzept passen sollte. Das kostete nur unnötig Zeit. Zeit, die sie da draußen besser einsetzen konnte, um solch ein Dilemma wie von heute vermeiden zu können. Das war das Einzige, was wirklich zählte und seine Wirkung nicht verfehlte.

»Ich möchte, dass du dir ein paar Tage freinimmst«, holte Dan sie aus ihren Gedanken.

Erst jetzt fiel ihr auf, dass sie vor ihrem Zuhause angekommen waren, ihrem Wohnblock. Dan zog den Schlüssel aus dem Zündschloss und wartete auf eine Reaktion. Sie konnte nicht fassen, was er von ihr verlangte. »Wenn du wegen der Gesprächstermine sauer bist, dann ...«

»Nein Jo, darum geht es jetzt nicht. Außerdem war das kein Angebot, sondern eine Anordnung«, fiel er ihr sachte ins Wort.

Das war das erste Mal, dass er sich wie ihr Vorgesetzter verhielt und nicht wie der Freund, den sie kannte. Vermutlich hatte sie genau deshalb nie das Gefühl gehabt, ihn mit Samthandschuhen anfassen zu müssen und das würde sich auch jetzt nicht ändern.

»Zum Teufel mit dir Dan. Ich werde morgen um acht auf der Matte stehen.«

Er sog scharf Luft ein, als müsse er sich gut darauf vorbereiten, was er sagen wollte. »Josephine ...«

Oh, oh. Ihren Namen hörte sie selten in dieser Form. Meistens wurde sie von allen Jo genannt, oder Josy, sofern sie jemandem einen Gefallen tun sollte. Bei Josephine war definitiv Vorsicht geboten.

»Ich habe dich versetzt.«

Jetzt fiel ihr die Kinnlade hinunter. »Du hast was?« Das konnte nicht sein ernst sein.

»Ich habe ein Team gefunden, in dem du dich wohler fühlen wirst, als hier«, meinte er schließlich. »In drei Wochen wirst du nach Fort Collins fahren und dich bei Agent Turner vorstellen. Er erwartet dich.«

Oh Gott, womöglich gab auch Dan ihr die Schuld daran, dass der heutige Abend schiefgelaufen war. Hatte er vergessen, wie oft sie unter ihrer Führung Leben gerettet hatten? »Wie kannst du mir das antun, Dan? Habe ich die vorgegebenen Ziele nicht erreicht? Bangen die Jungs um ihre Auszeichnungen, die sie bis vor Kurzem noch mir zu verdanken hatten? Bin ich so einfach zu ersetzen? Oder hat der Narr einfach nur seine Schuldigkeit getan?«

Dan legte seine Hand auf ihren Arm. Innerlich verfluchte sie seinen treuherzigen Blick, der sie zur Besinnung aufforderte. Aber sie war zutiefst gekränkt und das machte sie wütend. Verdammt wütend. Heute war zu viel vorgefallen, um noch die Contenance bewahren zu können. Sie schlug seine Hand von ihrem Arm, öffnete die Beifahrertür und stapfte zu ihrer Haustür. Dort zog sie ihren Ersatzschlüssel unter dem Fenstersims hervor und öffnete mit zittrigen Händen und pochendem Herzen die Tür.

Alles, was sie sich hart erkämpft hatte, alles, was sie war und sein wollte, wurde ihr mit einem Schlag zunichtegemacht.

Gott, sie war außer sich!

Dan folgte ihr und hielt ihren Arm fest. Sie versuchte wiederholt, ihn abzuschütteln, doch nun war er beharrlicher als sie. »Josy, bitte. Es wird dir guttun. Ich will nur das Beste für dich und das weißt du.«

»Ach? Meinst du, gehe nicht über Los, ziehe keine 2000 Dollar ein, begib dich auf dem schnellsten Weg an einen staubigen Schreibtisch und bearbeite Akten, ist das Beste für mich?«

Sein Gesichtsausdruck veränderte sich. »So war das nicht gemeint, Jo. Ich weiß nämlich sehr wohl, wie du dich in diese Fälle hineingesteigert hast und ich weiß auch, wie sehr dir das alles zu schaffen macht, auch wenn du hier die Harte markieren willst. Glaub mir, du wirst in dem neuen Team besser dran sein als hier. Das weiß ich.«

Er versuchte, sie zu beruhigen, doch sie wollte sich nicht beruhigen lassen. Ausgerechnet Dan, der ganz genau wusste, wie wichtig ihr die Arbeit war, bestrafte sie auf übelste Weise und nahm ihr alles, was ihr geblieben war. Alles, wofür sie lebte und wofür sie sich jeden Tag wieder aus dem Bett quälte.

Was blieb ihr noch? Wer war sie nun? Ein Niemand. Ein Nichts.

Nur weil sie die Konsequenzen für Entgleisungen gegenüber Vorgesetzten kannte und eine Suspendierung noch schlimmer gewesen wäre, hielt sie sich davon ab, ihm an die Gurgel zu springen.

»Einen Dreck weißt du über mich.«

Dan verzog keine Miene. Sein Blick ruhte beharrlich auf ihr. »Ich weiß mehr von dir als dir vermutlich lieb ist«, entgegnete er gutmütig, aber nachdrücklich.

Eine unsagbare Müdigkeit überrollte sie plötzlich. Als hätten sich sämtliche Hirnfunktionen abgeschaltet. Sie fühlte sich zu erledigt, zu ausgelaugt, um sich weiterhin zu verteidigen oder um ihren Job, der ihr Leben bedeutete, zu kämpfen. Sie gab auf. »Nein, Dan. Du weißt gar nichts. Denn wenn du etwas von mir wüsstest, würdest du es nicht wagen, mir das anzutun.« Resigniert drehte sie sich von ihm weg.

»Jo, du hörst mir doch überhaupt nicht zu, möchtest du nicht einmal wissen, weswegen ich das mache?« Ihre Resignation schien ihn aufzubringen, denn jetzt wurde er lauter und energischer.

»Ach hör auf, Dan. Ich habe in diesem Spiel die Arschkarte gezogen und du hast sie mir gereicht. Das ist alles, was ich wissen muss.« Sie ließ ihren einzigen Freund stehen und schlug die Tür hinter sich zu.

2. Kapitel

Zwei Wochen später verbrachte Josy ihre Zeit noch immer damit, sich zu bemitleiden. Das war, neben einigen anderen, ebenfalls eine sehr ausgeprägte Eigenschaft von ihr, die sie im Laufe ihres Lebens perfektioniert hatte. Sie konnte stundenlang dasitzen und darüber nachgrübeln, wie erbärmlich ihr Leben und wie furchtbar unfair im Allgemeinen alles, im Besonderen aber Dan war. Sie brütete im Stillen vor sich hin, lebte nur in ihrer Gedankenwelt. Sie hatte zusätzliche Kilos verloren, was angesichts ihres ohnehin geringen Körpergewichtes dazu führte, dass sie wie ein Gespenst aussah. Ihre Haut war fahl, ihre Augen lagen tief in den Höhlen und ihr langes schwarzes Haar war glanzlos. Nicht, dass sie ansonsten großartig darauf achtete, etwas aus ihrem Typ zu machen, aber der Anblick, den ihr Spiegelbild bot, erschreckte sie.

Sie beschloss, einfach nicht mehr in den Spiegel zu sehen und spuckte die restliche Zahnpasta ins Waschbecken, das seit einiger Zeit von keinem Putzlappen mehr berührt wurde. Anschließend wusch sie sich das Gesicht.

Als sie sich aufrichtete, war es, als würde sie ihre Umgebung erst jetzt realisieren. Kleidung lag achtlos auf dem Boden verstreut. Die Haarbürste könnte eine Haarentfernung vertragen, die Wandfliesen hatten Wasserflecken.

Sie ließ ihr Handtuch fallen, es war schließlich bereits egal und ging ins Wohnzimmer.

Dort war es nicht viel besser. Durch das Fenster drang Sonnenlicht, das die tanzenden Staubflocken beeindruckend in Szene setzte. Ihr Sofa war mit Zeitungen und Prospekten zugemüllt und auf dem kleinen Sofatisch stapelten sich Pizzaschachteln aus längst vergangenen Zeiten. Vom Boden ganz zu schweigen, auf dem in unregelmäßigen Abständen Kaffeebecher standen, dort, wo sich noch etwas Platz geboten hatte. Ein Blick auf ihre allgemeine Erscheinung offenbarte ihr dann noch den Pyjama, den sie bereits seit vier oder fünf Tagen trug.

Herrje, sie sah genauso furchtbar aus wie ihr kleines Domizil.

Jetzt galt es zu entscheiden, ob sie sich einfach hinsetzen und über ihre hoffnungslose Situation klagen oder ob sie das Chaos bereinigen sollte. Obwohl es schwerfiel, entschied sie sich für Letzteres. Allmählich gingen ihr die Tassen aus, also musste sie handeln.

Einige Stunden später konnte sie sich wieder auf ihr Sofa setzen, bewaffnet mit einer sauberen Tasse mit duftendem Kaffee. Was man alles fand, wenn man mal Ordnung machte. Die Fernbedienung zum Beispiel. Auch ihr Handy war wieder aufgetaucht. Sie löschte die angesammelten Nachrichten und rief den Pizzadienst an, um sich mit Kalorien zu versorgen.

Nachdem sie ihre Pizza gegessen und eine halbe Flasche Wein getrunken hatte, fühlte sie sich wieder genauso grottenschlecht wie vor ihrem Hausfraueneinsatz.

Herrgott noch mal.

Das war hoffentlich keine Depression oder Schlimmeres. Den Gedanken verwarf sie schnell wieder und schnappte sich stattdessen den Brief, den ihr Dan am Tag nach ihrem Gespräch unter der Tür durchgeschoben hatte – bevor er eine halbe Stunde damit zubrachte, erfolglos an ihre Tür zu hämmern. Pat und Bill hatten ebenfalls ihr Glück versucht, doch die Eingangstür war, bis auf den kurzen Moment, in dem sie ihre Dienstmarke auf die Stufen geworfen hatte, verschlossen geblieben.

Es tat ihr nicht mal leid. Hätte sie deswegen ein schlechtes Gewissen haben müssen? Auch diesen Gedankengang wollte sie nicht weiterführen, sondern öffnete endlich den Brief, überflog die Zeilen, zerknüllte das Papier und warf es in die Ecke. Dann stand sie auf, nahm das Knäuel und steckte es in den Papierkorb. Sie hatte schließlich gerade Ordnung gemacht.

Dan hatte sich in seinem Brief für seine falsche Wortwahl entschuldigt und dafür, dass er die ganze Sache verkehrt angegangen war. Er meinte, er hätte trotzdem die beste Wahl getroffen und sie würde ihm eines Tages dankbar dafür sein. Es tat ihm außerdem leid, dass sie nun alles, was auf sie zukam, von anderen und nicht von ihm erfahren würde. Es war jedoch völlig nebensächlich, wer ihr erklärte, wie man Akten sortierte. Ansonsten hatte er ihr die Reservierungsbestätigung für ihr Hotel beigelegt, in das sie sofort einchecken konnte. Außerdem wusste sie jetzt, an welchem Tag und wo sie sich mit diesem Turner treffen sollte. Danach konnte sie immer noch entscheiden, was sie tun wollte. Bis dahin war sie eingeladen, im Hotel wohnen zu bleiben. Kost und Logis frei. Danke Dan, sehr aufmerksam. Wie schön, dass andere über ihr Leben entschieden.

Nachdem sie den beiden Cops von CSI im Fernseher zugesehen und den restlichen Wein getrunken hatte, begann sie schließlich wehmütig, ihre Siebensachen zu packen. Der Gedanke, nie wieder im Außendienst als Cop zu arbeiten, schmerzte dann doch zu heftig, sodass ihr wohl oder übel nichts anderes übrig blieb, als Dans Weisung nachzukommen. Auch wenn das hieß, ab demnächst im Innendienst zu sein. Doch was hätte sie sonst tun sollen? Sich weiter einigeln stand nicht zur Debatte, vor allem, da sie befürchtete, dass sie dann eher früher als später durchdrehen könnte. Das tägliche Training fehlte ihr, das körperliche Auspowern um den Kopf freizubekommen. Außerdem vermisste sie das Geplänkel mit ihren Teamkollegen. Sie konnte nur hoffen, dass die neuen Kollegen kein totaler Reinfall waren. Bei Bürohengsten wusste man das ja nicht so genau.

Überdies war da aber noch das dringende Bedürfnis, ihre Gabe für einen guten Zweck einzusetzen, um etwas bewirken, etwas verändern zu können, wohinter sie stehen konnte. Gerade das war immer der Fall gewesen. Schon die Vorstellung, nie wieder ihre Dienstwaffe oder ihre Dienstmarke tragen zu dürfen, machte sie krank. Sie würde eben darum kämpfen müssen. Jetzt alles hinzuwerfen, was sie sich jahrelang aufgebaut hatte, war keine Option. Sie würde sich der Lage anpassen, das Ganze schlicht und einfach durchziehen und sich wieder nach oben arbeiten. Nur, dass bei ihr nie etwas schlicht und einfach war. Aber wenn es sein musste, würde sie die Zähne zusammenbeißen.

Sie seufzte tief, kramte zwei Koffer hervor und warf ihre Sachen hinein. Wie üblich bestand ihr Gepäck lediglich aus ihren geliebten Jeans, einigen T-Shirts, Pullovern, Turnschuhen und Toilettenartikeln. Das war das Gute daran, wenn man Minimalist war. Die kniffligsten Entscheidungen wurden einem leicht gemacht.

Am nächsten Morgen hievte sie das Gepäck in ihren Pick-up und machte sich auf den Weg nach Fort Collins. Was ihr an der kleinen Stadt gefiel, war die Hügellandschaft, in welche sie eingebettet war. Der Frühling hielt Einzug und man roch das frische Grün und die aufblühenden Pflanzen, während das angenehme Wetter die Leute nach draußen lockte. Eigentlich hatte sie vorgehabt, sich in ihrem Hotel zu verschanzen, um eine Notfallüberlebensstrategie auszuarbeiten, aber die Heiterkeit der Menschen und die unbeschreiblich schöne Umgebung steckten an.

Anstatt also weiterhin vor sich hinzudümpeln, beschloss sie, das zu tun, was viele Frauen tun, wenn sie kurz vor einem Nervenzusammenbruch stehen. Shoppen gehen.

Die vollkommen überzogene Abfindung, die sie vermutlich nur Dans Mitleid zu verdanken hatte, ermöglichte ihr nun wenigstens mal richtig über die Stränge zu schlagen. Im Grunde war sie eher der praktische Jeanshosen-Typ als der Frau-von-Welt-Kleider-Typ, aber als sie das Einkaufszentrum betrat, beschloss sie, ihr altes *Ich* hinter sich zu lassen und sich rundum zu verändern. Radikal, das schien ihr angebracht. Wenn schon untergehen, dann mit Pauken und Trompeten. Es kam der grundsätzlichen Zügellosigkeit ihres Wesens entgegen, dass sie, kurz, nachdem sie diese Radikaländerung beschlossen hatte, eine Boutique mit extremen Outfits fand.

Trugen Bürohasen nicht immer Röcke und bunte Strumpfhosen? Sie wusste nicht genau, was sie ritt, schon spazierte sie in den nächstbesten Laden, der nette Unterwäsche und Strümpfe im Angebot hatte. Ihr Kaufrausch nahm ungeahnte Formen an. Sie überlegte kurz, ob Netzstrümpfe zu ihren neu erworbenen Leder-Hotpants passten, und nahm sie neben ihrer neuen

Schleifchenspitzenwäsche mit zur Kasse. Nachdem sie so ziemlich alles, was kurz, schwarz, und verdammt sexy war, in Tüten überreicht bekam, genehmigte sie sich einen Latte Macchiato und schlenderte mit dem leisen Anflug eines Lächelns zurück zu ihrem Auto. Wow. Es fehlte nur noch, dass sie vor sich hin pfiff. Überraschenderweise hatte der Shoppingexzess Spaß gemacht.

Um zu verhindern, dass ihre gute Laune gleich wieder im Keller landete und sie sich wieder in Selbstmitleid ertränkte, beschloss sie, im Hotel ihr neues Outfit auszupacken, ihren Haaren eine Spülung zu verpassen und ihr neu erworbenes Make-up zu testen. Danach würde sie die nächstbeste Bar aufsuchen. Das schien ihr in Anbetracht ihrer Situation vernünftig.

Mit diesen neuen Vorsätzen machte sie sich ans Werk und musste am Ende feststellen, dass sie erstaunlicherweise umwerfend aussehen konnte, wenn sie sich mal darum bemühte. Ihre Jungs würden in Ohnmacht fallen, wenn sie sie in diesen hochhackigen Stiefeln sehen könnten. Schnell verwarf sie den Gedanken an ihr Team, schlüpfte in die knallrote, hautenge Bluse und betrachtete ihr Spiegelbild.

Vermutlich würde ihr schmaler Po in diesen Hotpants besser aussehen, wenn sie fünf Kilo mehr auf die Waage brächte, aber das war auch schon das einzige Manko. Ihre Haare hatte sie zu einem lockeren Knoten hochgesteckt und die Lippen betonte sie mit der Farbe Teufelsrot. Für einen Moment hielt sie inne.

War das wirklich, was sie wollte?

Sie wischte ihre Unsicherheit weg, stapfte aus ihrem Zimmer und rief den Aufzug, ehe sie es sich anders überlegen konnte. Mit einem Ping öffneten sich die Türen, worauf ein Mann aus der Kabine trat, der sie unverhohlen musterte. Auweia. Vielleicht hatte sie übertrieben. Mit einer Glock wusste sie umzugehen, mit zu viel Aufmerksamkeit hingegen hatte sie so ihre Probleme.

Die Bar auf der anderen Straßenseite entpuppte sich als

Nobelstätte. Beim Betreten fielen ihr die roten Ledersofas, die goldverzierten Hängeleuchten und die asiatischen Blumengestecke auf, die auf kleinen Sofatischen standen. Aber Hallo. Hier wurde geklotzt, nicht gekleckert. Popmusik dröhnte aus den Lautsprechern, während es sich bereits einige Pärchen auf den Sofas gemütlich gemacht hatten. Ihr Eintreten schien niemand zu registrieren. Sie setzte sich an die Bar und bestellte einen Cocktail. Wenn schon, denn schon. Der Barkeeper betrachtete sie neugierig, während er Getränke mixte. Sie fühlte sich seltsam. Dieser Aufzug passte nicht zu ihr und mittlerweile kam sie sich idiotisch vor.

Okay, sie hatte sich in den Kopf gesetzt, sich zu beweisen, dass sie auch ein anderes Leben führen konnte. Sie hatte sich geschworen, die Zähne zusammenzubeißen und das Beste aus der Situation zu machen. Und zwar nicht nur, weil ihr im Augenblick nichts anderes übrig blieb, sondern weil sie Angst hatte, dass sie sich ansonsten vor lauter Frust eine Kugel in den Kopf jagte. Mittlerweile schrien die Zweifel jedoch ziemlich laut.

Nachdem sie ein paar Schlucke des Cocktails durch den Strohhalm gesaugt hatte, waren ihre Gedanken schon weit weniger aufdringlich. Sie beäugte das Cocktailglas. Was war denn da drin? Pures Ethanol? Der Alkohol brannte warm in ihrem Inneren und ließ die Welt viel angenehmer und besser erscheinen.

Was sollte das ganze Theater eigentlich?

Sie sollte sich glücklich schätzen, sich nicht mehr in die Köpfe von Mördern und Verbrechern einschleichen zu müssen. Je mehr sie darüber nachdachte, desto besser gefiel ihr diese Aussicht. Sie würde hinter einem Schreibtisch sitzen, Akten sortieren, sich mit der Bürokratie anlegen, Kaffee kochen und tapfer lächeln. Schließlich hatte sie mehr kranke Arschlöcher hinter Gitter gebracht, als irgendjemand sonst in ihrem Alter. Sie konnte stolz sein. Jawohl. Und nun war eben Schluss damit. Keine Albträume mehr. Keine Gedanken und Bilder, die sie im Stillen verzweifeln ließen. Keine schlaflosen Nächte, die sie in die Knie zwangen und vor allem kein Druck, der sie unter seiner Last einquetschen würde.

Sie war frei! Halleluja.

»Guten Abend. Ist hier noch frei?«

Sie blickte auf und sah in zwei glasblaue Augen, die sie amüsiert und auch ein wenig skeptisch betrachteten.

»Tun Sie sich keinen Zwang an«, murmelte sie und zog noch mal ordentlich an ihrem Strohhalm. Mittlerweile hatte sie sich an das Zeug gewöhnt. War lecker. Und echt hilfreich. Sie sah ihre Probleme buchstäblich untergehen.

»Eine Lady sollte nicht so starke Geschütze auffahren«, sagte der Fremde mit samtweicher, tiefer Stimme und deutete auf ihr halb leeres Glas. Oder war es halb voll?

»Wenn ich die Lady sehe, richte ich es ihr aus,« erwiderte sie und bestellte sich noch mal dasselbe. Ein, zwei Betthupferl mehr. Wer zählte hier mit?

»Die Dame möchte Wasser. Ich nehme einen Whisky.«

Der Fremde nickte dem Kellner zu und schob das nun fast leere Cocktailglas weg, bevor Josy es erreichen konnte. He! Was sollte das denn? Das Zeug war lebensrettend.

Sie räusperte sich, dann schwang sie sich auf ihrem Barhocker zur Seite, um den Aufdringling genauer zu studieren. Nicht schlecht. Der Mann war mehr als einen Kopf größer als sie. Was bemerkenswert war, denn für gewöhnlich konnte sie jedem Mann direkt in die Augen sehen, ohne sich den Nacken ausrenken zu müssen. Seine breiten Schultern waren muskulös, wirkten aber nicht bullig. Seine dunklen Haare waren kurz und frech mit Gel in verschiedene Richtungen gezupft worden. Er trug ein blaues Polohemd, das seine Augen noch strahlender wirken ließ und eine Jeans, die er mit seinen muskulösen Oberschenkeln fast sprengte. Sein Gesicht war kantig und sah aus wie aus Stein gemeißelt. Für dieses Kinn benötigte er vermutlich einen Waffenschein.

Ein griechischer Gott.

Zeus, wie er im Buche stand.

Sensationell.

»Gefällt Ihnen, was Sie sehen?«

Eine überraschende Frage. Eigentlich war sie schnell im Erstellen eines Profils, sodass selten jemand bemerkte, wenn sie ihn abcheckte. Irgendwas musste sie verraten haben. Sie schwang sich in ihrem Sitz zurück und schenkte ihm ein Lächeln. »Noch einen Cocktail bitte«, rief sie dem Kellner zu, während sie den Blick des Fremden parierte. Dann nahm sie in Zeitlupentempo das Wasserglas und leerte es in ein Blumengesteck zu ihrer Rechten. Der Mann lächelte nicht. Schade eigentlich. Sie fand das witzig. Naja, man konnte schlecht von jedem erwarten, dass er den gleichen Humor besaß. Oder den gleichen Alkoholpegel. An dieser Stelle musste sie einräumen, dass sie doch schon ziemlich betrunken war.

»Mein Name ist William ...«

Sie wollte schon dazu ansetzen, ihm zu erklären, dass sie genug Probleme hatte, um die sie sich gerade feuchtfröhlich kümmern musste, als sich mit einem attraktiven, irgendwie auch charmanten ... da sickerte der Gedanke durch ihr benebeltes Gehirn. Er war ein Mann. Sie war eine Frau. Er sah verdammt heiß aus. War nett. Und er interessierte sich für sie. Wenn sie diese Fakten miteinander vermengte, kam ein brauchbares Kampfmittel heraus, um gegen ihre Dämonen anzutreten. Das könnte klappen. Sei es für wenige Stunden und dabei musste sie sich noch nicht mal betrinken. Prima.

Sie setzte ihr nettestes Lächeln auf, das sie hervorzaubern konnte, und schwang auf ihrem Hocker erneut zu ihm herum. »Also William, wenn du nett plaudern möchtest, könnten wir ja eines dieser bezaubernden Sofas da hinten benutzen. Was meinst du?« Sie zeigte auf eine Sitzecke und rutschte, nachdem er ihr zugestimmt hatte, von ihrem Platz. Sofort bemerkte sie, dass nach diesem Höllendrink sitzen einfacher war als stehen. Ganz zu schweigen von gehen. Die ungewohnten Absätze waren auch keine große Hilfe.

Die Bar hatte sich in der Zwischenzeit gefüllt. Überall saßen Leute, die sich unterhielten und lachten. Die Stimmung war heiter und ausgelassen. Als Josy sich durch das Lokal schlängelte, stellte sie fest, dass die Musik nun so laut war, dass man sich nur unterhalten konnte, wenn man die Köpfe zusammensteckte. Vorn am Tresen war es um einiges leiser gewesen. Kühner als sie sich fühlte, ging sie in die hinterste Ecke und schnappte anderen Leuten das letzte freie Sofa vor der Nase weg. William war ihr gefolgt und beobachtete sie ganz offen, als wollte er sich ihre Bewegungen einprägen.

So graziös, wie sie konnte, glitt sie auf das Sofa und klopfte auf den Platz neben sich. Er setzte sich an ihre Seite und stellte sein Getränk auf dem gläsernen Tisch vor ihnen ab. Es war beeindruckend, wie sich ein Mann von dieser Größe und Statur mit so viel Eleganz bewegen konnte. Sein Auftreten wirkte spektakulär, obwohl er nichts tat, außer sie zu fixieren. Die anderen weiblichen Gäste schienen ihn überhaupt nicht zu interessieren.

Um sie herum standen weitere Sofas, die allesamt dicht besetzt waren mit Menschen, die sich eng aneinanderquetschten. Nichts für Personen mit Platzangst. Der ganze Raum und das Publikum wirkten jung und dynamisch und sicherlich war sie die Einzige, die über Phobien nachdachte. Sie lenkte ihr Augenmerk auf die jungen Frauen, die William betrachteten als wäre er eine Trophäe, die sie unbedingt erhaschen wollten. Es wurde getuschelt und zu ihm gestarrt. Kein Wunder.

Es hätte sie nicht stören sollen, dass ihre Begleitung derart gemustert wurde, wäre da nicht ihre Unsicherheit gewesen, die ihr ständig über die Schulter sah.

»Alles in Ordnung?« William betrachtete ihr Gesicht, als könnte er die Antwort darin finden.

Sie fragte sich, wieso sich ein derart attraktiver und charmanter Mann mit der Sorte Frau, die sie darstellte, abgab, wenn doch so viele freizügige Frauen hier waren, als ihr wieder einfiel, dass sie heute wie Angelina Jolie zu ihren Glanzzeiten aussah.

»Natürlich ist alles in Ordnung, solange du mein Getränk in Ruhe lässt.«

Er schien ihren gut gemeinten Scherz nicht zu registrieren. Stattdessen schwenkte er nachdenklich den Inhalt seines Glases und betrachtete sie.

Es würde ihr erheblich leichter fallen, über Einsatzstrategien zu diskutieren als Small Talk zu führen. Leider begann auch er kein Gespräch, an das sie anknüpfen konnte. Er saß einfach nur da und sah sie an, als könnte er ihr Wesen ergründen. Als könnte dieser eisblaue Blick sie dazu bringen, ihm ihre Wahrheit zu offenbaren. Fast unheimlich.

Unwillkürlich seufzte sie. »Nein, eigentlich ist gar nichts richtig in Ordnung«, flutschte es zu ihrem Erstaunen aus ihr hinaus. Seltsamerweise wollte sie ihm tatsächlich ein Stück Wahrheit offenbaren. Einem völlig Fremden. Das war doch verrückt.

»Du siehst auch ziemlich durcheinander aus«, meinte er schließlich, noch immer diese herrlich leuchtenden Augen auf sie richtend. »Als wäre dein Leben zurzeit ziemlich chaotisch.«

Ha. Er hatte ja keine Ahnung. Und dann, als wäre sie nicht bei Sinnen, sprudelte es aus ihr hinaus. »Ich habe vor zwei Wochen meinen Job verloren, weil so eine Psychotante meinte, ich stünde vor einem Burn-out. Mein Vorgesetzter, von dem ich dachte, er sei ein guter Freund, ist mir in den Rücken gefallen und hat mich in dieses Loch hier versetzt. Zu allem Überfluss darf ich nun in irgendeinem kleinen, stickigen Büro hinter einem Schreibtisch hocken und muss irgend so einem Idioten in den Allerwertesten kriechen, wenn ich mich jemals wieder hocharbeiten möchte. Wahrscheinlich kann ich diesem Trottel von Vorgesetzten auch noch Kaffee kochen, weil er selbst nicht in der Lage ist, einen Knopf zu drücken.« Sie holte Luft und lehnte sich ins Sofa zurück. Jetzt war die Katze aus dem Sack. Verrückt.

»Das klingt ja grauenhaft.« Seine Stimme war ernst.

In diesem Augenblick schenkte sie ihm das erste ehrliche Lächeln an diesem Abend. Ein Verbündeter. Wie nett.

»Glaub mir, du willst gar nicht wissen, wie grauenhaft das Ganze wirklich ist.«

»Und du meinst, mit ein paar Cocktails wird es besser?«

»Das war der Plan.«

Seine Mundwinkel hoben sich. »Funktioniert es?«

Sie sah in das Glas. »Mit diesem Zeug? Bestimmt.«

Er griff nach dem Getränk, das sie sich gegenwehrlos abnehmen ließ, und stellte es auf den Tisch. »Ich kenne da ein Allheilmittel. Man lege seine Sorgen für einige Zeit ab und genieße den Moment.«

Ehe der Himmel über einem einstürzt. Sein Vorschlag klang trotzdem gut, und schließlich war ein sorgloser Abend Ziel ihrer Bemühungen. Sie rückte ein Stück näher. War nur ihr so heiß hier drinnen?

»Jetzt habe ich dir gesagt, wieso ich meinen Abend dem Alkohol gewidmet habe, jetzt darfst du mir sagen, was dich in dieses Lokal geführt hat.«

Sie sah, wie er kurz zusammenzuckte, dann lächelte er wieder. Zum Vorschein kamen zwei perfekte Reihen wunderschöner weißer Zähne. Musste dieser Mann derart gut aussehen? Verflixt.

»Eigentlich hatte ich nicht vor, mich lange hier aufzuhalten. Aber mittlerweile denke ich, du könntest noch etwas Gesellschaft gebrauchen.«

Oh ja, und dabei bevorzugte sie seine Gesellschaft. Er spielte mit einer Haarsträhne, die sich aus ihrem Knoten gelöst hatte. Seine Finger waren lang und gepflegt. Hände, die sie gern auf ihrem Körper spüren wollte. Generell war es nicht ihre Art, mit einem wildfremden Mann zu plänkeln und dann auch noch in Erwägung zu ziehen, ihn eventuell sogar abzuschleppen. Bei diesem Mann fürchtete sie jedoch, eine Ausnahme zu machen. Je länger sie ihm zusah, wie er eine ihrer Haarsträhnen um den Finger wickelte, desto besser gefiel ihr die Vorstellung, ihn tatsächlich mit in ihr Hotelzimmer zu nehmen.

Als hätte er ihren Gedanken gelauscht, hob er seinen Blick und sie erfasste ein Meer an Gefühlen in seinen blauen Augen. Sexuelles Begehren wirbelte ihr wie Gischt entgegen. Der Funke sprang über, während er wartete, was sie mit dieser neuen Entdeckung anfangen wollte.

»Auf einen sorgenfreien Abend.« Sie wischte ihre letzten Bedenken beiseite und glitt, ohne noch einmal nachzudenken, auf seinen Schoß. Ihre Knie, links und rechts von ihm, stemmte sie in das Sofa, sodass sie rittlings auf ihm saß. »Und wir sollten keine Minute unserer wertvollen Zeit verschwenden«, fügte sie hinzu, bevor sie begann, seinen Hals zu küssen, während er bereits seine kräftigen Hände um ihre Taille legte, als hätte er nichts dagegen einzuwenden. Eine feuchte Spur hinterlassend arbeitete sie sich bis zu seinem Ohrläppchen und knabberte spielerisch daran herum. Ein Beben vibrierte in seiner Brust. Sie wusste sofort, dass sie ins Schwarze getroffen hatte. Er mochte, was sie tat. Und, oh Gott, sie mochte es auch. Er roch unglaublich gut nach würzigem Parfüm. Seine Haut schmeckte salzig und verführerisch. Sein Körper lud geradezu ein, erkundet zu werden.

So schnell, dass sie nicht reagieren konnte, packte er ihr Kinn und zwang sie, ihn anzusehen. Seine andere Hand wanderte selbstsicher an ihrem Oberschenkel, über ihre Hüfte, bis zu ihrem Rücken entlang, als bräuchte er kein Einverständnis mehr. Es war jedoch sein Blick, der sie fesselte. Dieses Blau in seinen Augen leuchtete unnatürlich hell und zeigte ihr ein solch heftiges Verlangen, das ihre eigene Erregung einen wahren Höhenflug startete. Sie wäre auch ohne diesen leicht cocktailbenebelten Zustand scharf auf ihn gewesen. Eine Schwäche? Keine üble.

Ihr Schoß stand bereits in Flammen, die bei jeder seiner Berührungen emporzüngelten. Sie wusste nicht mehr, ob ihre gewagte Kleidung bereits auf ihren Verstand abgefärbt und sie über Nacht eine verborgene Vorliebe für fremde Männer entwickelt hatte oder ob dieser Mann einfach nur ein wahrer Meister darin war, unschuldige Frauen zu verführen. Obwohl sie eher auf Letzteres tippte, war es eigentlich völlig egal. Hauptsache, sie konnte ihre Gedanken für einen Moment ausschalten. Und das tat sie. Ihr Kopf war leer, nur ihr Körper dachte für sie und forderte die Berührungen dieses Mannes, die sich wie Balsam auf ihrer Seele anfühlten.

Entgegen seiner gebieterischen Ausstrahlung strichen seine Finger sanft über ihren Körper, machten sie benommen, während er ihr noch immer in die Augen sah. Und kein Stück abrückte. Er wollte nicht verbergen, was in ihm vorging. Er beabsichtigte, ihr zu zeigen, was er fühlte. Noch ein kurzer Augenblick, dann zog er ihr Gesicht zu sich und presste seine Lippen auf ihren Mund. Dabei hielt er ihre Handgelenke in festem Griff. Sofort entfuhr Josy ein Stöhnen. Auch wenn sie gewollt hätte, sie konnte es nicht zurückhalten. Sie öffnete den Mund, doch er zwang sie, seinem Rhythmus zu folgen. Fast bedächtig erforschte er mit seiner Zunge ihre Lippen. Zuerst begann er sanft daran zu saugen, dann spürte sie seine Zähne, die sich behutsam in ihr Fleisch gruben. Es war eine süße Folter, die ihr die Luft zum Atmen nahm. In diesem Moment legte sich ein Schalter in ihrem Kopf um.

Stürmisch versuchte sie, das Ruder zu übernehmen und entriss ihm ihre Hände. Sie krallte sich an ihn und küsste ihn mit einem Verlangen, wie sie es nicht für möglich gehalten hätte. Wie eine Ausgehungerte fiel sie über ihn her. Ihre Hände gruben sich in seine Haare und hielten ihn fest, damit er sich nicht von ihr lösen konnte. In ihrem Schoß pochte es mittlerweile unerträglich. Um sie herum nahm sie nichts mehr wahr außer ihrem Herzschlag, der sich rasend steigerte und ihren inneren Aufruhr, der um Erlösung bettelte.

Ihm schien es nicht anders zu gehen. Seine Erregung drückte sich auf ihren intimsten Punkt zwischen ihren Schenkeln. Wie eine Katze rieb sie sich an ihm, steigerte ihre Lust ins Unermessliche, bis sie beinah zu wimmern begonnen hätte.

Seine Hände streichelten besitzergreifend über ihren Rücken. Seine Finger gelangten unter ihre Bluse, wo er über ihre nackte Haut strich, während er sie noch näher heranzog und sie noch fester hielt. Ihr war, als würde bei jeder seiner Berührungen ein Knistern durch ihren Körper sausen.

Sie hatte keine Ahnung, wie lange sie sich küssten. Irgendwann drückte er sie brüsk von sich weg. Im ersten Moment wehrte sie sich dagegen, kam sich vor, als müsste sie sich an ihn klammern wie ein Ertrinkender, der Angst hatte, zurück ins Meer geworfen zu werden. Am liebsten hätte sie sich für diese

Schwäche in den Hintern getreten. Doch dann sah sie in seinem Blick wieder dieses blaue Feuermeer. Er beugte sich zu ihr, streifte ganz kurz mit seinen Lippen ihren Mund und legte seine Wange an ihre.

»Wie schnell kannst du laufen?« Es war nur ein Flüstern.

»Mein Hotel ist fünf Minuten von hier entfernt. Ich denke, wir schaffen es in zwei«, antwortete sie atemlos.

Er küsste sie flüchtig auf die Wange, schnappte ihre Hand und ihre Tasche und zog sie hoch. Niemand schien sie zu bemerken, sah die Röte auf ihren Wangen oder ihre geschwollenen Lippen, die ihre Küsse verursacht hatten.

Gemeinsam liefen sie die Straße entlang bis zu ihrem Hotel. Sie konnte nicht anders und musste lachen wie ein übermütiges Kind. Will grinste nur und sie bemerkte die beiden Grübchen auf seinen Wangen.

Es dauerte nicht lange und sie standen im Aufzug. Gut, es war klischeehaft, aber wen scherte es. Sie drückte die Stopp-Taste, und als ob er es erwartet hätte, zog er sie wieder an sich und schloss an der Stelle an, wo sie im Lokal unterbrochen hatten. Er lehnte sie gegen die Stahlwand und küsste sie, während er Knopf für Knopf ihre Bluse öffnete. Seine Hände waren gierig, nicht mehr sanft wie noch vor wenigen Minuten. Sie genoss diese Aufmerksamkeit in vollen Zügen, saugte sein hitziges Verlangen tief in sich auf. Begehrt zu werden ist ein grundlegendes Bedürfnis eines jeden Menschen, doch Josy hatte den Verdacht, dass sie jemand war, der dieses Begehren zu diesem Zeitpunkt bitter nötig hatte. Seinem Hemd gegenüber verhielt sie sich nicht so rücksichtsvoll. Seine Knöpfe kullerten über den Linoleumboden, doch es schien ihn nicht zu stören.

Unter dem Stoff ergriff Josy stahlharte Muskeln, die sich unter ihren Händen bewegten. Hastig riss sie ihm das Hemd über seine Schultern und erblickte gebräunte, glatte Haut, die nahezu unbehaart war. Seine Brust war herrlich breit, lud dazu ein, den Kopf darauf zu betten.

Sie streifte ihre Stiefel ab und entledigte sich ihrer restlichen Kleidung. Irgendwie gelang es ihnen, sich trotzdem ständig anzufassen. Sie war versessen auf diese wunderbaren rauen Hände, die rücksichtslos ihren Körper erforschten. Genauso wunderbar fand sie seine dunklen, harten Brustwarzen, die unglaublich sexy waren. Als sie nur noch in ihrer schwarzen Spitzenunterwäsche vor ihm stand, hielt er kurz inne.

»Du bist wunderschön«, murmelte er und begann erneut, ihren Nacken und ihren Hals mit Küssen zu bedecken.

Dann, als könnte er keine Minute länger warten, öffnete er die Knöpfe seiner Jeans und hob ihr Bein an seine Hüfte. Es ergab sich leider keine Gelegenheit, sein bestes Stück zu begutachten, denn er schob einfach ihren Slip beiseite und drang mit einer einzigen festen Bewegung in sie ein. Die Zeit schien stillzustehen. Sein Blick suchte ihren, als ob er ihre Erlaubnis einholen wollte, obwohl er gar nicht weiter hätte in sie eindringen können, als er es bereits tat.

Sie nickte kurz, schlang ihre Hände um seinen Nacken und vergrub ihr Gesicht an seiner Brust. Zunächst waren seine Bewegungen zaghaft, als wollte er sie langsam an die Dehnung gewöhnen. Doch als er spürte, dass sie es genoss, steigerte er sein Tempo und drang immer wieder tief ein. Dabei hielt er ihr Bein in ihrer Kniekehle an sich gedrückt, seine andere Hand umfasste ihre rechte Pobacke. Schweiß bildete sich auf seinen Schultern, auf seinem Oberkörper, wie glitzernder Tau auf einer Wiese. Die Luft war durchtränkt von dem Geruch nach Sex und Begierde. Ihr Atem und das Klatschen von Haut auf Haut waren die einzigen Geräusche, die den Aufzug erfüllten.

Will drehte seine Hüften und berührte sie so bei jedem seiner Stöße tiefer und genau an jenem Punkt, der nach mehr Beachtung lechzte.

»Oh Gott«, entfuhr es Josy. Sie hatte bis zu diesem Zeitpunkt noch nie mit jemandem geschlafen, der sie zu einem Orgasmus gebracht hatte, ohne sich dabei intensiv mit ihrer Lustzone zu beschäftigen. Sie hatte gedacht, dass es ohne Zutun überhaupt nicht möglich war, zu kommen. Aber ... oh ja, es war sehr wohl möglich.

Dieses neue, überragende Gefühl vereinnahmte sie zur Gänze. Sie konnte an nichts anderes mehr denken als an diese wunderbaren Empfindungen. Weder an den kalten Stahl in ihrem Rücken noch an seinen festen Griff, der morgen blaue Flecken zeigen würde. Sie kam sich vor, als würde sie in einen Strudel gerissen, dessen Sog so stark war, dass sie nicht hätte dagegen ankämpfen können. Bei jedem Eindringen spürte sie, wie sich ihre Lust aufbäumte, wie sie dem Abgrund einen Schritt näher kam.

Wild küsste er ihren Hals und flüsterte undeutliche Worte, die sie nicht mehr verstand und nur aus weiter Ferne wahrzunehmen glaubte, während sich ein süß herber Druck in ihr aufbaute.

Wieder drang er in sie ein. Ihre Lust war wie eine Monsterwelle. Das gesamte Wasser zog sich zurück – ein kurzer Moment der Ruhe kehrte ein – bis das aufgebäumte Nass endlich am Ufer niederschlug und mit seiner Gewalt alles mitriss, das nicht niet- und nagelfest war. Dieser Orgasmus erschütterte sie bis in die Grundfesten ihres Seins. Sie rief seinen Namen und spürte im gleichen Augenblick, als sich ihre Muskeln um seinen Schaft rhythmisch zusammenzogen, wie er sich mit einem stöhnenden Laut in ihr entlud.

Einige Minuten verharrten sie nach Atem ringend in dieser Position. Sie hatte sich von ihren unbändigen Empfindungen noch nicht ganz erholt, ehe er ihr Bein wieder abstellte, ihr einmal kurz und gefühlvoll über die Wange strich, um dann seine Hose zu schließen.

Josy erwartete, dass er ihr nun eröffnete, dass er nach Hause musste. Darauf war sie gefasst und vorbereitet. Schließlich passierte genau das nach einem One-Night-Stand. Wieso stand sie dann da, ihre Arme vor die Brüsten geheftet und kam sich verdammt peinlich berührt vor?

Will hob ihre Bluse auf und reichte sie ihr. Als er in ihr Gesicht sah, schlich sich ein Lächeln auf das seine.

»Ich ... also ich ...«, stammelte sie betreten und kam sich so dämlich vor wie noch nie zuvor in ihrem Leben.

»Also ich«, setzte Will an, stellte sich vor sie und streichelte über ihre Arme. »Ich hätte nichts dagegen, die ganze Nacht mit dir in deinem Bett zu verbringen.«

Heilige Mutter Gottes, wurde sie etwa rot? Sie wollte ihr Leben ändern, nicht ihr Gleichgewicht verlieren.

»Okay Cowboy, dann sattle schon mal die Pferde.« Es war für sie immer einfacher, eine peinliche Situation mit einem lässigen Spruch zu überspielen als dumm dazustehen und zu warten, dass sich ein Loch unter ihr auftat, in das sie sich verkriechen konnte.

Will tat so, als bemerkte er ihren Zwiespalt nicht. Was sie ihm hoch anrechnete. Sie schlüpfte in ihre Kleider und drückte die Aufzugtaste. Als sie aus dem Fahrstuhl stieg, erhielt sie einen Klaps auf den Po, bevor Will seine Finger mit ihren verschränkte und ihr Herz einen kleinen Satz machte.

3. Kapitel

Hatte sich Josy nicht erst vor Kurzem vorgenommen, den Tag nicht vor dem Abend zu loben? In dieser Hinsicht war sie wohl unbelehrbar. Sie musste zugeben, sie war etwas enttäuscht, als sie das Bett am nächsten Morgen leer vorfand. Naiverweise hatte sie sich den Morgen danach doch anders vorgestellt.

Vielleicht ein Frühstück im Bett. Oder eine Telefonnummer am Kopfkissen. Was auch immer. Ihre Vorstellungsgabe war begrenzt.

Den gesamten Tag über war sie wackelig auf den Beinen. Obendrein fühlte sie sich noch lange schwindelig erregt und hatte nicht jugendfreie Bilder vor ihrem inneren Auge, die wie Schneegestöber vor ihr hin- und herzogen. Will nackt. Will groß und nackt. Will, wie er sie anlächelte. Will, wie er ... Himmel, der Mann war einfach der pure Wahnsinn im Bett. Noch immer meinte sie, ihn unter ihren Händen zu spüren, wenn sie die Augen schloss. So etwas hatte sie noch nie erlebt. Schluss jetzt. Sie würde ihm kein weiteres Mal begegnen. Sie fragte sich, ob sie darüber enttäuscht war und was sie erwartet hatte. Eine weitere Verabredung? Eine Liebeserklärung?

Nein, so naiv war sie nicht. Es war eine traumhafte Nacht gewesen. Nicht mehr. Nicht weniger. Damit musste sie sich zufriedengeben. Nichtsdestotrotz hatte sie den besten Sex ihres Lebens erlebt, da durfte sie diesem Kerl doch wenigstens eine Träne nachweinen.

Die nächsten Tage hatte sie versucht, Will, so gut es ging, aus ihrem Kopf zu verbannen.

Heute sollte sie sich mit diesem Turner treffen und ihren neuen Arbeitsplatz kennenlernen. Sie entschied sich für eine legere Jeans, Turnschuhe und ein grünes, kurzärmeliges Rollkragenshirt. Darüber zog sie ihre schwarze Weste, packte ihren Rucksack und begab sich schweren Herzens auf den Weg zu dem vereinbarten Treffpunkt.

Ein frischer Frühlingswind fuhr durch ihre Haare, als sie das Hotel hinter sich ließ und über die Straße zu ihrem Parkplatz eilte. Sie war ziemlich spät dran, denn sie hatte eine Weile gebraucht, um sich überhaupt aufzuraffen, das Treffen einzuhalten. Also nahm sie eine Abkürzung über die kleine Rasenfläche, anstatt den Gehweg zu benutzen, um einige Sekunden wieder gutzumachen. Sie setzte sich in ihr Auto, gab die Adresse des Treffpunktes in ihr Navi ein und fuhr los.

Ziel der Route war ein großes, blockartiges Gebäude ein Stück außerhalb der Stadt. Sie stieg aus, schloss ihren Wagen ab und starrte das unscheinbare Bauwerk eine Weile an. Keine Schriftzüge, kein Hinweis, was sich im Inneren verbarg. Dafür hing hübsch die amerikanische Flagge über dem Eingang und unzählige schwarze Limousinen standen auf den Parkplätzen, die glänzten, als würden sie regelmäßig auf Hochglanz poliert werden.

Es war nicht schwierig, hier auf einen Nenner zu kommen. Das war das Hauptquartier des FBI. Oh, Mann. Sofort begannen sich ihre Gedanken und Gefühle einen Schlagabtausch zu liefern, der Vitali Klitschko zu Ehren gereicht hätte.

Was hatte Dan mit dem FBI zu tun? Warum hatte er nie etwas in dieser Richtung erwähnt? War das hier etwa ihre neue Dienststelle? Sie hatte keine Ahnung. Was wohl daran lag, dass sie Dan nicht eine Sekunde zugehört hatte. Große Klasse, Josy.

Mit einem mulmigen Gefühl in der Bauchgegend, das sie dem Umstand verdankte, sich auf diese Situation nicht richtig vorbereitet zu haben, zwang sie sich die Stufen hinauf zur Glastür und trat ein.

Im Inneren erinnerte alles an ein Krankenhaus. Weiße Wände, grüne Türen und geschäftige Menschen in Uniformen, die eilig hin und her hasteten. Ein älter wirkender Mann in einem dunklen Anzug flitzte aus einem der Büros. Er musste sie wohl entdeckt haben, denn er bremste ab, setzte ein Lächeln auf und kam auf sie zu. »Sie müssen Agent Silver sein.«

Was er wohl daran erkannte hatte, dass sie mit ihrer saloppen Erscheinung das schwarze Schaf der Herde markierte. Sie nickte, noch immer perplex.

»Sie können mich Miller nennen. Untereinander sparen wir uns die Floskeln, sobald wir uns vorgestellt haben«, sagte er höflich und reichte ihr die Hand.

»Miller, okay«, echote sie. »Ich bin Josy.«

Sie nahm seinen kräftigen Händedruck entgegen. Sobald er sie wieder losgelassen hatte, legte er seinen Arm um ihre Schultern und schob sie in ein Besprechungszimmer.

»Bitte gedulden Sie sich doch ein paar Minuten. Special Agent Turner wird gleich bei Ihnen sein. Darf ich Ihnen in der Zwischenzeit eine Erfrischung anbieten?«

Sie schüttelte den Kopf. »Vielen Dank, aber nein. Mir geht es gut.« Wovon sie sich selbst noch überzeugen musste. Wo war sie da nur hineingeraten?

Die Tür blieb hinter Miller offen, also musste sie die lautstarken Flüche, die ihr auf der Zunge lagen, trocken hinunterschlucken. Stattdessen biss sie sich auf die Unterlippe, während sie in dem fensterlosen Raum hin- und hertigerte und fieberhaft überlegte, wie sie nun vorgehen sollte. Wollte sie überhaupt für das FBI arbeiten? Deshalb war sie doch hier, oder? Was machte es eigentlich für einen Unterschied, für welche Dienststelle sie ihren Job verrichtete? Warum ausgerechnet für das FBI? Alles Fragen, die Dan ihr beantwortet hätte, wenn sie dummes Huhn zugehört hätte.

Ehe sie dazu kam, den Grund für diesen Termin mithilfe ihrer Gabe herauszufinden, hörte sie hinter sich Schritte und wappnete sich für das anstehende Gespräch. Sie drehte sich um, blieb aber in der halben Drehung stecken, als sie sah, wer eintrat, und ließ ihren Unterkiefer bis zum Fliesenboden fallen. Sie glaubte sogar, den Aufprall gehört zu haben.

»Du ... ?«, stotterte Josy, während ihr abwechselnd heiß und kalt wurde und ihr Herz einen unplanmäßigen Hüpfer vollführte.

Will.

Der Mann, der erst vor Kurzem mit ihren tieferen Gefilden Bekanntschaft gemacht hatte. Und verflixt noch mal, er sah auch heute wieder aus wie ein Adonis aus dem Bilderbuch, was nach sich zog, dass ihr Hirn vorerst jegliche Funktion einstellte. Nein, das stimmte nicht. Es blinkte nämlich in roten, leuchtenden Lettern. SOS! Konnte man sich auf eine derart peinliche Situation eigentlich vorbereiten?

Und nun starrten sie diese herrlich blauen Augen an, als wäre sie soeben vom Himmel gefallen. Mit Hörnern auf dem Kopf.

Halt. Er hier? Das bedeutete ... »Du bist mein neuer Vorgesetzter.«

»Sieht ganz so aus«, meinte er. Ein leises, verkniffenes Lächeln hatte sich auf seinen Lippen eingefunden.

Langsam sackte es bis auf den Grund. Oh, Scheiße. Selbst ein unschöner Tod schien ihr als Ausweg aus dieser Situation erheblich würdevoller, als unter diesem Mann arbeiten zu müssen. Das hier nannte man wohl mieses Karma. Aber ganz mieses. Röte schoss ihr ins Gesicht, dass ihre Ohren wie Brandherde glühten. Dann hielt sie sich den Sachverhalt vor Augen. Empörung wallte auf und half ihr, ein paar Worte zu einem zusammenhängenden Satz zu formulieren. Mit gezücktem Zeigefinger und einem Herzschlag, der eine Buschtrommel imitierte, ging sie auf ihn zu, als richte sie eine geladene Waffe auf seine Brust. Eine sehr breite Brust wohlgemerkt, aber eine Axt stand leider nicht zur Verfügung.

»Du hast mir diese Suppe eingebrockt.«

»Welche Suppe?« Verblüfft sah er sie an.

»Du weißt schon. An dem Abend.« Tolle Artikulation, Josy.

»Wie bitte? Ich verstehe nicht ganz.«

»Du hast mit mir geschlafen, obwohl du wusstest, wer ich bin, richtig? Schließlich habt ihr mich hier doch erwartet, nicht wahr?«

Und sich köstlich über sie amüsiert. Toll. Arbeitsmoral von der allerfeinsten Sorte. Vermutlich gab es für solche Vorfälle sogar ein schwarzes Brett.

Schatten huschten über seine makellosen Züge. »Du denkst, ich hätte dir nachgestellt? Moment, nur damit wir uns nicht falsch verstehen. Du denkst, ich wusste, wen ich vor mir habe, als ich dieses Lokal betrat, und hätte aus Berechnung mit dir geschlafen?«

»Ach, nicht?«

»Was hätte ich davon?«

Ein undefinierbares Geräusch brach aus ihr hervor: »Ja, was weiß ich.« Oh Mann, war das unangenehm. Wo blieb der Zug, vor den sie sich werfen konnte? Nun wirkte er auch noch gekränkt.

»Ich hatte einen schlechten Tag und wollte mir auf dem Heimweg noch einen Drink genehmigen. Und dann habe ich dich an der Bar entdeckt ...« Er schüttelte den Kopf und legte seinen Ordner auf den Tisch, bevor er sich ihr wieder zuwandte. Ein wenig steifer, als sie seine Bewegungen in Erinnerung hatte. »Du sahst verloren aus. Den Rest kennst du ja selbst.«

Oh ja, den kannte sie. Und leider war sie noch immer nicht tot umgefallen, sondern stand wie ein begossener Pudel vor ihm, während die Stimme in ihrem vermutlich feuerroten Kopf nur mehr das Wort *Flucht* brüllte. Abstand. Viel Abstand. Zwischen sich und diesem Mann. Ein ganzer Kontinent sollte sich doch bitteschön auftun. Sie drehte sich um und rannte beinah gegen einen kleinen Mann, der gerade hereinschneite.

»Oh, entschuldige«, sagte er und trat einen Schritt zurück. Dann sah er zu Will. »Kaffee?«

»Danke Mike, ich kann mir meinen Kaffee auch selbst holen. Es ist doch nur dieser kleine rote Knopf zu betätigen, nicht wahr?«

Mike sah Will verständnislos an, nickte dann aber und verschwand wieder.

Josy hörte, wie sie mit ihren Zähnen knirschte. Bitte, das konnte doch wohl alles nicht wahr sein. *Aufwachen Josy, du träumst nur.*

»Oder möchtest du eine Tasse?«, fragte er zögernd nach.

Nein, sie träumte nicht. Sie stieß ihren angestauten Atem aus und wollte einen erneuten Versuch starten, aus dem Besprechungszimmer zu stürmen, als die Tür vor ihr von allein ins Schloss fiel. Sie blieb stehen und starrte die geschlossene Tür an.

»Ich will dich nicht zwingen, hierzubleiben, aber ich werde es tun, wenn ich muss, bis du mich angehört hast. Das mit dem Kaffee war ein Scherz, Josy. Entschuldige bitte, aber ich bin genauso baff wie du. Könnten wir die Sache vergessen und von vorn anfangen?«

Warum schnürte ihr diese Aussage die Kehle zu? Meinte er damit ihre gemeinsame Nacht? Er war es doch, der einfach so gegangen war, da war dann ja ohnehin schon alles vergessen.

Sie drehte sich wieder zu ihm um und begriff erst jetzt, was das für ein Ausdruck war, den er schon die ganze Zeit aufgesetzt hatte. Er war tatsächlich genauso überrascht wie sie, nur dass er sie nicht mit Vorwürfen attackierte, sondern versuchte, die für beide Seiten unangenehme Situation unter Kontrolle zu bekommen. Junge, Junge. Warum bloß funktionierte ihr Gehirn in der Nähe dieses Mannes nicht? In der Aufmachung, in der sie an diesem Abend aufgetreten war, konnte Will anhand ihres Fotos aus der Personalakte unmöglich erkannt haben, wen er vor sich hatte, selbst wenn er die Daten vorher genau studiert hätte.

Ach Mist. »Du wusstest wirklich nicht, wer ich war.«

»Nein.«

»Ich glaube, dann sollte ich an der Stelle meinen Vorwurf zurücknehmen.«

»Schwamm drüber«, winkte er ab. Man sah ihm die Erleichterung an. »Könnten wir uns vielleicht einen Moment setzen?«

Er deutete auf den Stuhl. Hatte sich dieser gerade bewegt? Ganz sicher sogar. Als Will ein *Bitte* nachschickte, sah sie ihm wieder ins Gesicht und entdeckte ein aufmunterndes Lächeln.

»Okay.« Sie nickte. Jetzt konnte ohnehin nur mehr Schadensbegrenzung betrieben werden. So würdevoll wie nur irgend möglich, ging sie auf das Sitzmöbel zu und ließ sich darauf nieder.

4. Kapitel

Die wenigen Minuten, die Will benötigte, um für sich und Josy Kaffee zu besorgen, halfen ihm einigermaßen, wieder Fuß zu fassen. Es war ihm schon lange nicht mehr passiert, dass er derart aus den Wolken gefallen war, aber als er Josy gesehen hatte und ihm klar wurde, in was sie sich da hineingeritten hatten, war ihm, als knalle er frontal gegen eine Mauer. Ihr schien es nicht anders gegangen zu sein, denn ihm war ihr Farbenspiel nicht verborgen geblieben. Und dabei war ihm das Ganze nicht einmal wegen sich selbst unangenehm, denn er hatte sich insgeheim gefreut, sie wiederzusehen, nachdem er versucht hatte, sich damit abzufinden, dass es eben nicht so sein würde.

Was ihm bei der Sache zu schaffen machte, war, dass Josy nach dem Sex den Eindruck erweckt hatte, als bereute sie es, seine Nähe zugelassen zu haben. Das war der Grund, weshalb er ging, nachdem sie eingeschlafen war, um ihr den peinlichen Abschied zu ersparen. Und nun musste sie feststellen, dass ausgerechnet er ihr Vorgesetzter war.

Außerdem hatte sie sich in jener Nacht für den Sex bei ihm bedankt und das stieß ihm noch immer auf, weshalb er sich den Scherz mit dem Kaffee nicht hatte verkneifen können. Sex übrigens, der mehr verdient hätte als ein läppisches Danke. Sex, der ihm nicht aus dem Kopf gegangen war, genauso wie die Frau selbst. Auch jetzt wäre er wieder auf der Stelle bereit gewesen, sie in die Arme zu schließen, zu küssen und zu nehmen. Sie bräuchte nur mit dem Finger zu schnippen und er würde ihr all das geben. Jedes Mal wieder. Das war keine normale Reaktion. Weder in Anbetracht der Situation noch von seinem Körper oder seinem Verstand.

Diese Frau trübte sein Urteilsvermögen. Er konnte nicht mehr klar denken, als leite schon der Gedanke an sie seine Gehirnströme um. Er schnappte sich die Kaffeebecher und ging zurück ins Besprechungszimmer, in der Hoffnung, Josy auch noch dort anzutreffen. Als er eintrat, saß sie zu seiner

Erleichterung noch immer auf dem Stuhl.

»Danke«, sagte sie, als er ihr den Becher auf den Tisch stellte, und kramte weiter in ihrem Rucksack herum.

Er setzte sich ihr schräg gegenüber und nutzte die Gelegenheit, sie zu beobachten. Ohne Make-up und ganz leger in Jeans und T-Shirt sah sie anders aus als an dem Abend, als er ihr das erste Mal begegnet war. Noch besser. Authentischer. Ihre langen schwarzen Haare gefielen ihm offen ebenfalls besser. An ihre schmächtige, etwas burschikose Figur, ihre festen trainierten Waden, oder gar an diese üppigen Brüste durfte er gar nicht erst denken, denn das führte schon wieder dazu, dass ihm die fantastische Nacht mit ihr in den Sinn kam. Josy brachte diese ungeschliffene Wildheit mit, die er jahrelang in sich weggeschlossen hatte. Diese zügellose Leidenschaft, dieser temperamentvolle Geist und diese entfesselten Gefühle, die sie für ihn freigelassen hatte, machten sie zu einer wahren Naturgewalt.

Als wäre sie der Schlüssel zu seiner Büchse der Pandora, hatte sie all diese seit Jahren verschlossenen Gewalten in ihm entfesselt. Einfach freigelassen. Gott, wie er es genossen hatte. Seit einer halben Ewigkeit hatte er sich nicht mehr so frei, so lebendig gefühlt. Keine Regeln, keine Grundsätze, keine Verantwortung. Einfach zwei erwachsene Menschen, die sich in überschäumenden Emotionen aufeinander losgelassen hatten. Hätte er in jenem Moment gewusst, wer sie war, wäre es natürlich falsch gewesen, mit ihr zu schlafen. Aber selbst dann hätte er ihr gewiss nicht widerstehen können. Und sogar jetzt, wo das dadurch entstandene Chaos bereits an die Tür klopfte, bereute er nicht eine Sekunde. Nur dass seine Reaktionen auf Josy kein Dauerzustand bleiben durften. Nicht nur, weil er ihr jede weitere Unannehmlichkeit ersparen wollte. Sondern auch, weil zu viel an dem subtilen, gelassenen Will hing, der er seit Langem war und in seiner Position auch sein musste. Dieses Gespräch zwischen ihnen würde sich also als Feuertaufe erweisen müssen, ob er auch dieser Will sein konnte, wenn Josy bei ihm war. Sonst hätte er nämlich ein Problem. Ein mächtiges.

Etwas zerknirscht musste er aber zugeben, dass es ihm missfiel, dass sie sich nun wieder verschloss. Viel lieber wäre ihm, wenn sie ihm wenigstens ein Lächeln schenken würde, aber vermutlich wünschte sie sich noch immer ganz woanders hin.

»Alles in Ordnung, Josy?«

»Ja, geht so. Warum bin ich hier, Will?«, fragte sie angespannt und ließ ihren Rucksack los. Sie versuchte, Haltung zu bewahren, ruderte offenbar genauso wie er.

»Wie wäre es, wenn wir erst mal unseren Kaffee trinken, bevor ich dir alles erkläre? Ich glaube, eine kleine Verschnaufpause würde uns beiden guttun«, sagte er und nahm seinen Becher in die Hand.

»Ich würde mich bedeutend wohler fühlen, wenn ich endlich erfahren würde, warum ich hier bin, um dann entscheiden zu können, ob ich bleibe. Okay?«

Trotz ihres gehetzten Tons lehnte er sich zurück, versuchte, ein wenig Ruhe zu vermitteln und betrachtete sie. Sie glich einem Wirbelsturm und trotzdem dachte er eher an einen Schmetterling. Zart und zerbrechlich.

Plötzlich spürte er, wie jemand versuchte, an seiner geistigen Ebene anzudocken. Josy wollte doch tatsächlich in seinen Verstand eindringen. Kleines Miststück. Er verkniff sich ein Lächeln und schloss seine Schutzschilde, die er sich über die Jahre antrainiert hatte. Ihre Bemühungen waren vergebens. Augenblicklich veränderte sich ihr Gesichtsausdruck von *Einfach nur weg hier* in *Das gibt es doch nicht.*

»Jahrelanges Training«, sagte er.

»Du weißt es?« Sie war tatsächlich verblüfft. Ihr Klammergriff um ihren Becher verstärkte sich.

»Ja, ich weiß über deine Fähigkeit Bescheid.«

»Aber woher ... das kann doch unmöglich ... ich verstehe das nicht.« Sie rang sichtlich um Fassung.

»Bilde ich mir das nur ein oder besitze ich die besondere Gabe, dich sprachlos zu machen?«

»Hör auf mit dem Blödsinn«, sagte sie. »Ich habe mich seit vielen Jahren niemandem mehr anvertraut, also sag mir bitte, woher du davon weißt.«

Sie versuchte, weiterhin Rückgrat zu zeigen, aber offenbar war sie nicht mehr Herr der Lage. Aber auch den nächsten Aha-Moment würde er ihr nicht ersparen können.

»Von Dan.«

»Wie bitte?«

Josy versuchte erst gar nicht mehr, ihre Verwirrung zu verbergen. Man sah ihr deutlich an, dass sie diese Verkündung am allerwenigsten erwartet hatte. Also versuchte er, sich so vorsichtig wie möglich vorzuarbeiten.

»Dan erkennt Menschen die eine besondere Gabe besitzen. Er hat dich damals in seine Truppe geholt, weil er der Meinung war, er könnte dir helfen, besser damit umzugehen.«

»Ich brauche keine Hilfe«, sagte sie.

Will nickte. »Ich weiß. Menschen wie wir haben das besondere Talent, sich selbst zu Außenseitern zu machen. Niemand möchte in einer rationalen Welt als irrational gelten, also stellt man sich nach etlichen Bemühungen, für voll genommen zu werden, freiwillig ins Abseits.«

»Ich war schon immer Einzelgängerin. Das eine hat mit dem anderen nichts zu tun«, entgegnete Josy felsenfest und strich sich ihr langes Haar über die Schulter zurück.

»Natürlich.« Das leichte Zittern in ihrer Stimme war ihm nicht entgangen, und er hatte nicht vor, sie zu bedrängen, also beließ er es dabei. Im Umgang mit schwierigen Charakteren hatte er Übung. Auch mit Menschen, denen jedes Mittel recht war, um sich selbst zu schützen. Dennoch hatte er gehofft, einen konstant widerstandsfähigen Menschen an Bord holen zu können. Bekommen hatte er ein Pulverfass, das jeden Augenblick hochgehen konnte, wenn man ihr zu nahetrat und das ihn noch dazu ziemlich heftig reizte.

»Menschen wie wir ...«, setzte sie an, als würde es ihr in diesem Moment erst dämmern.

Er wartete geduldig, bis sie eins und eins zusammengezählt hatte.

»Was meinst du damit?«, fragte sie schließlich und richtete ihre dunkelbraunen Augen vorsichtig auf ihn.

»Ich zeig es dir einfach«, meinte er, bevor er seine Konzentration auf den Ordner zwischen ihnen richtete, der ruckartig vom Tisch glitt und zu Boden segelte.

Josys Augen weiteten sich. »Das ... dann warst du das tatsächlich mit der Tür und dem Stuhl. Oh Gott, das ist ja fantastisch«, rief sie aus. »Ich meine, wer hätte gedacht, dass so etwas möglich ist. Telekinese ist wissenschaftlich nicht belegbar.« Ihr Blick galt noch immer dem Ordner zu ihren Füßen.

Will schnaubte amüsiert. »Und das aus deinem Mund.«

Sie sah ihn an. »Lach ruhig, Will. Aber es ist das erste Mal, dass ich jemandem begegne, der auch eine Gabe besitzt. Ich dachte immer, ich sei etwas Besonderes.«

»Das bist du auch.« Er sagte das leise und auch mehr zu sich selbst. Erst als sich Josy prompt abwandte, bemerkte er, wie er sie angesehen haben musste. Er schalt sich einen Idioten. So viel zu seiner Besinnung. Als wäre sein Leben nicht schon kompliziert genug, musste er Gefühle für eine Frau entwickeln, die so unvorhersehbar wie das Wetter war. Gefühle, die nicht so einfach zu kontrollieren waren. Er sah die Katastrophe schon von Weitem winken.

»Deshalb bin ich auch hier, nicht wahr? Wegen meiner Gabe.«

Nachdenklich rührte sie ihren Kaffee um. Will hatte ganz vergessen, ihr zu erklären, warum sie versetzt worden war. Er hoffte, dass das dünne Band des Vertrauens, das er zwischen ihnen spürte, ausreichte, um sie für sein Team gewinnen zu können. Wobei er vermutete, dass ihm seine Truppe eins überziehen würde, sobald er mit diesem Wirbelwind dort auftauchte.

»Ich leite eine spezielle Gruppe von Personen, von denen jeder eine außergewöhnliche Gabe besitzt. Wir leben in einer größeren Gemeinschaft, in einem eigens für uns eingerichteten Gebäude, wo wir gemeinsam trainieren und lernen, unsere Gabe richtig einzusetzen, um ...«

»Verbrechen aufzudecken«, fiel Josy ihm ins Wort.

»Das könnte man wohl so nennen.«

»Und was hat das FBI damit zu tun?«

»Wir arbeiten mit ihnen zusammen, trotzdem sind wir eine eigenständige Truppe.«

»Fälle, die vom FBI übernommen werden, sind ...«

»Speziell. Das stimmt. Und wenn diese speziellen Fälle aus dem Ruder laufen, erscheinen wir auf der Bildfläche, um sauber, schnell und effizient den Sachverhalt zu klären.«

Im Grunde hatte das *Team Zero* jedoch sehr wenig mit dem FBI zu tun. Sie nutzten die Vorzüge, die in dieser Verbindung lagen, bestimmten aber ihre Einsätze und deren Abläufe selbst. Was in jeder Hinsicht Vorteile mit sich brachte. Für jene Fälle, bei denen das FBI an seine Grenzen geriet, übernahm *Team Zero* komplett.

»Und was genau sollte eure Arbeit interessanter machen als die, die ich gewöhnt bin? «

Sie wirkte nun neugierig, was Will veranlasste, ihr das Ganze auf ihre Art schmackhaft zu machen. »Der Unterschied liegt darin, dass wir den Psychopathen da draußen ihren Grundsatz von Moral neu definieren.« Er machte eine kurze Pause. »Wenn es sein muss, greifen wir auch zu drastischeren Mitteln, damit sie es kapieren.«

Er sah den Schalk in ihren Augen aufblitzen und erkannte, dass er sie am Haken hatte.

»Und wie passe ich ins Bild?«

»Ich möchte, dass du dich uns anschließt. Wir haben vor einigen Monaten drei Mitglieder bei einem Anschlag verloren. Deshalb brauchen wir jede Unterstützung, die wir kriegen können«, erklärte er, um die Dringlichkeit der Lage zu verdeutlichen. »Deine Ausbildung in Verbindung mit deiner Gabe wäre für uns von großem Vorteil.«

Josy nickte gedankenverloren. Er hatte gehofft, dass sie sofort zustimmen würde, aber schließlich kannte er sie bereits ein wenig besser. Es würde ihr schwerfallen, zuzugeben, dass sie begeistert von seinem Angebot war. Er hatte die Glut in ihren Augen gesehen, als er über das gemeinschaftliche Leben gesprochen hatte, über einen Ort, wo Menschen, die mit dem selben Schicksal zu leben hatten, verstanden und respektiert wurden. Ein Ort, an dem sie ihre Gaben nicht verstecken mussten, sondern diese nützlich einsetzen konnten. Er hatte eine Ahnung, dass ihr so ein Zusammenleben guttun würde. Also entschied er, auch auf die Gefahr hin, dass Josy in die Luft gehen würde, ihr die Entscheidung zu vereinfachen.

»Wo ist der Haken?«

Will hob seine Mundwinkel, während er die Arme vor der Brust kreuzte. »Wenn du ablehnst, kannst du morgen deinen Schreibtisch beziehen, den ich extra für dich in einer besonders staubigen Ecke im Büro des FBI-Hauptquartiers reserviert habe.«

Entgegen seiner Erwartung stahl sich das erste Mal ein bezauberndes Lächeln auf ihr Gesicht.

5. Kapitel

Ein Blick auf die Armbanduhr verriet Josy, dass es bereits später Nachmittag war. Ihre Sachen hatte sie nahezu fertig gepackt, sie musste nur noch ihre Toilettenartikel verstauen und erwartete jeden Moment, dass Will an ihre Tür klopfte, um sie abzuholen. Nach dem gemeinsamen Gespräch hatte er noch einiges zu erledigen gehabt, bevor er Josy seinen Leuten vorstellen wollte. Doch je näher der Moment rückte, desto unbehaglicher wurde ihr. Wie würde sie sich fühlen, wenn sie mit mehreren Menschen unter einem Dach leben musste? Konnte sie die ständige Nähe zu anderen überhaupt ertragen? Und würde sie, so kompliziert, wie sie war, überhaupt akzeptiert werden?

Das Handy klingelte und sie benötigte einige Sekunden, um es aus ihrem Rucksack zu fischen. Es war Will. Es hatte einen Mord gegeben und er nannte ihr die Adresse und bat sie, hinzukommen. Zunächst war sie erstaunt über seinen Anruf, freute sich aber, dass er sie sofort in einen Fall mit einbeziehen wollte.

Also griff sie nach ihrer Weste und machte sich auf den Weg, der sie durch einen großen Wohnbezirk mit vielen Einfamilienhäusern, die sehr gepflegt und sauber wirkten, führte. Hübsche Vorgärten mit Garageneinfahrten, in denen teure Autos standen, zeugten davon, dass in dieser Gegend wohlhabende Menschen lebten. Doch auch in gut situierten Gebieten kam es regelmäßig zu Verbrechen, also verwunderte es sie nicht, dass das Ziel in dieser Gegend lag.

Das Haus, in dem der Mord stattgefunden hatte, sah groß und geräumig aus. Blumenbeete zierten die Einfahrt, ein Gartenzaun rahmte das sonnengelbe Haus ein und akkurat geschnittene Buchsbäumchen standen neben dem Hauseingang. Während sie über den Rasen auf eine Gruppe Beamte zusteuerte, tauchte eine junge Frau neben ihr auf und sprach sie freundlich an.

»Hey. Du musst Josy sein.«

Die junge Frau war genauso groß wie sie und hatte wunderschöne, etwas schrägstehende, grüne Augen. Ein exotischer

Kontrast zu ihrem roten Haar. Ihr Alter schätzte sie auf Ende zwanzig bis Anfang dreißig.

»Ich bin Alexa. Ich gehöre sozusagen zu Wills Team. Freut mich, dich kennenzulernen.« Sie reichte ihr die Hand.

Der Ausdruck in ihrem Gesicht war warm und gefühlvoll, als hätte sie Josy bereits ins Herz geschlossen. Innerlich stieß Josy gegen eine Barriere bei einer derartigen Aufgeschlossenheit, denn sie begegnete Fremden grundsätzlich mit einer gehörigen Portion Skepsis. Zu Recht, wie sie im Laufe ihres Lebens hatte feststellen müssen.

»Die Freude ist ganz meinerseits«, sagte sie ebenso freundlich, weil Alexas liebevolle Ausstrahlung irgendwie abfärbte, und erwiderte den sanften Händedruck.

»Will hat uns schon ein bisschen von dir erzählt.«

Ihre Stimme war weich und beruhigend, als wollte sie Josy vermitteln, dass sie nur Gutes von ihr gehört hatte. Sie jedoch hatte da so ihre Zweifel, schaffte es aber, ihren Mund zu halten.

Alexa redete weiter. »Wir sind schon alle ganz aufgeregt wegen deines Einzugs. Ich habe deine Akte gelesen. Wow. Du hast ganz schön was geleistet.« Sie lächelte liebenswürdig.

»Ja, ich freue mich auch auf den Einzug und ... danke«, setzte Josy noch hinzu, begann aber, ihren Weg fortzusetzen, um der unangenehmen Situation zu entkommen.

Alexa folgte ihr. »Willst du da jetzt reingehen?«

»Ja, vielleicht kann ich helfen. Mal schauen.« Josy steuerte schnurstracks auf die geöffnete Haustür zu, blieb aber noch einmal stehen und sah Alexa an. »Oder sollte ich vorher etwas wissen?«

»Nein, nein. Nur rein mit dir.« Alexa scheuchte sie mit einem Lächeln bis zum Eingang.

»Moment, junge Frau. Können Sie sich ausweisen?« Ein eifriger, junger Beamter trat ihr in den Weg.

»Ich bin ...«, die leitende Einsatzbeamtin, wollte sie schon sagen, als ihr einfiel, dass sie nichts dergleichen mehr war. Aber was oder wer war sie dann? Das Aufräumkommando? Die Kavallerie? Der Depp vom Dienst?

»Ich hab Sie nicht gehört«, sagte der Uniformierte.

»Ich hab auch nichts gesagt.« Mann, das fing ja schon mal gut an. Und das am ersten Tag.

»Sie gehört zu William Turner.«

»Danke, Alexa.«

Entschlossen sah sie den jungen Beamten an, da kam ihr eine weitere Stimme zu Hilfe.

»Wie gesagt, Ms Silver gehört zu Mr Turner.« Es war Miller, der nette Mann aus dem FBI-Hauptquartier. »Lassen Sie die Dame bitte durch. Danke, Kurt.«

Kurt nickte und räumte das Feld. An eine derartige Rückendeckung könnte sie sich glatt gewöhnen. Dankbar lächelte sie Alexa und Miller an, der ihr freundlich auf die Schulter klopfte.

»Sie finden Will bei den Leuten von der Spurensicherung.« Dann wandte er sich an Alexa, um sie zu bitten, ihn zu begleiten.

»Wir sehen uns später«, sagte Alexa mit dieser verunsichernden Freundlichkeit und winkte ihr zu.

»Bestimmt, bis dann.«

Ein Mal atmete sie tief durch, dann ging sie ins Haus und fand sich in einem großen, hell erleuchteten Vorraum wieder, von dem aus mehrere Türen in angrenzende Zimmer führten. Zu ihrer Rechten befand sich eine Treppe ins Obergeschoss. Sie folgte dem Lärmpegel, während sie von einem haarsträubenden Gefühl heimgesucht wurde, das sie beiseiteschob, und ging durch eine offen stehende Glastür in eine Wohnküche. Dort fand sie die Leute der Spurensicherung, die beschäftigt wirkten und Will, der mit dieser lässigen Ruhe auf sie zukam, die ihr schon bei ihrer ersten Begegnung den Wind aus den Segeln genommen hatte. Seine Präsenz strahlte durch den gesamten Raum und erfüllte diesen bis in die letzten Winkel. Konnte das nur an seiner Größe liegen? Oder kam das vielleicht nur ihr so vor? Sie hatte keine Ahnung. Die breiten Schultern, die harten Züge in seinem Gesicht und diese eisblauen Augen. All das stand in strengem Gegensatz zu seinem eher sanften Gemüt. Irgendwie hatte er es in kürzester Zeit und mit außergewöhnlichem Charme geschafft, ihr unter die Haut zu gehen. Von dem fantastischen Sex ganz zu schweigen. Sie gab es im Nachhinein, vor allem nach dem Desaster beim FBI, nicht gern zu, aber dieser Mann an jenem Abend war die Ausnahme wirklich wert gewesen. Während sie seinen geschmeidigen Gang verfolgte, breitete sich wieder dieses angenehme Gefühl in ihr aus, das ihr von den Zehen bis in die Haarspitzen fuhr.

Sie schluckte trocken, verpasste ihrem Hirn einen mentalen Knebel und fuhr ihr Emotionsbarometer auf null, sodass sie wieder auf sicherem Boden stand und sich einigermaßen konzentrieren konnte.

»Josy. Es tut mir leid, aber ...«

Sie konnte Wills Gesichtsausdruck, der sich irgendwo zwischen Erleichterung und Erstaunen befand, nicht exakt deuten, also winkte sie ab, um sich auf den Fall zu konzentrieren. Außerdem war hier und jetzt weder die Zeit noch der Ort, ihre Gefühle für diesen Mann zu ergründen.

»Ist schon in Ordnung. Wo ist die Leiche?« Der Raum war riesig, wirkte endlos, aber nirgends war ein lebloser Körper zu sehen.

»Das ist das Problem. Es gibt keine Leiche«, antwortete er und rieb sich über die Stirn.

Herrgott, der Mann war auch noch attraktiv, wenn er durcheinander war. Moment. Was hatte er gesagt? »Ich dachte, es wurde ein Mord gemeldet.«

»Der wurde auch gemeldet, aber die Mutter des verstorbenen Mädchens ist nicht sonderlich hilfreich. Sie hat in der Notrufzentrale angerufen und berichtet, dass sie ihre Tochter tot aufgefunden habe. Als die Beamten vor fünfzehn Minuten aufgetaucht sind, war keine Leiche hier, dafür konnten aber Blutflecken sichergestellt werden, die darauf hindeuten, dass es eine Leiche gegeben haben könnte. Ich war eigentlich nur zufällig in der Nähe, weil ich dich abholen wollte, und versuche nun selbst, das Rätsel zu lösen.«

»Dürfte ich mir das einmal genauer ansehen?«

»Natürlich«, sagte er mit dieser tiefen Stimme, die bis in ihren

Bauch vibrierte, und führte sie an die Stelle, an der die Blutflecken gefunden worden waren.

Sobald sie die Flecken erblickte und deren Anordnung erkannte, wurde ihr siedend heiß und gleich darauf eiskalt. Bitte, bitte nicht!

Sie schob ihre Befürchtung abermals beiseite, als der Mann der Spurensicherung aufsah. »Hallo Will.« Er schob seine Brille zurück, die auf seine Nasenspitze gerutscht war. »Wenn ihr Auskünfte braucht, muss ich euch leider enttäuschen. Im Moment kann ich hierzu noch nicht sehr viel sagen.« Er tupfte weiter auf den Flecken herum, steckte das kleine Stäbchen in ein Röhrchen und verstaute es in seinem Koffer.

Josy wandte sich wieder an Will. »Wurde das Haus bereits durchsucht? Oder nur gesichert?«

Will machte ein Gesicht, als hätte er in eine saure Frucht gebissen. Klar, er war ja selbst erst gekommen. Sie hingegen hatte aber schon so eine Ahnung und zog ihn aus dem Zimmer.

»In den meisten Fällen versuchen die Angehörigen, den Beamten zu helfen, die Leiche zu finden und den Täter zu überführen, indem sie so viele Informationen wie möglich mitteilen. Woran sich diese Mutter nicht beteiligt, weil sie mit ziemlicher Sicherheit unter einer posttraumatischen Belastungsstörung leidet, hervorgerufen durch den Fund einer Leiche, die noch dazu ihre Tochter war.«

»Du denkst, sie hat die Leiche versteckt.« Es war mehr eine Feststellung als eine Frage.

»Der Kandidat erhält hundert Punkte.« Sie stieß ihm in die Seite. »Obwohl ich eher denke, sie hat ihre Tochter umgebettet.«

»Das ist gut. Das ist wirklich gut«, rühmte er ihre Schlussfolgerung und ging voran in das erste Zimmer, das sich am nächsten des Treppenaufganges befand.

Josy betrat nach ihm den Raum. Ein Schlafzimmer. Sie musste zweimal hinsehen, bis sie die Ecke entdeckte, die sich als Nische entpuppte, in die ein Bett eingefasst war. Auf den ersten Blick war das Bett nicht zu erkennen. Man sah nur das Fenster, das der Tür gegenüberlag und zwei Schränke, die an den Wänden standen und die Nische zum Großteil verdeckten. Alles hübsch in Gelb gehalten, vom Teppich bis zum Bettzeug.

»Will ...« Im gleichen Moment musste er zum gleichen Schluss gekommen sein wie sie.

Er ging zum Bett, zog die Bettdecke beiseite und fand die tote Frau. Das erste, was Josy sah, waren die Verbände an ihren Sprunggelenken, an den Pulsadern und am Hals, die behelfsmäßig, vermutlich von der geschockten Mutter, angebracht worden waren. Die blasse Frau sah aus als würde sie schlafen. Sie wirkte friedlich.

Josy seufzte. Leider hatte sie genau diese Verletzungen erwartet, somit erklärte sich auch das Gefühlschaos, das sie im Untergeschoss wahrgenommen hatte. Das gleiche haarsträubende Gefühl, das bei ihrem letzten Einsatz Besitz von ihr ergriffen hatte, nur dass sich die bereits auflösende Aura des Täters ein bisschen von der damaligen unterschied. Warum das so war oder was dahintersteckte, konnte sie im Moment nicht entschlüsseln.

Während Will den Fund der Leiche bekannt gab und das Team der Spurensicherung den oberen Stock besiedelte, ging Josy zurück ins Erdgeschoss und sah sich noch einmal den Teppich an, auf dem vier Blutflecken zu sehen waren, wo eigentlich fünf hätten sein sollen. Das kam ihr seltsam vor. Sie kniff sich in den Nasenrücken und ließ ihre Gedanken noch ein wenig reifen. Dann begann sich das Bild in ihrem Kopf, langsam zusammenzufügen. Ihrer Eingebung folgend ging sie nach draußen zu den Mülltonnen des Hauses.

Es dauerte nicht lange, bis sie fündig wurde und eine Plastikunterlage mit dem fünften Blutfleck aus der Tonne zog. Der Haushalt war sauber und gepflegt, also verwunderte sie eine Unterlage, die als Schutz für den teuren Teppich unter dem Esstisch diente, keineswegs. Da das Opfer alleine gelebt hatte, erklärte es sich von selbst, weswegen die Unterlage von der Größe her nur für den Platz einer Person gedacht war. Auch wie diese im Müll gelandet war, konnte sie sich bereits zusammenreimen. Trotzdem wollte sie absolute Gewissheit, bevor sie Alarm schlug, also suchte sie die Mutter des Opfers auf, die in Decken gehüllt im Notarztwagen saß und auf den Boden starrte. Sie fragte den Sanitäter, ob die Mutter ansprechbar war.

»Ich glaube, Sie werden damit nicht erfolgreich sein. Es wäre besser, wenn Sie es erst morgen versuchen würden«, sagte der Mann leise.

»Es dauert wirklich nur einen Moment.«

Nach wenigen Augenblicken erhielt sie ein zögerliches Nicken. Sie bedankte sich mit einem Lächeln und setzte sich auf den ausklappbaren Sitz neben die Mutter des Opfers. Mrs Summer hatte kurze kastanienbraune Haare und war aschfahl im Gesicht. Ihre Hände ruhten zusammengefaltet in ihrem Schoß, ihre Schultern hingen schlaff nach unten. Sie sah aus wie ein Häufchen Elend. Josys Herz machte einen Satz. Um eine persönliche Verbindung zu schaffen, legte sie ihre Hand auf den Oberschenkel der Frau und beugte sich ein Stück näher zu ihr. Diese ließ Josys Berührung zu, beachtete sie aber nicht, sondern starrte weiter auf den Punkt, den sie fixierte.

»Ihre Tochter hat gern gelesen, nicht wahr?«

Keine Reaktion.

»Ich habe ihre Bücher gesehen. Eine beachtliche Anzahl. Neben den Romanen habe ich auch zahlreiche Gesetzesbücher entdeckt. Ihre Tochter war Juristin, richtig?«

Nun erhellte sich die Miene der Frau. »Sie ist eine tolle Rechtsanwältin. Sie kämpft stets für das Gute«, sagte sie und neigte den Kopf zur Seite, als sehe sie etwas, das für andere verborgen blieb. Um ihre Mundwinkel kräuselte sich ein trauriges Lächeln, das Josy zutiefst berührte.

»Ja«, pflichtete Josy bei und wartete, ohne die körperliche Verbindung zu unterbrechen.

Nach wenigen Minuten brach das Kartenhaus in sich zusammen. Mrs Summer begann, hemmungslos zu schluchzen, umarmte Josy und weinte in ihre Halsbeuge. Automatisch legte sie der weinenden Frau beide Arme um die Schultern und strich ihr beruhigend über den Rücken. Es gab vieles, was sie gern gesagt hätte, doch kein Wort hätte an der tragischen Situation etwas geändert. Worte reichten auch nicht aus, um nur annähernd ihr Beileid auszudrücken. Stattdessen schenkte sie der Mutter stumme Anteilnahme und wartete, bis diese sich soweit gefangen hatte, um sprechen zu können.

Der Sanitäter, der in der Zwischenzeit seine Utensilien verstaut hatte, reichte ihr ein Taschentuch und forderte Josy mit seinem Blick auf, zu gehen. Sie warf ihm einen entschuldigenden Blick zu, blieb aber sitzen. Nachdem sich Mrs Summer ausgiebig geschnäuzt hatte, drehte sie sich zu Josy und sah sie zum ersten Mal an. Ihr Blick war traurig, entkräftet und traf mitten ins Herz. Nach all den Jahren hatte sich keine Routine in solchen Situationen eingestellt und sie hatte aufgegeben, darauf zu warten, dass es jemals passieren würde. Stattdessen versuchte sie, wenigstens etwas Distanz zu wahren, um diese schrecklichen Schicksalsschläge nicht allzu sehr an sich heranzulassen.

»Ich verstehe nicht, wie so etwas möglich ist«, sagte Mrs Summer. »Ich wollte sie besuchen, habe angerufen, um mich anzukündigen, doch da sie sich nicht gemeldet hat, habe ich beschlossen, sie zu überraschen. Sie arbeitet einfach zu viel, wissen Sie? Und dann habe ich sie gefunden.« Hörbar sog sie Luft ein und schniefte.

Es tat Josy unendlich leid, doch sie musste fragen. »Sie haben Ihre Tochter auf dem Esstisch gefunden, nicht wahr? Haben sie verarztet und ins Bett gebracht. Dann haben Sie begonnen, sauber zu machen.«

Der Sanitäter unterbrach sie schroff. »Es ist genug. Mrs Summer braucht nun Ruhe.«

Da die Frau vor sich hin nickte und wieder in ihre Starre verfiel, hatte Josy ihre Antwort bereits bekommen.

Wenig später saß sie auf der Treppe vor dem Haus und versuchte alle Informationen und Eindrücke zu ordnen. Eine weitere Frau, die gewaltsam den Tod gefunden hatte. Pulsadern und Kehle durchtrennt. Fesselmale. Diese Entdeckungen ließen nicht viel Raum für andere Rückschlüsse.

Bevor sie sich jedoch weitere Gedanken über den Zusammenhang dieses Mordes mit ihrem letzten Fall machen konnte, musste sie noch ein paar Kleinigkeiten abchecken, die keinesfalls außer Acht gelassen werden durften.

»Du warst uns eine große Hilfe.« Will klopfte ihr auf die Schulter und ließ sich neben ihr auf den Stufen nieder.

»Ach was. Das hättet ihr ohne mich auch geschafft.«

Insgeheim freute sie sich über sein Lob. Obwohl sie gedanklich noch immer mit dem Fall beschäftigt war, konnte sie Wills Nähe nicht ausblenden. Und das nicht nur aufgrund seiner imposanten Aura. Sein Polohemd, das heute Mittag noch akkurat gesessen hatte, hatte über den Tag gelitten und seine Haare sahen durch das ewige mit den Fingern hindurchwühlen auch mitgenommen aus. Im Großen und Ganzen wirkte er zerzaust, was sein Aussehen aber nicht zum Nachteil veränderte.

»Vermutlich schon, aber du hast uns eine Menge Zeit erspart. Eigentlich hätte ich selbst auch drauf kommen können«, sinnierte er.

Ein heißer Schauer rann ihr über den Rücken, als sein Oberarm wie unabsichtlich ihre Schulter streifte. Gott hilf. »Ich bin kein Genie Will, ich hatte schon einmal einen ähnlichen Fall. Das ist alles«, versuchte sie weiteres Lob abzuwürgen.

Irgendwie spielten ihr ihre Gefühle einen üblen Streich, denn bisher hatte sie noch niemandem gegenüber mehr als freundschaftliche Zuneigung empfunden. Vielleicht steckte bei Dan mehr dahinter als nur bloße Freundschaft, aber bei Will empfand sie etwas ganz anderes.

Sie fühlte sich zu ihm hingezogen. Und das nicht nur, weil sie bereits im Bett waren. Nein, es war viel mehr, als hänge sie an unsichtbaren Fäden, die sich mit ihm verknüpft hatten. Diese Erkenntnis verwirrte sie, dass sie das Bedürfnis überkam, sich zurückzuziehen, sich abzukapseln, um den dadurch entstandenen Schaden zu reparieren. Leider verfolgten einen gewisse Paranoia ein Leben lang und waren nahezu irreparabel.

»Nicht nur hübsch, sondern auch noch klug, du bist eine gefährliche Frau, Josephine Silver«, murmelte er.

Das hatte er jetzt nicht gesagt, oder? Entgeistert starrte sie ihn an. Ihr Gesicht musste Bände gesprochen haben, denn er räusperte sich und richtete sein Interesse auf den Vorgarten. Er wirkte gefasst, als würde er ihren Rückzug nun ohnehin erwarten. Also gab sie ihm, was er erwartete.

»Ich möchte noch mit den Leuten von der Spurensicherung sprechen. Wir sehen uns später, ja?« Hastig sprang sie auf und eilte zurück in das Haus.

»Da sind Sie ja.« Der Mann mit der Brille, mit dem sie vorher schon gesprochen hatte, kam ihr im Wohnzimmer entgegen.

»Ich würde Ihrer Vermutung der Todesursache betreffend zustimmen. Mit hundertprozentiger Sicherheit kann ich es aber erst sagen, wenn der Laborbefund vorliegt. Sobald alle Unterlagen fertig sind, können Sie Einsicht nehmen.«

Das genügte ihr momentan. Sie bedankte sich, zückte ihr Handy und zog sich von dem ganzen Rummel zurück, um ungestört zu telefonieren. Es würde ihr keine Ruhe lassen, bis sie absolut sicher sein konnte, dass ihr Verdacht richtig war. Wie zufällig konnten Zufälle sein?

Nach dem zweiten Klingeln wurde abgenommen. »Jo, schön, dass du dich meldest«, sagte Dan erfreut. Sie stellte sich bildlich vor, wie er in sich hineingrinste. »Wie komme ich zu der Ehre? Hast du beschlossen, mir zu verzeihen?«

Unwillkürlich musste sie lächeln. »Dan, kannst du mir einen Gefallen tun?«

»Natürlich. Worum geht's?«

»Ich bin hier an einem Fall dran und benötige den pathologischen Befund meines letzten Falles, um die beiden miteinander vergleichen zu können. Ich nehme an, ihr seid noch nicht weitergekommen?«

»Ersteres, natürlich. Letzteres, leider nein. Geht es dir gut, Jo?«

»Ja danke.«

»Danke, dass ich dich versetzt habe oder ja danke, mir geht es gut?«

»Du weißt, was ich meine, Dan.«

Sie hörte, wie er am anderen Ende der Leitung seine Lungen füllte und somit beschloss, nicht länger nachzubohren. »Also gut. Hast du eine Faxnummer?«

Sie gab ihm die Nummer und wollte sich gerade verabschieden, als sie noch einmal von Dan unterbrochen wurde. »Am Samstag findet diese polizeiliche Veranstaltung statt. Du weißt schon, die alljährliche Benefizgala. Sehen wir uns dort?«

»Eher nicht«, antwortete sie, ohne darüber nachzudenken.

Stille.

»Vielleicht überlegst du es dir ja noch einmal. Ich würde mich freuen. Und melde dich, wenn du weitere Informationen benötigst.« Er klang ein wenig enttäuscht.

»Dan?«

»Ja?«

»Vielen Dank.«

Sie klappte ihr Handy zu und lehnte sich ermattet an die Wand neben der Haustür. In diesem Moment wusste sie nicht, was schlimmer war; dass sich die Annahme, dass sie von einem geisteskranken Mörder verfolgt wurde, der noch dazu über ihre Fähigkeit Bescheid wusste, bestätigen würde, oder ihre Empfindungen, die ihr entglitten und sich auf einen bestimmten Mann richteten. Beides könnte sie ihrer persönlichen Hölle einen Schritt näher bringen.

6. Kapitel

Will sah, wie Alexa auf ihn zukam, und ging ihr entgegen.

»Sind wir hier fertig?«, fragte sie mit diesem bezaubernden Lächeln auf ihrem hübschen Gesicht.

»Fürs Erste. Was hältst du von ihr?« Er musste Josys Namen nicht aussprechen. Alexa hatte die Neue längst unter die Lupe genommen.

»Die Frage ist wohl, was du von ihr hältst.« Ihr schelmisches Grinsen beeindruckte Will nicht.

»Hör auf, meine Gefühle zu durchwühlen«, bat er nachdrücklich und sah sie streng an, um sie aus dem Konzept zu bringen. Doch das schien nicht zu fruchten.

»Als würde ich es absichtlich tun«, verteidigte sie sich und legte ihren Kopf schräg, um ihm noch gründlicher auf den Zahn zu fühlen. Es war schwierig, Alexa etwas vorzumachen, also versuchte er, die Richtung des Gespräches zu ändern, um von sich abzulenken, denn das Letzte, was er im Moment brauchen konnte, war eine Empathin, die seine Gefühle offen darlegte. Und sei es nur vor ihm selbst. »Josy war großartig.«

»Oh ja, das ist sie. Ich habe sie mit Mrs Summer, der Mutter des Opfers, beobachtet. Sie war genial. Es ist unglaublich, wie einfühlsam sie sein kann, wenn es nicht um ihre Person geht. Aber vor allem beeindruckt mich, dass sie einen Schalter umlegen kann und auf Autopilot stellen.«

Er konnte nicht nachvollziehen, wie Alexa das meinte, also fragte er sicherheitshalber nach, um nichts falsch zu verstehen. Bei Frauen konnte man schließlich nie wissen. »Sie ist dir unsympathisch?«

»Ach bitte. Du müsstest mich besser kennen, Will. Ich will nur sagen, dass sie eine komplizierte Frau ist.«

»Sind wir nicht alle irgendwie schwierig?«

Alexa lächelte verschwörerisch. »Sicher, und ich bin überzeugt, dass sie hervorragend zu uns passen wird, wenn sie erst einmal gesehen hat, dass wir alle unsere Grauzonen haben und sie für ihre nicht verurteilen. Aber du wirst es mit ihr nicht leicht haben, denn vor Gefühlen, die du ihr gegenüber hast, hat sie panische Angst.«

»Danke für die Diagnose, Frau Doktor. Ich werde Josys Wagen nehmen. Du kannst mit meinem vorausfahren. Wir werden nicht mehr lange brauchen, dann kommen wir nach.« Er reichte ihr seinen Wagenschlüssel und machte sich auf die Suche nach Josy, ohne auf Alexas eindringlichen Blick in seinem Rücken zu achten.

Als er Josy fand, stand sie geistesabwesend an eine Wand gelehnt. Sie bemerkte ihn erst, als er sie ansprach. Selbst dann vergingen noch ein paar Sekunden, ehe sie ihre Aufmerksamkeit auf ihn richtete. Es war Zeit, nach Hause zu fahren.

»Klar. Ich muss nur noch meine Koffer holen, die habe ich im Hotelzimmer stehen lassen, nachdem du mich angerufen hast.«

»Wie bitte?«

Da ging sie schon an ihm vorbei, die Treppen hinunter, auf den Rasen zu. Er marschierte ihr hinterher. »Ich habe dich nicht angerufen.«

»Hm.«

Offensichtlich war sie mit ihren Gedanken noch immer woanders. Also hielt er sie fest, um sie zu zwingen, ihn anzusehen und zuzuhören.

»Woher. Hast. Du. Gewusst. Dass. Ich. Hier. Bin.«

»Du hast mich angerufen, das sagte ich bereits, und mir diese Adresse gegeben.«

»Das habe ich nicht. Ich habe nicht mal deine Handynummer, Josy.«

Sie hielt inne, dachte nach und kam offenbar zu einem unheilvollen Ergebnis. Anstatt ihn an ihren Überlegungen teilhaben zu lassen, knirschte sie mit den Zähnen.

»Was ist hier los? Hast du eine Ahnung, wer dich angerufen haben könnte?«

Er bemühte sich, ruhig zu sprechen und nicht gleich auszurasten, obwohl seine Gefühle und Gedanken in alle Richtungen ausschlugen. Es war nicht sonderlich schwierig, sich zusammenzureimen, wer Josy von diesem Einsatz berichtet haben könnte. Ihr Mienenspiel war Bestätigung genug. Schließlich machte er diesen Job auch nicht erst seit gestern. Ein Beamter, der einem Verrückten als Spielball diente, käme auch in seinem Zuständigkeitsbereich nicht das erste Mal vor. Das konnte in einem schrecklichen Desaster enden. Und wenn er die Frau ansah, die es betraf, wurde ihm schlecht.

»Nein, ich weiß nicht, wer mich angerufen hat, denn die Nummer war unterdrückt«, entgegnete sie, als läge das auf der Hand.

»Herrgott noch mal, Josy. Ich weiß, dass es niemand von uns war. Wer könnte es also gewesen sein? Hast du die Stimme erkannt?«

»Jetzt hör mal Will, ich bin hundemüde, okay? Der Abend war nicht gerade der Hit. Eigentlich war der ganze Tag ziemlich anstrengend. Wenn ich also die Stimme des Anrufers erkannt hätte, dann müssten wir diese Debatte nicht führen, denn dann hätte ich dir längst davon erzählt.«

Zu allem Übel machte sie ihm jetzt auch noch ein schlechtes Gewissen wegen ihres Zusammentreffens. Will streckte die Hände gen Himmel. »Verflixt, Frau. So kommen wir nicht weiter. Sag Bescheid, wenn du dich dazu entschlossen hast, diese Geschichte hinter uns zu lassen. Ich dachte eigentlich, das hätten wir bereits erledigt.«

Gott ja, es hätte anders zwischen ihnen laufen können. Aber was konnte man daran nun schon ändern? Außerdem war das jetzt nebensächlich. Um Fassung bemüht, rauschte er an ihr vorbei, denn er konnte sich nicht entscheiden, ob er sie übers Knie legen sollte, weil sie das Ganze auf die leichte Schulter nahm und ihm diesen unschönen Verdacht als Bagatelle verkaufen wollte, oder ob er sie in die Arme reißen und so lange küssen sollte, bis sie kapierte, dass es eben kein Fehler war, miteinander geschlafen zu haben.

»Hallo? So hab ich das nicht gemeint. Und hast du auch den Rest gehört, den ich gesagt habe?«

Ja verdammt, das hatte er. Und es gefiel ihm ganz und gar

nicht, dass ein irrer Mörder hier herumlief, der diese Juristin erbarmungslos abgeschlachtet hatte und dem vermutlich einer dabei abging, wenn er eine Polizistin an seinem Vergnügen teilhaben lassen konnte. Er ballte seine Hände zu Fäusten.

»Hey Will, komm wieder runter und hör mir bitte zu. Ich dachte, der Anrufer wärst du, weil er sich mit deinem Namen gemeldet hat. Aber die Verbindung war schlecht, also habe ich keine Ahnung, wer es hätte sein können.«

Jetzt hatte sie aber eine Ahnung, nicht wahr? Dachte sie eine Sekunde darüber nach, was das bedeuten konnte? Was hier auf dem Spiel stand? Dass diese Informationen, die sie offenbar für nichtig hielt und die sie deshalb nicht einmal aussprach, ihr Leben kosten konnten? Abrupt blieb er stehen und drehte sich wieder zu ihr um. Er spürte, wie seine Halsschlagader pochte und seine Laune den Tiefpunkt erreichte. »So. Jetzt sag ich dir, wie die Sache zwischen uns ablaufen wird. Ich stelle hier die Regeln auf und du leistest ihnen Folge. Ich werde weder dulden, dass du um Tatsachen herumschiffst noch dass du sie herunterspielst. Du bist verdammt noch mal kein Einzelkämpfer mehr, sondern Teil eines gut funktionierenden Teams. Freunde dich damit an oder wir beide haben ein Problem.«

Ferner war ihm egal, dass sie die Wut über diesen kranken Dreckskerl abbekam, der die Frechheit besessen hatte, sie anzurufen. Sollte sie ruhig wissen, was passierte, wenn er wütend war und die Pferde mit ihm durchgingen. Dann wäre das auch schon mal geklärt.

»Hoppla, großer Häuptling.« Sie zeigte ihm ihre Handflächen. »Das Team ist es ja gerade. Ja, okay, ich habe einen Verdacht. Aber das hier ist mein erster Tag und ich werde ganz sicher nicht einen großen Wirbel veranstalten und am nächsten Tag stellt sich heraus, dass ich mich getäuscht habe. Ich mache mich doch nicht lächerlich.«

»Josy.« Er biss die Zähne aufeinander, bis sein Kiefer schmerzte. »Ein Team funktioniert nur dann, wenn man sich aufeinander einlässt und einander vertraut. Ich werde dir nicht erlauben, allein in die Schlacht zu ziehen. Jetzt und auch später nicht.« Er betonte jedes Wort, damit sie auch alle bei ihr ankamen. Sie musste einsehen, dass er sie nicht allein gegen einen durchgeknallten Psychopathen antreten lassen würde. Herrgott, konnte sie ihm denn nicht ein kleines bisschen vertrauen?

»Erde an Will. Ich öffne meinen Mund. Hörst du mich?«, rief sie mit der Andeutung von Verzweiflung in der Stimme. »Es handelt sich um einen Verdacht, okay? Es steht hier niemand rum, der mir eine Pistole an den Schädel hält, also hör auf der Stelle auf, dich wie ein Idiot zu benehmen.«

Mit drei Schritten war er bei ihr, baute sich vor ihr auf, während ihn ihre Augen unablässig anfunkelten. Sie würde sich ihm nicht unterordnen, so viel war klar, aber er durfte ihr nicht die Führung überlassen. »Wenn du mit meinen Regeln nicht klarkommst, dann musst du wieder gehen.« Diese Worte auszusprechen, fiel ihm alles andere als leicht, aber er musste ihr verständlich machen, wie wichtig es war, dass sie auf ihn und seine Entschlüsse vertraute. Sie hatte nicht an dem zu zweifeln, was er anordnete oder sich dem gar zu widersetzen. Im Gegenzug würde er die Verantwortung für alle Entscheidungen tragen. So war das, wenn man ein Team leitete.

Sie trat ebenfalls einen Schritt auf ihn zu. Er hätte nur die Hand ausstrecken müssen, um sie zu berühren. Tat es aber nicht, denn sonst hätte er sie gepackt und geküsst, was im Moment nicht förderlich wäre, um seine Ansichten zu unterstreichen. Aber verdammt, seine Instinkte reagierten auf sie und die Angst, dass ihr etwas zustoßen konnte, verstärkte seinen Wunsch, sie in die Arme zu schließen.

Entschlossen sah sie zu ihm hoch. »Wenn du für dein Team jemanden suchst, der das Wort Pflicht und Ehre ernst nimmt, dann bin ich dabei. Wenn du aber willst, dass ich mich für dich verbiege, muss ich dich enttäuschen, das kannst du knicken.« Sie holte Luft und streckte ihre Hand aus, als er zu einer Erwiderung ansetzen wollte. »Ich bin teamfähig. Ich habe eins geleitet, schon vergessen? Hier handelt es sich ausschließlich um eine Mutmaßung. Ich bitte dich also, mir zu vertrauen, denn ich werde dich umgehend in Kenntnis setzen, sobald sich meine

Vermutung bestätigt. Aber ich werde mich nicht lächerlich machen.«

Wenn sie meinte, dass erfolgreich ein Team zu führen automatisch auch bedeutete, teamfähig zu sein, dann hatte sie sich gewaltig geschnitten. Denn soviel er wusste, hatte sie sich mit den Leuten zwar gut verstanden, aber ihr Ding hatte sie allein durchgezogen. Den anderen in ihrer Einheit war nichts anderes übrig geblieben, als ihr zu folgen. Schuld daran war, dass sie niemandem vertrauen konnte und meinte, für alles allein die Verantwortung übernehmen zu müssen. Jedoch musste sich das in seinem Team ändern, und zwar schnell, ansonsten würde das reinste Chaos ausbrechen. Er atmete tief durch und fuhr sich durch die Haare. Egal, was er jetzt noch sagen würde, sie ließe es entweder an sich abprallen oder würde ihn so lange reizen, bis er endgültig seine gute Erziehung vergaß. Mittlerweile zweifelte er nicht mehr daran, dass Josy ihn so weit bringen konnte, dass er vollends die Kontrolle verlor. Der hinzugekommene Umstand, dass ein Mörder sie ins Visier genommen haben könnte und die Tatsache, dass ihm das an die Nieren ging, machte alles noch schlimmer. Heilige Mutter Gottes, wo würde das enden?

Grundsätzlich würde er es niemals zulassen, dass jemand aus seinem Team Informationen zurückhielt, aber für heute hatten sie sich genug in den Haaren gelegen. Und sie hatte recht. Es war ihr erster Tag. Da er an der ganzen Misere nicht unschuldig war, entschied er zum wiederholten und letzten Male, es auf sich beruhen zu lassen und ihr diesen Vertrauensvorschuss zu gewähren. Er würde sie ohnehin keine Minute aus den Augen lassen. Er gab ihr vierundzwanzig Stunden. Legte sie ihm bis dahin keine Fakten auf den Tisch und damit meinte er auch die, die sie noch zusätzlich vor ihm verschwieg, würde er ein ernstes Wort mit ihr reden müssen. Er hoffte außerdem, dass er in der Zwischenzeit seine Gefühle und seine mentale Verfassung wieder auf einen gesunden Level bringen konnte. So wie er sich im Moment fühlte, war es besser, wenn sich jeder an ihm vorbeiduckte.

»Soll ich dir nachfahren, nachdem ich meine Sachen geholt habe?«, fragte sie, als würde dieser Disput nicht existieren und öffnete die Fahrertür. Anscheinend wollte sie so Frieden signalisieren. Ihm sollte es recht sein.

»Ich habe Alexa mein Auto gegeben. Also fahre ich mit dir mit, damit du den Weg findest. Wenn du willst, kann aber auch ich fahren«, bot er an.

»Bei deiner niedrigen Wutschwelle? Da würde ich eher einen Gorilla ans Steuer lassen.«

Sobald sie losgefahren waren, kehrte Schweigen ein. Dabei konnte er beobachten, wie sie wieder anfing, sich von ihm abzuwenden. Vermutlich, weil sie schon wieder dieselbe Spannung fühlte, die weniger etwas mit dem Job oder dem Anrufer zu tun hatte als vielmehr mit ihnen beiden. Jetzt standen sie vor ihrer Zimmertür und es wurde nicht besser. Natürlich, sie waren auch noch allein und überdies waren ihnen die Streitthemen ausgegangen. Mehr als genug Gründe, sich zurückzuziehen. Unwillkürlich musste er an Alexas Worte denken.

Kompliziert.

Das traf es nicht einmal im Ansatz.

Josy öffnete die Tür und ließ ihn hinein. »Dass du mit hochkommst, wäre nicht nötig gewesen«, bemerkte sie höflich und zeigte auf ihre Koffer. »Ich hätte das auch allein geschafft.«

»Es wäre doch Unsinn, zwei Mal zu laufen, wenn ich schon mal da bin.«

Sie drehte sich so abrupt zu ihm um, dass er beinah in sie hineingelaufen wäre. Wie erstarrt blieb sie vor ihm stehen. Ihre großen Augen sahen ihn aufmerksam an. Dieses Braun erinnerte an Bambi und zog ihn sofort wieder in den Bann. So wie ihre weiche Haut, ihr edel geformter Hals und ihre Brüste, die trotz ihrer schlanken Gestalt üppig genug waren, seine Hände auszufüllen. Es geschah schon wieder. Die Wirkung, die sie auf ihn hatte, war verheerend. Auch die Kettenreaktion, die unweigerlich darauf folgte. Seine Lust, all diese chaotischen Emotionen, die er inzwischen wieder so sorgfältig tief in sich vergraben hatte, um weiteren Komplikationen vorzubeugen, drängten augenblicklich an die Oberfläche zurück. Wie scharfe Klauen rissen sie sich einen Weg durch sein Fleisch, heiß und ungestüm, bis sich seine Vernunft verflüchtigte, der dringende Wunsch, sie zu besitzen, übrig blieb und ein beschwingtes Kribbeln über seine Haut glitt.

Josy bewegte sich nicht, der Moment dehnte sich zu einer unerträglichen Ewigkeit. Er meinte, dass sie den Atem anhielt, bis er bemerkte, dass sich ihr Brustkorb wieder hob und senkte. Seine Nähe ließ sie ebenfalls nicht kalt, das hatte er schon bemerkt, als sie sich vorhin dieses Wortgefecht geliefert hatten. Auch sie reagierte auf ihn. Genauso wie er auf sie.

Bevor er wusste, was er tat, hatte er bereits seine Hand nach ihr ausgestreckt, umfasste sie im Nacken und zog sie heran. Ihre Lippen waren wie dafür geschaffen, von seinen geküsst zu werden. Nicht sanft und zärtlich, wie er es unter anderen Umständen getan hätte. Sein Kuss war hart und strafend. Er wollte sie schmecken und ihr gleichzeitig zeigen, dass sie nicht mit ihm machen konnte, was sie wollte. Dass er in ihrer Nähe noch immer die Kontrolle besaß, obwohl er bereits wusste, gegen seine Prinzipien zu verstoßen und gegen die Anziehungskraft dieser unglaublichen Frau verloren zu haben. Sehnsucht erwachte, Sinnesreize schossen durch ihn und erweckten seinen Körper zu neuem Leben. Er küsste sie erbarmungslos. Wie ein Raubtier, das Blut geschmeckt hat, fiel er über sie her. Der Hauch eines Seufzers auf ihren Lippen ließ sein Herz noch lauter hämmern, in seinen Ohren hörte er sein Blut rauschen. Es war unbeschreiblich, einfach verrückt, was sie in ihm bewirkte. Sie zu küssen, zu schmecken und festzuhalten fühlte sich so verdammt richtig an. Zum Teufel mit den Vorsätzen, seine Gefühle im Zaum zu halten. Es konnte nichts Schlechtes daran sein, wenn sich etwas derart gut anfühlte.

Sollte die Katastrophe doch kommen. Er war bereit.

Mit einer einzigen Bewegung drängte er sie an die Wand, hielt ihre Arme fest und benutzte seinen Körper als Barrikade. Bereitwillig öffnete sie ihre Lippen. Sie ließ zu, dass er mit seiner Zunge in sie eindrang und ihre Mundhöhle erkundete.

Lippen auf Lippen, tanzende Zungen, Feuchtigkeit, die Wärme ihres Körpers. Sein Begehren umnebelte seine Sinne. Josy schmeckte süß und würzig, ihre Haut roch nach einer kühlen Winternacht. Er verlor sich in diesen Empfindungen. Er wollte mehr davon, wollte darin untergehen.

Auch sie wurde energischer. Kam ihm entgegen. Ihre Hände waren überall. Strichen über seinen Rücken, packten seinen Hintern. Sein Glied war zum Zerbersten gespannt und rieb gegen den Stoff seiner Jeans. Fordernd griff er in ihre Haare, drehte ihren Kopf zur Seite, küsste ihren Hals, leckte über ihr Schlüsselbein, knabberte an ihrer samtig weichen Haut, um sie danach erneut zu küssen. Seine Finger wanderten unter ihr T-Shirt, nahmen ihre harten Nippel in Besitz, die er reizte. Noch niemals hatte er geglaubt, sich derart verlieren zu können, während er sich zugleich glücklich, verärgert, erregt und besorgt fühlte.

Er packte ihren Hintern, drückte sie fest an seine Erektion. Sie sollte spüren, was sie mit ihm machte, wie sie ihn erregte, wie sehr er sie wollte. Und wie wenig er dagegen tun konnte. Sie keuchte an seinem Mund.

»Will, ich ...« Sein Kuss erstickte ihre nächsten Worte, doch sie befreite sich aus seiner Umarmung. »Es tut mir leid. Ich ...« Schwer atmend wich er zurück, denn er sah Furcht in ihren Augen. »Ich kann das nicht.« Sie blinzelte eine Träne aus dem Augenwinkel, schnappte sich zwei Koffer und eilte aus dem Hotelzimmer.

Er brauchte einige Sekunden, ehe er begriff, was soeben geschehen war. »Mist«, stieß er hervor und setzte sich auf das Bett. Schon wieder war er wie ein Wilder über sie hergefallen. Was war nur in ihn gefahren? Wie konnte er sich derart vergessen? Nicht nur, dass sie eine zerbrechliche Person war, sie war auch noch Mitglied seines Teams. Was musste er anstellen, damit sie ihm nicht dermaßen unter die Haut ging? Das war der Punkt. Dagegen konnte er nichts tun. Jetzt musste er sie nicht nur vor einem Wahnsinnigen schützen, sondern auch noch vor sich selbst.

7. Kapitel

Zuerst ihre hitzige Konfrontation, wobei Josy noch immer der felsenfesten Überzeugung war, dass sie zuerst auf die Berichte warten sollte, bevor sie blindlings Alarm schlug und nun auch noch das. Sie sollte solche Situationen wie die im Hotelzimmer von vornherein vermeiden und nicht erst mittendrin zur Besinnung kommen.

Auf der Fahrt in das gemeinsame Quartier wurde sie von Unbehagen nahezu aufgefressen. Zwischen ihren Schenkeln pochte es noch immer wie wild und ihr Puls hatte sich noch nicht wieder normalisiert. Sie versuchte, ihre Gefühle auszuknipsen. Konzentrierte sich auf ruhige Atemzüge.

Es funktionierte.

Sie war heilfroh, dass sich Will kommentarlos hinter das Lenkrad gesetzt hatte. Nach ihrem bescheuerten Rückzug hatte sie sich sicherheitshalber für den Beifahrersitz entschieden, somit konnte sie wenigstens in Ruhe vor sich hinbrüten. Wäre sie gefahren, hätte sie ihn nach dem Weg fragen müssen und das wiederum hätte unweigerlich zu einem Gespräch geführt, bei dem sie sich für ihren Abgang hätte rechtfertigen müssen.

Nun kam ihr dieser Gedankengang idiotisch vor. Sie benahm sich armselig, das wusste sie, aber sie hätte es nicht ändern können. Schlimm wurden Komplexe erst, wenn man sich darüber im Klaren war, dass man welche hatte.

Shit.

Aber was wollte sie sich vorwerfen? Sie kannte den Mann kaum. Sie hatte ein Mal mit ihm geschlafen, weil sie gedacht hatte, ihn nie wieder sehen zu müssen und nun? Nun saß sie neben diesem Kerl, der alles hatte, was sich eine Frau nur wünschen konnte: Charisma, Humor, gutes Aussehen, entschiedenes und selbstsicheres Auftreten. Zu allem Übel konnte er es auch noch mühelos mit ihr aufnehmen und ihr die Stirn bieten. Verdammt, er war wirklich heiß. Zu heiß.

Sie wusste, dass sie sich früher oder später wieder die Finger verbrennen würde, weil sie sich Hals über Kopf in einen Mann verliebte, von dem sie glaubte, ihm vertrauen zu können. Und der sie dann wieder eiskalt gegen die Wand laufen ließ. Vielleicht war sie ein Feigling, aber sie wollte nicht wieder verletzt werden. Wollte nicht wieder gekränkt werden. Es war gut, allein zu sein. Es war gut, alles unter Kontrolle zu haben. Wenigstens konnte sie ihr Verhalten rechtfertigen.

Und wer wollte schon mit einem emotionalen Krüppel alt werden? Bis dass der Tod euch scheidet. Alles Märchen. Alles Quatsch.

Trotzdem wollte sie Will nicht verletzen. An seinem Verhalten meinte sie zu erkennen, dass sie aber genau das erreicht hatte. Seine Hände hatten das Lenkrad so fest umklammert, dass sich die Haut um seine Knöchel weiß färbte. Josy war kein Unmensch, und obwohl sie lieber noch eins oben draufgesetzt hätte, um ihre emotionale Mauer noch höher zu ziehen, entschied sie sich gegen jede Vernunft, es dann doch wieder gutzumachen. Außerdem hoffte sie, mit etwas Small Talk ihr Auto vor größerem Schaden bewahren zu können. Er fuhr nämlich wie ein Berserker.

»Ich habe heute Alexa kennengelernt«, begann sie vorsichtig. Es klang eher wie ein Würgen als der Start für ein nettes, ablenkendes Gespräch. Infolgedessen würdigte er sie nur mit einem »Mhumpf.«

So sehr es ihr widerstrebte, sie wollte die Wogen glätten, also arbeitete sie sich tapfer vor und erduldete seine knappen Reaktionen, die sie gewiss verdient hatte. »Hat Alexa auch eine Gabe?«

Will schenkte ihr einen flüchtigen Blick, sah dann zurück auf die Straße. Seine harten Gesichtszüge wirkten im Mondlicht noch strenger.

Er war ziemlich sauer.

Mit haarsträubendem Tempo fuhren sie durch einen Wald hinauf auf eine Anhöhe. Will hatte ihr nicht gesagt, wo ihr Ziel lag, oder was genau sie zu erwarten hatte. Im Moment interessierte sie auch nur, dass er ihr ihre Abweisung und das kindische Benehmen vergab. Er musste sie für geisteskrank halten.

Wahrscheinlich war sie auch nah dran, völlig abzudrehen. Jeder Mensch hat so seine Schwächen. Zu den ihren zählte unter anderem ihr mangelhaftes Einfühlungsvermögen, dessen Reste sich immer dann verflüchtigten, wenn sich ihr Selbstschutz aktivierte. Dass ihr automatisierter Schutzwall ausgerechnet Will getroffen hatte, tat ihr leid. Es war das erste Mal, dass sie sich darüber ärgerte, dass sie war, wie sie war.

»Alexa ist eine Empathin«, antwortete Will und beendete ihren nervenden Gedankenfluss.

»Ach du liebe Zeit.«

»Ja, es kann manchmal ganz schön anstrengend sein. Zum Beispiel, wenn sie meint, deine Gefühle erörtern zu müssen.« Er klang distanziert freundlich, als müsse er sich bemühen, überhaupt mit ihr zu sprechen.

»Heißt das, sie spürt, was jemand fühlt?«

»So ungefähr.«

»Das muss furchtbar anstrengend sein.«

»Ist es auch. Als ich sie zu mir geholt habe, war sie verstört und mit ihrer Fähigkeit überfordert. Es hat lange gedauert, bis sie ihre Gabe kontrollieren und richtig einsetzen konnte. Empathen spüren Gefühle nicht nur, sie ziehen sie an. Das heißt, dass sie alles, was sie spürt, auf sich selbst überträgt. Ist sie mit depressiven Menschen zusammen, fühlt sie sich niedergeschlagen. Verkehrt sie mit fröhlichen Menschen, hebt es ihre Stimmung.«

Das war keine Gabe, sondern ein Fluch. Wie konnte ein Mensch das ertragen? Wie konnte Alexa sie ertragen? Oh Gott. »Das muss unerträglich sein.«

»Man kann einem Empathen mit Medikamenten helfen, die diese Gefühle unterdrücken, beziehungsweise verhindern, dass er sie aufnimmt. Aber dann wäre sie zu gar keinen Gefühlen mehr fähig, auch nicht zu ihren eigenen. Alexa ist stark und wollte ihre Gabe nicht verdrängen. Durch Meditation und Entspannungsübungen hat sie gelernt, ihre Fähigkeit und die Stärke ihrer Gabe zu regulieren.«

»Mentales Training?«

»Es gibt Tage, an denen zieht sie sich zurück, um den ganzen Eindrücken aus dem Weg zu gehen oder Kraft zu sammeln. Sie hält sich auch nicht gern in großen Menschenansammlungen auf, was verständlich ist. Aber ja, im Großen und Ganzen funktioniert das alles mit mentalem Training. Am Wichtigsten ist aber, dass sie keine Medikamente nehmen muss.«

Es war sehr nett, dass Will Alexa geholfen hatte, mit ihrer Fähigkeit umzugehen. »Klar«, sagte sie und lehnte ihren Kopf gegen die kühle Autoscheibe, um in die Nacht hinauszublicken. Es hätte Josy sehr interessiert, welche Menschen und vor allem welche Fähigkeiten sie zu erwarten hatte, aber sie spürte, dass Will nicht dazu aufgelegt war, Konversation zu betreiben, also beschloss sie, ihm nicht weiter auf die Nerven zu gehen. Sie würde diese Dinge sicher nach und nach selbst herausfinden.

8. Kapitel

Am nächsten Morgen wachte Josy ausgeschlafen in einem gemütlich warmen Zimmer auf. Erstaunlicherweise befand sich das Domizil des *Team Zero* in einem ehemaligen Kloster. Daher war sie ziemlich verblüfft, als Will ihren Geländewagen in den Innenhof zweier riesiger Gebäude gelenkt hatte, die mit einem Mittelgang verbunden waren und von einer zwei Meter hohen Mauer geschützt wurden.

In dem ersten Gebäude befanden sich die Schlaf- und Aufenthaltsräume, im zweiten die Trainingsräumlichkeiten, die Küche und der Speisesaal sowie eine große Bibliothek und ein Besprechungsraum. Mitten im weitläufigen Innenhof gab es außerdem eine kleine Kapelle und einen Teich, der von einer märchenhaften Parkanlage umgeben war. Die Grünflächen waren mit Pflanzen und Sträuchern liebevoll gestaltet und Parkbänke luden zu gemütlichen Sonnenstunden ein.

Leider hatte sie die neuen Eindrücke nur am Rande wahrnehmen können, da sie sich vor Müdigkeit nicht mehr auf den Beinen halten konnte. Will hatte ihr noch geholfen, die Koffer in ihr Zimmer zu tragen, ehe er sich verabschiedete. Dabei war er nicht gerade der Charmanteste gewesen. Außerdem war ihr aufgefallen, dass er versucht hatte, so viel Abstand wie möglich zu ihr zu halten. Vielleicht dachte er, ihr Wahnsinn sei ansteckend.

Josy setzte sich auf. Heute Morgen sah das Zimmer noch freundlicher aus als am Abend davor. Es war groß, bot viel Stauraum und die Einrichtung war gewissenhaft arrangiert. Eine zusätzliche Tür führte in ein Badezimmer. Die Möbel sahen altertümlich aus, wirkten aber mit gesetzten neumodischen Akzenten hübsch. Josy musste feststellen, sich auf Anhieb wohlzufühlen.

Nachdem sie ausgiebig geduscht hatte, zog sie einen grauen Sweater und eine schwarze Jogginghose an und machte sich auf den Weg, um den Rest des Hauses in Augenschein zu nehmen. Außerdem knurrte ihr Magen und sie hoffte, dass bei der Kühlschrankausstattung genauso viel Geschmack bewiesen worden war wie bei der Auswahl des Mobiliars.

Sie schloss die Zimmertür und stand in einem langen hellen Gang, der zu einer Treppe ins Erdgeschoss führte, von wo man durch den Verbindungsgang in das andere Gebäude gelangte. Der Verbindungstrakt war mit hohen, bunten Fenstern gesäumt, die einen atemberaubenden Ausblick in den Innenhof durch wunderschöne Farben ermöglichten. Sie würde wohl einige Zeit benötigen, um das komplette Gelände zu erkunden, doch alles, was sie bis jetzt gesehen hatte, war gut durchdacht und wunderschön. Im zweiten Gebäude erreichte sie schließlich die große Empfangshalle mit dieser monströsen Eingangstür aus zwei Holzflügeln, die sie gestern bei ihrer Ankunft bereits bestaunt hatte. Die Halle glänzte durch hohe Wände und eine imposante Treppe, die zum Speisesaal und in die Bibliothek führte.

Sie trippelte leise über den Marmor in Richtung Küche, als ihr eine gewaltige Steintafel ins Auge fiel. Die Tafel schien alt, Ecken und Kanten waren nicht mehr vollständig vorhanden. Die geschwungene Schrift darauf konnte man jedoch deutlich lesen.

Achte stets auf deine Gedanken, sie werden zu Worten.
Achte stets auf deine Worte, sie werden zu Taten.
Achte stets auf deine Taten, sie werden zu Gewohnheiten.
Achte stets auf deine Gewohnheiten, sie werden zu deinem Charakter.
Achte stets auf deinen Charakter, denn er reflektiert dein Schicksal.

Eine Gänsehaut stahl sich über ihren Körper. Ihr war, als hätte sie ein Déjà-vu. Sie durchforstete ihre Erinnerungen. Versuchte, das Gelesene zuzuordnen. Wer diese Tafel wohl aufgehängt hatte?

Sie war zu sehr mit Grübeln beschäftigt und bemerkte daher erst spät, dass sie beobachtet wurde. Erst als sich ihre Nackenhaare aufstellten, drehte sie sich um und sah, wer für ihr Unbehagen verantwortlich war. Am Türrahmen lehnte ein Mann mit dunklen Haaren, die ihm in die Stirn fielen. Er trug ein weißes T-Shirt und eine abgewetzte Jeans, die locker auf seinen Hüften saß. Wie versteinert wirkte er, als gehöre er zum Inventar. Sein Blick brannte auf ihrer Haut. Sie wusste nicht, welcher Teufel sie ritt, als sie ihre Fühler ausstreckte, um in den Verstand dieses geheimnisvollen Fremden einzudringen. Es war eher eine reflexartige als eine gewollte Handlung, die sie sofort bereute, denn ein elektrischer Schlag, der sich in ihrem Hirn entlud, brachte sie jäh von ihrem Vorhaben ab. Es war nicht schmerzhaft, verfehlte aber seine Wirkung nicht.

Sekundenschnell und mit raubtierhafter Geschmeidigkeit kam der Mann zu ihr, packte sie am Kragen und platzierte sein Gesicht nur wenige Zentimeter vor ihrem. Seine dunklen Augen sprühten Funken. Knurrte er etwa?

»Mach. Das. Nie. Wieder«, zischte er durch schmale Lippen.

Sie hielt seinem Blick stand.

»Hey T-Rex. Komm wieder runter.« Sie konnte nur hoffen, dass man dieses Feuer auch mit Feuer bekämpfen konnte. Wenn nicht, war sie in den nächsten Sekunden wohl Geschichte.

Ein Lächeln, das seine Augen nicht erreichte, huschte über sein Gesicht. Schlagartig ließ er sie los und verließ die Empfangshalle, als wäre nichts vorgefallen.

Rasch sammelte sie ihren Stolz zusammen und setzte den Weg in die Küche fort. Noch keine zwölf Stunden hier und sie hatte den ersten Kollegen schon vergrault. Wie um Himmels willen stellte sie das bloß immer an? Sie hatte echt ein Händchen dafür. Mist.

Sie kämpfte sich noch eine Zeit lang durch Gänge und Abzweigungen, bis sie feststellte, dass sie im Kreis gelaufen war, und schaffte es schließlich doch, in der Küche anzukommen. Diese war genauso groß und edel wie der Rest des Hauses. Feinster Edelstahl, auf Hochglanz polierte Fliesen. Auf der gegenüberliegenden Seite befand sich eine gemütliche Sitzecke, die mit ihrem knalligen Rot ein Blickfang war und locker Platz für zehn Personen bot. Dort saß Alexa und blätterte in aller

Ruhe die Tageszeitung durch. Sobald sie Josy wahrnahm, lächelte sie bedächtig.

»Guten Morgen. Gut geschlafen?«, fragte sie betont fröhlich.

Ihr roter Schopf war zu einem Knoten hochgesteckt. Mit einem angewinkelten Knie, das sie lässig gegen die Tischkante gelehnt hatte und ihrer legeren Kleidung sah sie wie ein adretter Teenager aus.

»Ja, danke. Mein Zimmer ist sehr gemütlich.« Ausgehungert machte sie sich auf die Suche nach etwas Essbarem.

»Moment. Ich glaube, ich hab, was du suchst.« Alexa deutete einladend auf den Tisch, auf dem ein Bagel mit Honig und eine frisch duftende Tasse Kaffee standen.

Sie hatte ihr Frühstück gemacht? »Danke Alexa, du bist ja ein Engel.«

»Gern.«

Ursprünglich hatte sich Josy vorgenommen, in ihrer Gegenwart besonders nett zu sein, damit sie Alexa nicht irgendwelche Schmerzen mit ihrem inneren Gefühlsdilemma zufügte, aber sie bemerkte schnell, dass sie sich nicht anstrengen musste. Alexa war eine liebenswerte Person, und ihre Freundlichkeit war ansteckend.

Alexa zog einige Zettel aus der Tageszeitung. »Hier, dein Bericht ist heute Morgen per Fax eingetrudelt.« Sie reichte ihr den Zettelberg und lehnte sich zurück an die Sitzbank. »Möchtest du dich zu mir setzen?«

Mit Mühe riss sich Josy von den ersten Zeilen los, die ihr eiskalte Schauder über den Rücken trieben. Das Frühstück war vergessen. »Ähm, nein danke. Ich muss ...«

»Ist schon okay, das verstehe ich«, winkte Alexa ab und zwinkerte verschwörerisch. »Wenn du später Lust hast, zu quatschen, findest du mich drei Türen weiter auf der rechten Seite. Unsere Zimmer sind alle großzügig verteilt, damit wir unsere Privatsphäre haben können.« Sie lächelte Josy warm an.

»Okay, mach ich.« Sie wollte die Küche verlassen, als Will hereinschneite und Josy fast über den Haufen rannte.

»Oh, entschuldige«, brummte er notdürftig und schien überrascht, sie hier so früh vorzufinden.

Automatisch begann ihr Herz, lauter zu schlagen. Manche Menschen, dazu zählte sie in erster Linie sich selbst, sahen morgens zerknautscht und träge aus. Will hingegen war frisch rasiert, roch nach würzigem Aftershave, sah topfit und einfach umwerfend aus. Sie sollte morgens auch mal versuchen, nicht wie ein Schlossgespenst auszusehen.

Will griff nach einer großen Tasse und füllte sie randvoll mit Kaffee. Dann lehnte er sich an die Arbeitsplatte und blätterte ebenfalls in einer Zeitung. Sie spürte Alexas Blick, denn sie stand noch immer wie angewurzelt einen Schritt neben der Sitzecke und starrte Will an, der sie ignorierte. Ihr Blick wanderte zu Alexa, damit diese wusste, dass sie sehr wohl bemerkte, wie peinlich diese Situation ihr war, doch die Empathin zuckte nur mit den Achseln und grinste verschmitzt. Okay. Er war also noch immer eingeschnappt. Oder er bemühte sich weiterhin um Abstand. Egal was, es war unangenehm. Vermutlich war es jetzt an der Zeit, mit ihrem Verdacht auszupacken. Nach dem Bericht, den sie in der Hand hielt, blieb kein Platz mehr für Spekulationen.

»Ähm, ich müsste kurz mit dir reden, Will. Du weißt schon, wegen unserer Diskussion gestern. Hast du einen Moment Zeit?« Sie versuchte, die Lage irgendwie zu retten und ihm zu zeigen, dass sie sehr wohl kapiert hatte, wer hier das Kommando hatte.

Er nickte, blätterte aber weiter.

»Gut, ich geh dann mal«, zwitscherte Alexa unbekümmert und wollte sich erheben.

»Alexa, hast du eine Ahnung, weshalb Ian heute Morgen noch schlechter gelaunt ist als sonst?«, fragte er, ohne den Sportbericht aus den Augen zu lassen.

»Ich wusste nicht, dass seine schlechte Laune noch steigerungsfähig ist«, gab Alexa zurück und schob ihre Tasse in die Mitte des Tisches.

»Ist das der unheimliche Typ mit den längeren dunklen Haaren?«, fragte Josy. Augenblicklich fuhren beide Köpfe zu ihr herum und betrachteten sie eindringlich von oben bis unten, als würden sie nach etwaigen Verletzungen suchen.

»Hey, ich lebe noch. Macht kein Theater.«

»Es wäre ratsam, wenn du ihm aus dem Weg gehst. Er kann ziemlich ungenießbar sein. Aber im Moment trifft es unzurechnungsfähig am besten.« Alexas Miene war todernst.

»Ich war selbst schuld. Ich habe das Gedicht in der Empfangshalle gelesen und ihn erst entdeckt, als er mich beobachtet hat. Ich konnte nicht anders, als ...« Josy deutete auf ihren Kopf.

»Ah. Das war keine gute Idee.« Alexa rümpfte ihre niedliche Nase. »Vor sieben Monaten starben drei unserer Mitglieder bei einem Anschlag. Darunter war auch Chris, Ians Gefährtin. Sie hatte die gleiche Gabe wie du. Ich schätze, du hast die Wunde aufgerissen. Obwohl, Ian ist ohnehin selten gut gelaunt.«

Nun gesellte sich auch Will zu ihnen, stellte seine Tasse auf den Tisch und setzte sich neben Alexa.

»Seit Chris' Tod geht es steil bergab mit ihm. Chris war ein aufgewecktes, lebensfrohes Mädchen. Sie meinte, sie könnte mit ihrer Gabe allen helfen, indem sie uns ständig ausspionierte.«

»Deshalb habt ihr gelernt, sie auszuschließen.« Nun wusste Josy endlich, wieso Will verhindern konnte, dass sie in seinen Geist eingedrungen war. Seine Kopfbewegung legte sie als Zustimmung aus. »Oh Mann, das muss furchtbar für ihn sein.« Josy fühlte mit Ian.

Alexa faltete die Hände in ihrem Schoß. »Es war für uns alle ein schwerer Schlag. Jeder hier gehört zur Familie und ist unersetzlich. Noch dazu hätte Chris gar nicht dabei sein sollen, denn Ian hatte ihr verboten, an Einsätzen teilzunehmen. Max, der damals ebenfalls umgekommen ist, hatte sie heimlich mitgenommen. Ian war schon immer ein Rebell. Schon als Kind und Jugendlicher ist er wohl ziemlich schwierig gewesen, hat seinen Pflegeeltern ständig Probleme bereitet und wurde von Familie zu Familie gereicht. Als er Chris vor vier Jahren kennenlernte, begann er langsam, ruhiger zu werden, sich etwas anzupassen. Sie war Balsam für seine Seele. Und nun ...«

Alexa sprach nicht weiter. Josy verstand auch so. Einen Menschen, den man liebt, zu verlieren, ist immer grausam.

»Es war für uns alle schrecklich«, stimmte Will Alexa zu. »Und es ist in Ordnung zu trauern. Aber Ian kommt nicht darüber hinweg. Halte dich einfach von ihm fern, das wird das Beste sein.«

»Das werde ich.« Doch etwas war anders bei Ian gewesen. »Als ich versuchte, in seinen Geist zu schlüpfen, hat mich ein elektrischer Schlag getroffen. Sollte ich darüber mehr wissen?«

Will sah sie forschend an und fuhr sich dann übers Gesicht. Diese Geste kannte Josy bereits. Er tat es, wenn er nachdachte oder keine guten Mitteilungen zu überbringen hatte. »Ian besitzt die stärkste Gabe von uns allen. Man bezeichnet sie als Elektrokinese. Er kann Elektrizität beeinflussen, sich selbst aufladen und Stromimpulse weitergeben. Außerdem stört er regelmäßig elektronische Geräte, wenn er unaufmerksam ist. Ich habe sogar schon gesehen, wie er Blitze gelenkt hat. Die Stärke seiner Kraft basiert auf seiner inneren Wut. Es ist schwer zu sagen, zu was er noch fähig ist.«

Will schien nicht sonderlich begeistert über Ians Talent. Sie konnte auch verstehen, warum. Der Impuls, den er ihr gesendet hatte, hatte sie einen kurzen Moment außer Gefecht gesetzt.

»Seine Gabe ist etwas Besonderes«, fügte Alexa hinzu. »Man könnte viel Gutes damit bewirken. Ians Gefühle aber, vor allem sein Zorn, sind schwer vorherzusehen, dementsprechend gefährlich ist auch seine Fähigkeit. Ich habe lange versucht, ihn von seinem Schmerz zu befreien, seine Stimmung zu verändern, aber er lässt mich nicht an sich heran.«

»Nicht jeder will sich helfen lassen«, murmelte Josy. Sie hätte auch nicht gewollt, dass Alexa ohne ihr Einverständnis ihren Gemütszustand aufpolierte. Und Ian erweckte nicht den Eindruck, als wäre er jemand, der Einmischung schätzte. In dieser Hinsicht konnte sie seine Einstellung gut nachempfinden. Es ist besser, sich mit seinen Gefühlen selbst auseinanderzusetzen.

»So, ich denke, jetzt weißt du genug über Ian. Ich zeig dir den Rest der Truppe und dabei kannst du mir von deinen Entdeckungen berichten. Komm.« Will stand auf und stellte seine Tasse in die Spülmaschine.

Alexa folgte ihm zu der Arbeitsfläche und begann, die Spülmaschine mit anderem Frühstücksgeschirr einzuräumen. »Viel Spaß euch beiden«, rief sie ihnen nach.

Josy ging neben Will her, der seine Hände in den Hosentaschen vergraben hatte. Er wirkte nicht entzückt über ihre Gesellschaft. Sie hatte nicht angenommen, dass er nachtragend war. Aber wer im Glashaus saß, sollte bekanntlich auch nicht mit Steinen werfen.

»Schieß los«, forderte er sie auf, sobald sie die Eingangshalle erreichten, die offenbar den Mittelpunkt aller Räumlichkeiten darstellte.

Sie blieb stehen und überlegte, wo sie anfangen sollte. »Ich sagte ja bereits, dass ich noch ein paar Unterlagen durchsehen müsste, um dir meinen Verdacht mitteilen zu können.« Sie mied den Blick seiner blauen Augen.

»Richtig.«

»Heute habe ich das Fax bekommen. Sieh dir das mal an.« Sie hielt ihm die erste Seite des Befundes entgegen, den er überflog. Als er fertig war, runzelte er die Stirn.

»War das der letzte Fall, an dem du gearbeitet hast?«

»Genau. Wie du vielleicht weißt, habe ich nicht nur den Einsatztrupp geleitet, sondern auch Recherchen zu den Fällen angestellt und bei den Ermittlungen geholfen.«

»Ja. Das hab ich in deiner Akte gelesen.«

»Der Mord an Mrs Summers Tochter ist identisch mit den drei Morden bei meinem letzten Einsatz. Davor gab es ja schon zwei Mal eine Leiche desselben Täters. Und jetzt sieh dir das hier an.«

Sie zeigte Will das Fax. Erzählte ihm von dem Spruch, der bei ihrem letzten Einsatz an der Wand mit Blut geschrieben worden war. Erzählte ihm, wie sie den mutmaßlichen Mörder Tage vorher observiert hatte. Berichtete von Marie, die Josy kurze Zeit vor der Tat durch seine Augen gesehen hatte, bevor sie ums Leben gekommen war, und erwähnte auch, dass dieser

Wahnsinnige über sie Bescheid wissen musste.

»Du hast recht. Dieser Verrückte muss dich schon die ganze Zeit beobachten«, stimmte ihr Will nach einer Weile zu. »Aber ich verstehe nicht, warum er dich das wissen lässt.«

Unheilvoll sah er sie an, derselbe Blick, den er gestern schon aufgesetzt hatte, als ihnen das mit dem Anrufer klar geworden war. Nur dass die Sache jetzt noch eine viel größere Dimension angenommen hatte. Sie merkte, dass er um Fassung kämpfte. Offenbar gewann er diesen Kampf, denn heute blieb er friedlich und ließ sie aussprechen.

»Ich glaube, dass er einen Plan hat.«

»Der da wäre?«

»Keine Ahnung. Vielleicht bin ich das nächste Opfer.« Diesen Gedanken laut auszusprechen ließ den Schluck Kaffee in ihrem Magen zu Salzsäure werden.

»Nein.« Diese Aussage machte er für ihren Geschmack viel zu schnell. »Ich würde eher vermuten, dass er dir etwas mitteilen will. Oder dir zeigen möchte, dass er schlauer ist als du. Mir gefällt das überhaupt nicht, Josy. Vermutlich sollte das Ganze ein Spiel werden, indem du die Hauptrolle einnimmst. Vom Jäger zum Gejagten. Außerdem muss er wissen, dass du für die Polizei arbeitest. Wahrscheinlich hängt das Ganze mit einer Art Rache zusammen. Gab es im letzten Jahr irgendwelche Zwischenfälle in deiner Abteilung?«

»Nicht, dass ich wüsste.«

»Hm.«

»Und jetzt kommt die Frage nach meinen Feinden.«

»Und mit seinem Anruf wollte er sichergehen, dass du schnell herausfindest, dass dieser Mord mit den anderen zusammenhängt«, fügte er seine Gedanken zusammen, ohne auf ihre Aussage zu achten.

»Ja richtig. Er muss mir hierher gefolgt sein, mich angerufen und zum Tatort geschickt haben.«

»Natürlich.« Er strich sich fahrig durch die Haare. »Also will er, dass du an dem Fall dranbleibst.«

Er starrte Josy finster an, wobei sein Unbehagen nicht ihr,

sondern der Sache an sich zu gelten schien. Es missfiel ihm offenbar sehr, dass sie zur Zielscheibe auserwählt worden war. Sie führte ihre Erklärung dennoch sachlich fort.

»Dass es sich bei allen Morden um dieselbe Person als Täter handelt, ist mir inzwischen klar. Was mich aber irritiert, ist, dass sich die Aura am Tatort von gestern etwas von der damaligen unterscheidet.«

»Kann das in so kurzer Zeit geschehen?« Verblüfft richtete er seine eisblauen Augen auf sie.

Josy unterdrückte ein Seufzen. Mann, sie war nicht gerade standhaft. Sie sollte sich um das Wesentliche kümmern und sich nicht ständig von Wills Reizen ablenken lassen. Aber, oh Gott, ihr Körper war da anderer Meinung.

»Nun, die Aura ist der Seelenabdruck eines Menschen. Bei der Geburt haben wir alle einen weißen, neutralen Schein, der sich nach und nach verfärbt und zur eigenen speziellen Note wird. Nicht nur die Farbe, sondern auch die einzigartige Ausdruckskraft, die sich mir in einem Gefühl äußert, gehört zur Aura eines jeden Menschen. Du kennst das ja. Jemand kommt in einen Raum und alle sehen auf, ohne zu wissen, warum. Man spürt die Gegenwart dieses Menschen oder bestaunt sein selbstsicheres Auftreten. Und dann gibt es Personen, die unscheinbar sind und nicht hervorstechen. Es ist unterschiedlich, wie stark die Wirkung eines Menschen ausgeprägt ist. Man meint, dass die Aura wie ein Fingerabdruck ist. Aber das stimmt nicht wirklich, denn sie kann sich immer wieder verändern. Das kann durch Schicksalsschläge oder durch Lebensveränderungen geschehen. Verstehst du? Grau ist nicht gleich Grau. Es gibt immer Schattierungen.«

»Das heißt, du musst erst eine Aura wahrnehmen, um in den Geist eines Menschen einzudringen, aber nach Jahren kann sie sich so verändert haben, dass du diese Person auf geistiger Ebene nicht mehr erreichen kannst.«

»Genau. Außer ich komme wieder so nah an diese Person ran, um ihre Aura aufzunehmen«, ergänzte sie seine Ausführung und blickte noch einmal in den Befund. Vielleicht hatte sie etwas übersehen. Andererseits konnte sie sich das nicht vorstellen. Sie hatte ein Gehirn, das wie ein Kopierer funktionierte. Sie kannte die ersten Fälle wie ihr Spiegelbild.

»Und was verwirrt dich dann, wenn du sowieso weißt, dass sich die Aura eines Menschen verändern kann?«

Zu ihrem Erstaunen spürte sie seine Finger sanft unter ihrem Kinn. Sie sah zu ihm hoch. Ihre Blicke verhakten sich.

»Innerhalb dieser kurzen Zeit muss etwas Entscheidendes geschehen sein, um eine solche Änderung hervorzurufen. Ich kann ja auch nicht von heute auf morgen ein anderer Mensch werden. Veränderung braucht Zeit«, sagte sie vorsichtig. Seine Wärme verließ ihr Gesicht. Er hatte die Anspielung verstanden. »Dass die Farbe Schwarz sich darunter gemischt hat, ist auch seltsam. Ich würde sagen, der Mörder ist besessen von dem, was er tut. Und er ist noch nicht fertig.«

»Schwarz bedeutet also automatisch böse?«

Josy konnte verstehen, dass Will explizit nachfragte, denn wenn man sich nicht selbst in die Wahrnehmung eines anderen Menschen einklinken konnte, war es schwierig, sich darunter etwas vorzustellen. Außerdem war sie ihm dankbar dafür, denn durch Erläuterungen konnte sie die Wirkung, die er auf sie hatte, herunterspielen.

»Nein, nicht unbedingt. Schwarz definiert den Verlust von Gefühl. Sie ist das Negative, wenn du so willst. Schwarz kann also auch traurig oder unglücklich bedeuten. Genau das kann man durch diese Schwingungen, dieses Gespür, das man hat, wenn man einer Aura begegnet, unterscheiden. Es tut mir leid, ich weiß nicht, wie ich es besser beschreiben sollte.« Sie hob ihre Schultern und senkte sie wieder.

»Ich glaube, ich hab's kapiert.«

Sein Lächeln wärmte ihr Innerstes. Sie wollte es gerade erwidern, als sie im Augenwinkel eine Gestalt wahrnahm, die sich rasant näherte. Automatisch drehte sie sich um und sah ein Mädchen, das in einem weißen Kleid auf Will zugerannt kam, ihn ansprang und überschwänglich auf beide Wangen küsste. Josy hätte sich über die Mitbewohner besser informieren sollen, dann würde sie nicht dauernd überrumpelt werden.

»Ich suche dich schon die ganze Zeit«, quiekte das Mädchen vergnügt und ließ sich zurück auf den Boden stellen.

Wills Gesichtsausdruck erhellte sich, als er den blonden Engel betrachtete, der ihn großäugig anhimmelte. »Ich war in der Küche«, sagte er und seine Grübchen kamen zum Vorschein.

»Dachte ich es mir doch«, flötete sie fröhlich, und warf Josy fast unmerklich einen Seitenblick zu. »Eigentlich wollte ich dir Frühstück machen, aber ich vermute, du hast ohne mich gegessen.«

Ihr Tadel klang liebevoll, dabei zwinkerte sie. Das Mädchen war klein und zierlich, hatte eine spitze Nase voller Sommersprossen. Sie war maximal siebzehn Jahre alt. Eindeutig zu jung für Will.

Und wenn schon, es war ja nicht so, als wäre sie eifersüchtig auf das junge Ding. Nein, sicher nicht.

Während Will sie beide vorstellte, erkannte sie, dass da etwas zwischen ihnen war, das tiefer ging. Will behandelte das Mädchen mit einer Art väterlicher Nachsicht und sie schien Wert darauf zu legen, dass sie seine uneingeschränkte Aufmerksamkeit hatte. Wie eine Tochter, die sich der Zuneigung ihres Vaters sicher sein will und niemanden duldet, der ihr diese Aufmerksamkeit abspenstig machen könnte. Interessant.

»Josy, das ist Shania, unsere Heilerin.«

Sie dankte Gott für ihre Rossnatur. Nicht, dass sie mit dem Mädchen nichts zu tun haben wollte, sie wollte sich nicht zwischen das drängen, was unumstritten zwischen den beiden existierte.

»Shania, das ist Josy.«

Shania schenkte ihr ein beiläufiges »Hey«, das Josy lächelnd und freundlich erwiderte. Dann konzentrierte sie sich bereits wieder voll auf Will, der sie um etwa zwei Köpfe überragte.

»Ich hoffe, es ist noch Kaffee übrig?«

»Ich denke schon«, meinte er und stellte sich neben Josy, als wollte er sie mit einbeziehen. »Ich habe neue Bücher in die

Bibliothek gelegt. Wenn du Lust hast, kannst du sie dir ja ansehen und mir dann davon berichten.«

Shania setzte ein so strahlendes Lächeln auf, das selbst die Sonne neben ihr verblasst wäre. »Vielen Dank. Das werde ich machen, aber zuerst brauche ich einen Toast. Bis später.«

Dann tänzelte sie wie eine Eisprinzessin davon. Will sah ihr hinterher und grinste, als wüsste er, was Josy dachte. In dem Moment war sie dankbar, dass ihre Gedanken ihr allein gehörten. Ihre Eltern hatten nicht auch nur annähernd eine solche Behutsamkeit und so viel Verständnis an den Tag gelegt, wie Will es bei der übereifrigen Shania tat. Ganz im Gegenteil. So ersparte sie sich vorerst jeden Kommentar, kam aber dann doch nicht umhin, eine Bemerkung fallen zu lassen.

»Mit dem Rest der Gruppe kann es dann ja nur besser werden.«

Junge, Junge. Sie hätte den Mund halten sollen, denn ihre Aussage klang ärgerlicher als sie wollte und hatte vollkommen ihr Ziel verfehlt.

»Früher oder später wirst du sie mögen. Sie glaubt, ihr Revier verteidigen zu müssen. Shania ist eine liebenswürdige Person, nur noch etwas jung,« sagte er, während sie in den Keller gingen.

Das war nicht ganz, was Josy gemeint hatte. »Wahrscheinlich. Aber ich bin nicht hier, um ihr etwas abspenstig zu machen.«

Sie konnte nicht fassen, dass sie das gesagt hatte. Es ging hier doch gar nicht um das Mädchen. Am Treppenende blieb Will stehen und sah sie forschend an. Josy stand noch auf der letzten Stufe und biss sich in den Hintern, weil sie überhaupt etwas gesagt hatte und jetzt nicht wusste, wie sie ihre Aussage revidieren konnte, ohne über sich selbst sprechen zu müssen.

»Ich finde gut, dass du bei uns bist und Alexa mag dich auch. Wir treffen eben manchmal auf Menschen, die uns nicht sofort mögen, das gehört zum Leben.«

»Danke für diese aufschlussreiche Lektion«, entgegnete sie, weil es jetzt keinen Sinn mehr ergab, das Thema umzulenken, und ging an ihm vorbei. Nach wenigen Schritten bemerkte sie, dass Will ihr nicht folgte. Da sie nicht wusste, wo es lang ging, blieb sie stehen und sah zurück zum Kellerabgang.

»Warum hörst du immer das Negative aus einem Gespräch heraus, wenn doch auch so viel Gutes enthalten ist?«

»Das war hypothetisch gemeint, oder?«, fragte sie die Kellerdecke. Juhu, sie machte sich das Leben wirklich nicht einfacher.

Seufzend schüttelte Will den Kopf, schaltete die Beleuchtung ein, die den quadratischen Raum sogleich in angenehmes Licht tauchte, und kam auf sie zu.

»Du hast Glück. Der Rest der Mannschaft besteht aus zwei Nonnen, die kochen, putzen und waschen und dir somit nicht in die Quere kommen. Und dann noch aus zwei Männern, die du bestimmt gleich mögen wirst, weil sie dir nämlich keinen Grund liefern werden, sie nicht zu mögen. Mit Shania musst du ohnehin nicht zusammenarbeiten.«

Das saß.

Er ging an ihr vorbei und öffnete eine schwere Stahltür, die in ein Sportcenter führte. Sie hätte nicht gedacht, dass sie in diesem Haus noch etwas hätte überraschen können, aber der Raum imponierte ihr. Großzügig angelegt glich er dem Trainingslager einer Profi-Sportmannschaft. Will führte sie durch die riesige Halle, die das Herz eines jeden Fitnessfanatikers höher schlagen lassen würde, und betrat einen vornehm eingerichteten Fitnessraum mit Spiegelflächen an den Wänden. Hier trafen sie die besagten anderen Männer an, die an den Geräten schwitzten.

»Hey Jungs, ich hab euch eure neue Kollegin mitgebracht«, rief Will ihnen zu.

Der Brünette stieg vom Laufband und wischte sich den Schweiß von der Stirn. Sein T-Shirt klebte an seinem schlanken, gut durchtrainierten Körper. Sein nasses, kurzes Haar glitzerte in dem hellen Licht.

»Aber hallo.« Freudestrahlend kam er auf sie zu. »Ich bin Jeff, der mit der Intuition. Du musst Josy sein.«

Der mit der Intuition? Interessant. »Genau die.« Sie reichte ihm die Hand, die er kurz drückte.

»Ich bin der Auserwählte, der dich in Zukunft fit halten wird«, bandelte er galant an und spielte mit seinen Augenbrauen.

»Pass nur auf, dass er dir deine kleine Schönheit nicht abspenstig macht«, mischte sich nun der Blonde mit einer seltsam farblosen Stimme an Will gewandt, ein, der jedoch keinen Ton erwiderte.

»Ray. Schön, dich kennenzulernen«, stellte er sich vor.

Beide Männer waren ihr sofort sympathisch. Als Fremde in eine eingespielte Runde hineinzuplatzen, war nicht gerade das, worauf sie mit freudiger Spannung entgegengefiebert hatte. Nun war sie erleichtert, denn es war einfacher, als sie dachte.

»Abspenstig machen? Wer macht denn so was«, feixte Jeff und boxte Ray an den Arm.

Ray war ein kleines Stück größer als Will, sofern das möglich war, aber hatte mit seinem platinblonden Seitenscheitel etwas von einem Buchhalter. Jedoch machte auch er in seinen Trainingsklamotten eine gute Figur, obwohl er weitaus weniger Muskeln hatte als Jeff oder gar Will, der im Gegensatz zu beiden Männern um einiges kräftiger wirkte. Und gefährlicher. So wie Will seinen Kiefer anspannte, fand er das nette Geplänkel nicht wirklich amüsant.

»Na, bevor ich hier noch unanständige Dinge nachgesagt bekomme, verlasse ich euch jetzt mal und gehe duschen. Wir sehen uns später.« Ray warf Will einen bedeutungsvollen Blick zu, bevor er sein Handtuch schnappte.

»Moment, Ray. Kannst du dir das hier einmal ansehen?«

Wills Ton war kühl und distanziert. Er nahm Josy die Blätter aus der Hand und reichte Ray das Schreiben, der lediglich einen kurzen Blick auf jede Seite warf. Josy hatte das Gefühl, dass er sich nicht sonderlich für ihren Fall interessierte.

»Entschuldige bitte, aber es wäre schön, wenn du es auch lesen würdest.«

»Das mach ich gerade.« Er kam zur letzten Seite.

»Ray ist unser Genie. Denk dir nichts dabei. Er veräppelt dich nur selten.« Jeff warf sich sein weißes Handtuch um den

Hals und hielt die Enden mit beiden Händen fest. Sie konnte nicht feststellen, ob er gescherzt hatte. Sein Gesichtsausdruck verriet nichts.

»Werd nicht frech«, sagte Ray zu Jeff und gab ihr das Papier zurück. »Und den Mord von gestern haben wir auch diesem Schlächter zu verdanken?«

»Schlächter?« Jeff nahm ihr das Fax ab und setzte sich damit auf das Laufband, um den Inhalt zu studieren.

»Genau«, bestätigte Josy Rays Vermutung, ohne auf dieses treffsichere Wort einzugehen.

»Keine Beweise. Keine DNA. Keine Fingerabdrücke. Nichts«, sagte Will und ließ Wasser in ein Glas fließen, das er aus dem Schrank über einem kleinen Waschbecken geholt hatte.

»Ein sorgfältiger Bursche. Und er weiß über deine Gabe Bescheid.« Ray hatte tatsächlich gründlich gelesen.

»Wie ich es einschätze, waren das nicht die ersten Morde, die auf sein Konto gehen. Dafür hat er zu überlegt gearbeitet.«

»Stimmt. Davor hat er zwei weitere Frauen getötet.«

Ärger wallte in ihr auf, als sie sich die Bilder ihres Versagens ins Gedächtnis rief. Will trat hinter sie. Er musste ihren inneren Aufruhr wahrgenommen haben. Jedoch brachte er sie eher noch mehr durcheinander.

»Wie lange arbeitest du schon an dem Fall?«

In Rays Hirn schienen sich Zahnräder in Bewegung zu setzen. Sein Blick ging glatt durch Josy hindurch. Seine Augen wirkten seltsam leer. Genauso wie seine Stimme, der man, ebenso wie seinem Gesichtsausdruck, keine Emotionen entnehmen konnte.

»Seit dem ersten Mord vor sechs Wochen. Der zweite wurde eine Woche später begangen.«

Es war fast gespenstisch, wie konzentriert Ray ins Nichts blickte. Als würde er sich in sich zurückziehen und in seinem Kopf Seiten umschlagen. »Hast du eine Vermutung, wer dahinterstecken könnte?«, fragte er schließlich und richtete seine grünen Augen wieder auf Josy. Sein Blick plötzlich schneidend, als wäre sie hier diejenige, die etwas verbrochen hatte.

»Nein.« Wenn sie wüsste, wer dahinterstecken könnte, wäre dieser Dreckskerl bereits einen Kopf kürzer. Empfindlich, wie sie war, fühlte sie sich persönlich angegriffen. Um nicht ausfallend zu werden, biss sie sich auf die Innenseite ihrer Wange und zuckte nur mit den Schultern.

Rays Ton wurde immer eindringlicher. »Aber du warst in seinem Kopf.«

»Ja, ich habe ihn drei Tage observiert.«

Seine Augenbrauen fuhren fragend in die Höhe. Er war gut im Sprechen ohne Worte.

»Er war bei einer Frau. Sie ist eine Prostituierte, Ungarin, die seit drei Jahren wegen Drogenbesitz in einem ukrainischen Gefängnis sitzt. Und danach hat er sich im Disneyland mit Mr Armstrong auf ein Bier getroffen. Schade nur, dass der gute Mann bereits seit zwei Jahren unter der Erde liegt.« Sie hatte gewissenhaft recherchiert, um diesen Arsch zur Strecke zu bringen. Dass der Mörder sie an der Nase herumgeführt hatte, hatte sie erst hinterher herausgefunden. Sie spürte Wills Hand auf ihrer Schulter. Ein Schauder jagte über ihren Rücken.

»Er hat sie mit falschen Informationen gespeist«, erklärte Will.

Jeff stand vom Laufband auf und knallte Ray die Unterlagen vor die Brust. »Unser Schätzchen hat einen harten Kinnhaken. Halt dich besser zurück, Mann.«

Josys Ruf eilte ihr voraus. Ja, sollten sie sich nur in acht nehmen vor ihr. Ray beäugte sie abschätzend, kalkulierte wohl, wie weit er bei ihr gehen konnte. Sie verstand nicht, wieso er sie überhaupt herausfordern musste. Zu Anfang war es ihr nicht so vorgekommen, als müsse sie sich hier beweisen. Soviel zum Thema: Die Jungs machen dir keine Probleme. Unverhofft kommt eben oft.

»Wer ist in der Lage, vergangene Erlebnisse wiederzugeben, als würde es gerade in dem Moment passieren?« Jeff sah Ray an, als müsse er die Antwort auf diese Frage kennen.

»Jeder, dessen Hirn wie ein DVD-Rekorder funktioniert.«

Ray versuchte sich in einem Grinsen, was nicht ganz gelang. »Soll heißen, ich habe keine Ahnung.« Dann stemmte er die Hände in die Seiten und verzog seine Lippen zu einem dünnen Strich. »Was wir haben, sind sechs Morde. Alle Opfer Frauen, das ist auch schon die einzige Gemeinsamkeit, und einen Täter, der keine Spuren hinterlässt und es versteht, den Tatort zur rechten Zeit zu verlassen. Im Grunde ist das gar nichts. Wenn ihr mich fragt, würde ich vorschlagen, dass du dein Köpfchen einschaltest, dich noch mal in seinen Verstand einschleust und schaust, ob du was Handfesteres herausfinden kannst. Etwas, das uns nicht gleich vor Gericht einen Strich durch die Rechnung macht.«

Josy starrte ihn an, wollte aber trotz seiner harsch klingenden Worte nicken, als Wills Griff zu schmerzen begann. Er schien nicht zu registrieren, dass er seine Finger in ihrem Nacken vergraben hatte. Doch in diesem Augenblick sah er so bedrohlich aus, dass sie ihn nicht darauf aufmerksam machen wollte.

»Ich habe dich nicht darum gebeten, Josy zu sagen, was zu tun ist«, knurrte er. »Du solltest nur die Gegebenheiten darlegen, sonst nichts. Und bevor wir keine weiteren Informationen haben, wird Josy ganz sicher nicht im Kopf dieses Irren herumstöbern, der noch dazu über ihre Gabe Bescheid weiß und ganz offensichtlich ein Katz und Maus Spiel plant. Ich hoffe, ich habe mich klar genug ausgedrückt.«

Ray hob langsam seine Hände. »Angriffslustig?« Er deutete mit dem Kinn auf Wills verkrampfte Hand in ihrem Nacken, einen Anflug von Heiterkeit in den grünen Augen. »Vielleicht solltest du von den Steroiden runter.«

Wills Griff lockerte sich. Schließlich ließ er Josys Nacken los. Innerlich seufzte sie auf. Viel länger hätte sie diese Nähe auch nicht mehr ertragen.

Jeff ergriff das Wort. »Also, meine Damen und Herren. Es ist halb acht am Morgen und mein Körper schreit nach Bewegung. Ich würde vorschlagen, Will, du rufst Miller an und besorgst dir alle Dokumente der Fälle, die in ähnlichem Zusammenhang mit diesem hier stehen. Ray, du hackst dich in die Daten der abgeschlossenen Fälle und Josy begleitet mich nach nebenan ins Sportcenter.« Jeff hoffte wohl, so die Situation aufzulockern.

»Ich werde mir die vergleichbaren Unterlagen gleich vor Ort ansehen. Und ich nehme Josy mit zu Miller«, meinte Will grimmig, als würde er sie die nächsten hundert Jahre nicht mehr aus den Augen lassen und sah Jeff finster an.

Es schien ihm außerdem ganz und gar nicht zu behagen, dass Jeff mit ihr allein trainieren wollte. Josy begriff nicht, was daran zu beanstanden war. Um diese Zeit würde Miller oder sonst irgendwer ohnehin noch nicht im Büro sein. Umso weniger verstand sie, warum Will plötzlich so aggressiv war. Sie erwartete schon halb, dass sich seine hundert Kilo geballte Muskelkraft auf den schlanken Jeff stürzen würden.

Doch Jeff ging noch einen Schritt auf Will zu und nahm dessen ungewöhnliches Verhalten mit Humor. »Nach einer Stunde Training wird nicht weniger von ihr übrig sein. Das verspreche ich«, gelobte er und grinste verschmitzt.

Hey, sie war hier. Mitten unter ihnen. »Werde ich gar nicht gefragt?«

»Nein«, antworteten beide im Chor.

Verblüfft sah sie Ray an, der angedeutet seine Mundwinkel hob. »Sie sind wie junge Stiere. Sie müssen sich die Hörner noch abwetzten«, sagte er nüchtern und drückte ihr eine Wasserflasche in die Hand. »Die dürftest du brauchen. Früher oder später muss Will ohnehin nachgeben. Jeff trainiert uns alle und ich gehe jede Wette ein, dass du keine Ausnahme bleiben wirst. Außer Will köpft ihn vorher. Das sollte man aber verhindern können.« Damit schob er Will beiseite, der sich bereits drohend vor Jeff aufgebaut hatte.

»Wenn wir hier schon so großzügig die Rollen verteilen, möchte ich gern wissen, wann wir mal wieder eins deiner speziellen Elitetrainings abbekommen«, wandte Ray sich an Jeff.

»Du willst nicht ernsthaft mit den wenigen Leuten des Teams ein Training veranstalten«, erwiderte Jeff und zog sich das Handtuch vom Hals.

»Unser Genie hat recht. Es ist an der Zeit, dass wir mal wieder etwas unternehmen. Seit einigen Monaten haben wir nicht mehr gemeinsam trainiert.« Wills Körperhaltung hatte sich ein wenig gelockert.

»Na gut, wie ihr wollt. Aber sagt mir dann nicht, ich hätte euch nicht gewarnt. Mit diesem Haufen wird das eine mittelschwere Katastrophe.« Mit einem Kopfnicken deutete Jeff auf Josy. »Ich hoffe, du enttäuschst mich nicht. Ich habe all meine Hoffnungen in dich gesetzt.«

Er ließ das Handtuch fallen, hakte sich bei ihr ein und zwinkerte ihr zu. Offenbar hatte er Gefallen daran gefunden, Will kräftig auf die Füße zu treten. Augenblicklich drang aus Wills Brust ein tiefes Grollen, das jedes Bergwerk zum Einsturz gebracht hätte. Sie glaubte sogar, eine Erschütterung gespürt zu haben. Will bewegte sich nicht, sah Jeff warnend an und kniff seine Augen zusammen. Gegen Will hätte in diesem Augenblick ein Grizzlybär wie ein Schmusetier ausgesehen.

»In einer Stunde gehört sie wieder dir«, sagte Jeff und zog sie aus der Schusslinie.

»Jungs, ihr seid albern.«

Sie wurde überhört. Ray klopfte sich auf seinen flachen Bauch, der sogleich protestierend grummelte. »Und ich gönn mir mal ein paar Pfannkuchen, bevor ich mich an meinen Laptop setze.«

»Irgendwann wachsen dir die Dinger aus den Ohren«, murrte Will, während er von Ray aus dem Fitnessraum geschoben wurde.

9. Kapitel

Will lenkte seinen Audi aus der Einfahrt des Klostergebäudes in Richtung der Einsatzzentrale des FBI und somit zu Miller. Er hatte sich noch immer nicht vollständig beruhigt und das brachte ihn wiederum auf. Fast hätte er Jeff eins übergebraten, nur weil er mit Josy trainieren wollte. Meine Güte, wie hatte er es nur so weit kommen lassen können? Das Einzige, was ihn etwas friedlicher stimmte, war, dass Jeff ein langjähriger Freund war und ihm seinen bekloppten Anfall nicht nachtragen würde. Das war aber auch schon alles.

Josy saß neben ihm und starrte aus dem Seitenfenster. Er wollte ihre langen Beine und ihre Hände, die sie auf ihre Oberschenkel gelegt hatte, gar nicht erst näher betrachten. Deshalb richtete er seine ganze Aufmerksamkeit auf die Straße. Er kam sich wie ein wildes Tier vor, das Josy für sich allein beanspruchen wollte. Er hatte sie gefunden, er hatte jedes Recht, sie für sich zu fordern. Niemand durfte mit ihr flirten, wie es Ray und Jeff getan hatten. Das würde er nicht gestatten. Dieses Recht würde er niemandem einräumen. Dabei war Josy nicht einmal auf das Geschwafel der beiden eingegangen. Dennoch hatte er das dringende Verlangen verspürt, sie sich über die Schulter zu werfen und weit weg von den beiden Spaßvögeln zu bringen, die eine Bedrohung für ihn hätten darstellen können.

Wie töricht seine Gefühle doch waren. Unweigerlich musste er an seinen Vater denken. Dieser hatte schon vor vielen Jahren die Ansicht vertreten, dass Männer von ihrer Art ihr Herz nur an eine Frau verlieren konnten. Will hatte das nie glauben wollen, obwohl er diese extrem starke Verbindung bei seinen Eltern erlebt hatte. Sein Vater hätte für Wills Mutter getötet. Aber Jonathan war ein Soldat gewesen und Will hatte glauben wollen, dass er für jeden, der ihm etwas bedeutete, in die Schlacht gezogen wäre. Sein Vater hatte seine exzessiven Gefühle und Ideologien auf den Einfluss seiner telekinetischen Gabe zurückgeführt, die ihn und seinen Sohn von durchschnittlichen Menschen unterschied. Er hatte Jonathan belächelt, obwohl er wusste, dass sie anders waren. Selbst nachdem Will die Studie des Projektes Zero vorgelegt bekommen hatte, wollte er gewisse Ansichten nicht teilen.

In Wirklichkeit hatte Jonathan aber recht behalten, denn egal, was sie taten oder getan hatten: Alles geschah immer ganz oder gar nicht und nur unter Einsatz des vollen Herzens. Halbe Sachen wurden nicht gemacht. Alles wurde ausnahmslos unter voller Aufbietung ihrer Kräfte und mit einer außerordentlichen Präsenz angepackt. Mit dieser Hingabe hatte Jonathan auch geliebt. Wenn Will es nicht besser gewusst hätte, hätte er es als Besessenheit bezeichnet. Aber dem war nicht so. Für Menschen wie sie gab es nur richtig oder falsch. Obwohl sein Vater seine Erziehung genauso ernst genommen hatte wie die Ausbildung seiner Soldaten, hatte Will immer gewusst, dass er innig und aufrichtig geliebt wurde.

Mit achtzehn war er dann auf eine Militärakademie gegangen. Zwei Jahre später hatte er Jeff und Ray kennengelernt, die dieselbe Ausbildung durchlaufen hatten. Ray, das Genie des Dreiergespanns, las Gesetzesbücher wie andere Comics und konnte in jede x-beliebige Rolle schlüpfen. Vom Rechtsanwalt bis zum Bordellbesitzer konnte er alles verkörpern. Sein Gehirn glich einem Netzwerk mit Unmengen an Datensammlungen und enormer Speicherkapazität. Den Doktor in Medizin hatte er nebenbei gemacht.

Jeff dagegen war durch die Gabe der Intuition das Nahkampftalent. Außerdem ein aufgeschlossener Mensch, der sich leichttat, Kontakte zu knüpfen.

Jonathan hatte ihre verschiedenen Stärken erkannt und gründete gemeinsam mit Miller, seinem besten Freund, das Projekt Zero. Miller hatte als Agent des FBI paranormale Fälle bearbeitet, die unter Verschluss gehalten wurden, und wollte die Möglichkeit, die das Projekt eröffnete, ergreifen, um Spezialagenten in sein Team einzuschleusen. Wogegen Jonathan an den Einsatz von Elitesoldaten gedacht hatte. Nach Absprache mit Will und den anderen Jungs hatten sie sich in der Mitte von Millers und Jonathans Vorstellungen getroffen.

Zusammen mit einem befreundeten Wissenschaftler versuchten die beiden, die Fähigkeiten und Andersartigkeiten zu ergründen und zu erforschen, um die jungen Männer explizit einsetzen zu können. Eine starke Abwandlung der DNA, die weder menschlicher noch tierischer Natur war wurde ein halbes Jahr später als Untersuchungsergebnis vorgelegt. Jedoch beförderten die Testreihen keine Hinweise zutage, die die Mutation ihres Erbgutes hätten erklären können.

Die Ergebnisse der DNA-Analyse, die Messung ihrer Gehirnströme und die Prüfung ihrer Leistungsfähigkeit hatten dennoch zu einem eindeutigen Ergebnis geführt: Sie unterschieden sich maßgeblich von normalen menschlichen Strukturen. Hervorragende Reflexe, exzellentes Umsetzungsvermögen, außergewöhnliche Körperbeherrschung und Belastbarkeit, erstklassiges Sehvermögen und enorme Selbstheilungskräfte. Das waren nur einige Eigenschaften, die sie von Normalsterblichen unterschieden. Doch nicht jeder von ihnen besaß diese Eigenschaften im gleichen Ausmaß. Obwohl jeder in allen Bereichen deutlich weit über dem menschlichen Standard lag, waren die jeweiligen Stärken eng an ihre Gaben gekoppelt.

Hinzu kamen ungewöhnlich starke Emotionen und Gemütsbewegungen sowie ausgeprägte Triebe, die sowohl im positiven als auch im negativen Sinn ihre Fähigkeiten beeinflussen konnten. Anhand dieses neu gewonnenen Wissens hatten sie lernen können, ihre Gaben gezielt zu steuern, um in jedem nur erdenklichen Zusammenhang eingesetzt zu werden.

Vor acht Jahren war Jonathan dann fast dem Wahnsinn verfallen. Der Tod seiner Frau hatte ihn beinah umgebracht. Doch er war ein Soldat und er hatte schon immer für Gerechtigkeit gelebt. Er war mit seinen Soldaten in den Irakkrieg gegangen, um den Rest seines Lebens sinnvoll zu nutzen und um ihren Tod zu verschmerzen. Ein normales Leben wäre für ihn nicht mehr möglich gewesen. Nicht einmal sein Projekt oder Will, der selbst lange mit dem Tod seiner Mutter zu hadern gehabt hatte, hatten ihn halten können.

Damals war aus dem Projekt Zero das *Team Zero* geworden.

Will hatte das Projekt seines Vaters übernommen, nachdem er gemeinsam mit Ray, Jeff und Max, der ebenfalls seit drei Jahren mit ihnen gearbeitet hatte, ihre Akten und die Ergebnisse der Studien vernichtet hatte, um die Mitglieder vor der Öffentlichkeit zu schützen. Das Militär hatten sie verlassen. Nur Miller erinnerte noch an die guten alten Zeiten.

In den vergangenen Jahren hatte sich Will immer neue Leute ins Team geholt. Zumeist Menschen, die gesellschaftlich nicht Fuß fassen konnten, weil sie eben anders waren. Mit Jeff hatte er an Ausbildungsmöglichkeiten gefeilt und einen Ort erschaffen, wo sie gemeinsam Leben und den erbitterten Drang, ihre Fähigkeiten einzusetzen, ausleben konnten. Will lebte für das *Team Zero.* Und nun stellte ein einziges Wesen sein Leben vollends auf den Kopf. Innerlich seufzte er. Er hatte sich schon seit Jahren über seinen emotionalen Status keine Gedanken mehr machen müssen. Früher hatte es gewiss Zeiten gegeben, in denen seine impulsive Ader die Führung übernommen hatte. Wenn sein Gemütszustand ins Wanken geriet, war er seiner Gabe vollends ausgeliefert. Und das hatte in jungen Jahren leider oft in einem mittelschweren Desaster geendet. Er konnte sich nur allzu gut erinnern, wie er mit zwölf die Gartenhütte seiner Mutter zu Fall brachte, nachdem er eine handfeste Auseinandersetzung mit einem der älteren Jungen ausgetragen hatte.

Nur gut, dass Mom für seine Ausbrüche stets ein Schmunzeln parat gehabt und für seine Kontrollverluste Verständnis aufgebracht hatte, schließlich war sein Vater in seiner Jugend und ihrer Kennenlernphase genauso impulsiv gewesen. Die Gutmütigkeit seiner Mutter war allerdings keine Lösung für derartige Ausfälle gewesen. Und so hatte er mühsam und durch die Hilfe seines Vaters lernen müssen, sich zu beherrschen, den leicht erregbaren Teil in ihm zu unterdrücken und niederzuhalten.

Anders als Ian zum Beispiel hatte er es geschafft, seine Emotionen zu kontrollieren und gleichzeitig eine innere Gelassenheit entwickelt. Auf diese stählerne Selbstbeherrschung war bislang Verlass gewesen. Nichts und niemand hatte ihn mehr aus der Ruhe bringen können. Bis Josy gekommen war.

Er konnte sich nicht erinnern, wann er in den vergangenen Jahren mit irgendwem so aneinandergeraten war, wie es mit Josy möglich war. Sie konnte ihn zum Kochen bringen. Entlockte ihm Gefühle, die er in dieser Intensität noch nie verspürt hatte und doch, trotz aller Widersprüche, löste ihre Anwesenheit eine seltsame Genügsamkeit in ihm aus.

Ray und Jeff hatten schon früher als er kapiert, dass sich Jonathans Prophezeiung über die einzig wahre Seelengefährtin bei ihm nun bewahrheitet hatte. Durch den roten Nebel in seinem Kopf und seinem Hirn, in dem es nur noch Error geblinkt hatte, konnten diese Informationen erst jetzt zu ihm durchdringen, wo sich das Chaos langsam auflöste. Da ihm nun bewusst war, was in ihm vorging, schrie jede Faser seines Seins noch lauter nach dieser Frau. Am liebsten hätte er sie an sich gerissen, sie von Kopf bis Fuß in seine Sachen gehüllt und sie komplett aus der Wahrnehmung aller Männer dieser Welt gestrichen, damit ein für alle Mal geklärt war, dass sie ihm und nur ihm allein gehörte.

Er musste sich zügeln, denn er spürte, dass sie sich in seiner Nähe noch nicht wohlfühlte. Einerseits konnte er verstehen, dass sie Angst vor ihm und seinen heftigen Empfindungen hatte. Josy hatte immer isoliert gelebt und nun platzte er in ihr Leben und überfuhr sie wie ein Güterzug. In der Bar vor einer Woche; gestern nach dem Einsatz und in ihrem Hotelzimmer; heute im Fitnessraum, wo es schon beinah so weit gewesen war, dass seine Gabe über ihn verfügte und nicht umgekehrt. Jedes Mal hatte er sein Handeln nur sehr schwer kontrollieren können und es wurde immer schwieriger.

Andererseits verletzte ihn ihre Abwehrhaltung. Sie musste doch dasselbe empfinden wie er. Hätte sie nicht auf dem Beifahrersitz gesessen, hätte er angehalten und wäre erst mal eine Runde durch den Wald gelaufen, um sich erden zu können. Ein Kübel kaltes Wasser hätte es wahrscheinlich auch getan.

Mittlerweile waren sie eine gute Viertelstunde unterwegs und es war noch kein einziges Wort zwischen ihnen gefallen. Es wurde langsam Zeit, dass er das Schweigen brach. Egal, wie er sich fühlte, so konnte es nicht weitergehen, schließlich war sie nicht nur die absolute Versuchung für ihn, sondern in erster Linie Teil seines Teams und dadurch würden sie ständig miteinander zu tun haben. Was schwierig war, wenn sie emotional ständig auf Abstand gehen mussten. Er musste seine Gefühle hinten anstellen und eine Ebene finden, auf der sie sich gemeinsam aufhalten und Josy sich sicher bewegen konnte.

»Warum bist du ein Cop geworden, Josy?«

Sie strich sich über den Nacken. In diesem Tank-Top sah sie verdammt gut aus. »Ich habe drei Jahre in einem Internat verbracht. Im Frühjahr vor meinem Abschluss gab es da einen Berufsfindungstag.« Sie ließ ihre Hand wieder in den Schoß fallen. »Ein paar Cops waren dort und hatten uns über ihre Arbeit erzählt. Ich fand die Art von Beruf interessant.«

»Interessant?«

»Es schien mir für mich das Passende zu sein.«

»Und deine Gabe war schließlich auch von Vorteil.«

»Ja, meine Gabe war sehr wertvoll. Ich wollte sie für etwas Nützliches einsetzen. Irgendwie war es wohl meine Bestimmung. Ich bin nicht dazu geboren, als Schulballprinzessin durchzugehen.«

Sie lachte. Ihre melodische, etwas tiefe Stimme klang wie Musik in seinen Ohren. Und siehe da, sie führten tatsächlich das erste Mal ein ganz normales Gespräch.

Will fuhr auf den Highway. Der Motor schnurrte und die Räder brausten leise über den Asphalt. »Du warst ziemlich jung, als du in das SWAT-Team aufgenommen wurdest.«

Sie spielte mit den Bändern ihres Rucksackes. »Ich war die Jüngste.« Ihre Lippen kräuselten sich zu einem Schmunzeln.

»Auch die jüngste Teamleiterin. Du hast in kurzer Zeit viel erreicht.«

Das beeindruckte ihn. Auf den ersten Blick machte sie einen fragilen Eindruck, aber sie besaß das Herz einer Löwin, das noch dazu am rechten Fleck schlug. Sie ging für ihre Überzeugungen durchs Feuer und würde das auch für jeden anderen tun, der ihr etwas bedeutete. Genauso wie sein Vater und wie er selbst es tun würde und genau das mochte er an ihr. Ihre impulsive Ader und ihr kokettes, manchmal auch etwas schrulliges Auftreten hatten es ihm angetan.

»Das hatte ich Dan zu verdanken. Er hat sich sehr für mich eingesetzt. Heute weiß ich natürlich, wie es wirklich war. Dass er wusste, dass ich meine Gabe einsetzen würde und er damit ein besonders erfolgreiches Team aufbauen wollte.«

»Dan hatte nie Schwierigkeiten, dich in diese Position zu bringen?«

»Oh doch. Da gab es ziemlich Sanctus von oben.« Josy deutete mit einem Lächeln gen Himmel.

»Verstehe.« Will erwiderte ihr Lächeln.

»Er hat mir den Job damals einfach gegeben. Als seine Vorgesetzten mitbekamen, was er getan hatte, wurden ihm drei Monate eingeräumt, um einen Ersatz für mich zu finden. Nach diesen drei Monaten hatte aber niemand mehr gewollt, dass ich die Leitung abgebe.«

Ein klein wenig Stolz schwang in ihrer Stimme mit. Aber noch immer weit weniger als jeder andere seine Leistung verdeutlicht hätte. Will schmunzelte. »Du hast es ihnen ganz schön gezeigt.«

»Jep.« Josy atmete tief durch und versuchte, ihre geröteten Wangen zu verbergen, indem sie stur durch die Seitenscheibe stierte.

Eine Weile fuhren sie schweigend weiter. Will wollte sie nicht noch mehr in Verlegenheit bringen, obwohl es ihm nicht klar war, wie er das schon wieder geschafft hatte.

Es war an der Zeit, sich wieder auf den Fall zu konzentrieren und es gab ein paar Dinge, die Josy unbedingt wissen und einhalten musste. »Versteh mich nicht falsch, Josy, aber ich möchte nicht, dass du Miller gegenüber auch nur mit einem Wort erwähnst, dass der Mörder über dich Bescheid weiß.«

»Du willst, dass Miller mich mit diesen Vorfällen überhaupt nicht in Verbindung bringt.« Josy nickte. »Wie lange wird er brauchen, bis er von allein drauf kommt?«

»Das kann ich nicht sagen. Ein paar Tage.«

»Du denkst, er würde uns den Fall entziehen? Vielleicht fällt es ihm überhaupt nicht auf«, murmelte sie und ließ von ihrem Rucksack ab.

Will lachte. »Ich kann mir nicht vorstellen, dass er es nicht herausfindet. Ehrlich gesagt weiß ich auch nicht, wie er darauf reagieren wird. Aber wie auch immer. Wir können ohne seine Zustimmung nichts unternehmen, weil die Sache eigentlich nicht in unseren Zuständigkeitsbereich fällt. Zumindest nicht, solange das FBI noch etwas ausrichten kann und Miller muss außerdem dazu bereit sein, die Unterlagen verschwinden zu lassen. Sobald ein Fall öffentliches Interesse erreicht, dürfen wir uns nicht mehr einmischen. Aber Miller kennt diverse Schlupflöcher, damit du deinen Fall behalten kannst.«

»Das klingt gut.«

»Mal schauen. Jedenfalls werden wir heute nichts anderes tun, als die Datenbanken zu durchforsten und versuchen, ein Profil zu erstellen. Das heißt, wir versuchen es auf die altmodische Weise. Außerdem hat Ray versprochen, die abgeschlossenen Fälle und auch die ausländischen Fälle zu überprüfen. Dann haben wir im Vorfeld schon alles abgeklärt. Mit Miller reden wir erst am Montag, wenn wir alles andere ausschließen und stichhaltige Fakten auf den Tisch legen können.«

»Auch auf das Risiko hin, dass er bis dahin weiß, dass ich den schwarzen Peter gezogen habe.«

Geflissentlich überhörte Will ihre Anmerkung, die ihn nur wieder auf 180 gebracht hätte, wäre er näher darauf eingegangen. »Wir werden auf jeden Fall bis Montag warten, bevor wir mit ihm sprechen. Bis dahin will ich, dass du nichts unternimmst. Wir brauchen Millers Einverständnis.« Er musste nicht expliziert auf ihre Fähigkeit hinweisen, damit sie wusste, was er meinte.

»Klar.«

Will sah sie streng an.

»Großes Indianerehrenwort«, setzte Josy hinzu und grinste

breit. »Danke, dass du das für mich tust.«

»Deinen Fall retten?«

Sie bejahte.

»Keine Ursache. Ich möchte genauso wie du, dass dieser Mistkerl gestoppt wird.« Und wie er das wollte.

Sie erreichten den Parkplatz der FBI-Zentrale. Will fuhr neben Millers BMW und stellte den Motor ab.

»Ich könnte ja einen ganz kurzen Blick in seinen Kopf werfen. Dann wüssten wir zumindest, wann er das nächste Mal zuschlagen möchte«, sagte sie und biss sich sogleich auf die Unterlippe, als wüsste sie schon, dass ihre Bemerkung nicht gut ankommen würde.

Will stieß einen klagenden Laut aus und zwang seine Hände, den Autoschlüssel abzuziehen und sie nicht um Josys Hüften zu legen und ihr zu zeigen, was er von ihrem Vorschlag hielt. Wenigstens hatten ihm das Gespräch und Josys Offenheit eine solche innere Ruhe beschert, das er sich zusammenreißen konnte. »Es ist wirklich wichtig, dass du dich zurückhältst. Ich glaube nämlich, dass der Täter genau darauf wartet. Es wird ihn verwirren, wenn du nichts unternimmst. Zumindest im Moment. Du bekommst deinen großen Auftritt schon noch«, versprach er. Vor allem aber wollte er dabei sein, wenn sie ihre Gabe einsetzte. Er wollte nicht, dass sie in diesem Augenblick allein war.

Josy seufzte. So schnell, dass er es sich nicht hätte anders überlegen können, packte er ihren Arm und sah ihr in die Augen. Nur in die Augen, denn wenn er ihre Lippen nur eine Sekunde zu lange ansehen würde, wäre er auf der Stelle über sie hergefallen. »Versprich es mir«, bat er nachdrücklich. Seine Gefühle übernahmen schon wieder das Kommando.

Josy musste seine Entschlossenheit erkannt haben. »Ich verspreche es dir«, sagte sie glaubhaft.

Damit konnte er sich vorerst zufriedengeben.

10. Kapitel

Josy musste erst einmal kurz durchatmen, bevor sie die Stufen zum Eingang des FBI-Gebäudes hinaufsteigen konnte. Wills Stimmung konnte von einem Moment auf den anderen umschlagen. Von null auf hundert in zwei Sekunden. Dabei hatte sie sich immer selbst für einen impulsiven Menschen gehalten.

Nichtsdestotrotz wusste sie, dass Will seine Angriffslust nicht auf sie lenken würde. Sie hatte eher den Eindruck, dass er sie am liebsten in einen Kokon packen würde, den er auf Teufel komm raus verteidigen und beschützen konnte. Sie würde einige Zeit brauchen, sich an Will und die anderen zu gewöhnen. Nun lasteten zusätzlich Wills Besitzanspruch und Fürsorglichkeit auf ihr. Das Versprechen, sich nicht mehr im Verstand des Mörders umzusehen, war ihr allerdings recht, denn sie fühlte sich nicht wohl dabei, zu wissen, dass sie entlarvt worden war und dass der Mörder wusste, wann sie bei ihm war. Allein bei dem Gedanken zog sich alles in ihr zusammen. Als sie Will ihren Vorschlag unterbreitet hatte, sich im Verstand des Mörders umzusehen, wollte sie eigentlich nur scherzen. Hätte sie gewusst, dass er derart empfindlich reagieren würde, hätte sie es sein lassen.

Sie war es gewöhnt, für sich allein einzustehen. Seine Besorgnis rührte sie, aber sie konnte nichts damit anfangen. Mein Gott, seit achtundzwanzig Jahren hatte sie sich allein durchs Leben gekämpft. Warum sollte es die nächsten fünfzig anders sein? Sie verstand ja schon nicht, warum sie so viel für diesen Mann empfinden konnte. Es gab keinen Platz in ihrem Leben für einen Zweimeterhünen mit Ambitionen, die denen eines Raubtiers glichen.

Auf der Gefühlsebene war sie wirklich eine Niete.

Während sie die Stufen zu der Glastür hochgingen, stieg das befremdliche Bedürfnis hoch, sich an Will festzuklammern. Sie konnte sich nicht erinnern, ob sie am Vortag leise gewesen war, als sie mit Will gesprochen hatte und erwartete spartanische

Blicke der Mitarbeiter. Als hätte Will ihre Gedanken gelesen, blieb er dicht neben ihr, während sie den Korridor entlang zu Millers Büro gingen. Gott sei Dank verströmte Will jetzt wieder diese Gelassenheit, als könne ihn nichts erschüttern oder aus dem Konzept bringen und das beruhigte sie. Der gewaltige Umbruch in ihrem Leben, seit sie Will kannte, war ihr ein Rätsel. Ihre Instinkte warnten sie, dass ihr alles über den Kopf wachsen und entgleiten würde.

Unwillkürlich musste sie an ihre erste Begegnung denken. Der Sex mit Will war anders gewesen als mit den Männern davor. Sex war für sie immer eine neutrale Angelegenheit gewesen. Ein Zusammenspiel von körperlicher Anziehungskraft und Lust, die sich entluden oder eben nicht. Es musste nichts durchdacht, nichts geregelt werden. Sex war körperlich, geradlinig und die Bedeutung war unmissverständlich. Aber mit Will war etwas Grundlegendes anders gewesen. Sie hatte sich gut aufgehoben gefühlt. Hatte sich in ihrer Leidenschaft, von der sie überrollt worden war, verlieren wollen. Sie wollte nicht nur Haut auf Haut spüren. Sie wollte seine Berührungen in sich aufnehmen, seinen Geruch verinnerlichen, sich an seinen Geschmack erinnern.

Unsanft setzte ihr Verstand wieder ein, worauf sie ihre Erinnerungen schnellstens abschüttelte. Es würde ohnehin zu nichts führen, außer dass sie wieder an dem Punkt angelangte, an dem sie sich vor Augen führen musste, dass sie sich nicht auf einen Mann einlassen konnte. Für eine Beziehung und tiefere Gefühle war sie nicht geschaffen.

Dennoch waren die immer wiederkehrenden Bilder und Sehnsüchte besorgniserregend. Sie erhaschte einen letzten, kurzen Blick auf sein Gesicht und sah, wie er nachdenklich zu Boden blickte. Sie wusste nicht, woran er gerade dachte, aber an seinen grimmigen Zügen erkannte sie, dass ihm etwas gewaltig gegen den Strich ging. Nun, da waren sie schon zu zweit. Sie sollte sich besser auf die derzeitige Mission konzentrieren, die ausschließlich darin bestand, die Datenbanken zu durchforsten und nach weiteren Morden und Übereinstimmungen zu suchen, als auf das Chaos in ihrem Kopf und in ihrem Herzen zu achten.

Endlich erreichten sie Millers Büro. Will klopfte kurz an, öffnete die Tür und ließ Josy den Vortritt. Der ältere Mann mit dem weißen, kurzen Haar sah von seinem Papierstapel auf.

»Hallo Will. Josy. Ich habe euch nicht so früh erwartet«, begrüßte er sie und stand unter quietschendem Protest seines Stuhls auf.

»Wir hatten früher Zeit«, erklärte Will ihren zeitigen Besuch. Es war gerade erst neun Uhr morgens. »Ich möchte ein paar Akten überprüfen. Josy wird in der Zwischenzeit mein Büro und den Computer benutzen.«

Miller ging um seinen Schreibtisch herum. »Ich habe gestern mit der Staatsanwältin gesprochen. Mrs Stone. Josy, Sie kennen die Dame ...«

»Ja. Sie war bei drei meiner Fälle die vorsitzende Staatsanwältin.«

»Sie hält viel von Ihnen und war so frei, mir alle Papiere, Verhörprotokolle und dergleichen zu kopieren. Das Zeug steht in Wills Büro.«

Josy war überrascht. Und Will erging es nicht anders. Sie hatte sich schon darauf vorbereitet, mit den eingescannten Unterlagen vorlieb nehmen zu müssen und dabei hätte es sich nur um das Wichtigste gehandelt. Je mehr Material, desto besser. Manchmal waren es die zuvor als irrelevant geltenden Hinweise, die schlussendlich den brisantesten Tipp lieferten.

»Außerdem möchte sie die Sonderkommission mit unseren Leuten zusammenarbeiten lassen. Ich habe ihr zwei meiner Männer geschickt.«

Das war eine gute Nachricht. So würden sie wenigstens direkt an der Quelle sitzen. Josy ergriff das Wort. »Ich werde mich sofort an die Arbeit machen und die Unterlagen durchsehen. Ich bin gern bereit, mich als Zeuge zur Verfügung zu stellen. Besser wäre natürlich, wenn wir einen Täter hätten, dann könnte Anklage erhoben werden.« Sie dachte an die vielen Familien, die darauf hofften, dass der Mörder ihrer Schwester,

Tochter, Mutter oder Freundin endlich zur Rechenschaft gezogen wurde.

Miller stimmte ihr zu. »Wartet einen Moment. Ich werde Clara anrufen. Sie kann sich in der Zwischenzeit um Josys Wohlergehen kümmern, dann kannst du dich in Ruhe mit den Akten im Keller beschäftigen«, sagte er zu Will und griff zu seinem Telefon.

»Danke.«

Will versteifte sich fast unmerklich neben Josy, was ihr zunächst nicht seltsam vorkam. Erst als eine Frau in straff sitzendem Hosenanzug und mit hochgestecktem blondem Haar durch die Tür schneite und sich über die Lippen leckte, als sie ihn sah, keimte ein Verdacht auf. Das Gesicht der Frau, ihre Augenbrauen, ihre Lippen waren unwirklich makellos und formvollendet. Wie auch der Rest von ihr. Es saß alles an Ort und Stelle. In der richtigen Dosierung. Barbie im Hosenanzug.

»Hallo William, was kann ich für dich tun?«, gurrte sie mit einer rauen, sexy Stimme.

Das Telefon klingelte und Miller hob den Hörer ab. Wenigstens einer musste die Plänkelei nicht mit anhören. Will erklärte Clara die Sachlage, nun sichtlich verspannt. Nur seine Gesichtszüge waren hart und unergründlich, während Clara Josy mit einem abschätzigen, kalten Blick überflog. Sie machte keinen Hehl aus ihrer Abneigung. Als ihre grauen Augen mit der großzügig aufgetragenen Wimperntusche auf Josys Gesicht trafen, schnalzte sie abwertend mit der Zunge.

»Selbstverständlich werde ich mich um unseren Gast kümmern«, raunte Clara Will zu und lächelte, bevor sie ihre ganze Aufmerksamkeit auf ihn richtete und nach seinem Kragen griff, um Will ein gutes Stück näher zu sich herunterzuziehen. Er verengte seine Augen und atmete hörbar aus.

Einigermaßen geschockt hörte sie, wie Clara Will Dinge ins Ohr flüsterte. Wahrscheinlich hatten die beiden eine Geschichte.

Eifersucht traf sie.

Wie ein Faustschlag in den Magen.

Gütiger Gott. Das war gar nicht gut.

Während sie um Fassung rang, die sich langsam aber sicher in Luft auflöste, nahm sie ein anderes, ihr bekanntes Gefühl wahr. Sie spähte in Wills Richtung, und während sich ihre Blicke trafen, erkannte sie, dass sich im selben Augenblick seine Aura zu verändern begann. Sie konnte kaum fassen, was sie zu sehen bekam. Clara zwitscherte fröhlich drauflos und erzählte ihm dieses und jenes, während Will Josy in die Augen sah und die Farben seiner Aura allmählich zu verblassen begannen.

Weiß. Loyalität.

Und diese galt ihr.

Sie legte ihre Hand auf ihren Brustkorb, um sich zu vergewissern, dass sie noch atmete und ihr Herz schlug. Sie war überwältigt von diesem Anblick. Und wollte dennoch einfach nur davonlaufen. Weit weg von diesen ungewollten Emotionen und Gedanken. Von Wills Gefühlen, von deren Intensität und Reinheit, die sie berührten und gleichzeitig erschütterten. Ihre Blicke hielten einander noch immer fest. Sie versuchte zu schlucken, doch ihr Mund war zu trocken.

Will nahm Claras Hand von seinem Shirt und sein Gesicht wurde wieder ausdruckslos. »Wir hätten gern Kaffee und ein paar Muffins, wenn es keine Umstände macht, Clara.«

Clara machte einen Schritt rückwärts und es war klar, dass sie verstanden hatte.

»Wir haben zu tun, Josy«, sagte er, ergriff Josys Hand, verschränkte seine Finger mit ihren und zog sie auf den Korridor.

Sie hatte alle Mühe, nicht über ihre eigenen Beine zu stolpern, während sie seinen langen Schritten folgte. Ein faustdicker Kloß saß in ihrem Hals. Es fiel ihr nichts ein, was sie hätte sagen sollen und schon gar nicht, was sie hätte denken sollen, also hielt sie ihr sonst so vorlautes Mundwerk, und folgte ihm in sein Büro, setzte sich auf den Stuhl, den er ihr unter den Hintern schob. Schweigend sah sie ihm zu, wie er seinen Computer hochfuhr.

Er stand direkt hinter hier. Beugte sich über sie, griff nach der Maus und klickte sich in das System der Datenbank. Ihr

Herz trommelte gegen ihre Rippen.

Bereits vor dieser drastischen Veränderung seiner Aura hatte sie gedacht, ihre Situation sei ausweglos. Nun war sie sicher, dass es nicht mehr schlimmer kommen konnte. Wie, um Himmels willen, hatte so etwas geschehen können?

Will war verdammt, eine komplexbeladene Frau zu lieben, die mit ihrer eigenen Existenz schon massenhaft Probleme hatte. Da hatte sich der Allmächtige mal wieder einen teuflischen Scherz mit ihr erlaubt. Denn Josy konnte keinen Menschen lieben. Nicht so. Nicht mit dieser Intensität. Nicht mit dieser Solidarität.

Herrgott noch mal, ihre Gefühlswelt passte in einen Schuhkarton. Das war eindeutig zu wenig, um einem anderen Menschen ihr Herz zu schenken. Sie krallte die Hände in ihre Jeans, um nicht an den Nägeln zu kauen. Der Schmerz auf ihren Oberschenkeln drängte die Tränen zurück.

Schon wieder hatte er sie in Schutz genommen, ihr gezeigt, dass sie ihm etwas bedeutete. Am liebsten hätte sie ihn umarmt und sich bei ihm bedankt, weil das noch nie jemand für sie getan hatte. Doch ihr Stolz war letztendlich größer als ihre Dankbarkeit.

»Du und Clara. Ihr wart mal ein Paar?«, fragte sie schließlich, um die Stille erträglicher zu machen und ihre Neugier zu befriedigen.

Er richtete sich hinter ihr auf, so konnte sie sein Gesicht nicht sehen, als er sprach. »Mehr oder weniger. Wir hatten eine Affäre.« Sie hörte, wie er die Zähne aufeinanderschlug.

Ihrem Hirn war der Saft ausgegangen. Sie wartete auf irgendwelche Leitsätze, von denen sie hoffte, sie würden immer spontan zur Verfügung stehen, wenn man sie brauchte. Sie hatte selbstverständlich schon mit anderen Männern geschlafen, jeder hatte eine Vergangenheit, was erwartete sie von einem gut aussehenden Kerl wie ihm eigentlich?

Will drehte ihren Stuhl herum und sah ihr in die Augen. »Zwischen Clara und mir ist nichts mehr. Ich habe unsere Affäre schon vor einem halben Jahr beendet.«

Sie musste ihre Farce aufrechterhalten, sonst würde sie zerbrechen. »Du bist mir keine Rechenschaft schuldig.«

Obwohl sie sich nicht so fühlte, gab sie sich vernünftig. Innerlich war sie besänftigt, denn ob sie es nun wahrhaben wollte oder nicht: Die Hälfte ihres Schuhkartons gebührte ihm.

Dennoch war Rückzug die einzige und beste Möglichkeit, um sich über den Wirbel in ihrem Kopf klar zu werden. Sie wischte ihre Gedanken beiseite.

Und sah die Kränkung in Wills Augen.

Jesus.

Sie sollte anfangen darüber nachzudenken, wie sich ihr Gegenüber fühlte, nicht immer nur, wie sie sich am besten schützen konnte. Mein Gott, sie war wirklich kein Paradestück. Nur weil sie ihm nicht zeigen wollte, was sie empfand, trat sie ihm ständig gegen das Schienbein.

»Will, ich meinte ...«

»Ist schon in Ordnung«, unterbrach er sie grob, drehte ihren Stuhl wieder um und platzierte sie vor dem Bildschirm. Die Situation war nicht mehr zu retten.

»Hier sind die Datenbanken, falls du dich nicht sofort an die Kisten da hinten machen willst.«

Damit meinte er die sechs Kartons, die in der Ecke zwischen einem einsamen Aktenschrank und einer Zimmerpalme standen. Die Kartons waren mit dem Namen eines Opfers beschrieben, dessen Todesfall die Kiste mit Beweisfotos, Unterlagen und Gutachten füllte.

»Hier sind die Zugangsdaten.« Er reichte ihr einen Ordner. »Du weißt ja, wie du damit umgehen musst. Wenn du mich suchst: Ich bin im Keller.«

Will verließ das Büro. Sie war allein. Die plötzliche Ruhe im Raum klang laut in ihren Ohren. »Oh Josy, ordne deine Gedanken. Ordne deine Gefühle. Und stell dich nicht an wie ein Teenager«, murmelte sie in die Stille und klopfte mit der flachen Hand auf die Tischplatte.

Sie fühlte sich hundsmiserabel. Hätte sich am liebsten in eine Ecke gehockt und ihre Stirn so lange gegen die Mauer geschlagen, bis sie wieder klar denken konnte. Warum wollte sie so tun, als sei er ihr egal? Wie lange würde er das mitmachen? Sie verbarg ihren Kopf in den Händen und fluchte, was ihr Repertoire hergab.

Als die Tür aufgerissen wurde, richtete sie sich hastig auf. Barbie betrat das Büro mit einem Tablett in den Händen und einem Gesichtsausdruck, der dem einer Schlange nahekam.

»Bitte schön.« Die Tassen schepperten, als sie das Tablett auf den Tisch knallte.

Josy stand auf. »Danke Clara, das ist nett. Aber ich kann mir meinen Kaffee auch selbst holen.«

Clara öffnete ihren Mund, schloss ihn wieder und öffnete ihn abermals. Okay, sie war bereit für Claras scharfe Worte. Jetzt war ohnehin schon alles egal. Ein, zwei Kopfnüsse mehr würde sie auch noch überleben.

»Wie Sie wollen«, sagte Clara aber nur und schüttelte den Kopf, als wäre sie für einen Kampf auf Leben und Tod vorbereitet gewesen.

Mord und Totschlag stand heute aber nicht auf Josys Liste. Sie hatte nicht bemerkt, dass sie ihren Atem angehalten hatte, aber als die Tür hinter Clara ins Schloss gefallen war, ließ sie die angestaute Luft aus ihren Lungen entweichen. Mit zitternden Knien setzte sie sich zurück an Wills Schreibtisch und sah an die Zimmerdecke, als könnte sie hindurch in den Himmel blicken. »Okay, du da oben. Wenn du mir was zu sagen hast, dann bring es endlich auf den Punkt.«

Sobald sie wieder fähig war, ihre Hirnwindungen sinnvoll zu benutzen, nahm sie ihre ganze Willenskraft zusammen und widmete sich ihrer eigentlichen Aufgabe. Zumindest war sie nun beschäftigt genug, um William und seine Ex erfolgreich aus ihrem Kopf radieren zu können. Fast.

Sie seufzte. Anstatt sich in die Datenbanken einzuloggen, ging sie zu den Kisten und sah sich deren Inhalt an. Die Verhörprotokolle der ersten beiden Fälle waren ihr bekannt. Dennoch durchsuchte sie auch den Inhalt von diesen Kisten. Vor allem suchte sie nach Dingen, die sich nach ihrer Versetzung angesammelt hatten und die ihr nun nützlich sein konnten.

Mit Notizblock und Kugelschreiber arbeitete sie sich konsequent durch jeden Fall und schrieb die Namen aller Opfer, ihre Verletzungen, die gesammelten Daten ihrer persönlichen Lebensumstände, mit denen sie etwas anfangen konnte und die Zeiten der einzelnen Taten in chronologischer Reihenfolge auf.

Josy las ihre Notizen bestimmt zehn Mal durch. Doch es änderte sich nichts an der Tatsache, dass es bis auf den Umstand, dass alle Opfer dem weiblichen Geschlecht angehörten und die Tötungen immer auf die gleiche Weise vollführt worden waren, keine nennenswerten Gemeinsamkeiten zwischen ihnen gab. Die Opfer hatten nichts miteinander zu tun gehabt, zumindest konnte sie aus den Unterlagen keine derartigen Rückschlüsse ziehen. Weiterhin gab es, wie Will schon erwähnt hatte, keine Spuren, keine DNA oder sonstige Hinweise auf den Täter, die an den Tatorten oder an den Leichen sichergestellt werden konnten. Es fehlte also jeder Anhaltspunkt, anhand dessen sie ein Täterprofil hätte erstellen können.

Eine Reihe von Morden und dennoch stieß sie sich an dem Wort Serienkiller. Dafür fehlte die Verbindung zwischen den Opfern. Üblicherweise suchte sich ein Wiederholungstäter seine Tötungsobjekte nicht unwillkürlich aus. Es gab immer verwandte Umstände zwischen den Getöteten. Sei es, dass sich seine Opfer prostituierten. Oder er suchte sich einen bestimmten Frauentyp, der einem verhassten Menschen ähnlich war. Egal wie nichtig einem auch die Gemeinsamkeiten erscheinen mochten, sie waren typischerweise immer vorhanden.

Hier war das nicht der Fall. Außer, sie hatte etwas übersehen.

Noch einmal schnappte sie sich die gebundene Mappe, auf der der Name Karen Nolan stand. Erneut blätterte sie diese durch. Es musste eine Verbindung existieren, die die Auswahl an Frauen rechtfertigte. Man musste nur wissen, wo man danach suchen musste.

Nach einer Weile legte sie die Mappe auf ihren Schoß. Es war zum Verzweifeln. Die Sonderkommission hatte auch keinen Zusammenhang gefunden. Wieso sollte sie dann etwas finden?

Sie sah auf die aufgeschlagene Seite. Ein Artikel über Mrs Nolan.

Mrs Nolan ist eine bemerkenswerte Tierärztin, die ihre großen wie auch kleinen Patienten mit voller Aufopferung betreut und versorgt. Nun dürfen auch wir von Tiere in Not uns bei ihr für ihr großes Herz bedanken. Ihre Spende kommt der Rettung von ...

Sie überflog die nächsten Zeilen, wobei ihr der Schluss des Berichtes ins Auge fiel. Mrs Nolan, geborene Brewster. Im Geiste wiederholte sie den Namen mehrfach. Bis sie ihn schließlich zuordnen konnte. Karen Brewster. Ein Jahr jünger als Josy.

Natürlich. Sie kannte diese Frau.

Sie blätterte zu den Schulabschlüssen zurück und fand, wonach sie gesucht hatte.

Eisige Kälte schlich sich in Josys Magengrube.

Mit sechzehn Jahren war Josy in einem Internat untergebracht worden, wo sie drei Jahre hatte verbringen müssen. Karen war ebenfalls dort gewesen. Sie war das Mädchen, das Josy ständig verbal und auch körperlich attackiert hatte. Bis zu jenem Tag, an dem sich Josy das Schlüsselbein bei einem Sturz auf der Treppe gebrochen hatte, hatte sie niemandem gesagt, dass sie schon seit einer halben Ewigkeit von Karen traktiert wurde. In Anbetracht der schweren Verletzung und der Zeugen, denen sie damals vermutlich leidgetan hatte, war ihr nichts anderes übrig geblieben, als zuzugeben, dass sie Karen ein Dorn im Auge war.

Sie legte Karens Unterlagen beiseite und begann, auch bei Sharon Kelso tiefer zu wühlen.

Heiß und kalt lief es ihr nun über den Rücken, denn ihr Verdacht erhärtete sich.

Auf der Liste aller Absolventen der Polizeiausbildung stand es schwarz auf weiß:

Sie hatte mit einer Sharon Kelso zusammen ihre Ausbildung zur Polizistin absolviert. Jetzt erinnerte sie sich. Bei der Aufnahmeprüfung der Dienststelle des SWAT-Kommandos war sie ihr wieder über den Weg gelaufen. Sharon war ihr mit zwei Punkten um eine Nasenlänge voraus gewesen. Josy konnte sich noch deutlich erinnern, wie enttäuscht sie war, dass sie den Job nicht bekommen hatte. Zwei Wochen, nachdem sie bei einer anderen Abteilung untergekommen war, hatte sie einen Anruf erhalten, dass Sharon Kelso den Job nicht angenommen hatte und Josy den Platz nun doch bekommen könnte.

Nächstes Opfer: Chantall Glemorin.

Aufgewühlt suchte sie nach der Verbindung. Vor fünfzehn Jahren hieß besagte Dame Chantall Hermans. Frau Doktor Chantall Hermans. Die Psychologin, die Josys Eltern gesagt hatte, sie litte unter einem geistigen Defekt.

Einen Aufschrei hinter vorgehaltener Hand erstickend, schloss sie die Augen. Brauchte sie noch mehr Beweise? Ihr Verstand wehrte sich gegen den Albtraum, der sie aufsog, als bestünde sie nicht aus fester Materie, sondern aus einzelnen Molekülen, die langsam, aber beständig, in den Strudel des Entsetzens gezogen wurden.

Immer noch versuchte sie, eine logische, vernünftige Erklärung für das Ergebnis ihrer Suche zu finden. Doch die Realität stand schwarz auf weiß auf dem Papier und ließ sich nicht wegradieren.

Aber wie passte Marie ins Schema?

Eine halbe Stunde später war die Frage noch immer nicht geklärt. Hatte er gewusst, dass Josy geistig bei ihm war und sich das Mädchen daher willkürlich ausgesucht? War sie nur dadurch auf seine schwarze Liste gerutscht, weil Josy ihm gefährlich nah gekommen war? Mein Gott, das wollte sie am allerwenigsten glauben, aber anders ließ sich dieser Mord nicht erklären.

Und das andere Mädchen? Die Studentin Patricia Harson. Sie nahm ihre Papiere zur Hand und suchte nach dem letzten Arbeitgeber des Mädchens beziehungsweise nach deren letztem Auftrag. Sie musste am Vorabend ein Paket ausliefern. Im Nebenhaus. Das Haus, in dem die Morde stattgefunden hatten, war Patricias Geburtshaus gewesen. Josy sträubte sich gegen ihre Entdeckungen, spann ihre Gedanken aber dennoch weiter. Patricia war vermutlich in dieser Nacht vor den Morden an dem Haus, in dem sie aufgewachsen war, vorbeigekommen, hatte Licht gesehen, wollte nachsehen und war selbst zum Opfer geworden. So ließen sich auch ihre Abwehrverletzungen erklären. Die anderen Frauen waren überwältigt und geknebelt worden, hatten also keine Möglichkeit gehabt, sich zu verteidigen. Patricia schon. So ungefähr musste es sich zugetragen haben.

Um Fassung bemüht, überprüfte sie auch den letzten Namen. Und fand heraus, dass Ms Ellen Summer die Rechtsanwältin ihres Vaters gewesen war. Wieder eine glasklare Verbindung zu ihr.

Sie biss sich auf die Unterlippe, bis sie Blut schmeckte. War sie der Grund, warum all diese Menschen ihr Leben verloren hatten? Was hatte sie sich zuschulden kommen lassen, um so etwas auszulösen? Wollte der Mörder ihr vielleicht die Morde in die Schuhe schieben? Nein, das war überhaupt nicht möglich. Oder?

Immer unruhiger werdend blies sie sich eine widerspenstige Haarsträhne aus dem Gesicht und verschränkte verkrampft ihre Hände hinter dem Kopf. Warum in Gottes Namen waren ihr diese haarsträubenden Details nicht schon früher aufgefallen? Weil sie nicht danach gesucht hatte. Klar, wer würde schon annehmen, dass eine gesamte Mordserie mit einem selbst in Bezug stand? Besser gesagt, wer wollte schon so etwas glauben.

Die Gesichtszüge, Haarfarben und andere Äußerlichkeiten der Frauen hatten sich in den vergangenen Jahren stark verändert. Somit hatte sie auch keine auf Anhieb wiedererkannt, als sie mit klaffenden Wunden, blutend und geknebelt auf einem Tisch gelegen hatten. Sie fluchte und hörte erst auf, als ihr kein Schimpfwort mehr einfallen wollte. Je länger sie über alles nachdachte, desto siedender kochte das Blut in ihren Venen. Die Erkenntnis, dass sie die Hauptrolle im Drama Tod und Zerstörung spielen konnte, war erdrückend. Dumpf. Und überaus beklemmend.

Vielleicht war gar nicht sie das Bindeglied zu den getöteten

Frauen. Vielleicht war es nur ein irrwitziger Zufall, dass sie mit fast allen Opfern etwas zu tun gehabt hatte und es gab noch eine andere Übereinstimmung, die sie auf einen gemeinsamen Nenner bringen konnte.

Das wiederum konnte bedeuten, dass sie die Nächste wäre.

Diesen Gedanken durfte sie gar nicht erst zu Ende denken.

Leises Gemurmel drang in Wills Büro. Kam näher. Wurde lauter. Die Stimme gehörte Will. Augenblicklich packte sie die gebundenen Unterlagen zurück in die Kartons und steckte ihre Notizen eilig in den Rucksack. Solange sie nicht mit absoluter Sicherheit sagen konnte, was zur Hölle hier vor sich ging, würde sie diese schauderlichen Entdeckungen für sich behalten, in der Hoffnung, dass sich doch noch etwas an den Umständen ändern würde. Sie hatte keine Zeit gehabt, alles in Ruhe durchzulesen. Nein, in diesem Fall musste sie jede noch so kleine Möglichkeit ausloten, bevor sie das jemandem mitteilte. Die Hoffnung starb bekanntlich zuletzt.

11. Kapitel

Am Abend saß Will in seinem privaten Büro und studierte den Inhalt der Kisten, die er und Josy mitgenommen hatten sowie seine Akten aus dem Keller des FBI, als Ray das Zimmer betrat.

»Miller hat angerufen. Du solltest dich bei ihm melden«, richtete er aus und steckte die Hände in die Taschen seiner Cordhose.

»Eine Ahnung, was er wollte?« Will nahm sich die nächste Seite seiner Unterlagen vor.

»Es geht um den Fall, an dem du dran bist. Er klang ziemlich übel gelaunt.«

Will wurde hellhörig. »Er hat es herausgefunden.«

»Dass die blutige Nachricht an deine Prinzessin gerichtet war? Könnte gut möglich sein. Dann war er zumindest schneller, als ich angenommen hatte. Ich hatte keine Zeit, mit ihm zu reden, deshalb habe ich ihn abgewürgt und gesagt, dass du ihn zurückrufst.«

Ray klang weniger entschuldigend als informativ. Will sah auf die Uhr. Es war bereits nach zweiundzwanzig Uhr. Er konnte morgen erklären, weshalb er nichts wegen Josys Befangenheit gesagt hatte. Miller würde sich schon wieder einkriegen.

»Ich hoffe, Josy ist mir nicht böse wegen meinen Sticheleien im Fitnessraum. Aber Mann, du warst echt klasse. Hätte ich gewusst, dass Mister Besonnenheit mal so austickt, hätte ich vorher Wettscheine verkauft und ein Vermögen verdient.«

Rays farblose Stimme verlieh seinem Humor einen absurden Beigeschmack. Will war heute nicht für Späße aufgelegt, die auf seine Kosten gingen, deshalb sah er Ray nur an. Sein Freund zog einen Stuhl unter dem Tisch hervor und setzte sich verkehrt herum darauf. Die Unterarme legte er auf die Stuhllehne.

Will rieb sich übers Kinn. »Keine Ahnung, ob sie dir deine große Klappe übel nimmt. Ich habe Josy nicht darauf angesprochen. Ehrlich gesagt ist sie ziemlich merkwürdig, seit wir das FBI verlassen haben.«

Genauer gesagt, seit sie Clara begegnet ist. Er ärgerte sich noch immer über dieses Zusammentreffen, das ihm gewiss keine Bonuspunkte gebracht hatte. »Spar dir einfach die Mätzchen das nächste Mal.«

Ray grinste, sofern man das kaum sichtbare Heben seiner Mundwinkel so bezeichnen konnte. »Jonathan hatte also recht.«

»Könnten wir das Thema wechseln?«

»Worüber willst du nicht reden? Über deinen Vater? Oder über Josy?« Ray griff in seine Hosentasche und zog eine Packung Kaugummi heraus. »Oder über beide? Vielleicht sollte ich einfach Jonathans Studie rekonstruieren. Dann versteht Josy auch, was gerade mit dir abgeht«, meinte er, ohne die Antwort auf seine Frage abzuwarten und steckte sich einen Kaugummi in den Mund.

Das hätte Will gerade noch gefehlt. Wenn Ray alles neu niederschreiben würde, hätten sie die Unterlagen gar nicht erst vernichten müssen. Außerdem hatte er absolut keine Lust auf eine solche Diskussion, deshalb winkte er kräftig ab.

»Vergiss es. Meine Mutter war ein ganz normaler Mensch. Josy ist so wie wir.« Damit sollte das Gespräch beendet sein. Er hatte noch ein ganzes Stück Arbeit vor sich und keine Zeit, mit Ray eine Unterhaltung darüber zu führen.

»Deshalb nimmst du also an, sie empfindet nicht dasselbe wie du? Na, täusch dich da mal nicht. Alexa ist nämlich ganz anderer Meinung. Josys Panzer ist einfach härter als deiner. Geduld, mein Freund.« Rays Grinsen wurde breiter.

Himmel, er hatte heute keine Nerven für diese Sticheleien. »Hast du nicht was anderes zu tun, als mir auf die Nerven zu gehen?«

»Doch schon, aber die Lust, dir auf die Nerven zu gehen, war größer.« Ray beugte sich weiter vor. »Dein Auftritt im Trainingsraum war grandios. Wir haben uns köstlich amüsiert. Es hätte nur gefehlt, dass du Josy ans Bein pinkelst, um sie zu markieren.«

»Es reicht, Ray.«

»Tut mir leid. Nimm doch nicht immer alles so persönlich.«

»Scherzkeks.« Will warf seinen Kugelschreiber auf den

Aktenberg vor ihm, kreuzte die Arme und lehnte sich zurück. Ray schnappte sich den Stift und begann, auf die Tischunterlage zu kritzeln, während er wartete, dass Will über das sprach, was ihm wohl offensichtlich auf der Seele lag. Schließlich seufzte Will. »Sorry, aber meine Stimmung ist gerade nicht die beste. Irgendwie drehe ich mich ständig im Kreis und das macht mich wahnsinnig. Seit Stunden zermartere ich mir nun schon den Kopf, woher der Täter von Josys Gabe wissen kann. Es ist wohl besser, ihr geht mir die nächsten Stunden aus dem Weg.«

Nur weil er nun mit dem wahren Grund für seine miserable Laune herausgerückt war, fühlte er sich keinen Deut besser. Ray zog eine Augenbraue hoch, machte aber keine Anstalten, zu gehen. Also beugte sich Will nach vorne und sprach seine Gedanken, die ihm fortwährend im Kopf herumspukten, aus.

»Entweder es handelt sich bei unserem Mann um eine Kontaktperson des FBI, was ich aber vorerst ausschließen will, da ich alle, die von uns wissen, persönlich kenne oder es handelt sich um jemanden aus ihrer Vergangenheit.«

Was er auch nicht so recht glauben wollte, denn laut Josys privater Dokumentation hatte sie weder Kontakt mit ihren Eltern noch mit sonstigen Angehörigen. Es war nicht anzunehmen, dass sie seit zwölf Jahren von jemandem verfolgt wurde. Trotzdem wurde er das Gefühl nicht los, dass jene Person Josy schon länger kennen musste. Andernfalls war es nicht zu erklären, woher derjenige über ihre Besonderheit Bescheid wissen konnte. Seine Nachforschungen hatten ihn um kein Stück weitergebracht, aber jede Menge Zeit gekostet. Josy hatte auch nichts gefunden, was ihnen hätte helfen können. Es war zum Verrücktwerden. Dieser Dreckskerl war einfach zu gründlich.

Ray riss ihn aus seinen Überlegungen. »Aus ihrer Vergangenheit? Wer sollte das sein? Warum sollte jemand Menschen umbringen, nur um Josy zu zeigen, dass er von ihrer Gabe weiß? Das ergibt doch überhaupt keinen Sinn«, meinte Ray. Sein Ton ließ keine andere Meinung gelten. »Ich glaube, du verlierst den Blick für das Wesentliche, mein Freund. Wenn es jemand auf sie abgesehen hätte, der ihr ans Leder will, hätte er sie sich schon längst geschnappt.«

Will wäre jedem anderen ins Wort gefallen, der seine Kompetenz infrage stellte. Ray jedoch war ein verlässlicher Freund und Will war an seine Direktheit gewöhnt.

»Was denkst du dann?«

»Anfangs hatte ich auch stark vermutet, dass der Kerl Kontakt zum FBI hat oder einer von Millers Leuten ist. Deshalb habe ich mir die Akten jedes einzelnen Mannes gründlich vorgenommen. Wie sich herausgestellt hat, sind die Männer sauber. Die schlechte Nachricht ist, dass wir uns, sicherlich auch wegen unserer Talente, durch jeden der psychologischen Tests schmuggeln könnten. Von daher können wir also auch niemanden direkt ausschließen. Dennoch glaube ich, dass jemand, der auch nur ein bisschen aus der Reihe tanzt, aufgefallen wäre. Um sicherzugehen, habe ich ein paar Späher positioniert.« Dann stand er auf, drehte den Stuhl in seine ursprüngliche Position zurück und setzte sich auf die Kante. »Unser Täter ist völlig skrupellos und hat nicht einfach nur vor, Josy einen Streich übelster Sorte zu spielen. Unser Mann hat Spaß an der Sache. Er genießt es, seine Opfer leiden zu sehen, sonst hätte er an sich schon eine einfachere, schnellere Art zu Töten gewählt. Außerdem geht er sehr geschickt vor. Er plant gründlich, bevor er zur Tat schreitet, weil er unter keinen Umständen Fehler machen will. Er geht raffiniert vor, damit er das, was er mit seinen Handlungen erreichen will, auch erreichen wird.«

Ray zog eines der Tatortfotos hervor und hielt sie Will vor die Augen. Eine blasse Frau mit schreckensgeweiteten Augen sah ihm entgegen.

»Fassen wir also zusammen: keine Vergewaltigung. Keine Verstümmelung. Dafür hat er seine Opfer nackt in den Tod geschickt. Warum? Um sie zu erniedrigen? Weil er ihnen eine Lektion erteilen wollte? Vielleicht wollte er Josy mit seiner Nachricht eine Lektion erteilen. Nehmen wir an, sie ist ihm durch ihre Einsatzleitung in die Quere gekommen und aufgefallen. Er hat bemerkt, dass sie ihm auf geistiger Ebene nachstellt.

Und es hat ihm einen besonderen Kick gegeben, sie auszutricksen. Daraufhin hat er beschlossen, sie zum Spielball zu machen.«

Ray unterbrach sich, dann sah er Will in die Augen, während er ihm das Foto der entstellten Leiche entgegen schob. »Ich weiß, dass du dich dagegen entschlossen hast, Josys Gabe einzusetzen und auch wenn mir nachgesagt wird, dass ich zu Gefühlskälte neige, ich kann deine Beweggründe wirklich verstehen. Aber hier haben wir es nicht mit jemandem zu tun, der sich so einfach geschlagen geben oder der irgendwann schlampig werden wird. Fest steht: Wenn du Josy nicht ihr Ding machen lässt, haben wir so gut wie keine Möglichkeiten, ihn zu finden.«

Das Schlimme daran war, dass Will wusste, dass Ray recht hatte. Nur konnte er Josy nicht als Köder verwenden. Das Profil des Täters zeigte, wie gefährlich dieser Kerl war.

»Ich werde mir noch die abgeschlossenen Fälle durchsehen, vielleicht finden wir dort etwas. Ansonsten stecken wir in einer Sackgasse. Ich würde es verantwortungsloser finden, wenn wir warten, bis er Josy findet. Wir meinen jetzt zwar zu wissen, wie er tickt. Wir wissen aber nicht, was er mit seinen Morden erreichen will«, ergänzte Ray.

Will nickte, konnte dennoch Rays Vorschlag nicht akzeptieren. »Wir werden abwarten, bis wir alle Möglichkeiten ausgelotet haben.«

Ray stand auf und schob den Stuhl wieder unter den Tisch. Bevor er Will ansah, starrte er auf das Foto. »Ich könnte damit leben. Ich hoffe, du auch.«

Ray verließ das Zimmer. Will sah durch den leeren Raum und ballte seine Hände zu Fäusten. Schon der Gedanke daran, dass es jemanden gab, der es auch nur ansatzweise darauf anlegte, Josy zu schaden, stachelte seinen Zorn dermaßen an, dass sein Blut zu kochen begann. Seine Wut entlud sich schlagartig, als er mit einer mentalen Entladung den Zettelberg von seinem Tisch fegte.

Am darauf folgenden Tag und nach gefühlten zwanzig Trainingsstunden, um den Kopf wenigstens ein bisschen klarer und seine Gefühle in den Griff zu bekommen, stieg Will aus der Dusche im Fitnessraum, gerade als sein Handy wie wild zu scheppern begann. Er warf sich das Handtuch um die Hüften, durchquerte den dampfenden Raum und griff nach seinem Mobiltelefon, das augenblicklich und ohne sein bewusstes Zutun davonsegelte und auf dem Boden aufschlug.

Seiner Gabe war seit gestern einfach nicht mehr zu trauen.

Fluchend bückte er sich, schnappte das Handy und klappte es auf. »Turner.«

In abgehackten Sätzen bellte Miller aufgebracht in die Leitung, sodass Will Mühe hatte, den Sinn der Worte auseinanderzuklauben. Zuerst meinte er, Miller hätte ihn erneut wegen der Sache mit Josy angerufen, aber dem war nicht so. Der alte Mann benötigte seine Hilfe.

»Ja, kein Problem.« Er horchte wieder einen angestrengten Moment. »Nein, es macht keine Umstände. Ja, wirklich nicht. Okay. Ich kümmere mich darum.«

Er klappte sein Telefon zu und warf es auf den Stuhl, über dem seine Kleidung hing. Als gäbe es nicht schon genug Dinge, mit denen er sich herumschlagen musste, wurde er auch noch darum gebeten, die Patzer von jedem anderen uniformierten Idioten auszumerzen. Miller war viel zu gut für diesen Haufen, deshalb schickte er auch gern Will vor, um den Jungs das Fürchten zu lehren. Der alte Mann war ein guter Stratege, aber sobald er jemanden ins Gebet nehmen sollte, hörte der Spaß für ihn auf. Früher war das nicht so gewesen. Das war erst mit dem Alter gekommen und nachdem er sich immer mehr auf Will und sein Team verlassen hatte. Aber Miller war ein guter Freund und auch irgendwie Teil seiner Familie, also konnte ihm Will seine Bitte nicht abschlagen.

Sobald er sich angezogen hatte, machte er sich auf den Weg. Im Erdgeschoss kam ihm Josy entgegen.

»Hey.«

»Hey.«

Ihre Stimme klang eingerostet. Sie blieb etwas entfernt von ihm stehen und musterte ihn, während er an ihr vorbeiging. Ihr Blick, der sich durch seine Kleidung bohrte, verfolgte ihn. Dennoch zwang er sich zum Weitergehen. Er war nicht gerade bester Laune und das Letzte, was er wollte, war, es an ihr auszulassen.

»Gibt's Neuigkeiten in unserem Fall?«, rief sie ihm nach.

»Nein. Alles beim Alten.« Nachdem er die halbe Nacht damit zugebracht hatte, weiter nach einem Hinweis zu suchen, der einen Zusammenhang zwischen den Mordopfern ergeben würde, konnte er nun mit Sicherheit sagen, dass jede verdammte Minute davon für die Katz gewesen war.

Er meinte, sie durchatmen zu hören, aber im Augenblick hatte er keine Zeit, zu ergründen, was dahintersteckte. Außerdem war es besser, weiterhin auf Distanz zu bleiben. Denn er konnte nicht mit Gewissheit sagen, wie lange er sich noch beherrschen konnte. Sobald sie auch nur in seine Nähe kam, bezog sein bestes Stück Stellung. Und es war ziemlich unangenehm, den ganzen Tag mit versauten Bildern im Kopf und einem Zelt in der Hose herumzuwandern. Hinzu kam, dass er heute Morgen bereits zwei von Alexas Vasen ruiniert hatte, weil seine Gabe unkontrolliert aus ihm herausbrach. Solange dieses Chaos herrschte, würde er versuchen, niemandem zu nahe zu treten, wenn es sich vermeiden ließ.

Seine Zurückhaltung schien Josy nicht zu behagen. »Ähm, alles okay bei dir?«

Sie lief ihm hinterher, erreichte ihn, als er die Eingangstür öffnete und die Stufen auf den Kiesweg hinunterging. Von der Seite sah er sie an.

»Ja. Ich muss kurz weg. Millers Leute haben Probleme mit der örtlichen Polizei. Diese weigert sich, mit dem FBI zu kooperieren.«

Sobald ihr der Sinn seiner Worte klar wurde, veränderte sich ihr Gesichtsausdruck. Ihre Augen strahlten ihm regelrecht entgegen.

»Ein Einsatz?«

Der Gedanke schien sie zu locken. Sie griff nach ihm, entschied sich aber im letzten Augenblick dagegen, ihn zu berühren.

»So wie es scheint, ja.«

»Worum geht's?«, wollte sie wissen und lief weiter neben ihm her in Richtung der Fahrzeuge.

»Ein überarbeiteter Unternehmer dreht durch, weil er seine Tochter nicht aus dem Kindergarten mitnehmen durfte.«

Bei dem Wort Kindergarten zog Besorgnis in ihre Gesichtszüge. Ja, das war wohl der schlechteste Ort für einen gestressten Mann, um durchzudrehen.

»Seine Frau hat die Vormundschaft?«

»Ja. Und außerhalb der Besuchszeiten darf er seine Tochter nicht sehen. Er weigert sich allerdings, das zu akzeptieren.« Mit einem Piep schloss er seinen Audi auf.

»Wurde die Mutter schon alarmiert, damit man ein Gespräch einleiten kann?«

»Sie ist auf Geschäftsreise und wird voraussichtlich erst in drei Stunden eintreffen.«

»Und wieso wurde er dann noch nicht aus dem Verkehr gezogen? Das kann doch nicht so ein Problem sein.«

Sollte man wohl denken. Er öffnete die Fahrertür, gerade als Josy die Beifahrertür öffnete. Er hielt inne und sah über das Dach zu ihr hinüber. Josy hatte eine ernste Miene aufgesetzt und schien bereit, sich ihm anzuschließen. Alexa hatte recht behalten, sobald sich Josy auf einen Job konzentrieren konnte, war sie ein anderer Mensch. Irgendwie berechenbarer.

»Der Typ ist bewaffnet, bedroht die Erzieherin seiner Tochter und hält auch noch sämtliche Kinder dieser Gruppe fest. Das FBI hat sich aufgrund der Geiselnahme bereits eingeschaltet, aber wie immer verweigert die Polizei eine Zusammenarbeit, weil der Zuständigkeitsbereich nicht geklärt werden kann. Ich werde hinfahren und sehen, was sich da machen lässt«, erklärte er den Sachverhalt.

Unstimmigkeiten zwischen Polizei und anderen Einsatzkräften waren nicht selten. Die Polizeibehörden fühlten sich in ihrer

Ehre verletzt, wenn das FBI eingeschaltet wurde. Sie meinten, sie wären kompetent genug, um die jeweilige Situation unter Kontrolle zu bekommen, dabei verzögerten sie auf diese Weise dringende Maßnahmen, auf die sie ohnehin früher oder später zurückgreifen mussten. Dabei sprach ihnen niemand ihre Kompetenz ab. Wenn es um Leben ging, musste der Stolz einfach zurücktreten. Und wenn es um Leben von Kindern ging, durfte sich die Frage einer Zusammenarbeit überhaupt nicht erst stellen.

»Ich wäre gern dabei, wenn es dir recht ist, Will.«

Das hielt er für gar keine gute Idee, aber er sah sich außerstande, sie abzuweisen. Vor allem weil sie das erste Mal seit sie bei ihnen war, den Eindruck machte, als sei sie unbeschwert und voller Tatendrang.

Wenn das mal kein Fehler war. »Steig ein.«

Bevor sie sich ins Auto setzte, lächelte sie. Schon seltsam, mit welchen Sachen man diese Frau glücklich machen konnte. Normalerweise lud man zum Essen ein.

Wenig später parkte Will den Audi am Straßenrand neben den fünf Streifenwagen der Polizei. Gegenüber stand eine FBI-Flotte, der Bus des CCB-Nachrichtenteams und diverse Autos der freien Journalisten. Nachdem sie ausgestiegen waren, nahm Josy seine Hand, die er ihr reichte, um sie unversehrt durch die Traube an Reportern schleusen zu können, die die Straße dicht belagert hatten und nicht davor zurückscheuten, ihre Ellenbogen einzusetzen, um den besten Platz zu ergattern.

Sobald er Josys Hand berührte, spürte er, wie eine Welle der Erleichterung durch ihn hindurchströmte und sich gleichzeitig ein behagliches Gefühl bis in die letzten Fasern seines Körpers stahl. Sie war Segen und Qual zugleich. Sein Himmel und seine Hölle. Und offenbar brauchte er beides.

Er schüttelte den Kopf, um dann die aufdringlichen Journalisten beiseitezuschieben und gleichzeitig nach den Verantwortlichen zu suchen. Unwillkürlich zog er Josy noch näher an sich.

Was den Nachteil mit sich brachte, dass er schon wieder hart wurde.

Verdammt. Er konnte einfach nichts dagegen tun, er reagierte unweigerlich auf sie, egal, wie sehr er auch um Kontrolle rang. Er musste sie nur ansehen, nein, er musste nur an sie denken und schon schlichen sich Bilder von ihrem nackten Körper in sein Hirn und die Erinnerung, wie sie sich unter ihm anfühlte, wie sie roch, wie sie schmeckte. Und nicht einmal jetzt, in so einer beschissenen Situation, in der er eigentlich arbeiten sollte, brachte er es fertig, sich zurückzuhalten. Noch schwieriger machte es ihm der Umstand, dass Josy auch noch friedlich und anschmiegsam war.

Scheiß auf Abstand. Der Verstand war vielleicht noch willig, aber das Fleisch war schwach. Er legte seinen Arm fester um ihre Taille, seine Handfläche wanderte wie von selbst auf ihren Bauch.

Willkommen im höllischen Paradies.

Er versuchte, sich auf den Einsatz zu besinnen und zog Josy dicht an sich gepresst weiter durch die schaulustigen Menschen. Darunter auch etliche Eltern, die sich um ihre Kinder sorgten und die nach jedem Strohhalm griffen, um an Informationen zu gelangen. Ein solcher Tatbestand, wie er hier vorherrschte, konnte allerdings meist rasch entschärft werden. Ein Vater, der wegen der Anordnung des Besuchsrechtes Amok lief, war zweifellos selbst mit der Situation vollends überfordert. Es war nicht von vornherein anzunehmen, dass er eines der Kinder erschießen würde. Damit das so bliebe, war jedoch rasches Handeln erforderlich, und zwar bevor die Nerven mit dem Amokläufer durchgingen.

Sobald sie auf der anderen Seite des gelb-schwarz gestreiften Absperrbandes angekommen waren, kam ihnen auch schon der leitende junge FBI-Beamte entgegen, von dem Miller gesprochen hatte. Die roten Flecken auf seinen Wagen sprachen von völliger Überforderung.

»Special Agent Turner, gut, dass Sie hier sind. Kommen Sie, ich zeige Ihnen, wie weit wir sind.«

Damit wuselte er in Richtung des improvisierten Einsatzzeltes, in dem einige Klapptische aufgestellt worden waren. Auf einem lag ein Grundriss des zweistöckigen Kindergartengebäudes.

Emsig winkte Clark sie an den Tisch und zeigte auf einen der eingezeichneten Räume. »In diesem Zimmer hält sich Mr Larson auf. Bis auf die Gruppe, der seiner Tochter beiwohnt, hat er alle Kinder gehen lassen.«

»Wie viele Personen befinden sich noch im Gebäude?«, fragte Will und ließ schweren Herzens Josys Hand los, um sich halbwegs auf den Bauplan konzentrieren zu können.

»Mit der Erzieherin vierundzwanzig.«

»Und wie steht's mit den Cops?«

»Mit denen steht es wie immer«, meldete sich ein kleiner Mann in Polizeiuniform zu Wort und betrat das Zelt.

»Special Agent William Turner.« Er zog seine Dienstmarke und hielt sie dem Mann in Uniform entgegen. »Und Sie sind?«

»Detective Hanson.« Er zeigte Will ebenfalls seine Marke. »Hören Sie Special Agent Turner, meine Männer haben die Sache im Griff. Das FBI hat hiermit nichts zu tun. Der Vorwurf eines terroristischen Geiselnehmers wurde bereits widerrufen.«

Will kratzte es wenig, was Hanson meinte oder nicht. Die Kinder mussten dort raus. Den ganzen anderen Quatsch, für den er weder die Zeit noch die Nerven besaß, konnte Miller mit der Polizei später ausdiskutieren.

»Detective Hanson, wie weit konnten Sie zu dem Mann vordingen?«, unterbrach Will dessen Wortschwall.

Hanson hielt inne, zuckte nicht mit der Wimper. »Er hat den Eingang verbarrikadiert.«

»Und der Hintereingang?«

»Abgeschlossen.«

Will zog eine Braue nach oben, damit der Mann verstand, was er von seiner bescheidenen Antwort hielt. »So, so. Und gegenwärtig tun Sie genau was, um die Geiseln da rauszuholen?«

»Wir warten auf die Mutter. Das ist die Forderung von Mr Larson. Er will mit seiner Exfrau sprechen, dann lässt er die Kinder gehen.«

»Okay. Wann wird die Mutter hier sein?«

Jetzt wurde dem Polizisten klar, auf was Will hinauswollte. »In drei Stunden.«

»Aha.«

Hansons Kiefer mahlte. Schluss jetzt mit den Mätzchen. Will hatte bereits alles gesagt, was es zu sagen gab und alles gehört, was ihn interessierte. »Okay, Detective Hanson. Meine Leute übernehmen ab jetzt. Wir sind gern bereit, mit Ihnen zusammenzuarbeiten. Wenn Sie mir zustimmen, könnte ich zwei Ihrer Leute als Wachposten einsetzen. Danke, das wäre derzeit alles.«

Hanson sah ihn wütend an, zog aber auf weiteren Widerstand verzichtend ab und ordnete ihm zwei seiner Männer zu, die Will an der Seite des Hauses positionierte.

»Ich nehme an, wir finden hier Einsatzkleidung?«

Clark, der seinen angestauten Atem ausblies und wieder einigermaßen entspannt wirkte, bejahte und wies auf einen der Klapptische, auf dem sich schusssichere Westen stapelten.

Josy lehnte noch immer an der Zeltstange und lächelte, sobald er auf sie zuging und ihr die Einsatzkleidung entgegenhielt.

»Ich bin beeindruckt. Das hast du wirklich super hinbekommen, Special Agent Turner. Ganz ohne auszurasten.« Sie zwinkerte.

»Ich kann mich nicht erinnern, dass Hanson versucht hat, mich aus der Reserve zu locken. Dieses Novum bleibt dann wohl weiterhin dir vorbehalten.«

Josy rang ein wenig mit der Anspielung. Schließlich schnappte sie sich mit einem schnaubenden Schmunzeln die Ausrüstung und zog sich hinter dem Zelt um. Als sie wieder auf ihn zukam, steckte sie sich gerade ihre Waffe in das Holster an ihren Schultern. Sie schien mit ihrer Glock ein inniges Verhältnis zu haben. Er selbst hatte Clarks Waffe, weil er unbewaffnet angekommen war.

»Bist du soweit?«, fragte er und zwang seinen Blick weg von ihrer hübschen Silhouette in voller Einsatzbekleidung.

Josy blickte sich kurz um und warf ihren langen Zopf auf den Rücken, die Spitze schwang um ihren reizvollen Hintern. »Sir, bereit, wenn Sie es sind, Sir!«

Sie deutete einen Salut an. Fassungslos, aber auch ein wenig belustigt, musterte er sie, bevor er wieder ernst wurde. »Hör auf mit dem Quatsch.«

»Aye, Aye, Sir.« Josys Mundwinkel kräuselten sich abermals. »Nicht so verkrampft, Großer«, flüsterte sie ihm zu und boxte ihm gegen die Brust.

Er war nicht verkrampft. Zumindest nicht wegen des Einsatzes. Aber ... sie sorgte sich um ihn? »Wer bist du und was hast du mit Josy gemacht?«

Sie lachte. »Blödmann.«

Himmel, diese Frau war ihm ein Rätsel. Für wenige Sekunden forschte er in ihrem Gesicht. Waren die Mauern zwischen ihnen gefallen? Oder galt das ausschließlich für diesen Einsatz, in dem sie sich so herrlich entspannt gab und auch noch für Scherze aufgelegt war, die er von ihr niemals erwartet hätte.

Auch sie sah ihn an. Lange genug, dass ihnen beiden klar wurde, dass es eben nicht so locker zwischen ihnen bleiben würde.

Betreten wich sie seinem Blick aus und wandte sich ab. Einer der Männer, die hinter ihnen in Position gegangen waren, räusperte sich. Will kam wieder in der Realität an.

»Na los, wir haben auch noch was anderes zu tun.«

Ohne auf ihr geflüstertes *»Ich folge Ihnen unauffällig«* zu achten, ging er zum Hintereingang des Gebäudes und hoffte, die Bombe früh genug entschärft zu haben, damit Josy nicht wieder komplett zumachte. Diese Intimität zwischen ihnen gefiel ihm nämlich sehr gut.

Sobald er den hinteren Zugang des Gebäudes ins Visier genommen hatte, bündelte er die Kraft seiner telekinetischen Gabe und feuerte sie auf die abgesperrte Tür, die er in ihrem Aufprall bremste, bevor sie zu laut an die Wand schlug. Er ging hinein, Josy hinter sich, und nahm die Fluchttreppe, die in das Obergeschoss des Kindergartens führte. Oben angekommen erkannte er sofort die große, weit geöffnete Doppeltür des Raumes, in dessen Anschlusszimmer sich Larson aufhielt. Die geöffnete Tür bestätigte seine Vermutung, dass Larson die Situation weder geplant noch durchdacht hatte. Er musste spontan und übereifrig gehandelt haben. Hoffentlich würde ihnen das nicht zum Verhängnis werden, indem der Mann zu schnell seiner Verzweiflung nachgab und die Nerven verlor. Um keinen Lärm zu veranstalten, ging Will vorsichtig zu den Türflügeln vor.

Larson sprach mit der Erzieherin. Immer wieder schimpfte er, dass nur sie Schuld an dem Desaster trug, weil sie der unkorrekten Anordnung seiner Exfrau Folge leistete. Die Frau antwortete in besänftigendem Tonfall, doch immer wieder unterbrach der Mann ihre Beschwichtigungsversuche mit gereizter und ein wenig hilfloser Stimme.

»Kannst du ihn auf geistiger Ebene erreichen?«, fragte er Josy, die so nah hinter ihm stand, dass er ihren Duft einatmete.

»Moment, ich muss mich an den Kindern vorbeitasten.« Sie schloss ihre Augen. Nach einer Weile meinte sie: »Ich glaube, ich hab ihn.«

»Sehr schön. Wie sieht's da drin aus?«

»Larson hat Angst. Er trägt eine geladene Waffe bei sich, aber es ist nicht seine. Sieht ganz so aus, als wäre es ein dummer Zufall, dass er sie bei sich hat. Er weiß nicht damit umzugehen.«

Ob das gut war, würde sich noch erweisen müssen.

»Die Kinder stehen zusammen in einer Ecke. Nur die Frau ist in seiner Nähe und ein Mädchen steht neben ihm«, fügte Josy hinzu, öffnete ihre Lider und sah ihn an. »Na dann los.«

»Du sagst es.«

Sie zogen ihre Waffen, stürmten gleichzeitig in den Raum. Beide zielten sie auf den Mann.

»FBI, Waffe fallen lassen!«, riefen sie im Chor, als hätten sie sich abgesprochen.

Larson, ein schmächtiger Kerl im Anzug, erschrak, reagierte dennoch schnell und verschanzte sich hinter der Kindergärtnerin, der er die Waffe an den Hals drückte. Das kleine Mädchen, das Josy bereits erwähnt hatte, rückte wieder zu Larson auf, als suchte sie Halt an ihm. Vermutlich war das die Tochter.

»Verschwinden Sie oder ich schieße.«

»Mr Larson, Sie lassen jetzt augenblicklich die Waffe fallen.«

Er konnte ihm die Waffe nicht mental aus der Hand schleudern, denn die könnte unter dem Ansturm seiner Energie losgehen. Auf keinen Fall würde er riskieren, die Frau oder die Kinder zu gefährden. Also sah er den Mann noch schroffer an, um ihn einzuschüchtern. Vielleicht gab er auf. Im selben Moment hörte er auch schon Josy, die eines der Kinder ansprach. Sie musste zu demselben Schluss gekommen sein. Die Kinder mussten hier raus, bevor er etwas tun konnte. Je weniger Personen sich in dem Zimmer aufhielten, desto besser.

»He Kleiner, wie heißt du?«

»Philipp. Ich bin vier.«

»Okay Philipp, nimm doch mal deine Freundin an die Hand, ja? Der Rest von euch tut dasselbe. Dann kommt ihr hier rüber zu mir, okay?«

Larson begriff, was Josy vorhatte, während er noch immer die Kindergärtnerin festhielt, die sich ruhig verhielt und sich mit ihrem Blick an Will festhielt. »Die gehen nirgendwohin bis meine Frau da ist.« Larson fuchtelte mit der geladenen Waffe in Josys Richtung.

Wills Körper begann zu beben. Nur mit Mühe konnte er seine Gefühle daran hindern, die Telekinese unkontrolliert auszulösen. »Wenn Sie nicht sofort die Waffe runternehmen, werde ich schießen.« Seine Stimme klang wie ein Knurren.

Der Vater reagierte auf seine Drohung, drückte seine Waffe jedoch wieder an den Hals der Kindergärtnerin. Verdammt. Ein paar Sekunden vergingen, ehe Will erkannte, dass die Kinder zuerst zögerlich, dann immer schneller Hand in Hand auf Josy zugingen. Sein Körper entspannte sich wieder etwas. Das kleine Mädchen neben Larson trat ebenfalls einen Schritt vor.

»Nicht, Megan, bleib stehen!«

Megan verzog die Lippen zu einem Schmollmund.

»Super Philipp, und jetzt geht ihr alle ganz vorsichtig nach unten, ja?«, hörte er Josy sagen.

»Wir dürfen nicht alleine nach unten gehen.«

»Das versteh ich. Aber heute ist ein besonderer Tag und ihr seid nicht allein. Da unten sind Freunde von uns und du erzählst ihnen, ich hätte gesagt, sie sollen euch allen ein Eis kaufen, was meinst du?«

Sobald er Josys leises Aufatmen vernahm, wusste er, dass die Kinder gegangen waren.

Schluss jetzt mit dem Stuss.

»Okay, Mr Larson, es war sehr klug von Ihnen, die Kinder gehen zu lassen. Sie wollen doch überhaupt niemanden verletzten«, sagte Will.

Der Mann sah ihn so verzweifelt an, dass er ihm beinah leidgetan hätte. »Megan bleibt.«

»Mr Larson, niemand will Ihnen Ihre Tochter wegnehmen«, beteiligte sich Josy an dem Gespräch.

Das kleine Mädchen an Larsons Seite begann zu weinen, worauf Larson die Hand mit der Waffe unbewusst senkte, während er sich auf seine Tochter konzentrierte.

»Megan, Liebling ... «

Darauf hatte Will gewartet.

Mit einem mentalen Befehl schleuderte er dem Mann die Waffe aus der Hand, die sogleich über den Boden schlitterte und ein ganzes Stück entfernt zum Liegen kam.

Vermutlich aus einer Kurzschlussreaktion heraus ließ Larson alle Sicherheit außer Acht und sprang seinem einzigen Joker hinterher. Will war schneller. Er bekam Larson am Kragen zu fassen und wuchtete ihn gegen die Wand. Dann zog er den stöhnenden Mann hoch und zerrte ihm die Arme auf den Rücken. Josy hatte das Mädchen in der Zwischenzeit aus dem Raum gebracht, damit sie nicht mit ansehen musste, wie er ihren Vater überwältigte.

Inzwischen betraten auch schon die restlichen Beamten das

Zimmer, nahmen ihm Larson ab und führten ihn aus dem Gebäude. Josy trat neben ihn und stupste ihm in die Seite.

»Du machst dich nicht schlecht als Retter von hilflosen Mädchen.«

Konnte es nicht immer so zwischen ihnen sein? »Du kennst nicht zufällig noch ein hilfloses Mädchen, bei der ich damit landen könnte?«

Er hätte es besser wissen müssen. Zack, der Vorhang fiel.

12. Kapitel

Josy schlug die Lider auf und starrte an die weiße Zimmerdecke. Ein sanfter Lichtstrahl erhellte den Raum, der von hinten auf die weißen Wände fiel. Wo war sie?

Sie wollte sich aufsetzen, doch sobald sie es versuchte, wurde sie daran gehindert. Ihr Blick fiel auf ihre rechte Hand. Gefesselt. Auch ihr linker Arm wurde von Stahlfesseln gehalten. Genau wie ihre Beine. Und sie war nackt. Angebunden auf einer Trage, wie sie in Krankenhäusern verwendet wurde. Eine Gänsehaut zog sich über ihren Körper. Panik machte sich breit.

Augenblicklich versuchte sie, hinter sich etwas zu erkennen, während sie an ihren Fesseln zerrte. Dort befand sich ein Zugang, der offen stand und das Licht hereinließ. Geräusche. Schritte. Eine männliche Gestalt trat durch den Zugang. Sie erkannte das Gesicht nicht. Aber sie sah das Messer, das er in den Händen hielt, über die er weiße Handschuhe gezogen hatte. Sie wollte schreien, aber brachte keinen Ton hinaus.

Da war die dunkle Gestalt auch schon über ihr. Kalte, in Latex gehüllte Finger glitten über ihren Körper. Erkundeten sie. Betasteten sie. Ekel breitete sich in ihr aus. Ekel, Furcht und Wut, aber sie konnte nicht sprechen, sich nicht bewegen. Sie war wie erstarrt.

»Darauf habe ich gewartet«, murmelte er und strich über ihre Waden.

Seine Stimme klang, als zertrete man Glas. Er setzte die Klinge an, schabte damit über ihre Haut. Von den Beinen über ihren Bauch, ihre Brüste zu ihrem Hals, bis die Schneide sich ihr in die Kehle bohrte und zu einem Schnitt ansetzte. Das Messer wurde durchgezogen. Ein Blutschwall trat hervor, bedeckte ihren Körper. Sie riss die Augen auf. Schmerz. Stumm schrie sie. Sie schmeckte Blut in ihrem Mund und es wurde immer mehr. Immer mehr der metallisch warmen Flüssigkeit lief ihr in die Mundhöhle, bis sie merkte, dass sie keine Luft mehr bekam. Sie erstickte. Erstickte an ihrem eigenen Blut, während der Mann lachte.

Keuchend schrak Josy hoch. Ein Traum. Es war wieder nur ein Traum gewesen. Einer, der nie enden wollte, bis sie ihre letzten Lebensgeister ausgehaucht hatte und das Lachen des unheimlichen Fremden verebbt war.

Hektisch betastete sie ihren Hals, wischte sich das nasse Haar aus der Stirn. Ein Blick auf den Wecker. Sieben Uhr. Samstag. Die vierte Nacht in Folge, in der sie diesen Traum geträumt hatte. Verdammt. Ihr Verfolgungswahn hatte Hochkonjunktur. Sie rieb sich über das Gesicht und entwirrte dann das Laken, das sich um ihre Beine gewickelt hatte.

Heute würde sie auf das Frühstück mit Alexa verzichten, das sie sich inzwischen zur Gewohnheit gemacht hatten. Außerdem fiel das Training mit Jeff aus, also konnte sie sofort aufbrechen, um sich die Seele aus dem Leib zu rennen. Wie jeden Morgen nach diesem Traum.

Nachdem sie sich gewaschen und angezogen hatte, trat sie hinaus in die frische Frühlingsluft und atmete ein paar Mal tief durch. Die ersten Sonnenstrahlen bahnten sich den Weg durch die Wolkendecke, die noch schwer am Himmel hing.

Sie öffnete das Außentor, verließ das Klostergelände und lief in gemäßigtem Tempo den Kiesweg entlang, bis sie in die kühlen Schatten der ersten Bäume eintauchte. Hier kam sie sich vor, als befände sie sich in einem Vakuum, das sie vor Sorgen, Ärgernissen und Träumen abschirmte.

Sie beschleunigte ihr Tempo und rannte die kleine Erhöhung empor, um dann auf flachem Boden weiterzusprinten. Doch sie konnte ihren Problemen nicht davonlaufen. Ihre Situation hatte sich nicht im Geringsten verändert.

Sie hatte Will noch immer nicht in ihr Geheimnis eingeweiht. Er war noch immer der festen Überzeugung, dass sie abwarten sollten, wie sich die Dinge entwickeln würden, denn nach seinem Stand der Dinge hatten sie nichts in der Hand. In der Zwischenzeit würde sich das FBI zusammen mit der Sonderkommission mit den Tatbeständen auseinandersetzen und Ray würde noch nach weiteren Vergleichsfällen suchen.

Sie selbst hatte versucht, etwas gründlicher zu graben.

Geduld war keine ihrer Tugenden. Zudem mussten diese grausigen Träume endlich aufhören, sonst schnappte sie bald über. Also war sie, obwohl sich alles in ihr gegen einen kurzen körperlosen Besuch bei ihren Eltern gesträubt hatte, in den Verstand ihres Vaters eingedrungen. Sie hatte erfahren wollen, in welcher Verbindung er mit der verstorbenen Rechtsanwältin gestanden hatte. Das mulmige Gefühl, von dem sie dabei heimgesucht worden war, steckte ihr zusätzlich in den Knochen. Außer, dass ihr Vater mit seinem Leben unzufrieden war, hatte sie nicht viel herausgefunden. Letztendlich hatte sie nur erfahren, dass ihre ältere Schwester Bernadette am Dienstag um zwanzig Uhr ein Date in einem Restaurant ganz in der Nähe hatte.

In der Hoffnung, aus ihrer ungeliebten Schwester ein paar Informationen herauskitzeln zu können, hatte sie sich entschlossen, Will zum Essen einzuladen. Bis dahin musste sie es schaffen, ihr neu gewonnenes Wissen und ihre beängstigende Beunruhigung zu verbergen.

Sie wäre lieber in eine Schlangengrube gesprungen, als Bernadette gegenüberzutreten, aber das war im Moment die einzige greifbare Möglichkeit, um des Rätsels Lösung näher zu kommen. Josy musste unbedingt herausfinden, wie sie selbst in das Schema des Mörders passte. Was sie dafür tun musste, hatte ihr verdammt noch mal egal zu sein. Zu ihrem Verdruss hatte der kurze Besuch die Wunden der Vergangenheit erneut aufgerissen. Es schmerzte und verunsicherte sie.

Mittlerweile feierte ihre Paranoia eine Privatparty und ihre Selbstsicherheit saß im Keller und heulte, während die Band immer wieder das Lied vom Tod spielte. Spiels noch einmal Sam, dachte sie, während sie vor ihrer eigenen Schwäche davonzulaufen versuchte. Ihre eigene Unzulänglichkeit kotzte sie an. In jedem Bereich. Neben den ständigen Überlegungen rollte dann auch noch Wills Name wie eine Flipperkugel durch ihren Kopf. Das High-Score-Klingeln steigerte die Kakofonie jedes Mal auf ein unerträgliches Maß, sobald ihre Selbstzweifel ein neues Level erreichten.

Das Einzige, was sie noch tun konnte, war zu flüchten. Denn in seiner Gegenwart summte ihr Körper, als sei es ein notwendiger Impuls, ihn an sich zu drücken und jeden Zentimeter seines Leibes zu erforschen. Es war beinah unmöglich, an ihm vorbeizugehen, ohne ihn wenigstens kurz zu berühren, ihre Fingerspitzen nur einen Augenblick über seine Haut gleiten zu lassen. Sie hatte wirklich alles versucht, um ihres Gefühlschaos Herr zu werden. Versucht, es zu verdrängen, zu ordnen, zu bändigen. Versucht, herauszufinden, was mit ihr nicht in Ordnung war.

Die Wahrheit war niederschmetternd. Aber sie wollte wenigstens sich selbst gegenüber ehrlich sein. Sie hatte Angst.

Das erste Mal in ihrem Leben hatte sie vor etwas furchtbare Angst. Sie fürchtete sich vor der Beständigkeit, mit der er sie begehrte. Und sie fürchtete sich vor dem, was sie für Will empfand. Diese Gier nach ihm war nicht zu ignorieren. Sobald sie dachte, nun hätte sie ihre Empfindungen im Griff, stolperte sie ihm über den Weg und die Flipperkugel blinkte bei tausend Punkten.

Er hatte scheinbar erkannt, dass sie sich in einer Endlosschleife befanden, denn er versuchte, sich entspannt zu verhalten und ihr Raum zu geben. Einerseits war sie ihm für seine Zurückhaltung dankbar, andererseits wünschte sie, dass er sie einfach in sein Bett zerrte, ohne auf ihren Protest zu hören. Vielleicht würde sie nach hemmungslosem Sex alles wieder klarer sehen. Doch darauf würde sie, nach allem, was sie ihm schon vor den Kopf geknallt hatte, lange warten.

Heute Abend fand die alljährliche Benefizgala der Polizei statt. Josy hatte sich von Alexa überreden lassen, mitzukommen. Es war eine gute Entscheidung, denn sie konnte sich nicht ewig vor Will und der Revolte in ihrem Herzen verstecken. Und um die Wahrheit zu gestehen, wollte sie das auch gar nicht. Will war nicht der junge Mann, in den sie sich als Teenager verliebt und der sie bitter enttäuscht hatte. Will war auch nicht für ihre seelischen Verletzungen verantwortlich.

Will war Will.

Leicht außer Atem kam sie auf der großen Wiese an, die auf dem Bergkamm lag. Sie stützte ihre Hände auf die Knie und atmete ein paar Mal tief durch, ehe sie sich auf das noch feuchte Gras sinken ließ. Dann schloss sie die Augen. Alles war wunderbar. Kein Grund zur Panik.

13. Kapitel

Will erreichte die Wiese, die er sich als Platz für seine Meditationsübungen ausgesucht hatte. Diese Übungen waren wichtig, um seine Telekinese in Schach zu halten. Er hatte es in den vergangenen Tagen tatsächlich geschafft, ein wenig von seiner Ausgeglichenheit zurückzuerlangen. Es war mühsam und es waren bisher drei Boxsäcke dabei draufgegangen, aber es war ihm gelungen, einen Teil seiner inneren Ruhe wiederzufinden. Nachdem in seiner Nähe ständig etwas zu Bruch gegangen war, war das auch bitter nötig. Wollte er doch vermeiden, dass in nächster Zeit das Dach über ihren Köpfen einstürzte.

Er erkannte zwischen Grashalmen und Butterblumen Josys langes schwarzes Haar, dessen Spitzen die Blütenblätter streiften. Sie saß im Schneidersitz in der Sonne, ihre Augen geschlossen. In dieser Pose sah sie aus wie ein Engel, nicht wie das Teufelchen, das ihm den Schlaf raubte und für seine Kontrollverluste nicht ganz unverantwortlich war. Nach dem gemeinsamen Einsatz waren sie sich so gut wie möglich aus dem Weg gegangen.

Aber so wie sie hier saß, brachte er es nicht übers Herz, wegzugehen. Josy sah verloren aus zwischen den ganzen Butterblumen. Er trat neben sie und verdunkelte mit seiner Gestalt den Himmel. Augenblicklich schlug sie die Lider auf und blinzelte ihn an.

»Hey Will.«

»Hey.« Er deutete neben sie. »Ist der Platz hier noch frei?«

Zuerst sah sie ihn, dann die Stelle neben sich an. »Sicher.«

Mit etwas Abstand ließ er sich im Gras nieder. Eine kurze Weile sagten sie beide nichts. Josy spielte mit einem Grashalm, warf ihn weg und schnappte sich den nächsten, den sie malträtieren konnte.

»Alles okay bei dir?«, sagten sie plötzlich gleichzeitig.

Will grinste. »Geht so. Bei dir?«

»Geht auch so.«

»Du hast dich gut bei uns eingelebt.«

Damit entlockte er ihr ein spitzbübisches Lächeln. »Das hab ich wirklich.«

»Alexa freut sich, dass du hier bist. Es ist lange her, dass sie jemanden als ihre Freundin bezeichnet hat.«

»Ich mag sie sehr gern. Sie ist ein liebenswerter Mensch.«

Sie schnappte sich erneut einen Halm. Sie wirkte nervös. Auch ein wenig gehetzt. Etwas belastete sie. Und zwar schon die ganze Zeit. Er vermutete, dass ihre Anspannung mit dem Fall zu tun hatte, aber sie ließ ihn und auch sonst niemanden an sich heran, also konnte er nur Vermutungen anstellen.

Er wollte schon aufstehen und sie zum Heimgehen bewegen, als sich Josy plötzlich zu ihm herüberlehnte, ihre Arme um seinen Hals schlang und ihren Mund auf seinen presste, als würde morgen die Welt untergehen.

Er konnte nicht einmal Luft holen, geschweige denn einen klaren Gedanken fassen. Seine Arme legten sich wie selbstverständlich um ihre Taille. Seine Erregung machte sich sofort bemerkbar. Seine Glieder spannten sich an, wie ein Raubtier vor dem Sprung. Und schon wieder rang er um Beherrschung.

Josy indes schien besessen von der Idee, ihn zu küssen. Ihre Zunge suchte sich einen Weg in seinen Mund, ihre Lippen glitten forsch über seine. Er spürte ihre Zähne, die sich in sein Fleisch gruben, ihre Finger, die durch sein Haar wühlten. Und er spürte ihren Herzschlag, der gegen seine Brust donnerte, als würde das Organ jeden Moment aus der Brust springen. Sie war weder behutsam noch zärtlich. Ihre Hände wussten offenbar auch nicht, wo sie anhalten sollten, genauso wenig wie ihre stürmischen Lippen. Es schien, als wollte sie in ihn hineinkriechen. Gleich hier und er war unfähig, etwas dagegen zu tun. Hastig drückte sie ihn zurück ins Gras, hockte sich rittlings auf ihn, dabei stieß sie sich das Knie und fluchte. Ihre Küsse schmeckten nach Verzweiflung.

Hier stimmte etwas nicht. Er packte ihre Hände und drückte sie von sich weg. »Josy, Liebes, was ist mit dir?«

Sie atmete schwer. Mit großen Augen schaute sie zu ihm herab. »Es tut mir leid.« Ihre Stimme zitterte genauso sehr wie ihre

Hände.

»Sag so etwas nicht.«

»Ich ... ich weiß nicht, was in mich gefahren ist.«

Sie wollte ihm ihre Hände entreißen. Er hielt sie fest. »Lauf nicht weg, Josy. Bleib. Sprich mit mir. Bitte.«

Sie schüttelte den Kopf. Immer energischer. Immer ausdrücklicher. »Ich kann einfach nicht. Ich kann nicht. Es tut mir leid.«

Wieder versuchte sie, ihm zu entkommen. Ihr Gesicht starr vor Schreck. Aber er ließ sie nicht gehen. Nicht unter diesen Umständen. Nicht, wenn es ihr so schlecht ging. Er zog sie an sich, sodass sie auf seiner Brust zum Liegen kam, und umarmte sie. Sie ließ es zu. Das Tier in ihm schnurrte verzückt. Sein Verstand war dennoch alarmiert.

»Will, ich sollte dann doch mit dir reden«, flüsterte sie nach einer Weile bekümmert.

»Wir müssen nicht reden, okay? Es ist alles in Ordnung. Wirklich. Du musst mir nichts erklären. Es ist alles gut.«

Er wollte sie nicht zu etwas gezwungen haben, wobei sie sich nicht wohlfühlte. Josy aber war offenbar ein Mensch, der alles richtig machen wollte. Jedoch scheiterte sie immer wieder an sich selbst. Egal wie tollkühn und hart sie sich gab, sie würde immer wieder fallen, wenn sie nicht endlich jemandem vertraute und zuließe, dass man ihr zur Seite stand. Hier hatte sie viele Menschen, die gern für sie da sein würden. Mit aller Kraft. Mit allen Konsequenzen. Seine Leute würden füreinander bluten. Er selbst wollte auch für sie da sein. Aber genau dann, wenn sie sich ihm öffnete und seine Hand annahm, die er ihr reichte, sollte sie sich gut aufgehoben fühlen und nicht noch schlechter.

Sie schluckte. »Nein, ich muss mit dir reden.«

»Später. Nicht jetzt, okay? Hör auf zu denken.«

Langsam begann sie zu nicken und vergrub ihr Gesicht wieder an seinem Hals. Ihre Hände klammerten sich an den Kragen seines Poloshirts. Vorsichtig begann er, ihr über den Rücken zu streichen. Sie fühlte sich gut an in seinen Armen, aber es war, als spürte er ihren Kummer am eigenen Leib. Er hatte keine Ahnung was er tun, wie er gegen ihre Dämonen ankämpfen konnte.

*

In den vergangenen Tagen war sie zu einem jämmerlichen Haufen geschrumpft, in einer Welt, in der Schwache nicht überleben können. Josy fürchtete sich sogar davor, Will loszulassen. Noch dazu machte sich Beschämung breit. Was hatte sie sich nur dabei gedacht, Will derart zu attackieren? Und warum schaffte sie es nun nicht, Haltung zu bewahren, egal, wie beschissen auch alles sein mochte. Was war jetzt anders?

Verdammter Mist. Das Einzige, was sie noch tun konnte, war, sich zu bemühen, einen halbwegs würdevollen Eindruck zu machen, während sie von Will herunterkletterte. Stumm sahen sie diese herrlich blauen Augen an, während sie sich aufrichtete. War er gefasst? Mitfühlend? Nachsichtig? Sie konnte es nicht genau sagen. Wahrscheinlich sah man jemanden so an, bei dem man nicht genau wusste, was er als Nächstes tat. Ja, was würde sie als Nächstes anstellen?

Aber auch ein würdevoller Abgang blieb ihr wohl oder übel verwehrt, denn Will griff nach ihr, rollte sich mit ihr im Gras und nagelte sie unter sich fest. Sein harter Brustkorb ließ ihr gerade so viel Raum, dass sie atmen konnte.

»Verrätst du mir was?«

Nein. Ja. »Kommt drauf an.« Sie presste ihre Lippen aufeinander und wollte ihr Gesicht zur Seite drehen, damit er sie nicht lesen konnte. Aber das ließ er ebenfalls nicht zu, sondern zwang ihren Blick in seinen, in dem sie nun nichts als Wärme entdeckte. Sie schluckte.

»Was springt für dich dabei heraus, solange du allein für dich einstehst?«

Keine Anschuldigung, keine Anklage. Also sagte sie ihm die Wahrheit. »So gibt es für mich nichts zu verlieren.« Außer sich selbst vielleicht, aber der Preis war es wert.

Er nickte. »Und sich auf einen anderen Menschen einzulassen, würde dich umbringen.«

Nicht sofort vermutlich. Aber bald. »Ja, ich denke schon.«

Wahrscheinlich war ihm nicht bewusst, wie sehr sie sich schon auf ihn eingelassen hatte. Sie lag hier bei ihm und das nun schon geraume Zeit, während sie sich auch noch von ihm trösten ließ. Jeden anderen, der diese maßlos bescheuerte Aktion von ihr mitbekommen hätte, hätte sie umgehend eliminieren müssen. Aus sicherheitstechnischen Gründen versteht sich. Aber auch jetzt blieb sie, wo sie war. Klar, er war stärker als sie, aber sie war flink. Und wenn sie nicht das Gefühl gehabt hätte, sie könnte ihn für alles, was er bereits für sie getan hatte, nicht schon wieder vor den Kopf stoßen, wäre sie bereits weg und nach ihr die Sintflut.

Allerdings *wollte* sie bei ihm bleiben. Er tat ihr gut. Seine stumme Anteilnahme an ihrem inneren Desaster war irgendwie heilsam. Seine Umarmung ließ etwas von ihrem Schmerz verschwinden. Sie hatte nie das Bedürfnis gehabt, von jemandem umarmt zu werden. Sie hatte es nie gebraucht, weil sie es nicht gekannt hatte. Aber sobald Will sie loslassen würde, würde es ihr mit Sicherheit entsetzlich fehlen.

»Wir können den Fall auch abgeben, wenn es dir zu viel wird«, meinte er plötzlich, aber so, als hätte er sich schon viele Gedanken darüber gemacht.

»Denkst du, ich schaffe das nicht?«

»Doch. Ich traue dir jede Menge zu, Josy. Es war nur ein Vorschlag.«

»Okay, nein, ähm, ich will das durchziehen.« Erleichterung erfüllte sie, als er abermals nickte.

»Wie du willst. Ein Wort von dir und wir geben den Fall ab.« Er lächelte bedächtig.

Sie erwiderte es mühevoll. »Danke.«

Er stützte sich auf seine Unterarme. »Weißt du, ich würde es wirklich gern verstehen.«

Die Aufrichtigkeit in seinen Worten trieb ihr einen brennenden Schmerz in die Brust. Was wollte er verstehen? Warum sie so durchgeknallt war? Warum sie jedem nur so weit vertraute, wie sie spucken konnte? Warum sie ihn wollte, ihn seltsamerweise auch so dringend zu brauchen glaubte, aber es nicht schaffte, über ihren Schatten zu springen?

»Erzähl mir von deinen Eltern«, bat sie ihn.

Das tat er. Es überraschte sie nicht, dass sie zwei herzliche Menschen waren, die ihren Sohn über alles geliebt, ihn voller Güte und Rücksicht großgezogen hatten, bis seine Mutter traurigerweise gestorben und sein Vater daraufhin in den Krieg gezogen war.

»Das mit deiner Mutter tut mir sehr leid. Es muss schlimm für dich gewesen sein, sie zu verlieren.« Wenigstens blieben ihm die schönen Erinnerungen. Ein schwacher Trost, aber immerhin etwas, an dem man festhalten konnte. Der Schmerz in ihrer Brust schwoll neuerlich an.

»Das muss es nicht. Es ist, wie es ist.«

Sie nickte. »Wir kommen aus zwei verschiedenen Welten, Will. Ich will dir nichts vormachen. Ich bin nicht gut für dich.«

»Und das entscheidest du wie immer allein?«

Verflixt und zugenäht. Genau das mochte sie so an ihm. Genau deshalb suchte sie immer wieder seine Nähe. Egal, wie gottlos und bescheuert ihre Anwandlungen auch waren, er stellte sie nie vor Gericht. Und genau das war es auch, was ihn anders machte. Will hatte auch kein Problem, seine Gefühle zu zeigen. Er konnte sich öffnen. Sich mitteilen. Er versuchte, für sie da zu sein, obwohl sie es nicht wert war. Er war durch und durch ein wunderbarer Mensch. Sie war immer mehr zu einem zynischen Paranoiker geworden, der einen anderen maximal auf Armeslänge an sich heranließ und alles dransetzte, damit das auch so blieb. Was hatte sie ihm also zu bieten außer einem Haufen Seelenmüll, den sie mit sich herumschleppte?

»Ja, ich denke, ich kann das entscheiden.«

»Es ist nicht wichtig, wo wir herkommen, was wir erlebt oder getan haben. Es ist wichtig, was aus uns geworden ist, wer wir jetzt sind«, sagte er und strich ihr eine Strähne hinters Ohr.

»Ich bin auch jetzt nicht gut.«

»Doch, das bist du. Auch wenn du das nicht weißt.«

Ihr Widerstand bekam Risse. »Und wer bin ich deiner Meinung nach?«

»Du bist genau richtig. Hier und hier.« Er deutete auf ihr Herz und auf ihren Kopf.

Sie rümpfte die Nase. Nun lachte er. Dieses herrlich tiefe Lachen, das ihr so gut an ihm gefiel. Sie spürte es bis in ihren Bauch, wo es sich zu einem warmen Vibrieren ausbreitete.

»Ich denke, deine Wahrnehmung hat sich die letzten Jahre verzerrt. Ich werde versuchen, sie wieder gerade zu rücken. Wenn du mich lässt«, fügte er hinzu und strich ihr über die Wange.

Sie stieß einen übertriebenen Seufzer aus. Woher er diese Beharrlichkeit nahm, würde wohl immer ein Mysterium bleiben. Auch warum er sie, nach allem, was schon gewesen war, mochte und wollte. Aber bei Gott, es tat so gut, bei ihm zu sein.

»Ich brauche Zeit, Will.«

Er kam näher. Ihre Nasenspitzen berührten sich fast. Sie nahm seinen Duft wahr. Er roch nach seinem Aftershave, Gras und Wald. »Davon haben wir jede Menge und noch viel mehr.«

Ihr ganzes Leben hatte sie gedacht, sie könnte die Welt verändern. War sie schwach, wenn sie den Wunsch zuließe, Will könnte die ihre ändern?

14. Kapitel

Am Abend saßen alle bis auf Shania zusammen in der luxuriösen Limousine auf dem Weg zur Benefizveranstaltung. Will, der neben Josy saß, bemerkte die Ausbuchtung an ihrem Oberschenkel unter ihrem Kleid und gab sich keine Mühe, sein Amüsement zu unterdrücken.

»Deine Glock wirst du in einem Saal, in dem es von Polizisten nur so wimmelt, vermutlich nicht brauchen.«

Sie lächelte. »Man kann nie wissen ...«

Die Fahrt ging zur alten Stadthalle, in der ein gigantischer Saal für die Veranstaltung vorbereitet worden war. Gemeinsam gingen sie die Treppe hinauf, durch zwei Glastüren, die in den Speisesaal führten. Verstohlene Blicke wurden ihnen zugeworfen. Stimmen wurden gesenkt, während sie an kleineren Gruppen, die ihre Köpfe zusammensteckten, vorbeischritten.

»Jo. Will. Schön, euch zu sehen.« Dan kam auf sie zu und begrüßte sie mit seiner offenen Freundlichkeit.

»Ebenfalls«, gab Josy zurück.

Dan war ganz in Grau gehüllt. Er sah klasse aus. Dasselbe schien er von ihr und ihrem Kleid zu denken, das Alexa ihr gegeben hatte. Diese hatte ihr damit gedroht, ihr das Fell über die Ohren zu ziehen, wenn sie es nicht anziehen würde.

Dans Haare hatten in den wenigen Wochen, in denen sie sich nicht gesehen hatten, noch ein paar graue hinzubekommen. Doch ansonsten stellte sie keine Veränderung an ihm fest. Sein sanfter Blick schmeichelte ihr. Es war schön, ihn wiederzusehen. Soweit sie wusste, kannte Will Dan nur durch ein paar wenige Fälle, die an das FBI übertragen worden waren, wodurch sie Kontakt gehabt hatten.

»Ich hoffe, es stört euch nicht, dass ich Josys ehemaliges Team und mich zu euch setzen ließ.« Dan begleitete sie an einen Tisch, der eigens für das Team Zero reserviert worden war.

»Also ...«, begann Will.

»Das war eine hervorragende Idee«, sagte Josy und erkannte,

dass Will ihre Freude nicht teilte. Wahrscheinlich wollte er wie geplant lieber allein mit ihnen an einem Tisch sitzen. Er richtete ihr den Stuhl und setzte sich, ohne auf die Sitzordnung zu achten, neben sie.

Die Tische waren aufwendig geschmückt, es mussten an die vierzig sein, von denen sie umgeben waren und mindestens das Vierfache an Gästen, wovon sich bereits die Hälfte an der Bar und ein Teil am Empfang befanden. Ein Podest mit einem Rednerpult machte sie darauf aufmerksam, dass die erste Stunde wohl nur aus Zuhören und Geklatsche bestehen würde.

Und genauso war es. Das Einzige, was sie am Einschlafen hinderte, waren die Kommentare ihres alten Teams. Pat hatte sie zur Begrüßung herzlich umarmt. Auch die anderen schienen erfreut, sie zu sehen. Zur Krönung wurden Geschichten aus vergangenen Zeiten aufgerollt und Dan lobte immer wieder ihr Geschick, mit dem sie in so manchen Fällen geglänzt hatte. Die Erzählungen kannten keine Schamgrenzen. Was Josy auch nicht erwartet hatte.

Nach einer gefühlten Ewigkeit wurde das erste Lied angestimmt und sofort tummelten sich viele Paare auf der kleinen Tanzfläche vor dem Podest. Josy erspähte gut situierte Männer und Frauen in teils auffälligen Kleidern und mit komplizierten Frisuren, die sich lachend ins Getümmel stürzten. Es war wie eine Zurschaustellung ihres Standes. Je höher die Ränge der Männer, desto beachtlicher die Garderobe der Damen.

Wills Atem hauchte über ihren Nacken und sogleich spannten sich ihre Muskeln. »Der nächste Song gehört mir«, flüsterte er ihr zu.

Will ließ ihr nicht genug Zeit, sich auszurechnen, wie schnell sie sich unter dem Tisch verkriechen konnte. Ehe sie sich versah, stand sie auf dem polierten Parkett und lag in seinen Armen. Das würde noch zur Gewohnheit ausarten. Sie musste lächeln. Sie spürte seine Fingerspitzen an ihrem Rücken tiefer wandern, bis er die Mulde zwischen Rücken und Po erreicht hatte. Sie schmiegte sich an ihn und ließ geschehen, dass Will seinen Griff intensivierte, als beabsichtigte er, ihr damit zu sagen, dass er sie nie mehr loslassen wollte.

Sie wollte nichts anderes.

»Wie fühlst du dich?«, fragte er sacht und zog sie noch näher an sich.

»Behütet.«

Sie fühlte ein zufriedenes Schnurren, das als Vibration aus Wills Brust drang.

»Das wollte ich hören.«

Damit presste er seine Lippen an ihren Hals und küsste sich langsam bis zu der kleinen Vertiefung hinter ihrem Ohr hinauf. Dort flüsterte er ihren Namen, hauchte dabei seinen Atem auf ihre sensibilisierte Haut, leckte über ihre Halsschlagader.

Erbarmen!

Um sie herum registrierte niemand, was Will mit ihr machte. Ihre Finger griffen fest in sein Hemd. »Hör auf, hier kann uns jeder sehen«, wisperte sie.

»Niemand interessiert sich für uns«, entgegnete Will und wanderte mit seinen Fingern erneut von ihren Schulterblättern zu ihrem Po. Seine Linke legte er unter ihr Kinn und hob es an. »Soll ich dir verraten, woran ich schon seit Ewigkeiten denke?«

Seine Stimme war dunkler geworden. Rauer. Unwillkürlich befeuchtete sie sich die Lippen. »Ja.«

»An das hier ...«

Sanft und mit unglaublicher Zärtlichkeit berührten seine Lippen die ihren. Er küsste sie, als hätte er alle Zeit der Welt.

Sie schloss die Augen. In ihrer Mitte begann es heftig zu pochen, während seine Zunge in sie eindrang und sie zu necken begann. Will unterbrach den Kuss, drehte sie um ein anderes Paar und drängte dabei ein Bein zwischen ihre Oberschenkel. Die Berührung kribbelte in ihrem ganzen Körper.

»Außerdem denke ich daran, wie du nackt in meinem Bett liegst. Unter mir«, murmelte er an ihrer Wange, seinen Blick auf die Menge gerichtet, als könnte er allein dadurch jeden und alles von ihnen fernhalten.

Hitze sammelte sich in ihrem Schoß, das Pochen verstärkte sich.

»Ich will dich küssen. Nicht nur auf deinen Mund, sondern überall.«

Jetzt war es an ihr, ihn noch näher zu ziehen. Sie musste ihn einfach überall spüren, während er ihr seine Fantasien ins Ohr flüsterte.

»Ich stelle mir vor, wie du für mich kommst.«

Oh Gott. Ihre Knie drohten nachzugeben. Gütiger Gott.

»Wie du meinen Namen rufst, wenn ich dich zum Höhepunkt küsse.«

»Will ...«

Es war gut, dass er sie hielt, denn sie war nicht mehr sicher, ob ihre Beine sie noch tragen wollten.

»Ich möchte wissen, ob du an dasselbe denkst wie ich.«

Seine Finger strichen über ihre Wirbelsäule. Sie drängte sich noch näher an ihn. Sie fühlte sich wie im Rausch, zog sein Gesicht an sich heran, und legte ihre Stirn an seine. Er küsste ihre Nasenspitze. Ihr Brustkorb hob und senkte sich rasch.

Es dauerte, ehe sie in der Lage war, zu antworten. »Ich wünsche mir auch, bei dir zu sein. Aber ich möchte dich nicht enttäuschen.« Sie hatte ihren Mund halten wollen. Wirklich. Aber sie musste ihm klarmachen, auf was er sich einließ, bevor es zu spät war.

»Du wirst mich niemals enttäuschen. Für mich bist du vollkommen.«

»Würdest du mich besser kennen, hättest du das Weite gesucht«, sagte sie bestimmt und suchte seinen Blick.

Prüfend sah er sie an. Es passte ihm wieder einmal gar nicht, was sie gesagt hatte. Aber es war leider eine unumstößliche Wahrheit und der musste er ins Auge sehen, wenn er sich weiter mit ihr herumschlagen wollte. Vorsicht war bekanntlich besser als Nachsicht.

»Weißt du, wenn ich mir was in den Kopf gesetzt habe, kann ich ziemlich hartnäckig sein.« Daran zweifelte sie nicht. Seine sinnlichen Lippen verzogen sich zu einem Schmunzeln. »So unähnlich sind wir uns nicht. Und soll ich dir noch was sagen? Wenn ich etwas haben will, bekomme ich es auch. Ich verliere nämlich nicht gern. Und ich will dich.«

»Eine Kampfansage?«

»Nenn es, wie du willst. Am Ende wirst du ohnehin in meinem Bett landen und es nicht wieder verlassen.«

Sie gab ihm einen Klaps auf den Oberarm. »Meine Güte, bist du eingebildet.«

Sie legte ihren Kopf zurück an seine Schulter. Eine Weile schwiegen sie. Es war schon seltsam. Sie fürchtete sich davor, was diese Nähe und Innigkeit in ihr auslöste, und gleichzeitig fühlte es sich an, als ob Will der einzige Mensch sei, der in der Lage wäre, die raue See in ihr zu besänftigen. Sie schloss die Augen und genoss das Gefühl der Geborgenheit. Es war einfach zu schön, um sich schon von ihm zu trennen. Dasselbe musste Will gedacht haben, denn auch das nächste Lied gehörte ihnen.

»Oh, Entschuldigung. Ich wollte nicht ...«

Sie löste sich widerwillig von Wills Schulter und sah Dan, dem es sichtlich peinlich war, sie gestört zu haben.

»Klar wolltest du nicht«, meinte Will trocken.

Scheinbar erkannte nur sie Wills Mahnung, die vor Sarkasmus troff, denn Dan blieb wie immer freundlich.

»Ich wollte eigentlich nur ablösen«, begründete Dan sein Auftreten und wollte sich zum Gehen bereit machen, als sie ihn zurückhielt.

»Nur diesen einen Tanz«, flüsterte sie Will zu, der sie nicht freudig losließ.

»Gern«, nahm sie Dans Aufforderung entgegen und befreite sich aus Wills Umarmung, dessen bedeutungsvolles Grollen seinen Unwillen bezeugte.

Sie tat sich ebenfalls schwer, sich von ihm loszumachen, aber sie hatte Dan schon lange nicht mehr gesehen und wollte etwas Zeit mit ihm verbringen. Außerdem lag ihr die Frage, warum er sie nie auf ihre Gabe angesprochen hatte, schon ein Weilchen am Herzen. Will würde diesen einen Tanz schon verkraften, wenn auch zähneknirschend.

»Schön, dich so glücklich zu sehen«, sagte Dan, nachdem

Will die Tanzfläche verlassen hatte, und drehte Josy im Kreis, um zu verhindern, dass sie mit einem anderen Paar kollidierten.

»Will ist in Ordnung«, rechtfertigte sie die Schmetterlinge in ihrem Bauch und begegnete Dans klugem, gutmütigen Blick.

»Ja, scheint so. Ich habe auch nur Positives über ihn gehört. Der Rest der Truppe ist auch in Ordnung. Nur dieser Ian scheint mir nicht ganz koscher.«

Es war kein Kunststück, das zu bemerken. »Er ist eben ein wenig anders. Warum hast du nie mit mir über meine Gabe gesprochen?«

In seinen Augen zeigte sich keine Reaktion. Kein schlechtes Gewissen, keine vorgespielte Moral. »Ich wollte dich nicht bedrängen, Jo. Du hast immer gereizt reagiert, wenn man dir zu nahe getreten ist. Trotzdem hatte ich das Gefühl, dass du es irgendwann nicht mehr alleine schaffst, dass der Druck eines Tages zu groß für dich wird. Weder ich noch sonst jemand besitzt die nötige Kompetenz oder das Wissen, das erforderlich gewesen wäre, deine Talente zu fördern und sinnvoll einzusetzen.«

»Es weiß doch sonst niemand davon?«

Zu ihrer Erleichterung winkte Dan ab. »Nein Jo, was denkst du von mir? Ich wollte immer das Beste für dich. Du warst eine Bereicherung für unser Team, aber ich wusste auch, dass es irgendwann an der Zeit sein würde, dich gehen zu lassen. Und wie ich sehe, war es die richtige Entscheidung.«

Sie konnte sich ein breites Lächeln nicht verkneifen. »Ja, das war es.«

Nach dem Tanz schnappte sie sich ihr Weinglas, ging damit durch die Menge und hielt nach Will Ausschau.

Als sie ihn eine Weile später fand, stand er mit Miller am Eingang. Seine Stirn in tiefe Falten gelegt. Aus der Entfernung konnte sie nicht verstehen, was die beiden miteinander zu bereden hatten, aber an der Haltung erkannte sie, dass etwas nicht stimmte. Millers Blick galt einem Stück Papier, das er prüfend betrachtete, während sein Gesicht stark gerötet war. Will verhielt sich ruhiger, aber nicht weniger besorgt, nahm Miller am Arm und zog ihn in eine stille Ecke, wo er auf den älteren Mann einredete. Die letzten Schritte lief Josy bereits, ihre Instinkte in heller Alarmbereitschaft. Im selben Augenblick sah Will in ihre Richtung.

»Hol Jeff und Ray«, wies er sie an. »Sofort.«

»Was ist los?«, fragte sie und stellte ihr leeres Glas auf den Empfangstisch.

»Das erkläre ich später. Tu, was ich dir gesagt habe.«

Ohne weitere Fragen schlängelte sie sich auf dem schnellsten Weg zurück zu ihrer Gruppe. Ray tanzte mit einer älteren Dame und Jeff plänkelte mit Dans Jungs an ihrem Tisch. Daneben saß Ian und schwenkte sein Glas, dessen Inhalt nach Whiskey aussah. Jeff sah sie bereits kommen und stand auf. Dans Jungs waren zu sehr damit beschäftigt, alte Geschichten zu erzählen, als dass sie bemerkt hätten, dass Jeff den Tisch verließ. Bis auf Ian, der sich erhob und ihnen schweigend folgte. Nachdem sie Rays Tanzpartnerin abgelöst hatte, stahlen sie sich zusammen durch die Gäste. Keiner der Männer hatte sie nach dem Grund gefragt. Jeder war ihr ohne zu zögern gefolgt.

Als sie den ersten Fuß auf den Marmor des Eingangsbereiches setzte, schoss Übelkeit in ihr hoch. Heiß. Kalt. Das Bedürfnis, sich zu übergeben, kam so unvorbereitet, dass sie es gerade noch rechtzeitig schaffte, es zu bezwingen. Sie bemühte sich, sich nicht anmerken zu lassen, was sich in ihrem Magen abspielte und hielt weiter konsequent auf den Ausgang zu. Will und Miller kamen ihnen bereits entgegen.

»Mitkommen«, befahl Will und lotste sie weg vom Getümmel.

Am Treppengeländer angekommen, hielt Miller ihnen ein Stück weißes Papier entgegen, worauf in blutigen Buchstaben eine Warnung stand.

Denkt nicht, ihr hättet alles unter Kontrolle, denn genau dann kann es für jeden von euch zu spät sein. So wie für das nette Fräulein im Keller.

»Oh Gott.« Josy schlug die Hand vor den Mund.

Er war hier.

Ian hob eine Augenbraue und starrte Will unverwandt an. »Was soll das?«

»Wenn du mal aus deiner Höhle kommen würdest, wüsstest du, dass dieser Typ, der den Zettel geschrieben hat, ganz oben auf unserer roten Liste steht«, sagte Jeff und ließ Miller erst gar nicht zu Wort kommen, der schon zu Erklärungen ansetzen wollte.

»Zumindest gehen wir davon aus, dass es der gleiche ist«, schaltete sich Ray sachlich ein.

»Jungs«, ließ Will streng verlauten und erntete promptes Schweigen. »Josy, du gehst zu Alexa zurück und wartest so lange, bis ich dich holen komme. Ian, Jeff und Ray, ihr kommt mit mir.«

»Will«, sagte sie, als sich die Gruppe in Bewegung setzte. »Das betrifft mich genauso wie euch. Wenn nicht sogar um einiges mehr. Du kannst nicht von mir erwarten, dass ich mich jetzt an einen Tisch setze und Small Talk führe.« Sie versuchte, ihre Stimme gesenkt zu halten.

Will verengte die Augen, seine Lippen formten einen dünnen Strich. »Du wirst mir nicht widersprechen. Du gehst jetzt da rein und wartest«, war alles, was er ihr zu sagen hatte und er meinte es verdammt ernst.

Ihr Magen machte sich erneut bemerkbar. Ob wegen der zwei Gläser Wein oder was sie gegessen hatte, wusste sie nicht. Sie beschloss, ihre Übelkeit zu ignorieren, im Moment war nicht die Zeit für körperliche Schwäche. Darüber hinaus nagte Wills Anordnung, sich rauszuhalten, mehr an ihr als ihr aufmüpfiger Magen. Und das Wissen, dass sich der Kerl hier irgendwo befand und es ein weiteres Opfer gab, brachte sie zusätzlich auf. Sie sah den Männern noch einen Moment nach, dann kickte sie ihre hohen Hacken von den Füßen und heftete sich an ihre Fersen.

Nach wenigen Sekunden wurde ihr schwindelig.

Sie schaffte es gerade noch die letzte Treppe hinunter, die in das unterirdische Kellergewölbe führte, als es ihr vorkam, als würde sich der Boden unter ihren Füßen wellenartig bewegen. Sie schüttelte sich, schob diese Empfindung energisch beiseite und zog ihre Glock aus dem Halfter an ihrem Oberschenkel. Dann setzte sie ihren Weg durch die Gänge fort.

Irgendwo entfernt hörte sie hartes Schuhwerk auftreten. Das Geräusch musste von ihrem Team stammen. Sie orientierte sich daran. Doch jeder Schritt fiel ihr zunehmend schwerer. Ihr Kopf fühlte sich an wie in Watte gepackt, ihre Atmung kam abgehackt und schmerzte in ihren Lungen. Sie blieb stehen und legte den Kopf in den Nacken, um ihre Muskeln etwas zu entspannen.

Die Decke löste sich, schnell kreuzte sie schützend die Hände über ihr Gesicht, um den Aufprall des Mörtels, der von oben auf sie herabregnete, zu dämpfen. Doch als sie die Augen wieder öffnete, hatte sich kein Stein aus der Decke gelöst.

Das hatte sie sich nicht eingebildet. Sie griff an ihre Stirn. Kein Fieber, also keine Halluzinationen. Sie war voll bei Sinnen. Ihre Beschwerden hatten sich auch verflüchtigt. Sie sah sich noch einmal um, und eilte dann den feuchten Gang weiter, um nahe an den Jungs zu bleiben.

Die Geräusche entfernten sich. Mittlerweile konnte sie nicht mehr abschätzen, wie weit sie sich schon durch die finsteren Gänge vorgearbeitet hatte. Nach und nach lief sie an kleinen vergitterten Fenstern vorbei, durch die das blasse Mondlicht schien und den Keller ein wenig erhellte. Sie musste schneller laufen.

Eine neue Welle Übelkeit brach heftig über sie herein. Sie schaffte es erneut, alles bei sich zu behalten und stützte die Hände auf ihre Knie, als sie auch schon die Würmer sah, die sich zu ihren Füßen hin- und herschlängelten.

»Gott, nein«, brachte sie mühsam hervor. Die Welt um sie herum verschwamm, wurde dann stechend scharf, bis sie darauf wieder nur Umrisse wahrnehmen konnte. Dann fiel sie. Der matschige Brei aus Würmern und Sand fing ihren Sturz auf. Sie wand sich, versuchte aufzustehen. Immer wieder rutschte sie auf dem schleimigen Brei unter ihren Händen und Knien aus, landete erneut auf dem grauenhaften Untergrund. Ihre Strümpfe rissen. Sie hatte Mühe, sich bei Besinnung zu halten.

Ihr Magen krampfte, ihre Gliedmaßen zuckten, ihr Herz hämmerte gegen ihren Brustkorb. Ihr Verstand brüllte, dass gerade etwas gewaltig schieflief.

Erneut stützte sie sich ab, kam zitternd und unter Aufwartung all ihrer Kräfte auf die Beine. Du träumst, sagte ihre innere Stimme. Doch alles war viel zu real, um als Traum gelten zu können.

Raus hier. Sie musste rennen, bevor der nächste Albtraum sie erreichen konnte, der mit wildem, schrillem Geschrei bereits auf sie zukam. Reflexartig duckte sie sich. Sie riss ihre Hände, darin ihre Glock, über ihren Kopf, als die Schaar Fledermäuse über sie hinwegbrauste und kreischend in den leeren Gängen hinter ihr verschwand. Schnaufend lehnte sie sich gegen die Wand. Die Würmer. Die Fledermäuse. Alles verschwunden.

»Gütiger Gott.«

Langsam ließ sie sich an der kalten Mauer zu Boden sinken. Alles um sie herum war eine wabernde träge Masse, die sie einhüllte und verschluckte. Sie sah Farben und kleine Sterne, die aufblinkten und dann wieder verschwanden. Hell folgte auf Dunkel. Hitze folgte auf Eiseskälte. Schatten tanzten um sie herum und verhöhnten ihre Furcht. »Ich muss hier weg, und zwar schleunigst«, sagte sie und richtete sich wieder auf. Dann rannte sie. Rannte um ihr Leben. Rannte, um dieser Hölle zu entkommen. Doch alles, was passierte, war, dass sie vergebens versuchte, sich aus dieser Masse zu lösen. Sie klebte fest. Oder war sie dem Unglück bereits entflohen? Aus welcher Richtung war sie gekommen? Wie lange war sie schon hier? Hektisch sah sie umher, konnte aber nicht feststellen, wo sich die Treppe befand. Dann sah Josy Ratten. Überall.

Allmächtiger.

Sie kamen aus den Gängen, schlüpften aus Löchern, die sich vor ihren Füßen auftaten. Kleine, giftig funkelnde Augen starrten sie an. Kamen immer näher. Sie wollte schreien, doch was sie zustande brachte, war nur ein Keuchen. Alles schwankte, die Wände drohten einzustürzen, sie zu begraben. Mauerwerk fiel herunter, das Ungeziefer drang immer weiter zu ihr vor. Tränen rannen über ihr Gesicht, ihr Mund war staubtrocken. Zitternd richtete sie die Waffe auf eine besonders flinke Ratte und drückte ab. Der Schuss hallte durch die Gänge wie ein Meteoriteneinschlag.

Sie konnte nicht zulassen, dass die Ratten sie angriffen, und drückte immer weiter den Abzug. Ein Kugelhagel donnerte auf die kleinen Tyrannen nieder, doch sie konnte nichts gegen sie ausrichten. Immer mehr Ratten flitzten vor ihr auf dem Boden, auf den Wänden, über ihr an dem Gewölbe, während alles um sie herum einstürzte und sich Krater mit zähflüssigem Feuergestein auftaten. Glühender Rauch strömte ihr entgegen. Sie wischte über ihr Gesicht. Schweiß tropfte von ihrer Stirn, floss über ihre Wangen und mischte sich mit ihren Tränen.

Plötzlich hörte sie Schreie.

Schreie, die Josy durch Mark und Bein krochen. Schreie, die sie seit vielen Jahren verfolgten. Schreie, die ihr Herz zum Stillstand brachten. Schreie, die ihre ältesten Albträume füllten. Ihr Körper bebte. Sie musste ihr helfen, musste das Grauen verhindern. Sie kannte das Mädchen, das um ihr Leben brüllte. Das sich wehrte und nicht gegen diesen Mann ankam, den Josy ebenso gut kannte oder zu kennen geglaubt hatte. Doch sie konnte sich nicht vom Fleck bewegen.

»Bitte«, rief sie in die leeren Gänge. »Tu das nicht ... lass sie gehen.«

Die letzten Worte kamen nur als leises Hauchen über ihre Lippen. Wie damals war sie nicht in der Lage, etwas zu tun, einzugreifen. Hysterie nahm sie gefangen. Sie konnte doch nicht einfach hier stehen bleiben.

Hilf ihr ...

Eine Heidenangst stahl sich in ihre Eingeweide. Angst, wieder zu versagen. Dass sich der Albtraum wiederholte und der Ausgang derselbe bleiben würde. Sie fröstelte. Ihre Zähne schlugen unkontrolliert aufeinander. Fest schlang sie ihre Arme um ihren Körper und begann zu weinen. Das lachende Gesicht ihres Vaters huschte an ihr vorbei. Der bemitleidenswerte Ausdruck ihrer Mutter verspottete sie. Ihre Schwestern wandten sich von ihr ab.

Sie ließ ihre Hände sinken, rannte auf die Gesichter ihrer Familie zu. Bat sie inständig, ihr zu glauben. Ihr zu helfen. Das Unheil zu vergelten. Doch niemand hörte sie. Stattdessen veränderten sich die Gesichter in bösartige Fratzen, die sich an ihrem Elend ergötzten. Und gleich dahinter sah sie die Ratten, die weiter auf sie zukamen. Mit einem Mal sah sie Blut. Überall Blut. Die Glock rutschte aus ihren blutverschmierten Händen und landete auf dem Boden zu ihren Füßen. Josy sank auf die Knie. Tastete den steinigen Boden ab, um ihre einzige Sicherheit wiederzuerlangen, bevor alle Ratten sie erreicht hatten. Doch es war zu dunkel.

Verzweifelt schluchzte sie. Ihre Knie schrammten über den Boden, während sie fieberhaft nach ihrer Waffe suchte.

Endlich ertastete sie die Glock. Kraftlos und schwer atmend richtete sie sich wieder auf, wischte sich ihr Haar aus dem Blickfeld und zielte auf die grässlichen Viecher.

Stimmen. Schritte.

»Josy?«, hörte sie jemanden aufgebracht rufen.

Kannte sie diese tiefe Stimme nicht? Ihr Unterbewusstsein drängte ihr etwas auf, doch sie wollte nichts davon wissen. Mehrere Männer in schwarzen Anzügen kamen auf sie zu. Sofort richtete sie ihre Schusswaffe auf die ungebetenen Zaungäste ihres Albtraums, ihr Finger am Abzug.

»Josy, senk die Waffe«, forderte sie ein großer Mann mit blauen Augen eindringlich auf.

Trotzig schüttelte sie den Kopf. Sie musste sich verteidigen. Musste sich beschützen.

»Josy, ich bin es, Will«, sagte er und kam näher.

»Stehen bleiben«, krächzte sie. Weitere Tränen rannen über ihr Gesicht. Sie schmeckte Salz auf ihrer Zunge.

Der Mann kam einfach weiter auf sie zu. »Nein. Du ... du hast mir das angetan. Du bist schuld an all dem hier.«

Bei ihrem wirren Gestammel blieb er wie angewurzelt stehen. Die anderen Männer näherten sich ihm von hinten, ihre Blicke fixierten sie.

»Du bist doch der Dichter, der Poet ... *Achte stets auf deinen Charakter, denn er ist dein Schicksal*«, zitierte sie den letzten Satz einer Weisheit, der ihr auf der Zunge lag. Ihre Waffe unbeirrt auf den Koloss von Mann vor ihr gerichtet, dessen Blick so unergründlich wie die Tiefe des Ozeans war.

»Du bist der Kerl, der mich verfolgt. Willst mich in den Wahnsinn treiben ...«

Sie fuchtelte wie wild mit ihrer Pistole. Niemand rührte sich auch nur einen Millimeter. »Was willst du von mir? Siehst du nicht, dass ich bereits am Boden liege? Wie viel Leid willst du mir noch antun? Habe ich nicht schon genug gelitten?«, rief sie.

»Lass mich das machen«, sagte ein Mann mit eiskaltem Blick und längeren Haaren. Er schob sich an den anderen vorbei.

Er machte ihr Angst. Instinktiv wich sie zurück.

»Bleibt, wo ihr seid!«

Der Mann mit den eisigen Augen streckte seinen Arm nach ihr aus. »Gib mir deine Hand, Josy. Vertrau mir«, sagte er mit Eindringlichkeit und flehentlichem Blick.

Wie sollte sie ihm vertrauen? Wusste er nicht, dass Vertrauen nur Leid bedeutete? Schwäche war? Sie konnte sich Vertrauen nicht leisten. Bei niemandem. Sie ganz allein war für sich verantwortlich. Früher. Heute. Für alle Ewigkeit.

Den Teufel würde sie tun. In ihrem Kopf begannen sich die Bilder zu verschieben. Bilder, die sie seit vielen Jahren tief begraben hatte.

»Bitte nicht«, schluchzte sie.

Ihre Hände zitterten stärker, auch ihre Knie fühlten sich an wie Gummi. Sie war so müde. So unendlich müde. Und sie hatte keine Kraft mehr, zu kämpfen. Sie verlor diesen Kampf. Wieder. Das wurde ihr schlagartig bewusst.

Die Waffe wurde ihr aus den Händen geschleudert, ohne dass sich auch nur eine Person bewegt hätte. Sie sah auf, als ein Stromschlag die Abfolge der Bilder in ihrem Kopf durchbrach.

»Ian, du hättest sie umbringen können.«

»Alter, sie atmet doch.«

Zwei starke Hände hoben sie hoch. Dann wurde sie in den Sog von Dunkelheit gezogen.

15. Kapitel

Als sie sich endlich durch die Finsternis gekämpft hatte, gelang es ihr nicht einmal ansatzweise, ihre schweren Lider zu öffnen, geschweige denn, sich irgendwie bemerkbar zu machen.

Sie hörte Menschen, die leise miteinander sprachen, kamen und gingen, konnte aber nichts anderes tun, als in ihrem erschöpften Körper gefangen zu bleiben, ohne sich zu rühren. Sie hatte keine Kontrolle über ihre Gliedmaßen. So sehr sie sich auch anstrengte, sie konnte nichts tun, was ihre Lage verbessert hätte. Nebenbei schnappte sie den ein oder anderen Wortfetzen auf. Halluzinogen. Bewusstseinsdroge. Verborgene Ängste.

Um Himmels willen. Was war geschehen?

Immer wieder schlummerte sie ein und kam wieder zu sich. Jegliches Gefühl für Zeit und Raum ging ihr verloren. Sie fühlte sich unendlich hilflos. Manchmal bekam sie mit, dass Will ihre Hand hielt, ihr über die Wange streichelte. Auch Alexa saß neben ihr und sprach beruhigende Worte. So viel erfasste sie noch, dann holten sie wieder die Schatten der Nacht.

Als sie es wieder geschafft hatte, sich in das Geschehen um sich herum zurückzuholen, spürte sie heißen Atem, der über ihr Gesicht strich. Ihre Nackenhaare prickelten. Sie wusste, wer sie so genau ansah. Ian.

Ihre Lider schmerzten, ihre Augen brannten, als sie sie öffnete. Sie blinzelte gegen das gedimmte Licht an.

»Verzieh dich, T-Rex.«

Ihre Lippen fühlten sich an, als wären sie über Asphalt radiert. Insofern fiel ihr das Sprechen schwer und Worte kamen nur als leises Ausatmen aus ihrem Mund.

»Sieh an, unser Drogenkind weilt wieder unter uns.«

Ians tiefes Lachen tat ihrem Kopf nicht gut. Hatte er gerade einen zusammenhängenden Satz gesprochen? »Geh weg«, flüsterte sie, als er ihre Lider hochzog und mit einer kleinen Taschenlampe in ihre Augen leuchtete.

»Deine Pupillen sind noch immer stark erweitert«, stellte er fest.

Sie wollte seinen Arm wegschlagen, doch sie konnte ihn nur wenige Zentimeter heben.

»Wie viele Finger siehst du?«, fragte er nachdrücklich und fuchtelte mit seiner Hand vor ihrem Gesicht herum.

»Sieben.«

»Hör auf mit dem Scheiß.«

Seine sonore Stimme dröhnte in ihren Gehörgängen wie ein schrilles Echo in den Bergen. Sogar seine Bewegungen, einfach alles, war viel zu laut. Diese Geräusche brachten sie noch um. »Geh weg«, bat sie erneut. Sie wollte nur allein sein. Wieder zu sich finden. Eruieren, was hier geschehen war. Wieso lag sie hier? Warum tat ihr alles weh? Jeder Zentimeter ihres Körpers schmerzte. In ihrem Kopf musste eine Ameisenkolonie ihr Lager aufgeschlagen haben. Sie wollte nicht reden, denn auch das tat weh. Es raubte ihr Energie, die sie nicht hatte. Sie wollte diesen Tod allein sterben. Wieso ging er nicht?

»Ich wurde beauftragt, dich zu beobachten, weil ich dich niedergezwungen habe und das tue ich jetzt auch.«

»Dann entbinde ich dich von deiner Aufgabe«, sagte sie schwach.

Er ignorierte sie. »Nenn mir alle Tiere, die dir auf Anhieb einfallen und mit W beginnen«, befahl Ian stattdessen.

»Werwolf, Waldfee, Waldgeist ... Wampir.«

»Du bist genesen.«

»Ach.« Josy versuchte, sich etwas aufzurichten, doch das Schwindelgefühl übermannte sie schon wieder und sie plumpste wie ein nasser Sack zurück in das Kissen. Auweia.

»Du solltest viel trinken.«

»Rück rüber, deinen Flachmann.«

Ian grunzte, griff unter ihren Nacken und flößte ihr aus einem Glas Flüssigkeit ein. Einen Teil verschüttete er auf dem Laken. Jetzt sah sie die Ursache für den Schmerz an der Armbeuge. Schläuche versorgten sie mit einer bleichen Lösung.

»Mir ist übel«, informierte sie Ian, in der Hoffnung, ihn zu verscheuchen und sei es nur für wenige Minuten, in denen er einen Eimer besorgte und sie ihre Augen schließen konnte.

Solange er da war, war ihr das zu unüberlegt.

»Tja, Püppchen, keine Macht den Drogen.«

»Du kannst mich mal, T-Rex.«

»Ray kommt gleich, dann bist du mich los.«

Die Uhr an der Wand tickte unaufhörlich, während sie darüber nachdachte, wie sie im Krankenhaus gelandet sein könnte. Sie hatte einen Filmriss. War so etwas zu fassen? Das war ihr noch nie passiert. Hatte sie etwa zu viel getrunken? Nein, oder etwa doch? Sie wusste es nicht. Sie konnte sich nicht daran erinnern. »War es schlimm?« Sie stellte diese Frage, ohne zu wissen, was sie eigentlich meinte. Aber schließlich landete man nicht umsonst im Krankenhaus.

»Meinst du die Stelle, an der du uns erschießen wolltest?«

»Oh Gott«, stöhnte sie.

»Nein, der konnte dir auch nicht mehr helfen.«

»Mein Hirn fühlt sich an wie Haferbrei.«

»So etwas dachte ich mir schon.«

Die Tür schwang auf und knallte an den Türstopper. Ein Geräusch, das sie noch nie so deutlich gehört hatte. Dann trat Ray in ihr Blickfeld. Er trug einen weißen Kittel, ein Stethoskop um seinen Hals und ein Klemmbrett unter seinem Arm. Auf einem kleinen Schild an seinem Kragen stand: Dr Ray Gutman.

»Tag Doc«, scherzte Josy hölzern.

Ray verzog keine Miene. Sie hatte ihn noch nie in Aktion erlebt, nun wusste sie aber, was Jeff damit meinte, wenn er sagte, Ray falle niemals aus einer Rolle. Außerdem stand ihm diese Nonchalance wirklich gut.

»Wie geht es dir? Fühlst du dich schwach? Brennen deine Augen?«

»Bescheiden, ja und ja«, antwortete sie.

Ray nickte gedankenverloren, dann richtete er seine Aufmerksamkeit auf ihr Gesicht. Ihr kam der Gedanke, ob sie unter diesem Laken nackt war oder ob sie eines dieser Nachthemden trug, die hinten verschlossen werden mussten. Mit ihrer letzten Kraft hielt sie das Laken nieder.

»Weißt du noch, was geschehen ist?«, fragte er sie forschend.

»Keinen Schimmer.«

»Hm.« Ray blätterte in seinen Zetteln. »Dir wurde ein starkes Halluzinogen verabreicht, das sich Dimethyltryptamin, kurz DMT nennt. Da es dir nicht injiziert worden ist, muss dir gleichzeitig ein Mao-Hemmer verabreicht worden sein, damit dein Körper die Droge aufnehmen konnte. Was du dadurch erlebt hast, nennt man traumatisierende Angstzustände.«

Seine Worte sickerten in ihren Verstand, hinterließen aber keine Wirkung. Angstzustände? Sie hatte keine Ahnung, worauf er hinauswollte. »Ähm, Ray. Was habe ich denn erlebt?«

Er ließ sein Klemmbrett sinken. »Um dir das erzählen zu können, bräuchte ich Wills Einverständnis.«

So schlimm? »Okay«, sagte sie gedehnt.

»Aber ich kann dir versichern, dass du dich in ein paar Stunden wieder an alles erinnern wirst.«

»Da wäre ich gern dabei«, ließ Ian verlauten.

Josy ignorierte seinen Sarkasmus und versuchte wiederholt, in ihrem Hirn nach Hinweisen zu graben, was passiert war, ab wann ihr die Erinnerungen abhandengekommen waren. Sie waren bei dieser Benefizgala. Sie hatte getanzt und etwas Wein getrunken. Dann wurde ihr schlecht und dann ... nichts. »Welchen Tag haben wir heute? Wie spät ist es?«

Fragen, die sie plötzlich dringend beantwortet haben wollte und wenn möglich, von jemandem, der zurechnungsfähig war.

»Es ist Sonntag. Zweiundzwanzig Uhr«, antwortete Ray, während er ihren Blutdruck maß. Dann betrachtete er die Geräte, kontrollierte ihre Pupillen und kritzelte auf seinen Block.

»Wo ist Will?«, fragte Josy nach einer Weile, weil es sich schlecht anfühlte, dass er nicht da war. Außerdem hatte sie Gewissensbisse. Konnte aber nicht sagen, wieso.

»Er hat die ganze Zeit bei dir gesessen und seit über vierundzwanzig Stunden kein Auge zu getan. Ich hoffe, er schläft.«

Ihre Enttäuschung konnte sie nur mühevoll verbergen. Sie hätte sich besser gefühlt, wenn er hier gewesen wäre. Aber natürlich brauchte auch er Schlaf. Vielleicht hatte sie deswegen ein schlechtes Gewissen, weil er sich wegen ihr nun ausruhen musste. Sie wurde unruhig. Eine Ahnung, dringend etwas erledigen zu müssen, überkam sie. Sie konnte nicht einfach hier liegen und sich mit Flüssigkeiten vollpumpen lassen. Sie wollte hier raus.

Ray trat wieder neben sie und wechselte die Flasche, die an einer Halterung über ihrem Bett angebracht war. Sie richtete sich ein wenig auf und sah ihn flehentlich an.

»Bring mich bitte nach Hause, Ray. Auf der Stelle.«

16. Kapitel

In ihrer Jugend hatte es durchaus Anlässe gegeben, bei denen sie zu tief ins Glas geschaut hatte. Wenn sie dann am nächsten Morgen aufgewacht war und vor sich hindämmerte, hatte sie bisweilen die Erkenntnis getroffen, wie viel Unsinn sie von sich gegeben oder auf welchen Schwachsinn sie sich dieses Mal eingelassen hatte. Heute ging es ihr nicht anders. Die Erinnerungen an die Szenen im Kellergewölbe schlichen sich nicht sanft in ihr Gedächtnis, sondern schlugen ein wie Granaten. Jede hässliche Einzelheit ihrer Darbietung traf sie wie ein Vorschlaghammer. Noch einmal einschlafen war unmöglich, denn jede Erinnerung ließ sie erneut hochfahren. Mittlerweile war es Montag früh und sie lag wieder in ihrem eigenen Bett im Gebäude des *Team Zero*. Ray hatte es geschafft, sie frühzeitig aus dem Krankenhaus zu schleusen. Dafür war sie ihm dankbar.

Nun lag sie in ihrer Satin-Bettwäsche und grübelte, wie sie sich Will am besten stellen sollte, um ihre Vorwürfe zu widerrufen.

Ray hatte ihr erklärt, dass sie während ihres Drogenrausches mit ihren Urängsten konfrontiert worden war und nachdem das ganze Team, bis auf die Mädchen, dabei gewesen war, wusste nun jeder, wie es um ihre inneren Dämonen bestellt war.

Na klasse.

Sie rieb sich den Schlaf aus den Augen und richtete sich auf. Zumindest die Nachwirkungen hatten sich verzogen, aber so richtig gut fühlte sie sich dennoch nicht. Schuldgefühle nagten an ihr, wie ein Hamster an einer Salzstange. Sie machte sich frisch, zog sich an und ging in die Küche. Nach einem Kaffee würde die Welt wieder besser aussehen. Zumindest versuchte sie sich das so lange einzureden, bis ihr Verstand es ihr halbwegs abnehmen konnte. Bei ihrer Pechsträhne war es nicht verwunderlich, dass sie direkt in Wills Arme lief.

»Hey«, sagte sie zaghaft.

»Hey«, kam die Antwort.

Kurz und bündig. Stundenlang hatte er neben ihr gesessen,

während sich ihr Körper gegen das Gift wehrte. Sie war ihm dankbar dafür und schuldete ihm wenigstens eine Erklärung. Oder zumindest ein Dankeschön. Sie rieb die Hände an ihrer Jeans und sah zu ihm hoch.

»Ich möchte dir das erklären ...«

»Das brauchst du nicht.«

Die Klinge eines Rasiermessers war nicht schärfer als sein Tonfall. Sie hatte ihn verletzt. Hatte ihn dorthin getreten, wo es übel wehtat. Um das zu wissen, hätte sie seinen gequälten Gesichtsausdruck nicht einmal sehen müssen. Sie schämte sich dafür und sah auf die Spitzen ihrer Schuhe, bevor sie weitersprach.

»Danke, dass du für mich da warst.«

»Das war selbstverständlich.«

Sie verstand seinen Gram. Und seine Reaktion. Sie wurde auch gemein, wenn sie gekränkt war. Alles, was sich in den vergangenen Tagen zwischen ihnen aufgebaut hatte, schien wie weggeblasen. Und sie trug Schuld daran. Scheiße. Sie griff nach ihm, aber er entzog sich ihr.

»Tu das nicht Will. Es tut mir ehrlich leid. Ich war nicht bei Sinnen.«

»Ich glaube sogar, dass es dir leidtut. Es waren die Drogen, die dich beeinflusst haben. Aber schlussendlich wurde dadurch nur das zutage gefördert, was dich wirklich belastet. Du solltest anfangen, deine Vergangenheit aufzuarbeiten, oder zumindest das, was dich noch immer dermaßen verängstigt, ehe wir über uns nachdenken.«

Sie biss sich auf die Unterlippe, denn seine Aussage traf ins Schwarze. Seine Stimme wurde weicher, seine Worte blieben dennoch unerbittlich.

»Ich habe mir wirklich Mühe gegeben, Josy. Ich dachte, wenn ich dir zeige, dass ich immer für dich da sein werde, würdest du dich mir öffnen und mir vertrauen. Aber du hast meine Hilfe nicht gewollt. Ich weiß nicht mehr, wie ich dich unterstützen kann. Ich gebe auf.«

»Ich ...« Sie wollte mit ihm reden. Auf der Lichtung. Aber sie hatte es nicht getan. Also würde das als Entschuldigung nicht gelten. Auch, dass sie ihn gewarnt hatte, dass sie es nicht wert sein würde, verkniff sie sich. Was änderte das?

Seine blauen Augen blickten ein letztes Mal dunkel auf sie herab, dann ging er und ließ sie stehen.

Sie musste seine Entscheidung akzeptieren. Sie wusste, dass ihr Leben eine einzige Aneinanderreihung von beschissenen Umständen war. Also warum sollte sie jetzt nicht auch den einzigen Menschen vergrault haben, der ihr etwas bedeutete? Aber bei Gott, sie hatte das hier doch nicht absichtlich getan.

»Tut mir leid, ich wollte nicht lauschen«, hörte sie Alexa hinter sich sagen.

Mit einer vagen Geste machte Josy ihr klar, dass es ohnehin egal war.

»Ich dachte, du hättest vielleicht Hunger.« Alexa hielt ein Tablett mit Toast, Eiern und einer Tasse Kaffee in Händen.

»Eher nicht. Danke.«

»Du musst was essen. Komm mit.«

Wenige Minuten später erreichten sie Josys Zimmer. Alexa stellte das Frühstück auf den Tisch und setzte sich auf den Stuhl. Nach einer Weile krempelte Alexa die Ärmel ihres Langarm-Shirts hoch und zeigte Josy zwei saubere, vernarbte Schnitte, die grob über ihre Handgelenken geführt worden waren.

»Ich habe deine gesehen.« Sie deutete auf Josy.

Sofort streifte sie die Ärmel ihres Shirts hinunter, um ihre Unterarme vor Alexas Blicken zu verstecken. Ja, sie hatte Narben. Aber sie wollte sich nicht umbringen. Es hatte Zeiten gegeben, in denen sie noch gedacht hatte, sie könnte um Hilfe bitten. Geglaubt hatte, es könnte sie jemand retten. Gehofft hatte, es wäre jemandem wichtig, wie es um sie stand. Der Augenblick, in dem sie das gedacht hatte, war verdammt kurz gewesen.

»Alexa, ich möchte nicht darüber reden.«

»Aber ich. Und du wirst mir zuhören«, sagte sie fest. »Ich war zwanzig, als ich einen Mann in einem Tanzclub kennenlernte. Er gefiel mir auf Anhieb und wir verliebten uns ineinander. Es dauerte nicht lange und wir fanden eine kleine gemütliche Wohnung, in die wir nur drei Monate nach unserem Kennenlernen einzogen. Er war ein Mann von wenigen Worten und es tobte auch kein Gefühlschaos in ihm. Der ideale Mann. Er liebte mich. Ja, er vergötterte mich.« Alexa verzog ihre Lippen. »Und dann wurde ich schwanger. Ich dachte, mein Leben sei perfekt, denn ich trug ein Kind unter meinem Herzen, ein Kind von dem Mann, der mir Frieden schenkte. Ich war im zweiten Monat, als er plötzlich anfing, sich zu verändern. Er wurde immer unruhiger, stellte Regeln auf, die mich und unser Kind schützen sollten, damit uns nur ja nichts passieren konnte. Er machte sich Sorgen um uns. Das fand ich anfangs sogar süß.«

Sie hielt inne und spielte mit ihrem Ring, den sie am Mittelfinger trug, dann senkte sie ihre Stimme. »Doch seine Hysterie um mich und das Kind war bald kaum noch zu ertragen. Ich saugte seine Empfindungen, seine Ängste wie ein Schwamm in mich auf. Jeden Morgen hatte ich Angst, ich könnte stürzen und unser Kind verlieren. Ich hatte sogar vor ihm Angst und vor dem, was er mir antun könnte, falls etwas nicht mit dem Baby stimmen sollte. Ich wurde verrückt. Jeden Tag verlor ich mehr und mehr meinen gesunden Menschenverstand. Ich wusste, dass auch meine Gabe daran Schuld hatte, aber er trieb es wirklich zu weit. Er wurde zum Monster. Und dann ...«

Sie sog scharf Luft ein, ehe sie Josy ohne Scham ins Gesicht sah. Josy hielt den Atem an, denn sie befürchtete, die nächsten Worte bereits erahnen zu können.

»Dann bekam ich Blutungen und verlor kurz darauf unser Kind.« Sie sprach immer leiser. Josys Herz flog ihr entgegen. »Seine Gefühle wurden böse. Seine Wut richtete sich auf mich. Und sie war grenzenlos. Ich drehte völlig durch. Wegen meiner Sinnesempfindungen, die ich meiner Gabe zu verdanken hatte, wegen des Verlustes unseres Babys und wegen meiner Selbstvorwürfe. Ich wollte mir das Leben nehmen. Er fand mich blutüberströmt und steckte mich in die Psychiatrie. Ein Jahr danach fand mich dann Will und der Rest ist Geschichte.«

Josy saß ganz still, wusste wieder einmal nicht, was sie sagen sollte. Alexa reckte tapfer das Kinn und stand auf. »Ich habe dir das erzählt, um dir klar zu machen, dass wir alle hier wie auch viele normale Menschen mit unserem Schicksal zu kämpfen haben. Und dass wir es schaffen können, wenn wir nur fest genug daran glauben. Wir können uns von unserem Verdruss auffressen lassen, und wegen allem, was uns widerfahren ist, Vergeltung üben. Aber wir können unseren seelischen Leiden auch den Kampf ansagen und etwas aus unserem Dasein machen. Und du kannst das auch, Josephine. Deine Vergangenheit hat dich nicht so fest im Griff, dass du sie nicht bezwingen könntest. Du bist eine starke Frau. Ich beneide dich um dein Rückgrat, aber du musst auch wissen, wann du loslassen musst. Will ist ein guter Mensch und er hat dich sehr gern. Gib ihm eine Chance, lass ihn in dein Herz. Ich bin sicher, er wird dich nicht enttäuschen.«

Josy legte ihren Kopf in den Nacken und starrte an die Decke. Sie wollte nicht über ihre Vergangenheit sprechen. Über ihre Eltern und all die anderen Menschen, die ein kleines Mädchen eine Missgeburt genannt hatten. Ihre Gabe war damals ein Fluch gewesen, kein Segen. Die Menschen hatten sich vor ihr gefürchtet. Sie hatte als kleines Kind ihre Gabe so unverhohlen und leichtsinnig präsentiert, weil sie sich nicht für unnormal hielt. Ihre Mutter hatte angefangen, sie zu verstecken. Ihr Vater hatte sie verleugnet. Ihre Schwestern hatten sich geschämt. Sie war geächtet, verstoßen, gehasst und verhöhnt worden. Sie wollte nicht darüber reden, nicht einmal daran denken, aber nach der letzten Nacht waren die Erinnerungen präsenter denn je.

Als sie fünfzehn Jahre alt war, hatte sie Josh kennengelernt. Er war ihr erster und einziger Freund gewesen. Ein Junge aus gutem Hause, einer reichen Familie, mit großem Ansehen. Sie hatte ihn vergöttert. Heute wusste sie nicht einmal mehr, warum, denn es gab nichts, was an ihm liebenswert gewesen wäre. Doch damals war sie blind gewesen. Hatte sich nach Berührungen und Anerkennung gesehnt. Nach Armen, die sie festhielten. Nach Worten, die sie trösteten. Nach Augen, die sie sahen. Dinge, die ihr ihre Eltern nicht geben wollten und konnten. Die Josy sich als Kind aber so bitter gewünscht hatte. Sie hatte ihm bedingungslos vertraut. Sich ihm völlig hingegeben. Ihm ihr Herz geschenkt. Ihn vorbehaltlos geliebt. Sie hatte ihm sogar ihr Geheimnis anvertraut. Ihn an ihrer Gabe teilhaben lassen. Er hatte alles von ihr gewusst. Gewusst, dass sie ihn geistig besuchen gekommen war, wenn sie von ihrer Mutter wieder in ihr Zimmer gesperrt wurde. Einfach nur, um seine Nähe zu spüren, auch wenn er körperlich nicht anwesend war. Er hatte auch gewusst, dass sie geistig bei ihm war, als er das Mädchen aus ihrer Schule brutal vergewaltigte.

Josy hatte zugesehen, hatte sich aus ihrer Starre nicht lösen können. Fassungslos und erschüttert. Ungläubig und hilflos. Er hatte ihre Liebe verraten. Hatte ihre Gabe benutzt, um sie zu quälen. Hatte das Vertrauen zerstört. Josh war ein Sadist, er hatte nur gelacht und sich über ihren inneren Tod gefreut. Natürlich wollte ihr damals niemand glauben, was Josh getan hatte. Schließlich war sie diejenige mit dem Defekt.

Stattdessen hatte ihr Vater sie auf ein Internat für schwer erziehbare Jugendliche geschickt. Das war einfacher, als zu der eigenen Tochter zu stehen. Er schob sie ab und glaubte, sich dadurch der Schande, die Josy in seinen Augen über die Familie gebracht hatte, entziehen zu können. Von da an hatte sie viele Jahre damit zugebracht, die schrecklichen Träume in Schach zu halten und sich des Wahnsinns, der in diesem Internat Tag für Tag um sie herum geschehen war, zu erwehren. Noch mehr Tage hatte sie damit verschwendet, sich selbst zu hassen, weil sie dem Mädchen, an dem Josh sich vergriffen hatte, nicht hatte helfen können. Freunde, Vertrauen und Enthusiasmus, diese Begriffe hatte sie als erstes aus ihrem Wörterbuch gestrichen.

Sie hatte viele Abstriche gemacht, auf Kameradschaft und Vertraute verzichtet, sich zurückgezogen, sich verschlossen, ihre emotionale Barriere so hoch gezogen, dass niemand mehr zu ihr durchdringen konnte. Das war ihr unausweichlich erschienen, um nicht wieder verraten zu werden. Ihre Entscheidung war damals richtig gewesen. Sie hatte die Notbremse ziehen müssen.

Das Einzige, was von da an für sie noch etwas gezählt hatte, waren ihre Noten und die Aussicht auf ihre Ausbildung als Cop gewesen, um gesellschaftlichen Abschaum von der Straße kratzen zu können. Es scherte sie herzlich wenig, ob ihre Schuldgefühle wegen des geschändeten Mädchens dabei eine Rolle gespielt hatten.

Für sie galt es, einen Weg zu finden, der Gerechtigkeit Genüge zu tun. Gewiss wollte sie nie wieder ihren Gefühlen hilflos ausgeliefert sein, wie das junge Mädchen, das unfähig gewesen war, einem Vergewaltiger die gerechte Strafe widerfahren zu lassen.

Aber dieses Mädchen war sie heute auch nicht mehr. Sie war nicht mehr machtlos oder schwach. Außerdem hatte sie Mittel und Wege gefunden, ihre Gabe zu einem Segen zu machen. Niemals hatte sie seither einer Konfrontation den Rücken gekehrt. Und das würde sie auch in Zukunft nicht tun.

Alexa stand noch immer in Josys Zimmer und starrte sie an. Josy erkannte, dass Alexa schwer damit beschäftigt war, ihrem aktuellen Emotionsverlauf zu folgen. Das entrang ihr beinah ein Lächeln.

»Ich mag Will sehr, Alexa. Und es tut mir unsagbar leid, was ich zu ihm gesagt habe. Dennoch muss er diese Josy mögen, die ich nun einmal bin. Mit all meinen Ecken und Kanten. Auch mit meinem Unterbewusstsein, das anscheinend mit meinem Bewusstsein nicht immer konform geht.«

In diesem Moment wurde ihr klar, dass sie ihre Vergangenheit schon lange hinter sich gelassen hatte. Sie war das Produkt ihrer Erlebnisse. Das war es, was sie endlich akzeptieren musste.

Alexas Schultern bebten vor Lachen. »Komm her, störrischer Esel«, flötete sie und nahm Josy fest in die Arme. »Du wirst wohl für uns alle ein Buch mit sieben Siegeln bleiben. Ich hab dich trotzdem lieb.«

Nach dem Gespräch mit Alexa blieb Josy in ihrem Zimmer. Es gab vieles, worüber sie nachdenken und was sie mit sich selbst ausmachen musste. Alexas Worte klangen in ihrem Kopf nach und je mehr sie darüber nachdachte, desto greifbarer wurde das, was die Empathin gesagt hatte. Noch nie hatte sie einem Menschen gestattet, ihr zu beweisen, dass es auch anders möglich war. Dass ehrliche Freundschaft existieren konnte. Beiße, bevor du gebissen wirst. Angriff ist die beste Verteidigung. Das war ihre Devise gewesen. Deshalb war sie mit zwei Augenklappen und ihrer Glock in der Hand durch die Welt gelaufen und hatte jede Chance ergriffen, ihr Schicksal zu vergelten, indem sie als Cop für Gerechtigkeit sorgte. Scheiterte sie, sah sie es als persönliches Versagen und lastete sich noch schwerere Bürden auf. Gewann sie einen Kampf, bekam sie die Anerkennung, um die sie sich stets bemüht hatte und die sie schon als junger Mensch benötigt hätte. Ernüchternd war der Gedanke, dass sie durch ihre Blindheit auch Will aus ihrem Leben hatte verdrängen wollen. Denn obwohl sie genau wusste, dass er nichts mit ihrer Vergangenheit zu tun hatte oder mit dem, was ihr widerfahren war, hatte sie ihm unbewusst unterstellt, er würde sie ebenso enttäuschen wie es ihre Familie, Josh und viele andere getan hatten.

Sie ließ ihre ersten Tage im *Team Zero* Revue passieren. Tatsächlich hatte sie noch nie so viel gelacht und auch noch nie so viel empfunden wie in dieser Zeit. Will hatte einen Zugang zu ihrem Herzen gefunden, obwohl sie es so fest verriegelt hatte. Er allein hatte es geschafft, sie so tief zu berühren, dass sie sogar Angst davor gehabt hatte, diese Empfindungen nicht ertragen zu können. In Wahrheit hatte sie sich nur davor gefürchtet, dass sie von ihren Erlebnissen eingeholt wurde. Dass sie sich damit auseinandersetzen und anerkennen musste, dass sie ein unwiderruflicher Teil von ihr waren.

Sie erkannte, dass ihr Misstrauen Will gegenüber unberechtigt war. Sie wollte ihm ihr Vertrauen schenken, wollte sich für ihn so weit öffnen, wie es nötig war, damit auch er ihr vertrauen konnte. Sie wünschte nur, sie könnte den kleinen Paranoiker in ihrem Kopf zum Schweigen bringen.

Ray klopfte und steckte seinen Kopf durch den Türspalt.

»Hallo, Ray.«

»Ich wollte nur wissen, ob es dir besser geht. Will fährt in einer Viertelstunde zu Miller und ich dachte, du möchtest darüber in Kenntnis gesetzt werden«, sagte er und sah sich um.

»Er ist nicht gut auf mich zu sprechen, wie?«

Ray spähte auf seine Hand, in der er ein gebundenes Papier hielt. Dann sah er sie an. Anstatt auf ihre Frage zu antworten, kam er auf sie zu. »Ich wollte dir das hier geben.«

»Was ist das?«

»Eine Studie über ein Forschungsprojekt. Vielleicht verstehst du dich und auch Will besser, wenn du es gelesen hast.«

»Danke.«

Er nickte. Dann verschränkte er die Arme vor seiner Brust. »Wenn du es gelesen hast, bringst du es mir zurück. Zu Will keinen Ton.«

»Natürlich.«

Ray wollte das Zimmer verlassen, blieb aber noch einmal stehen. »Ich hoffe, jetzt sieht Will endlich ein, dass wir ohne deine Fähigkeit keine Möglichkeit haben, den Kerl zu erwischen«, sagte er und lenkte ihre Gedanken in eine völlig andere Richtung. Sie war jedoch ganz Rays Meinung.

»Warum tut jemand so etwas?«, fragte sie und meinte damit einfach alles. Wie konnte ein Mensch jemand anderen kaltblütig umbringen? Wie konnte man so grausam sein? Und wieso wollte dieser Bastard ausgerechnet sie? Was hatte er davon, sie zu vergiften, unter Drogen zu setzen? Was hatten die anderen Frauen schon Großartiges angestellt, um getötet zu werden? Und wie passte sie in dieses kaltblütige Konzept?

»Es gibt niemals auf jede Frage eine Antwort. Aber wir können herausfinden, warum du für unseren Mörder so wichtig bist. Außerdem können wir ihn stoppen. Jedoch nur, wenn Will dich mitpokern lässt.«

»Was habt ihr in diesem Keller entdeckt?«

»Wir haben das Mädchen gefunden. Sie war bereits tot. Sie

wurde auf die gleiche Weise wie die anderen Frauen getötet.« Mit diesen Worten verließ er das Zimmer.

Wie weit würde es dieses Schwein noch treiben, und wann war sie an der Reihe? Fragen, die sich vielleicht in Millers Büro klären lassen würden. Sie versteckte die Unterlagen von Ray in ihrem Kleiderschrank und nahm ihren kleinen Rucksack von der Anrichte. So einfach würde Will sie nicht davon abhalten können, ihn zu Miller zu begleiten. Schließlich hatte sie ein Wörtchen bei der ganzen Sache mitzureden. Keine Sekunde länger wollte sie tatenlos herumsitzen, darauf warten, bis sie als Marionette dieses Psychopathen fungieren durfte, damit sie Antworten bekam.

Außerdem würde sie Will bitten, morgen Abend mit ihr essen zu gehen. Wie sie es anstellen sollte, dass er sie begleitete, damit sie ihrer Schwester auf den Zahn fühlen konnte, war ihr noch nicht klar. Aber sie musste unbedingt dorthin und versuchen, herauszufinden, warum der Killer die Rechtsanwältin ihres Vaters auf dem Gewissen hatte. Da stimmte die Verbindung zu ihr selbst nicht.

Auf den Stufen vor der Eingangstür erwischte sie Will und Jeff, die gerade auf den dunkelgrauen Audi zugingen.

»Will«, rief sie und lief die Stufen hinunter.

Er drehte sich nicht um, sondern ging unbeirrt weiter. Als er die Fahrertür öffnete, griff sie nach seinem Arm und hielt ihn fest.

»Du hast mich hergeholt, damit ich euch unterstütze. Somit würde ich meinen, dass du mich nicht einfach so bei meinem eigenen Fall ausschließen kannst. Was mache ich sonst überhaupt? Däumchen drehen?«

Die Art, wie er sich umdrehte und sie ansah, ließ sie beinah einen Schritt zurücktreten. Sie war stolz, dass sie es nicht tat.

»Du wurdest unter Drogen gesetzt. Dabei hättest du draufgehen können. Willst du ernsthaft von mir verlangen, dass ich dich nun auch noch absichtlich zur Zielscheibe mache?«

Ihr Vorhaben, ihm alles über sich und wie sie im Zusammenhang mit den getöteten Frauen stand, zu erklären, schob sie noch weiter nach hinten.

»Hier geht es doch überhaupt nicht um den Fall. Hier geht es um uns beide.«

»Nein. Es ist einfach zu gefährlich.« Seine Stimme war wie Donnergrollen. Tief und dunkel.

»Zu gefährlich? Mach mal einen Punkt. Was glaubst du, was ich die letzten Jahre über getan habe?« Sie senkte ihre Stimme, die für dieses Gespräch etwas zu schrill klang. »Ich lebe für meinen Job. Alle hier tun das. Du würdest Ian, Ray oder Jeff von keinem Auftrag abziehen. Du tust es nur wegen mir. Du gehst sogar so weit und verschweigst mir, dass du zu Miller fährst. Ist es das, was du willst? Dass ich dir nicht vertrauen kann?«

Ein Muskel in seiner Wange zuckte. Seine Mimik war scharfkantig und schneidig, genau wie seine Stimme. »Schön, das Wort Vertrauen aus deinem Mund zu hören.« Gewissensbisse, wegen ihres Geheimnisses, schabten über ihren Rücken. »Nein, Josy. Hier geht es nicht um dich oder mich. Ich werde dich nur nicht vorsätzlich in die Schusslinie stellen, wenn ich die Konsequenzen bereits kenne.«

Seine Worte kränkten sie. »Ich bin kein kleines Mädchen. Ich muss nicht beschützt werden. Dafür bist du nicht verantwortlich. Und wenn ich hier nichts zu tun habe, werde ich gehen.« Sie klang starrköpfig, doch so sollte es sich nicht anhören. Sie wollte ihm verdeutlichen, wie wichtig ihr dieser Fall war. Wie persönlich das Ganze wirklich war, hing unausgesprochen in der Luft.

»Hast du eine Vorstellung, welche Sorgen ich mir um dich gemacht habe?«

Josy befürchtete, dass das Metall unter seinen Händen brechen würde, so fest klammerte er sich an den Rahmen der Autotür. »Doch«, sagte sie leise. Erst jetzt wurde ihr klar, was er die vergangenen Stunden erlebt haben musste, während sie halb tot ihren Drogenrausch ausgebadet hatte. Wäre die Sache umgekehrt gewesen ... Sie hätte ebenso Höllenqualen gelitten und wäre sich vermutlich verdammt hilflos vorgekommen. Der

Seufzer kam tief aus ihrem Herzen. Wie gern hätte sie ihn berührt, ihn geküsst. »Bitte, Will, du musst trotzdem mich selbst entscheiden lassen, was gut für mich ist. Und bitte verzeih mir diesen halluzinierten Vorwurf. Wenn du es nicht gewesen wärst, hätte ich auf Alexa oder Ian herumgehackt ...«

Will schüttelte den Kopf und unterbrach sie damit in ihrer Rede. Bevor er ihre Hand nahm, atmete er tief aus und zog sie näher. »Weißt du, ich bin nicht einmal sauer auf dich. Ich hatte einfach nur furchtbare Angst, dass ich dich verlieren könnte und ich wusste mit dieser Hilflosigkeit nicht umzugehen.«

»Ich weiß«, flüsterte sie. »Und es tut mir leid.«

»Ja, mir auch.«

Um seine Mundwinkel zuckte es. Ihr war nicht klar gewesen, wie sehr sie sich nach seinem Lächeln gesehnt hatte, bis er es ihr schenkte. Gespannt sah sie ihn an. Ihr Herz flatterte.

»Wenn ich dich mitnehme, wirst du deine vorlaute Klappe halten und mich entscheiden lassen, wie wir vorgehen, um den Fall zu behalten?«

»Bitte mich um etwas, das ich einhalten kann«, sagte sie lächelnd.

»Steig ein, du Teufelsweib«, sagte er tonlos. Doch seine Augen sprachen eine andere Sprache. Dann beugte er sich zu ihr in den Wagen. »Ich denke, wir werden uns sehr viele schmutzige Dinge einfallen lassen müssen, um das alles wieder gutzumachen.«

Sie grinste. »Ganz deiner Meinung.«

17. Kapitel

In Millers Büro herrschte dicke Luft. Miller hatte sich seine Haare heute bestimmt schon mehrmals gerauft. Unter seinen Augen lagen schwarze Ringe. Seine Begrüßung fiel aufgesetzt höflich aus und mit seinen Gedanken war er definitiv nicht anwesend. Er führte sie an einen Besprechungstisch mit sechs Stühlen und bot Getränke an.

»Josy. Schön, dass Sie wohlauf sind«, war alles, was er ihr zu sagen hatte. Er schenkte sich Wasser ein und trank das Glas mit einem Zug aus. »Parker wird in zwanzig Minuten hier sein«, sagte er zu Will und Jeff. Soviel sie wusste, war das jemand von ganz oben. »Er hat Wind von der Sache bekommen und steigt mir auf die Füße.«

Jeff begann, unruhig auf seinem Stuhl hin- und herzurutschen.

»Was heißen soll, dass wir den Fall nicht behalten werden«, sinnierte Will und legte den Arm um Josys Stuhllehne.

»Das Mädchen aus dem Keller war zufällig die Tochter von Dr Karner. Ich würde sagen, wir haben nun wirklich ein Problem.« Unruhig fuchtelte Miller mit seinen Unterlagen herum.

Schon wieder eine Person, die Josy nicht mit sich in Verbindung stellen konnte. Seltsam. Änderte der Killer sein Beuteschema?

»Das Mädchen war die Tochter des Inquisitors der Polizei?«, wiederholte Jeff und legte seine Arme auf die Tischplatte. »Ach du heilige Scheiße.«

»Was ist hier los, Miller?«, fragte Will. Seine Augen glichen einem Luchs. »Du verschweigst uns etwas.«

Millers Gesicht nahm Farbe an. Er knallte mit der offenen Hand auf die Tischplatte und stand auf. »Verdammt, ich wollte es ihm nicht sagen.«

»Was sagen?« Will blieb angesichts Millers Wutausbruch unberührt.

Miller atmete tief aus, bevor er weitersprach. »Parker hat die Sonderkommission auf den Kopf gestellt. Dans Leute sind raus und meine haben das Loch gestopft. Aber glaub nicht, dass das unser Vorteil ist, denn das hat er nur getan, damit er eingreifen kann, wenn es brenzlig wird. Verdammt, Parker hat die gesamten Aufzeichnungen in der Luft zerrissen. Ich musste ihm erklären, was es mit diesen blutigen Buchstaben auf der Wand auf sich hatte und ebenfalls, wie Josy eine derart hohe Zielquote hatte erreichen können. Er hätte es mir nicht abgenommen, dass sie einfach nur eine normale Beamtin mit normalen Fähig...«

Will schnellte hoch und ging um den Tisch herum. Mit einem gewandten Griff schnappte er Miller am Kragen und presste ihn gegen die Wand. Das ging so schnell, dass Josy erstmal gar nicht verstand, was Miller eben gesagt hatte.

»Sag mir, dass das ein Scherz ist.«

Die Gegenstände auf Millers Schreibtisch begannen zu vibrieren und die Flaschen auf dem Besprechungstisch klirrten. Wills Telekinese prickelte durch den Raum. Josy hätte ihm in diesem Moment alles gestanden, wäre sie an Millers Stelle gewesen.

»Bei deinem Vater, William, es tut mir leid. Was hätte ich tun sollen?«, fiepte der alte Mann. Allmählich ging ihm die Luft aus.

»Hör auf damit, Will«, rief Josy und sprang von ihrem Stuhl auf, der hinter ihr zu Boden segelte. Sie befürchtete, Will würde Miller strangulieren.

Langsam ließ er Miller los und fuhr sich grob über das Gesicht. Die Luft im Zimmer beruhigte sich, er schien einen Deckel auf seine Gabe zu legen. »Was genau hast du ihm gesagt?«, wollte er jetzt in ruhigerem Ton von Miller wissen.

»Nicht viel. Nur, dass Josy eine besondere Gabe besitzt und dass der Täter es scheinbar auf sie abgesehen hat.«

»Himmel Herrgott noch mal. Und das wäre nicht anders lösbar gewesen?«, schaltete sich Jeff ein und hob Josys Stuhl wieder auf.

Die Tragweite von Millers Worten drang langsam zu ihr durch. Sie hatte nicht das Verlangen, sich wieder zu setzen. Ihre Knie waren plötzlich wie eingerostet.

»Ich habe es ja versucht. Oder glaubt ihr ernsthaft, ich würde ohne Grund plaudern?«

»Nun hast du es getan. Was hast du dir dabei gedacht?« Will platzte fast aus allen Nähten.

»Jetzt mal ruhig, Leute. So kommen wir hier nicht weiter. Was hat Parker noch gesagt? Wie hat er auf Josys Gabe reagiert?« Jeff war der Einzige, der einen kühlen Kopf behielt. Josy ließ sich jetzt doch zurück auf ihren Stuhl sinken.

»Er war nicht so überrascht, wie ich gedacht hätte. Außerdem hat er uns den Fall nicht entzogen. Er wollte mir heute mitteilen, ob das auch so bleiben wird. Nachdem nun Dr Karners Tochter getötet wurde, denke ich jedoch, dass unsere Chancen eher schlecht stehen.«

»Nur wenn Parker nicht dichthalten kann«, meinte Jeff. »Wenn er niemandem von Josy erzählt hat, und das will ich schwer hoffen, wird niemand sie mit dem Fall in Verbindung bringen.«

Wie sehr sie sich das wünschte, konnte hier wohl keiner ahnen.

»Parker wird zu niemandem ein Wort sagen«, versprach Miller.

»Solange er keinen Vorteil darin sieht«, versetzte Will gereizt. »Sobald er einen Nutzen daraus ziehen kann, wird er singen wie ein Spatz. Oder er wird versuchen, uns für seine Zwecke zu gewinnen. Außerdem, wenn er eins und eins zusammenzählen kann, wird er uns ebenfalls Fähigkeiten andichten.«

Miller war still geworden. Er schüttelte den Kopf und sah Will entschuldigend an.

Der Lautsprecher wurde aktiviert und Claras Stimme ertönte. »Mr Parker ist hier.«

Durch die Tür kam ein schlanker, mittelgroßer Mann mit nach hinten gestriegelten Haaren. Unter seinen Arm hatte er eine Aktentasche geklemmt. Sein Blick schweifte forschend über ihre Gesichter. Josy hatte Parker noch nicht persönlich kennengelernt, wusste aber, dass er ein hohes Tier unter den Direktoren war und für den Polizeipräsidenten die Drecksarbeit verrichtete. Er begrüßte die Runde und stellte die Tasche auf einen leeren Stuhl. Josys Eindruck war, dass er aussah wie der typische Anzugträger. Aalglatt und skrupellos.

»Miller.« Parker deutete mit einem Kopfnicken in Millers Richtung und sprach Josy an. »Agent Silver. Schön, Sie persönlich kennenzulernen.« Seine Hand war kühl. Sein Händedruck feucht.

Will setzte sich wieder neben Josy und steckte sein Mobiltelefon zurück in seine Hosentasche. Wann hatte er es herausgeholt? Dann beobachtete er in aller Seelenruhe, wie Parker Papiere aus seiner Tasche kramte.

»Wo fange ich am besten an?«, fragte dieser in den Raum hinein.

Sein Lächeln erinnerte an das einer zufriedenen Hyäne. Josy hörte das Blut in ihren Ohren rauschen. Jede Minute wurde sie unruhiger und nervöser. Sie war froh, dass Will neben ihr saß. Er hatte sein Pokerface wieder aufgesetzt und strahlte eine willkommene Ruhe aus. Ihre Hände schwitzten. Es war noch zu früh, um auffliegen zu lassen, was sie in Erfahrung gebracht hatte. Zudem durfte sie den Fall keinesfalls verlieren. Es nervte gewaltig, dass die Entscheidung darüber in der Hand dieses Mannes lag.

»Wie Sie bereits wissen, habe ich der Abteilung von Mr Daniel West den Fall bereits vor vier Tagen entzogen. Nun hat sich der Sachverhalt aber drastisch verändert. Ich frage mich, was Sie mir anbieten können, damit ich die Verantwortlichkeit in Ihren Händen belasse.«

Josys Mund sprach wie von allein. »Sind Sie nicht bei Trost? Wir sprechen hier von Menschenleben. Sie tun so, als führen wir hier Geschäfte.«

Will stieß mit seinem Fuß gegen ihren Knöchel.

Mr Aalglatt inspizierte sie eindringlich und grinste schließlich. »Dem Mord von Miss Karner wird oberste Priorität eingeräumt. Es ist nur fair, wenn ich dafür die besten Männer einsetze.« Sein Tonfall war extrem hochnäsig.

»Sie stellen einen Menschen über andere?«

»In der Liebe und in der Politik geht es niemals fair zu, meine Gute.«

»Was wollen Sie?«, mischte sich Will gelassen ein. Seine Pupillen hingegen glühten angriffslustig.

»Im Grunde nichts Besonderes. Ich möchte nur Gewissheit, was speziell Sie tun können, um den Kerl zu erwischen.«

Josy schnappte nach Luft, denn sie wusste bereits, was er von ihr wollte.

»Es muss doch ein Leichtes für Sie sein, mir ihre Fähigkeit zu demonstrieren«, wandte Parker sich an Josy.

Hilfe suchend sah sie Will an. Doch er warf den Ball zurück. Er wollte, dass sie entschied, was das Beste war. Darum hatte sie ihn schließlich gebeten.

»Tja, dann.«

Der Lautsprecher ertönte erneut. »Mr Miller hier sind zwei ... Moment, Sie können nicht einfach ...«

Ray und Ian erschienen im Türrahmen, gefolgt von einer aufgelösten Clara. »Ich konnte sie nicht daran hindern ...«

»Schon gut, Clara. Die beiden gehören zu Mr Turner.« Miller bedeutete ihr, wieder zu gehen.

Mit konzentrierter Miene stellte sich Ray an den Tisch, knallte einen schwarzen Aktenkoffer darauf und öffnete das Zahlenschloss. Mit einem Klick sprang der Deckel hoch und er griff hinein. Will hatte plötzlich ein Haifischlächeln aufgesetzt. Jetzt erst dämmerte ihr, warum er sein Handy in der Hand gehabt hatte. Ray war sein Joker, sollte sich die Lage verschlechtern. Was hatten die beiden ausgeheckt?

»Oh, entschuldigen Sie meine Manieren.« Ray ließ von seinem Koffer ab, reichte Parker die Hand, verzog jedoch keinen Millimeter seines Gesichts. »Ray Gutman. Sie können mich Gutman nennen.«

Parker sah über Rays Schulter zu Ian, der wieder den Wolf heraushängen ließ. »Darf ich vorstellen: Ian. Halten Sie bitte Abstand, Parker. Seine Erziehung war für die Katz«, meinte Ray.

Zur Bestätigung zog Ian einen Mundwinkel in ein Halblächeln, das ganz und gar nicht freundlich aussah, ging zu Millers Schreibtisch, wo er sich auf die Tischkante setzte, um sein unheimliches Schweigen zu verströmen. Will verdrehte die Augen. Jeff verdeckte sein Grinsen mit einem Husten.

»So meine Herren. Wo waren wir?« Ray blickte durch den Raum.

»Agent Silver wollte uns gerade ihre Gabe demonstrieren«, erklärte Parker. Seine Miene kehrte wieder zu einer sicheren Selbstverständlichkeit zurück.

»Ach, wollte sie das?«, fragte Ray und zog einige Dokumente aus seinem schwarzen Koffer. »Dann gehe ich davon aus, dass Sie uns den Fall übergeben, die Öffentlichkeit mit einer aus der Nase gezogenen Presseerklärung abspeisen und die Akte archivieren. Schließlich haben Sie hier jeden und alles in der Hand. Also dürfte das für Sie eine Kleinigkeit sein.«

»Wie Sie vielleicht wissen, sind mir derartige Methoden zuwider,« sagte Parker.

»Wirklich?«, fragte Ray mit stählerner Miene. »Dann erklären Sie mir doch bitte, wie dieser Mann ...« Er klatschte ein Foto auf den Tisch. »... hinter Gittern hatte landen können? Laut Ihren Aufzeichnungen hat er vor einem Jahr zwei Frauen die Kehle und die Pulsadern aufgeschlitzt und sie somit getötet. Kommt Ihnen das nicht seltsam bekannt vor?«

Josy verkrampfte ihre Hände. Ihr Magen zog sich zusammen. Noch mehr Opfer also. Verdammte Scheiße. Parker zuckte als Antwort nur mit den Achseln.

»Nicht?«, fragte Ray. »Ist es nicht eigenartig, dass der Bursche, den wir suchen, dieselben Methoden bevorzugt?«

Parkers Lächeln war gekünstelt. »Ich wüsste nicht, was daran so ungewöhnlich sein sollte.«

»Ich sage es Ihnen, Parker. Dieser Kerl ...« Ray deutete auf das Foto. »Wurde zweimal wegen versuchter Vergewaltigung und einmal wegen Vergehen an einer Minderjährigen angeklagt. Es ist höchst unwahrscheinlich, dass er plötzlich einen Hang zum Töten entwickelt hat. Zumindest legt kein Vergewaltiger seine perfiden, sexuellen Neigungen einfach ab und entscheidet sich, von nun an Frauen zu töten, anstatt sie zu ficken.«

In Rays Gesicht spiegelte sich keine Emotion. Jedes Wort kam monoton nach dem anderen. Parker wurde in die Enge getrieben. Das dürfte ihm nicht gefallen. Gespannt verfolgte sie den weiteren Schlagabtausch und betete, dass Parker, obwohl Ray gewaltig an dessen Ego zerrte, kapitulieren würde. Will schien daran keine Zweifel zu hegen.

»Also nehmen Sie an, dass die beiden Morde auch auf das Konto von unserem Mann gehen?«, fragte Parker und nestelte nervös an seiner Tasche herum.

»Was sie als Annahme betiteln, entspricht den Tatsachen. Sie wären erschüttert, zu wissen, wie sehr sich die Bevölkerung vor unterprivilegierten Dienststellen fürchtet, die nicht in der Lage sind, ein falsches Motiv an einem Mörder zu erkennen. Sondern noch schlimmer den wahren Mörder frei herumlaufen lassen. Sicherheit ist für jeden von großer Bedeutung, nicht wahr?«

Ray zog ein Stück Papier aus einer Mappe. »Ah, was haben wir denn da? Die Verfügung und der Bericht über den Täter kamen genau von der Dienststelle, deren Verantwortung in ihren Bereich fällt! Mein Gott Parker, wie schlampig Ihre Leute sind ...«

Tadelnd schüttelte Ray den Kopf und holte noch weitere Unterlagen aus seiner Zaubertüte. »Und was haben wir hier? Kennen Sie Detective Ammer? Laut seiner Akte haben Sie ihm die Stelle im Morddezernat besorgt. Wussten Sie, dass er in seiner Freizeit mit Drogen handelt?«

Während Ray Mr Parker, dem alle Farbe aus dem Gesicht gewichen war, Ammers Akte zuschob, fügte er noch hinzu: »Sind die Gehälter wirklich so lausig, Parker, dass ihre Leute Koks verticken müssen, um über die Runden zu kommen?«

Schweigen. Nach zwei Minuten sah er Ray an. »Wollen Sie mich erpressen?«

Ray richtete seine Krawatte, die auch vorher akkurat gesessen hatte. Das erste Mal veränderte er seine Mimik, indem er seine Lippen kräuselte. »Bitte Parker. Wo denken Sie hin? Ich würde niemals versuchen, etwas zu erzwingen. Eine solche Methode wäre mir zuwider. Alles, was ich will, sind lukrative Geschäfte abzuschließen. Liegt das nicht auch in Ihrem Interesse?«

Parker stieß ein resigniertes Ächzen aus. »Was wollen Sie?«

Ray schnippte einen imaginären Fussel von seinem Sakko. »Nichts Besonderes. Wir möchten diesen Fall behalten. Außerdem besitzen Sie Informationen, die Sie besser für sich behalten. Im Gegenzug behalte ich meine für mich.«

Parker nickte ergeben. »Klingt fair.«

Es überraschte Josy keineswegs, dass er seine Niederlage widerstandslos hinnahm. In der Liga, in der er spielte, war es üblich, dass derjenige gewann, der das bessere Blatt auf der Hand hatte. In diesem Fall war Ray der Gründlichere gewesen. Josy wollte sich die Unterlagen der Fälle vor einem Jahr ansehen, doch Ray hinderte sie daran.

»Schön, dass wir uns so schnell einig werden konnten«, sagte er, sammelte seine Unterlagen ein und schloss den Koffer. Dann nahm er sich zwei Flaschen Mineralwasser vom Tablett, warf eine davon Ian zu und öffnete die andere.

»Nachdem wir das nun geklärt haben ...«, setzte Miller erleichtert an und warf Josy einen Blick zu, »... könnten wir damit fortfahren, den Täter ausfindig zu machen.«

Während Ray seinen Vortrag gehalten hatte, war Will nur Zuhörer gewesen und hatte reglos Rays Auftritt verfolgt. Ein Muskel zuckte auf seiner Wange, aber er sagte trotz seines Widerwillens kein Wort. Josy atmete kräftig durch. Noch nie hatte ihr jemand dabei zugesehen, wie sie in den Geist eines Menschen eingedrungen war, zumindest keiner, der wusste, was sie tat, sobald sie die Augen schloss. Es war, als würde jemand ihren intimsten Bereich betreten. Unsicher versuchte sie, ihr Unbehagen unter den Tisch zu kehren.

»Gut. Ich hoffe, dass Sie keine Theatervorstellung von mir erwarten.«

Bevor sie sich auf ihre Aufgabe besann, rief sie sich noch einmal Wills Worte ins Gedächtnis und hoffte, entgegen seinen Befürchtungen, dass der Mörder nicht genau darauf gewartet hatte, dass sie kommen würde. Wenn sie ihn jedoch unerwartet erwischte, könnte es ihnen womöglich gelingen, an Informationen zu gelangen, mit denen sie ihn festnageln konnten. Vielleicht konnte sie sich dadurch auch den Weg zu ihrer Schwester ersparen. Voller Zuversicht schloss sie die Lider. Blendete die erwartungsvollen Gesichter um sich herum aus. Zu ihrem Erstaunen spürte sie Wills Hand auf ihrem Oberschenkel. Sie legte ihre darüber und umschlang seine Finger mit ihren. Ein wenig Beistand konnte nicht schaden.

Sie benötigte nur wenige Sekunden, um sich in Trance zu versetzen. Dann gab sie sich dem Licht und der Hitze hin, tauchte ab und suchte nach dem Verstand des Mörders. Es dauerte heute länger, bis sie ihn erreichte. Er war ihr nicht so nahe wie das letzte Mal. Sie schob ihren Geist an anderen Ebenen vorbei, die sich ihr Bewusstsein im Laufe der Zeit eingeprägt hatte, bis sie ihn endlich fand. Sein Licht war in Grau-Blautönen gehalten und lud nicht zum Verweilen ein. Trotzdem begann sie, sich sofort mit ihm zu verbinden. Sie wollte so wenig Zeit wie möglich damit verschwenden, bei ihm zu sein.

Sie wickelte ihre Fänge um seinen Geist und schlüpfte in seinen Verstand. Als sie sich an die neue Situation angepasst hatte, befand sie sich in absoluter Dunkelheit. Es dauerte ein wenig, bis sie begriff, dass er gerade schlief. Bilder zogen an seinem inneren Auge vorbei, hielten kurz an und verschwanden wieder. Wortfetzen und Geräusche hallten wie in einem großen Gemäuer wider.

»Was sehen Sie?«, hörte sie Parker aus weiter Entfernung fragen.

»Nicht viel, er schläft.« Es war seltsam, aber sie befand sich außergewöhnlich tief in seinem Unterbewusstsein. Ihr Körper fühlte sich bleiern an, als wäre sie müde und entkräftet.

Plötzlich erhellte sich die Dunkelheit. Sie sah eine Wiese. Dahinter vereinzelte Bäume und Sträucher. Tau hing an den Blättern. Die Sonne schickte wenige Strahlen durch dicke Wolken hindurch. Mittelpunkt seines Traums war eine junge Frau mit langem schwarzem Haar. Komplett entkleidet lief sie über das grüne, saftige Gras. Je näher die Frau kam, desto besser erkannte Josy sie. Ihr Herz begann, schneller zu schlagen. Sie spürte, wie sich eine Gänsehaut über ihre Arme ausbreitete.

»Was siehst du?« Wills Finger klammerten sich fester um ihre.

»Ich ... ich sehe ... mich.«

Er stellte sich ihren Körper üppiger vor, als er war. Ihre Brüste waren voller, ihre Hüften breiter, ihr Po runder. Aber ihr Gesicht war eine exakte Kopie ihrer selbst.

Er wachte auf. Beendete seinen Traum.

Spürte er sie? Ein Frösteln jagte durch sie. Wie war das möglich? Die Vorstellung, dass sie in seinen Träumen vorkam, war mehr als gruselig. Sie presste die Lippen aufeinander.

»Sprechen Sie mit uns. Was sehen Sie?« Es war Parker, der sie aufforderte.

»Er ist jetzt wach. Ich sehe ... ein Bett. Er ist vollständig bekleidet. Er stellt seine Füße auf Parkettboden. Der Raum ist bis auf das Bett leer.«

Er stand auf und ließ seine Augen umherschweifen, als wollte er ihr alles genau zeigen. Dann ging er zu der Fensterfront und sah hinunter in den Garten.

»Ein Garten, mit einem Brunnen. Weiße Sprossenfenster ...«

»Weiße Sprossen?«, fragte Jeff.

Er trat von den Fenstern zurück und öffnete eine Tür, die in einen langen Flur führte. Eine breite Treppe lenkte ins Untergeschoss. »Er will das Haus verlassen, geht auf die große, breite Eingangstür zu.«

»Können Sie die Fassade erkennen?« Millers Stimme zitterte.

Sie schüttelte den Kopf. Denn so weit war er noch nicht. Grundsätzlich hatte sie sich eine Einzimmerwohnung oder irgendein Loch vorgestellt, weil sie bei ihren früheren Besuchen keinen Anhaltspunkt auf seinen räumlichen Verbleib hatte entdecken können. Wieso sie automatisch davon ausgegangen war, dass dieser Mensch einer von niedrigem sozialen Stand war, blieb ihr ein Rätsel. Ganz offensichtlich lag sie falsch, denn bei dieser Unterkunft handelte es sich definitiv um ein großes Anwesen. Sofern die Bilder nicht wieder nur von ihm vorgegaukelt waren. Da sie aber mitten in einen Traum geplatzt war, ging sie davon aus, dass sie ihn überrumpelt hatte.

Er schlüpfte in Pantoffeln, öffnete die Tür und stieg die Stufen hinunter. Sein Geist war leer. Keine Gedanken. Keine Überlegungen. Nur zielgerichtete Bewegungen. Vor ihm erstreckte sich eine breite Kieseinfahrt. Der Weg zu dem Haus war von hohen Bäumen gesäumt. Sie sah kein Fahrzeug, dafür aber eine Garage und einen Geräteschuppen. Er drehte sich um und sah sich das Haus an.

»Ein Herrenhaus im viktorianischen Stil. Hohe weiße Säulen …«

»Davon kenne ich hier nur eins«, ließ sich Jeff verlauten.

»Und das steht seit zwei Jahren leer und zum Verkauf«, sagte Will.

»Danke, das reicht, Agent Silver.«

Sie konnte sich noch nicht losreißen und suchte weiter. Ein Spiegelbild. Ein Kennzeichen. Ein Foto. Ein Türschild. Es musste doch irgendetwas Handfestes zu finden sein.

Will schüttelte sie. »Komm da raus.«

Nur widerwillig gehorchte sie. Ließ sich ganz langsam in ihren Körper zurückfallen und schlug ihre Augen erst auf, als Will seine Hand wegzog.

»Was schlagen Sie vor?«, fragte Parker und erhob sich.

»Wir nehmen den Laden ordentlich auseinander«, bot Ian an und stellte sich hinter Josys Stuhl.

Will stand auf und sah Parker herausfordernd an. »Was hatten Sie gedacht, was wir tun werden? Einen Bericht tippen?«

Parker lächelte affektiert. »Natürlich nicht, Special Agent Turner. Ich bin sicher, Sie werden mit Ihrem Team hervorragende Arbeit leisten.« Er begann, seine Unterlagen zu ordnen und zu verstauen.

»Und Sie werden uns begleiten«, sagte Will.

Parker sah ihn entsetzt an, klemmte jedoch seine Tasche unter seine Achsel und ging auf Will zu. »Ich wollte gerade dasselbe vorschlagen.«

Ray hatte sich geweigert, noch einmal bei Ian auf das Motorrad zu steigen. Deshalb saß Josy eingeklemmt zwischen Ray und Jeff auf der Rücksitzbank von Wills Audi. Miller belegte den Beifahrersitz.

Die Situation wirkte unwirklich. Sie fragte sich, wieso sie die einzige Person war, die versuchte, sich auf den Einsatz zu konzentrieren.

»Da habt ihr beiden aber ganz schön was ausgeheckt«, sagte Jeff zu Will und Ray. »Ihr hättet mich ruhig vorher informieren können.«

Will grinste zu ihm zurück. »Um die Überraschung zu verderben? Außerdem wusste ich vorher auch nicht, wie schlimm die Ausgangslage sein würde. Ich muss zugeben, ich war selbst ein wenig überrascht.«

»Die Infos über Ammer hatte ich erst wenige Minuten zuvor erhalten«, meinte Ray und lehnte sich gegen die Autotür.

»Und dieser Kerl handelt mit Koks?«

»Ja, unser Informant hat ihn in seinem Club dabei erwischt. Aber das soll nicht unsere Sorge sein«, schloss Ray das Thema Ammer.

Fragend sah sie Ray an, der kühl lächelte. Ohne den Blick von ihr abzuwenden, zog er zwei Blätter aus seinem Aktenkoffer und reichte sie ihr. Wortlos nahm Josy die Blätter entgegen. Es handelte sich um eine Kurzfassung, die die beiden Opfer, von denen Ray bereits gesprochen hatte, beschrieb. Vor rund einem Jahr wurden Bettany und Magdalena Norris getötet. Mutter und Tochter wurden auf dieselbe Weise hingerichtet wie die anderen Opfer auch. Kehle, Pulsadern.

Wobei Bettany genau das Mädchen war, das Josh vor zwölf Jahren vergewaltigt hatte.

Der Mörder tötete also tatsächlich all diejenigen Menschen, die ihr irgendwann einmal ihr Leben schwer gemacht hatten. Bettany hatte damals vehement bestritten, von Josh vergewaltigt worden zu sein. Ihre Mutter hatte bestätigt, dass sich ihre Tochter zum Zeitpunkt der Vergewaltigung bei ihr befunden hatte. Joshs Kleingeld hatte beide zum Schweigen gebracht.

Und Josy hatte den Stempel der Irren aufgedrückt bekommen.

Zum Teufel. Den Tod hatten diese beiden deshalb nicht verdient. Tränen der Wut sammelten sich in ihren Augen. Bettany war schon durch die Vergewaltigung ihr Leben lang bestraft gewesen. Josy hatte keinen Gräuel gegen dieses Mädchen gehegt. Sie hatte sie auch nicht dafür verantwortlich gemacht, dass sie in das Internat geschickt worden war. Ihre Eltern hatten ohnehin nach einem Vorwand gesucht, sie abschieben zu können. Früher oder später wäre sie wegen etwas anderem verstoßen worden.

Sie begegnete Rays Blick. Seine Pupillen hatten sich verändert, wirkten irisierend.

»Du weißt es«, formten ihre Lippen. In seinen Augen las sie keinen Vorwurf. Sie reichte ihm das Schreiben und lehnte sich zurück. Einatmen. Ausatmen.

Neben ihr spielte Jeff mit einer Murmel und beeinträchtigte ihren Atemrhythmus. Hochwerfen. Auffangen. Hochwerfen. Auffangen.

Nur mit Mühe unterdrückte sie den Wunsch, ihm die Murmel aus der Hand zu schlagen.

»Geht es dir nicht gut?«, fragte er schließlich, obwohl sie sich Mühe gab, nach außen hin ruhig und gefasst zu wirken.

Eine Antwort blieb ihr erspart, denn Miller kündigte an, dass sie an ihrem Ziel angekommen waren.

Will hatte seinen Audi am Straßenrand zwischen den Bäumen zur Zufahrt des Hauses abgestellt. Josy zog ihre Glock aus dem Brustgeschirr und schloss den Reißverschluss ihrer Weste. Ihr war kalt.

Während Ian angefahren kam, parkte Parker sein Fahrzeug neben dem Audi.

In ihr tummelten sich Hunderte Fragen, Tausende Gedanken und Informationen, die ihr quälend ins Fleisch schnitten.

Im Schutz der Bäume und Sträucher näherten sie sich dem Haus. Es war prunkvoll mit dem Efeu, der sich über eine Seite des Hauses bis zum Dach hinaufgeschlängelt hatte. Die Atmosphäre dagegen war düster und unheimlich. Ein leichter Wind wehte durch die Bäume. Getrocknete Blätter, die im Herbst nicht weggeräumt worden waren, raschelten, als der laue Wind über den Boden fegte. Sie umgingen den Kiesweg. Bewegten sich nur auf weichem Untergrund. Eine schwarze Krähe flog über ihre Köpfe hinweg, gab schrille Laute von sich, ehe sie in der Luft drehte und sich auf einen Ast setzte. Wie schwarze Perlen blickten ihre Augen schneidend auf sie herab. Unwillkürlich schüttelte sich Josy und fragte sich, wann genau und wo sie ihre Courage verloren hatte. Vor oder nachdem sie erfahren hatte, dass sie Mittelpunkt dieser Horrorshow war?

»Ich werde vorangehen«, sagte Will hinter ihr und stellte damit klar, dass sie es nicht tun würde. Dagegen hatte sie nichts einzuwenden.

Er und Ian bildeten die Spitze der Gruppe, betraten als erstes die breite Veranda. Nach ihnen gingen Jeff und Ray. Josy und Miller bildeten das Schlusslicht. Parker war bei den Fahrzeugen geblieben. Während sie dem Eingang immer näher kam, versuchte sie verbissen, etwas zu empfinden. Eine Aura. Vielleicht irgendeine Bewegung. Oder sogar ein Geräusch. Doch das Haus, die Umgebung, alles lag in vollkommener Stille. Nur die Krähe krächzte ihr Lied. Eine milde Brise umwehte Josys Gesicht. Ließ ihre Haare tanzen. Sie schauderte. Automatisch beschleunigte sich ihr Atem. Adrenalin schoss wie glühend heiße Lava durch ihre Venen. Ihre Glock fest im Griff, erreichte auch sie den Eingang. Die große Holztür war angelehnt. Nicht verschlossen.

Will stieß die Tür auf. Jeff nickte, als würde er Entwarnung geben. Dann betraten sie das Haus. Will und Ian rannten die Treppe hoch ins Obergeschoss. Ray und Jeff scherten nach links aus. Sie nahm sich die rechte Seite vor. Miller folgte ihr. Das Haus war riesig. Und Miller zu langsam. Nach wenigen Sekunden hatte sie ihn abgehängt.

Sie kam in einen großen Salon. Von der hohen Decke hing ein gigantischer Kronleuchter. Möbel, Besitztümer, das gesamte Inventar war mit weißen Laken bedeckt. Sie rannte an einer Standuhr vorbei und betrat den nächsten Raum, der mit dicken

Teppichen ausgelegt war. Außer den anwesenden Personen nahm sie keine andere aktive Aura wahr. Die Stille war ohrenbetäubend. Ihre plötzlich einsetzenden Empfindungen der blanke Horror. Sie fühlte den Tod, der erst vor Kurzem hier entlanggegangen war. Wie er das Holz, das Innenleben dieses Hauses in Grau gehüllt hatte. Wie er den letzten Atemzug aufgesaugt, den letzten Herzschlag gestohlen hatte. Den letzten Funken Existenz mitgenommen und für immer aus dieser Welt verbannt hatte. Er war es auch, der in den Räumen diese düstere Atmosphäre gesät hatte, die unter ihre Haut kroch und sich wie schnell laufende, dünne Spinnenbeine über ihrem Körper verbreitete. Ihr Blut wurde immer rascher durch die Venen gepumpt. Ihre Instinkte warnten sie vor jedem Schritt, der sie näher an das Verderben brachte.

Sie durchquerte eine kleine Bibliothek und gelangte in einen Wintergarten, dessen Glasfront einen breit gefächerten Blick auf die Landschaft bot. Bäume, immergrüne Sträucher, wachsende Blumen. Frieden. Der Tod kam nie in Frieden, auch wenn er selbst friedlich war. Sie hatte ihn oft wahrgenommen, wenn er sie bei ihren Einsätzen begleitete. Er wartete, bis sie den Körper fand, dessen Seele er mit sich nehmen wollte. Zu oft schon hatte sie ihre überempfindlichen Sinne verdammt. Den Tod zu kennen, war schrecklich. Ihn zu fühlen, war grausam. Ihn zu suchen, war erbarmungslos. Zu wissen, dass man Schuld an seinem Hiersein trug, war jedoch zum Verzweifeln.

Sie betrat das Speisezimmer. Dunkles Kirschholz. Rote Sitzbezüge.

Schreie ...

Sie durchbrachen die Mark verzehrende Stille und vertrieben das Schweigen. Vertrieben jedoch nicht den Tod. Denn er war unwiderruflich. Es dauerte eine Weile, bis Josy kapierte, dass die Laute, die man Schrei nannte, ihrer eigenen Kehle entsprangen.

»Schöne Bescherung.« Jeff trat neben sie.

Will drehte Josy von der Leiche weg und nahm sie in den Arm. So fest sie konnte, drückte sie ihre Nägel in seinen breiten Rücken. Reiß dich zusammen. Reiß dich zusammen. Das hast du schon tausendmal gemacht, sagte sie zu sich selbst.

Doch das war nicht irgendjemandes Albtraum. Es war ihr ganz persönlicher.

Sie sog Wills Geruch auf als wäre es ihr Lebenselixier. Dann ließ sie sein T-Shirt los und drehte sich um.

»Du musst dir das nicht antun«, meinte er liebevoll und stellte sich dicht hinter sie. »Du hättest hinter mir bleiben sollen. Niemand hat etwas von Alleingängen gesagt.«

»Er ist tot«, sagte Ray und erhob sich.

Natürlich war Josh tot. Trümmer seiner Schädeldecke und seines Gehirns lagen auf dem glänzenden Boden. Der Kopf der Leiche oder was davon noch übrig war, lag in einer Blutlache. Seine Gliedmaßen waren durch den Sturz auf den Boden verrenkt. Eines seiner Knie angewinkelt. Seine Lippen geöffnet. Ein kleines Rinnsal aus Blut war aus seinem Mund gelaufen, trocknete bereits. Er starrte leer ins Nichts.

Neben der ganzen Sauerei lag eine handliche Schusswaffe. Josy vermied den Anblick seines Gesichts. Jenes Gesicht, das sie jahrelang in ihren Träumen heimgesucht hatte. Stattdessen fixierte sie Will, klammerte sich an ihm fest.

»Niemand hier«, sagte Ian und steckte seine Dolche in Scheiden an seiner Hüfte.

»Haben Sie überall nachgesehen?«, fragte Parker, der inzwischen zu ihnen gestoßen war.

Ian verengte seine Augen zu Schlitzen und ging langsam auf Parker zu. »Natürlich.«

Josy löste sich aus ihrer Starre und sah, wie Ray den weißen Umschlag, den er zuvor neben der Leiche aufgehoben hatte, aufmachte. Laut las er ihn vor. Wie im Dämmerzustand hörte sie zu, während er erklärte, dass Josh seine Taten bereue. In dem Brief eröffnete er, alle Frauen getötet zu haben und legte somit ein umfangreiches Geständnis ab.

»Das alte Herrenhaus am Hügel. Wir haben den Kerl. Selbstmord ...«, sagte Parker in sein Handy, nachdem Ray den gesamten Brief vorgelesen hatte.

»Das ist er nicht. Dieser hier hat das alles nicht getan«, flüsterte sie Will zu, der noch immer schützend bei ihr stand.

»Wie kommst du darauf?«

»Ich kann sie spüren, die Aura des wahren Täters. Sie ist hier, die des Toten nicht.«

»Parker hat seinen Täter. Belassen wir es vorerst dabei«, sagte er ebenso leise.

Unverwandt schaute sie ihn an. »Das kannst du nicht machen. Genau das will er doch damit erreichen. Durch dieses Opfer und diesen Brief hat sich dieser Dreckskerl die Hände reingewaschen.«

Wie zur Bestätigung eröffnete Parker, dass dieses Haus Joshs Großeltern gehört hatte. Er hatte es gerade in Erfahrung gebracht. Resigniert ließ sie ihre Schultern hängen.

Will beugte sich näher zu ihr. »Was nicht heißen soll, dass wir uns damit zufriedengeben müssen. Aber wenigstens haben wir Parker nun nicht mehr am Hals.«

Natürlich. Warum war sie nicht selbst auf diese Idee gekommen? Doch schon im selben Moment schlichen sich unangenehme Zweifel ein. Was, wenn der Täter es wirklich genau darauf angelegt hatte? Wenn Parker den Fall abschloss, hatte sich der Mörder alle Hindernisse aus dem Weg geräumt und konnte ungehindert seinen nächsten Mord planen. Wen würde er sich als Nächstes vorknöpfen?

Angespannt legte sie die Hände um ihren Nacken. Sie musste ihm zuvorkommen. Sie musste diese Sache ein für alle Mal beenden. Koste es, was es wolle. Ihr erster Weg würde sie zu Will führen, dem sie alle Fakten auf den Tisch knallen musste.

18. Kapitel

»Ich weiß nicht, was mich mehr ärgert. Dein Verrat an Josy oder ihrer an mir«, brummte Will und kreuzte die Arme.

»Verrat? Du hast sie wohl nicht alle. Darf ich dich dran erinnern, dass du mich zwischen Türstock und deiner zwei Meter breiten Brust eingeklemmt hast, um ihr Geheimnis aus mir herauszuquetschen?« Ray kickte ein Papierknäuel und ging um den großen Bibliothekstisch herum. »Du hättest warten müssen, bis sie es dir selbst erzählt.«

»Ich warte schon seit Tagen.«

»Sie wird ihre Gründe dafür haben.«

Will sammelte die Polizeiunterlagen, Ermittlungs- und Autopsieberichte sowie alle Zeitungsausschnitte und Verhörprotokolle zusammen, die er in tagelanger Feinarbeit geordnet und studiert hatte, um auf einen beschissenen Zusammenhang zwischen den Opfern zu stoßen. Derweil lag die Lösung vier Zimmer weiter. Angepisst war nicht das passende Wort, um zu benennen, wie er sich fühlte.

»Wenn sich dieser Ausdruck um deine Mundwinkel schleicht, ist es für mich Zeit, zu gehen«, meinte Ray und verließ mit erhobenen Händen das Minenfeld.

Minuten später wurde die Tür zur Bibliothek erneut geöffnet und Shania tänzelte herein. Mit einem breiten Lächeln setzte sie sich kniend neben ihn auf das breite Sofa.

»Was liest du gerade?«, fragte sie interessiert.

Obwohl er dieselbe Seite bereits viermal gelesen hatte, hatte er noch immer keinen Schimmer, wovon das Buch handelte, das er willkürlich aus den Regalen gezogen hatte. Grundsätzlich hatte er nur nach einer ruhigen Beschäftigung gesucht, um dem Zerstören von Mobiliar vorzubeugen.

»Was ist los, Shania? Ist dir langweilig?« Er legte das Buch beiseite und sah sie an, obwohl er eigentlich keine Nerven hatte, sich mit ihr zu unterhalten. Es kochte ganz gewaltig in ihm.

»Nachdem du mit Ray gestritten hast, dachte ich, du könntest Gesellschaft gebrauchen.«

»Ach, dachtest du?«

Shania schürzte die Lippen. »Möchtest du eine Runde mit mir pokern?«

»Lieber nicht.« Will versuchte, zu lächeln, scheiterte aber. Er stand auf, stellte das Buch zurück und stieß sich den Fuß an einem Tischbein. »Verflucht.« Im nächsten Moment zerschellte die Stehlampe. Shit.

»Warte, ich helfe dir.« Shania bückte sich, um die Scherben aufzusammeln.

»Nein, lass mal, ich mach das schon.«

Er machte einen Schritt vorwärts und das Bild, das Alexa ihm einmal zum Geburtstag geschenkt hatte, segelte zu Boden.

»Verfluchter Mist!«, brüllte er. Shania wusste nicht, wo sie als erstes hinrennen sollte. »Lass das. Bitte geh einfach«, forderte er sie auf und drehte sich um, weil er ein Geräusch gehört hatte.

Im Türrahmen stand Josy. Mit geröteten Wangen und atemlos sah sie ihn an. Sie musste die Stufen im Eiltempo erklommen haben. Abwechselnd betrachtete sie ihn, dann Shania, und dann die Gegenstände, die gerade zu Bruch gegangen waren. Der eigentliche Grund, weshalb sie gekommen war, schien ihr entfallen zu sein.

»Sorry, wollte nicht stören.« Und damit war sie wieder weg.

»Ist es wegen ihr? Bist du deswegen so schlechter Laune?«

Will fuhr wütend herum. »Willst du mir irgendetwas vorhalten?«

»Nein. Nein überhaupt nicht. Ich wollte nur, also, du und Josy, das ist okay.«

Okay? Es war überhaupt nichts okay, verflixt und zugenäht. Will hatte schon lange gewusst, dass die Lunte viel zu kurz war. Es hatte nur noch die Zündung gefehlt, um endgültig in die Luft zu gehen. Leider war es Shania, die die übergehende Ladung zu spüren bekam.

»Was ist nur los mit den Frauen heutzutage?«, brüllte er. Er spürte, wie seine Ader an seinem Hals unter Protest pochte.

Shania zwirbelte an ihrem Kleid. »Vielleicht solltest du mit ihr reden.« Und damit verließ auch sie fluchtartig das Zimmer.

Seine Gabe spielte verrückt. Selbst die schwersten Möbel zitterten unter ihm, als würde ein Erdbeben die Erde erschüttern. »Verflucht«, donnerte er und rannte aus der Bibliothek. Er sah Rot. Sein Verstand. Sein Blick. Rot. Rot. Rot.

Alles in ihm schrie nach Erlösung. Die Anspannung kochte in ihm wie ein überlaufender Vulkan. Das letzte Fünkchen Verstand hatte sich in Nichts aufgelöst. Den besonnenen Will, den, der allem gefasst gegenübertrat, gab es nicht mehr. Das Gewitter, das seit Tagen in ihm heraufzog, entlud sich und er war machtlos. Seine lange unterdrückte Seite fand Gefallen daran, herausgelassen zu werden. Die Kontrolle zu übernehmen. Mental schleuderte er die Tür zu Josys Zimmer auf.

Leer.

Alexa kam um die Ecke des Korridors, doch als sie ihn sah, machte sie sofort kehrt.

»Wo ist sie?«

»Ähm ... ich ... ähm ...«

»Wo ist sie?«, wiederholte er lauter. Er befürchtete, dass er nicht mehr lange an sich halten konnte. Durch diesen roten Schleier sah er eine aufgelöste Alexa, die von einem Bein auf das andere wechselte.

»Könntest du dich in meiner Gegenwart etwas zügeln. Bitte. Ich kann mich sonst nicht konzentrieren. Wie war deine Frage?«

»Wo. Ist. Sie.« Es gab nur diese drei Wörter in seinem Kopf. Diese waren wichtig. Diese gehörten geklärt. Und zwar jetzt.

»Du wirst doch nicht. Ich meine ...« Sie spielte mit dem Ring an ihrem Finger. Dabei sah sie zu Boden.

»Alexa!« Ihr Name hallte durch alle Gänge. Durch alle Zimmer.

Die Empathin zuckte zusammen. »Fitnessraum.«

Wie ein wilder Stier lief er die Gänge entlang und die Stufen hinab. Den Zugang in den Fitnessraum riss seine Energie einfach aus den Angeln. Der Türrahmen zersplitterte. Er hatte keine Zeit, sich mit Unwichtigem zu befassen. Er wollte nur eins: Josy.

Als er den Raum betrat, sprang Josy vom Crosstrainer und starrte erst die Verwüstung, dann ihn an.

Rot. Rot. Rot.

Mit langen Schritten ging er auf sie zu. Schnappte ihre Arme, drehte sie so, dass ihr Rücken gegen seine Brust geheftet war, und zerriss mit einem Ruck ihre Sweatjacke. Knöpfe flogen durch die Luft. Zum Vorschein kamen zwei perfekt geformte Brüste in lachsfarbener Spitze. Sein innerer Höhlenmensch schnurrte verzückt. Josy hielt still. Er erkundete ihren Oberkörper, ließ seine Hände von ihrem schlanken langen Hals über ihr Schlüsselbein wandern, wo er eine verblasste Narbe entdeckte, zu der Wölbung ihrer Brüste und weiter hinunter zu ihrem glatten Bauch, bis seine Finger am Bund ihrer Hose innehielten.

Er fragte sich, wen er damit eigentlich quälen wollte.

Ihre Brüste hoben sich bei jedem Atemzug. Jedoch so, als wäre sie ebenso erregt wie er und nicht, als hätte sie Angst. Der Zorn, der ihm im Genick saß, löste sich durch die Berührungen jedoch nicht auf. Er brauchte mehr von ihr. Viel zu lange hatte er damit gewartet, sich einfach zu nehmen, was bereits ihm gehörte. Seit ihrer ersten gemeinsamen Nacht, in der sie ihm unter die Haut ging und ihn mit unsichtbaren Ketten an sich band.

Er schob Josy zur Hantelbank, stellte die Rückenlehne senkrecht und setzte sie hin. Dann fesselte er ihre Hände hinter ihrem Rücken mit einem der Springseile. Er würde sie nicht gehen lassen. Nicht, ohne sie vorher ausgiebig berührt und erforscht zu haben. Nicht, ohne seinen Zorn gesättigt und die wilde Seite zurückgedrängt zu haben, damit er wieder denken und funktionieren konnte.

Er würde ihr nicht wehtun, soweit hatte er sich noch unter Kontrolle. Nein, er würde nichts tun, was sie nicht auch wollte. Und er wusste, dass sie es auch wollte. Er hatte das Verlangen in ihren Augen gesehen. Hatte die kleinen Seufzer wahrgenommen, wenn sie ihn beobachtete. Hatte die Eifersucht gefühlt, als sie Clara gegenüberstand. Hatte ihre zarten Berührungen gespürt, wenn sie sich kurz begegneten.

Dieses ewige Hin und Her reichte ihm endgültig. Sie gehörte zu ihm. Er wollte sie besitzen. Mit Haut und Haaren. Im Licht und auch im Schatten. Und er würde ihr sein Herz schenken, wenn er sich endlich und verdammt noch einmal sicher sein konnte, dass sie es nicht im Garten hinter dem Teich vergraben würde.

Er verknotete das Seil in ihrem Rücken ein zweites Mal. Dann nahm er ein dünnes Handtuch, legte es über ihre Augen und band es hinter ihrem Kopf zusammen, damit sie nicht sehen, nur spüren konnte. Als Nächstes musste er ihre Hose loswerden. Mit einem Ruck war auch dieses Problem beseitigt. Mit einem String, der mehr entblößte als verdeckte saß sie gefesselt auf der Hantelbank. Wehrlos. Still. Perfekt.

Durch die Fesselung ihrer Hände hoben sich ihre festen Brüste zu köstlichen kleinen Hügeln. Seine Erregung pochte, als hätte sie einen eigenen Herzschlag. Absichtlich hatte er ihre Füße nicht festgebunden. Er wollte, dass sie ihm vertraute. Er wollte, dass sie die Beine spreizte, weil sie ihn genauso wollte wie er sie. Und nicht, weil er es von ihr verlangte oder weil er sie gar dazu nötigte. Auch wenn er bereits wusste, dass auch sie diese zügellose Lust verspürte, wollte er diese eine Entscheidung ihr überlassen. Sie musste endlich erkennen, dass es ein Ohneeinander nicht geben konnte. Dass für sie nur ein Miteinander Sinn machte. Gemächlich verzog sich der rote Dunst aus seinem Kopf und machte seinem Verlangen Platz.

Er wollte von diesem samtigen Weiß ihrer Haut kosten. Er wollte sich ihren Geschmack auf der Zunge zergehen lassen wie einen köstlichen Wein. Und er würde sich Zeit dafür nehmen. Unendlich viel Zeit.

19. Kapitel

Mit verbundenen Augen saß sie da und spürte Wills Blick auf ihrem Körper. Sie wusste, was er sah, denn sie hatte diese Dessous heute nur für ihn angezogen. Damit war sie beinah nackt. Nur wenig Stoff verhüllte noch die letzten Geheimnisse ihres Verlangens. Die innere Kälte machte einer Wärme Platz, die sich jede Sekunde verstärkte. Da sie nichts sehen konnte, nahm sie jeden Luftzug, jedes Geräusch noch viel intensiver wahr. Ihre Haut kribbelte. Ihr Verlangen wuchs.

»Will«, wisperte sie und legte die Bitte, sie endlich zu berühren, in dieses eine Wort. Als sie seinen Mund an ihrem spürte, wollte sie zerfließen. Ihre Sehnsucht, die sie so lange verborgen hatte, verflüssigte sich und sammelte sich zwischen ihren Schenkeln. Sie legte den Kopf zurück, um ihn besser küssen zu können. Doch er entzog sich ihr wieder. Wunderbar feste Lippen zeichneten Küsse auf ihre Wange, ihren Hals, auf ihr Schlüsselbein. Raue Hände glitten hinter ihren Rücken und öffneten den Verschluss ihres Büstenhalters. Sie spürte, wie sich ihre Brustspitzen seinen Lippen entgegenstreckten. Anstatt sie in den Mund zu nehmen, hauchte er auf jede Spitze seinen heißen, feuchten Atem. Kleine Blitze zuckten über ihre Haut. Ein gut platzierter Schlag seiner Zunge schickte sie in den Himmel und wieder zurück. Langsam, quälend langsam, umkreiste er ihre Brustwarze, bis er sie endlich einsaugte und zärtlich mit den Zähnen daran knabberte. Diese Sinnesreize waren zu viel für sie. Sie begann, an ihren Fesseln zu zerren. Sie musste sich befreien, ihn an sich reißen. Sie würde kommen, wenn er mit seiner Zunge an ihrem Bauchnabel angelangt war.

»Oh Gott«, hauchte sie, als er anfing, ihre andere Brustspitze zu verwöhnen.

Er sagte kein Wort, sondern widmete sich weiter ausgiebig ihrem Körper. Sie konnte nur den leisen Klang ihres Atems vernehmen, während sich seine Zunge einen Pfad über ihren Bauch bahnte. Sie spannte ihre Bauchmuskeln an, um die konzentrierte Berührung abschwächen zu können. Doch ein Biss in die kleine Wölbung unterhalb ihres Bauchnabels ließ sie auch dieses Vorhaben schnell wieder vergessen. Er war einfach überall. In ihrem Kopf, auf ihrem Körper. Seine Lippen schickten Feuer in ihren Schoß und schürten die Begierde, die sich in ihr aufbäumte.

Ihre Wehrlosigkeit heizte sie noch mehr an, wie sie erstaunt feststellte. Sie wollte sich fallen lassen. Sich seinen Händen und Lippen hingeben. Dieses eine Mal. Nein, rief eine Stimme in ihrem Inneren. Nicht nur heute wollte sie ihn. Sie wollte Will, wie sie noch nie zuvor in ihrem Leben etwas gewollt hatte. Das wurde ihr in diesem Moment klar. Mit dieser Erkenntnis gab sich auch die Stimme zufrieden. Zog sich lächelnd zurück.

Liebevoll bedeckte Will ihre Knie mit Küssen, wanderte höher. Seine Finger streichelten über ihre Rundungen, griffen nach ihrem Po und schoben sie weiter nach vorn, an die Kante der kalten Lederbank. Sie spürte den kurzen Widerstand, als er das letzte Stücken Stoff von ihren Hüften riss.

Ihre Mitte brannte lichterloh. Sie sehnte sich nach Befreiung. Zaghaft öffnete sie ihre zusammengepressten Beine und hörte seinen erleichterten Seufzer. Sanft spreizte er ihre Beine weiter. Immer weiter. Und verschaffte sich endlich Zugang zu der Stelle, an der sie sich ihn am meisten wünschte.

Er zögerte einen Augenblick. Ein kühler Luftzug erreichte die Feuchtigkeit zwischen ihren Schenkeln, gefolgt von einem Zittern, das durch ihre Glieder brandete. Doch sein erster Kuss brachte das Zittern zum Verebben. Seine Lippen teilten sie. Seine Zunge leckte über die Perle, die ihre Lust noch mehr entfachte. Sie wusste nicht mehr, wo oben oder unten war, warf erneut ihren Kopf zurück und bemühte sich, nicht sofort zu zerspringen. Dennoch, unstillbar, schob sie ihren Po noch ein Stück weiter nach vorne. Ein Finger tauchte in ihre Nässe ein. Zog sich wieder zurück. Gefolgt von einem zweiten, drang er erneut in die Hitze ihres Schoßes ein. Quälte sie, bis sie dem Höhenflug immer näher kam.

Mit seiner Zunge setzte er präzise Schläge, als wollte er sie bestrafen. Die Flammen flackerten inzwischen erbarmungslos.

Kurz wurde sie von seiner Zunge gestreichelt, nur um sofort wieder auf ihre Lustperle zu schnellen. Erstickt von ihrer Lust schrie sie auf. Zog an ihren Fesseln, wenn er mit seiner Folter von vorn begann. Schläge. Streicheln. Schläge. Streicheln. Völlige Ektase. Sie ließ ihr Becken kreisen, um die Stöße seiner Finger und die Bewegungen seiner Zunge noch deutlicher zu spüren. Sie schwebte irgendwo zwischen dem Hier und dem Himmel. Sie bog sich unter seinen geschickten Künsten. Seine Finger tanzten in ihr. Seine Lippen und seine Zunge liebkosten sie. Er beschleunigte den Rhythmus. Wurde immer schneller, immer fordernder.

Plötzlich zog er sich aus ihr zurück. Hinterließ eine gähnende Leere.

»Will.« Ihre Stimme klang fremd in ihren Ohren. Sie war atemlos und ihr Kopf fiel nach vorn. Dann war sie plötzlich frei. Zuletzt folgte die Augenbinde. Sein Anblick war berauschend. Atemberaubend.

Will war nackt. Und herrlich erregt. Sein Glied prangte eindrucksvoll empor. Das Einzige, woran sie noch denken konnte, war, dass sie ihn in sich spüren wollte. Sie wollte hören, wie sich sein Atem beschleunigte. Sehen, wie sich seine Muskeln zusammenzogen und sich bei jeder Ruhephase entspannten, bis er wieder in ihr war. Tief und hart. Er tat ihr den Gefallen, packte sie und zog sie auf den Teppichboden unter sich. Seine Haut glomm.

Die Spitze seines Schaftes berührte den Eingang ihrer Mitte. Sein eisblauer Blick hafteten auf ihr. Sie krallte sich an ihm fest. Er stieß seinen Atem aus und kam ihr entgegen. Stieß zu. Drang tief in sie ein, bis er sie zur Gänze ausgefüllt hatte. Sie drängte ihm ihre Hüften entgegen, wandte ihr Gesicht zur Seite und beobachtete in den breiten Spiegelflächen des Fitnessraums, wie sich sein wunderbarer Hintern bei jedem seiner Stöße anspannte.

»Sieh mich an«, forderte er sie auf. Drohend und flehend zugleich.

Sie kam seiner Weisung nach. Seine Hand packte ihren Po,

drehte ihren Unterleib. Fest drang er weiter in sie ein. Er nahm sie ihn Besitz. Gnadenlos forderte er sie für sich, das war ihr mit jeder Zelle ihres Seins bewusst. Sie krallte ihre Nägel in seinen Rücken und gab sich dem Gefühl und dem Wissen hin, von ihm ausgefüllt zu sein. Vorbehaltlos. Schrankenlos.

Er zwang sie, ihn jedes Mal ganz in sich aufzunehmen. Sich ihm jedes Mal aufs Neue vollkommen zu öffnen. Sie hatte nicht vor, vor ihm zurückzuweichen. Im Gegenteil. Sie genoss seine herrische, machtvolle Inbesitznahme, während seine stählernen Arme und sein Gewicht sie schützend umgaben.

Dann entzündete sich ein Feuerwerk. In seinem Blick und in seinem Leib. In derselben Sekunde explodierte auch sie. Ihr Körper zog sich zusammen, spannte sich an, während sie einen Ozean an Leidenschaft und Liebe in seinen Augen erfasste. Unvermittelt schrie sie auf und fühlte das Zusammenziehen ihrer und seiner Muskeln. Doch dieses Mal stürzte sie im Moment des Zerberstens nicht in den Abgrund. Dieses Mal schwebte sie empor. Höher und immer höher wurde sie von ihrer Leidenschaft mitgerissen. Abertausende Empfindungen nahmen jede Faser ihres Seins ein, während sie bebte und zitterte.

Als sie schließlich ermattet, aber verdammt zufrieden, in Wills starke Arme sank, war alles andere verblasst und unwichtig geworden.

20. Kapitel

Will erwachte, als Josy sich noch näher an ihn kuschelte. Nackt und sichtlich zufrieden lag sie in seinen Armen, in seinem Bett. Ein Bein hatte sie über seine geschlungen. Ihren Kopf hatte sie auf seiner Schulterbeuge gebettet. Ihr langes, schwarzes Haar, das ihr bis zu den Hüften reichte, lag aufgefächert über ihrem Rücken und verschwand auf dem schwarzen Laken. Ihre Finger waren mit seinen verschränkt.

Er war mit sich und mit seiner Welt völlig im Einklang. So musste sich Zufriedenheit anfühlen. Ein Gefühl, von dem er geglaubt hatte, er würde es schon sein ganzes Leben im Herzen tragen. Doch nun wusste er erst, was es bedeutete, zufrieden zu sein. Mit ihr in seinen Armen fühlte er sich, als sei er im Himmel angekommen. Er hatte sein Herz an diese Frau verloren. Mehr noch. Sich selbst. Seine Seele. Und trotzdem fühlte es sich an, als besäße er nun so viel mehr als er jemals besitzen konnte. Er nahm eine Strähne ihres Haars zwischen seine Finger. Seufzend schloss er kurz seine Augen und lauschte eine Weile ihren ruhigen Atemzügen. Dann nahm er ihre Hand von seiner Brust, hauchte ihr sanft einen Kuss auf die Nasenspitze und schob sich vorsichtig unter ihr aus dem Bett.

Mit einem herrlich klingenden Seufzen umarmte sie sein Kissen und kuschelte sich in seine Decke. Im ganzen Zimmer roch er ihren Duft, der begehrlichen Genuss und Leidenschaft offenbarte. Unwiderstehlich. Er zügelte sich, denn er wollte ihr noch etwas Schlaf gönnen. Er schlüpfte in eine Jogginghose und verließ sein Reich. Barfuß schlenderte er in die Küche, um Frühstück zu besorgen.

»Hey Will«, rief Jeff, noch bevor er die Küche betreten hatte.

Alexa kicherte und zwinkerte verschwörerisch. Verrückter Haufen.

»Morgen«, grüßte er seine Kameraden, steuerte auf den Kühlschrank zu, nahm eine Packung Eier heraus und machte sich daran, Rührei mit Speck zuzubereiten. Als er fertig war, stellte sich Jeff neben ihn.

»Eine Ahnung, wer den Schaden im Fitnessraum begleichen wird?«

Ach ja. Die Tür. »Weißt du was? Das ist mir im Moment scheißegal«, gab Will zurück und stellte das Frühstück auf ein Tablett. Dann nahm er zwei Tassen und die Kaffeekanne in die andere Hand.

»Fein. Genau das wollte ich hören.« Jeff nahm Will die Kanne ab. »Aber mit dem ganzen Kaffee lass ich dich nicht abhauen.« Er goss sich und vermutlich auch Ray eine Tasse ein und gab Will den Rest zurück. »Wann werden die Herrschaften wieder fit genug sein, um an unserem Fall weiterzuarbeiten?«

»Rechnet nicht vor heute Abend mit uns.«

Er ging den Gang zu dem Wohnkomplex entlang, erklomm die Stufen ins Obergeschoss und kam gerade noch rechtzeitig um die Ecke, damit er Josy sehen konnte, die eingehüllt in das schwarze Laken um die Kurve zu ihrem Zimmer huschen wollte.

»Stehenbleiben.« Seine Stimme duldete keinen Widerspruch. Josy blieb abrupt stehen. Drehte sich jedoch nicht um. »Würdest du mir sagen, wo du hingehst?« Er sah, wie sie die Schultern hängen ließ.

»Duschen«, nuschelte sie undeutlich.

»Das kannst du bei mir auch.«

»Aber ich habe nichts anzuziehen.«

»Sehr gut.«

»Ich sehe schrecklich aus.«

Er konnte sich ein Lächeln nicht verkneifen. Schon wieder hatten ihre Komplexe die Oberhand gewonnen. Die völlig ungerechtfertigt waren, schließlich hatte er sie heute Morgen schon gesehen. Sie war zauberhaft. Er stellte das Tablett ab und ging auf sie zu. Von hinten umarmte er sie, zog sie an seine Brust, küsste ihren Nacken und die empfindsame Stelle ein Stück unterhalb ihres Ohres. Sie erbebte.

»Du siehst einfach bezaubernd aus. Ich mag es, wenn du nach mir riechst und die Spuren der Nacht auf deinem Körper haften. Dann kann ich mir jede Einzelheit in Erinnerung rufen.

Aber ich biete dir auch gern an, alles abzuwaschen.«

Sie lachte leise. »Das ist dein ernst, nicht wahr?«

»Und ob. Mir liegt im Moment nichts ferner, als zu scherzen.« Er zog das Laken tiefer und berührte die Spitzen ihrer Brüste, die sich zusammengezogen hatten.

»Will ... meine Haare sind verfilzt. Ich rieche nach Schweiß und Gott weiß was. Außerdem bin ich noch immer ganz wackelig auf den Beinen.«

»Umso besser. Ich lege dich in mein Bett, damit du nicht stehen musst und wir brauchen keinen Gedanken daran zu verschwenden, ob wir etwas schmutzig machen.«

*

Drei Stunden später stand Josy in Wills Bad und bürstete ihre nassen Haare. Dabei starrte sie ihr Spiegelbild an, das unvertraut wirkte und ihr mit geröteten Wangen entgegensah. Sie trug eins von Wills übergroßen T-Shirts. Sonst nichts. Halb erwartete sie schon, dass er erneut über sie herfallen würde, als er ins Bad kam. Bei Gott, sie wäre nicht enttäuscht. Das Wort Sex hatte eine neue Bedeutung bekommen. Mit Will würde sie es tagelang im Bett aushalten können. Und sei es nur, um sich von ihm streicheln zu lassen und in seinen Armen zu liegen. Zudem hatte sie heute Nacht das erste Mal wieder durchgeschlafen, ohne diesem grausamen Traum ausgeliefert zu sein. Als hätte Will ihre Gedanken gelesen, fragte er:

»Hast du mir nicht noch etwas zu beichten?« Er nahm ihr die Bürste aus der Hand.

Josy drehte sich zu ihm um. »Ich wollte eigentlich schon gestern mit dir reden. Aber dein Testosteronspiegel hat mich abgelenkt.«

Er zog einen Mundwinkel nach oben. »Dafür sollte ich dir den Hintern versohlen«, neckte er sie, fuhr unter das Shirt und zog sie an sich. »Im Grunde hätte ich das schon längst mal machen sollen.«

Sie schob ihn etwas zurück und sah ihn an. »Es tut mir ehrlich leid. Herrje, wie oft musste ich mich eigentlich schon bei dir entschuldigen?«

Sie stemmte ihre Hände in ihre Taille, dabei kam sie sich stärker vor. »Also die Sache ist die, dass beinah jedes Opfer mit mir in Verbindung steht ...«

»Weiß ich bereits«, unterbrach er sie gutmütig. »Aber ich weiß auch, dass das nicht alles ist.«

»Du hast recht.« Sie griff nach ihm und führte ihn zurück in sein Schlafzimmer, wo sie sich auf frische Laken setzten. Dann begann sie, ihm von ihrer Kindheit, von ihren Eltern und Geschwistern, von Josh und dem Internat zu erzählen. Aufmerksam hörte er ihr zu. Nickte ein paar Mal, als würde er nun vieles besser verstehen. Sie erzählte auch von den toten Frauen, was vor Jahren alles passiert war und wie sie mit den Opfern in Zusammenhang gebracht werden konnte. Schlussendlich schilderte sie ihren geistigen Besuch bei ihrem Vater und was sie in Erfahrung hatte bringen können oder eben nicht.

»Du denkst, du könntest deiner Schwester Informationen entlocken? Verstehe ich das richtig?« Zärtlich liebkoste er ihre Fingerspitzen. Sie nickte. »Na, dann haben wir zwei heute unser erstes richtiges Date.«

»Was nicht heißen soll, dass ich dich nicht auch so zum Essen eingeladen hätte.«

»Das ist alles, was du zu sagen hast?«

Da sprach sie das erste Mal von Dingen, die sie sonst so gut wie möglich verdrängte und offenbarte sich ihm völlig, was mehr Liebesbeweis war, als *Ich liebe dich* zu sagen und er meinte nur, dass sie nun ihr erstes Date hätten? Andererseits kannte er sie inzwischen wohl schon so gut, dass er sich jeglichen Mitleidskommentar ersparte, weil er wusste, dass sie es nicht ertragen würde. Wenn sie es recht bedachte, war seine nüchterne, subtile Reaktion genau das, was ihr im Moment guttat.

Er zog sie näher zu sich, sodass er sie fest in die Arme schließen konnte. Seine Augen leuchteten auf sie herab. Sein Mund verzog sich zu einem entwaffnenden Lächeln. »Tapferes Mädchen«, hauchte er ihr ins Ohr. »Ab jetzt wird dir niemand mehr wehtun. Das verspreche ich. Ich werde nämlich jedem den Kopf abhacken, der dich anfasst. Und das meine ich ganz und gar wörtlich.«

Tja, das war Will. Sie schenkte ihm ein Lächeln und war erleichtert, dass es keine Geheimnisse mehr zwischen ihnen gab.

Am Abend stand sie in ihrem Zimmer vor dem großen Spiegel, um sich für das Date mit Will oder besser gesagt die Schlacht mit ihrer Schwester fertig zu machen. Als jemand unvermittelt neben sie trat, machte sie einen Satz zur Seite und boxte gegen Rays Brust. »Verflucht, musst du dich immer so anschleichen?« Josy hob ihre Halskette auf, die sie sich hatte umlegen wollen, bevor sie sie vor Schreck durchs halbe Zimmer geschleudert hatte.

»Autsch.« Ray rieb sich theatralisch über die Stelle, die sie getroffen hatte, und hielt ihr die Tageszeitung vor die Nase. »Schon gelesen?«

Sie warf einen Blick auf das Titelblatt.

Kaltblütige Bestie begeht Selbstmord!

»Jetzt ist unser Mörder wohl endgültig aus dem Schneider«, sagte Josy.

»Er hat eine Vorliebe für Menschen, die dir geschadet haben. Ich habe mich gefragt, weshalb er nicht bei deinen Eltern angefangen hat. Schließlich waren sie diejenigen, die dir keinen Halt gaben ...«

»Weil jeder Cop sofort eine Verbindung zu mir gezogen hätte.«

Ray nickte in perfektionierter Nonchalance. »Korrekt. Also glaube ich, dass er sich ganz langsam an die Spitze arbeiten wollte. Du gehst heute mit Will essen?«

»Ja, um meine Schwester zu der Rechtsanwältin zu befragen.«

»Versuche, etwas über ihren Alltag herauszufinden. Was sie gern tut. Wie sie lebt. Hobbys, Freunde, Verwandte, Männer, das ganze Umfeld. Das alles könnte uns weiterhelfen. Wenn unsere Annahme richtig ist, dass er sich nun an den engeren Kreis herantastet, lässt sich womöglich sogar sein nächster Schritt vorherbestimmen.«

Ray hatte gut reden. Er kannte ihre Schwester und deren Hinterhältigkeit nicht. Sie hatte Josy schon immer verabscheut. Daran würde sich nichts geändert haben. Josy graute davor, ihr heute zu begegnen.

»Wenn uns das nicht weiterbringt, könnten wir alle, die noch übrig sind, beschatten.«

»Sehr witzig, Ray.«

»Mach dich nur lustig. Aber sag mir dann nicht, ich hätte dich nicht gewarnt. Nachdem unser Täter nun freie Fahrt hat und niemand mehr nach ihm suchen wird, nimmt er sich als Nächstes deine Familie vor. Oder wer würde sich sonst noch anbieten?«

Da wären noch genug zum Eliminieren übrig. Zum Beispiel alle Einwohner des Kaffs, in dem sie aufgewachsen war. Die hatten auch nicht viel mehr verbrochen, als das Mädchen aus dem Internat, oder das andere, das ihr ihren Job vor der Nase weggeschnappt hatte. »Ich werde meine Schwester ausquetschen. Und danke für die Unterlagen über das Projekt Zero. Wenn ich das alles früher gewusst hätte, wäre mein Leben einfacher verlaufen.«

»Gern geschehen.«

Die Unterlagen, die sie vor ein paar Tagen aus ihrem Schrank hervorgeholt und jeden Abend studiert hatte, waren extrem aufschlussreich. Sie hatte gelernt, dass ihr sportliches Talent, die Ausdauer und enorme Leistungsfähigkeit auf ihre abnorme DNA zurückzuführen war. Zehn Meilen war sie in etwas über 28 Minuten gelaufen. Dass das nicht normal war, war auch den Lehrern aufgefallen. Leider auch den Mitschülern. Sie hatte sich sehr schnell wieder gebremst. Auch ihre Neigung zu Extremen, ihr unerbittlicher Ehrgeiz, das Streben nach Erfolg im Job, diese Verbissenheit war diesen Genanomalitäten zuzusprechen. Sicher nicht ausschließlich, denn sie war überzeugt, dass das zum Teil auch charakterliche Veranlagung war. Aber laut Rays

Unterlagen hing vieles, was Josy ausmachte, mit ihren Besonderheiten zusammen.

Nachdem Ray das Zimmer verlassen hatte, versuchte sie, sich auf die nächsten Stunden vorzubereiten. Denn sie musste sich bald dem härtesten Gericht stellen. Ihrer Schwester.

21. Kapitel

Will schloss mit der Fernbedienung sein Auto ab und steckte den Schlüssel in seine Anzughose.

»Bereit?«

Bereit, zu flüchten. Trotzdem stimmte sie zu und ging an seiner Seite die Straße entlang, die zu dem Restaurant führte. Ihr war flau im Magen. Alles in ihr wehrte sich, ihrer Schwester gegenüberzutreten. Wenn sich Wills Freude ebenfalls in Grenzen hielt, so ließ er sich zumindest nichts anmerken. Bei ihr rumpelte es unangenehm im Bauch und ihre Hände waren klamm. Zum Wahnsinnigwerden.

Nicht einmal Wills knackige Kehrseite lenkte sie ab.

Er öffnete die Tür und sie folgte ihm ins Restaurant. Will nahm ihr ihre Jacke ab und hängte sie zu seiner an die Garderobe. Dann hakte sie sich bei ihm unter und sie ließen sich von einem Kellner an einen Tisch führen, von dem aus man das ganze Restaurant überblickte. Es war nicht voll, aber es saßen ein paar Gäste verteilt an kleinen Tischen und genossen Pasta und Wein. Ihre ältere Schwester erkannte sie darunter nicht.

»Wir nehmen eine Flasche Merlot. Danke«, sagte Will zu dem netten jungen Kellner.

»Möchten Sie auch die Speisekarte?«

»Danke.« Will schüttelte den Kopf. »Bringen Sie uns einfach einen Meeresfrüchteteller für zwei Personen.«

»Sehr wohl.« Der Kellner nahm die Weinkarte und verließ ihren Tisch.

»Möchtest du drüber reden?« Will griff nach ihrer Hand.

Bisher hatte er sie noch nicht nach ihrem Befinden gefragt. Dafür war sie ihm dankbar. Sie fischte nach ihrem Haarzopf und begann, die Spitze zu zwirbeln. Will sah sie liebevoll an.

»Lass uns das einfach hinter uns bringen. Dann verschwinden wir von hier und kippen ein paar Tequila.« Ihr Scherz war lahm. Sie würde Bernadette ansprechen, ihr Fragen stellen und dann das Weite suchen. Zumindest war das der Plan. Einen Plan B hatte sie nicht in petto.

Der Kellner brachte eine Karaffe und Wassergläser an den Tisch. Dann schenkte er ihnen ein.

»Gute Idee«, entgegnete Will grinsend. »Wenn du Hochprozentiges trinkst, bist du immer so schön anhänglich.«

»Sehr witzig. Damals hab ich ja nicht gewusst, wer du bist.«

»Also hättest du nicht mit mir geschlafen, wenn du es gewusst hättest?«

»Natürlich nicht.«

Sie griff nach ihrem Weinglas und sah wie eine Frau ihrer Größe, mit schulterlangem, dunkelbraunem Haar den Raum betrat. Bernadette. Sie hängte ihren Trenchcoat an den Garderobenständer und sah sich um. Irgendjemanden musste sie entdeckt haben. Jemanden, der direkt hinter Josy saß. Hinter ihr gleich am nächsten Tisch saß eine Blondine, die Bernadette freudig zuwinkte. Also hatte ihre Schwester gar kein Date? Merkwürdig.

»Ist sie das?«, fragte Will und betrachtete Bernadette von oben bis unten.

Ihre Schwester war Anfang dreißig, hatte dünne Lippen und eine zu klein geratene Nase. Ihre Augenbrauen waren ordentlich gezupft, darunter lagen die gleichen braunen Augen wie Josys. Über den hautengen dunklen Jeans trug Bernadette einen dünnen Kaschmirpullover.

»Sag mir jetzt nur ja nicht, sie sehe mir ähnlich.«

»Niemals«, meinte Will und tat entsetzt.

Josy rang sich ein Lächeln ab.

Will hatte wohl zu lange hingesehen. Ob absichtlich oder nicht, es führte dazu, dass sich Bernadette ebenfalls Zeit nahm, Will zu begutachten. Danach fiel ihr Blick auf Josy. Sie konnte die Zahnräder in Bernadettes Kopf förmlich rattern hören. Keine zehn Sekunden später zeigte sie ihren Widerwillen, dann kam Geringschätzung dazu.

»Josephine.«

Sie sprach den Namen aus, als wäre Josy ein giftiges grünes Insekt. Nun drehte sich auch die Blondine zu ihr um, und wie es sich für Frauen gehört, drückte sie sofort ihre Loyalität zu

Bernadette aus, indem sie die Nase krauszog und Josy ebenfalls beurteilend taxierte.

Das konnte ja heiter werden. »Meine liebe Schwester«, sagte Josy aufgesetzt höflich und zeigte ihre Zähne.

Sie würde sich von dieser Show nicht den Schneid abkaufen lassen. Die Blondine und Bernadette wechselten einen bedeutungsschwangeren Blick. Dann kam Bernadette näher. Sie hatte Blut gerochen. Nun wollte sie Josy offensichtlich ausweiden. Will lehnte sich aufmerksam zurück.

»Ich wusste gar nicht, dass du eine Schwester hast.« Die junge Frau erhielt von Bernadette jene Antwort, die ihrer Schwester anscheinend ganz locker auf der Zunge lag, als hätte sie das, was nun kam, schon tausendmal ausgesprochen. »Das liegt wahrscheinlich daran, dass Josephine schon seit vielen Jahren nicht mehr zu unserer Familie gehört.«

»Wie kann eine Schwester nicht zur Familie gehören?«

Auf diese Antwort war Josy genauso gespannt wie Blondi.

»Meine Schwester war eben schon immer etwas seltsam. Sie hat unsere Familie in Schwierigkeiten gebracht.« Bernadette zuckte mit ihren schmächtigen Schultern, als könnte sie mit Unwissenheit rechtfertigen, was sie zu sagen hatte. »Von uns wusste damals keiner, wie man mit einem geistig zurückgebliebenen Kind umgehen sollte. Es war wirklich sehr hart mit ihr. Deswegen war es für uns alle besser, sie in einen Käfig voller Narren zu stecken. In diesem Internat war sie unter Gleichgesinnten. Alles durchgeknallte Psychos. Seitdem hat sie den Kontakt mit uns verweigert, aber wer wollte den schon haben.«

Warum verblüffte Josy ihre offene Feindseligkeit? Blondi saß ebenso überrascht und mit offenem Mund da. Wills Ausdruck hatte auch auf Erstaunen umgeschaltet. Nur Bernadette schien zufrieden. Sie hatte nicht einmal versucht, mit ihrer Abscheu hinter dem Berg zu halten. Auf derart großen Hass war Josy nicht eingestellt gewesen. In all den Jahren hatte sich also nichts geändert. Ihre Familie hielt sie noch immer für eine Bedrohung. Für einen geistigen Krüppel. Für eine Missgeburt, die ihr Leben zerstört hatte. Dass sie Josys ruiniert haben könnten, daran dachte niemand.

Will rückte näher und begann sanft, über ihren Arm zu streicheln. Am liebsten hätte sie sich verkrochen. Oder wäre aufgestanden und hätte ihrer Schwester für die Frechheit, sie so ungeniert zu demütigen, eine geschossen, nur um den stechenden Schmerz in ihrer Brust zu dämpfen.

Mein Gott, selbst nach so vielen Jahren taten solche Worte noch höllisch weh. War da etwa ein kleiner Funken Hoffnung geblieben, dass ihre Familie eingesehen hatte, was sie ihr angetan hatten?

»Für ein durchgeknalltes Kind hat sie sich aber ganz wacker geschlagen, möchte ich meinen«, warf Will locker in die Runde und schwenkte den Inhalt seines Weinglases.

»Und Sie sind?«, fragte Bernadette.

»Josys Freund.«

»Mein Vorgesetzter.« Josy warf Will einen entschuldigenden Blick zu. Unbeirrt streichelte er weiterhin ihren Arm.

»Hm. Du bist also Fitnesstrainerin«, schlussfolgerte Bernadette nach einem prüfenden Blick auf Wills Oberarm.

Warum in Herrgotts Namen tat sie sich das überhaupt an? Warum suchte sie nicht das Weite? War sie masochistisch veranlagt? Anders konnte sie sich nicht erklären, wieso sie sitzen blieb.

»Josephine ist Kriminalbeamtin«, antwortete Will gelassen und sah ihre Schwester abfällig an. Sein Gesichtsausdruck so kalt wie der Winter in Sibirien.

»Lass gut sein, Will.« Es gefiel Josy ganz und gar nicht, wie seine Augen bereits leuchteten. Sie erwartete, dass er ihre Schwester mit Haut und Haaren auffraß.

Der Kellner kam mit einer Platte voller Meeresfrüchte und unterbrach das Wortgefecht. Die kleinen Augen der Minitintenfische glotzten Josy an. Irgendwie hatte sie keinen Hunger mehr.

»Ach, du bist Polizistin geworden. Wie interessant. Dann kannst du mir ja ein paar Strafzettel löschen.« Bernadette lächelte affektiert. Blondi tat es ihr nach.

»Irrtum, Bernadette«, sagte Will. »Josy ist keine Verkehrspolizistin. Sie war lange im Morddezernat tätig. Danach leitete sie ein SWAT-Kommando und nun arbeitet sie für mich und das FBI.«

Bernadette runzelte die Stirn. Das war wohl nicht das, was sie hören wollte. Dementsprechend musste sie ihre Taktik neu überdenken. Und zu ihrem nächsten Kinnhaken ansetzen. »Wow, Josy. Das hätte ich dir gar nicht zugetraut. Ich freue mich für dich.«

Die Lüge klang grauenhaft. Schlichte Berechnung. Damit hatte sie es schon wieder geschafft, Josy eine mentale Ohrfeige zu verpassen. Natürlich hatte sie ihr das nicht zugetraut. Um ihre Hände zu beschäftigen, nahm Josy ein paar Muscheln auf ihren Teller.

»Hast du die Schlagzeilen eigentlich schon gelesen?«, fragte Blondi und sah Bernadette an, die sich endlich zu ihr an den Tisch gesetzt hatte. »Waren Sie bei den Ermittlungen dabei?«, richtete sie sich dann an Josy, nachdem Bernadette nicht antworten wollte.

»Ja. Ich war an den Ermittlungen beteiligt«, gab sie zerstreut und ohne zu überlegen zurück.

»Ach, wirklich?« Bernadette zog sich ihre Handtasche vom Schoß und legte sie zur Seite. »Mord und Totschlag ... wäre nicht mein Metier.«

»Was ist denn Ihr Metier?«, fragte Will.

»Ich arbeite als Model«, sagte Bernadette, als wäre das das Selbstverständlichste der Welt.

»Das ist mit Ende dreißig noch möglich?«

Bernadette schenkte sich ein Glas Wasser ein. »Ich bin 33.«

»Natürlich«, sagte Will und löste schließlich seinen eisblauen Blick von ihr, wandte sich vom Nebentisch ab, um sich der Platte anzunehmen.

Das einzig Gute daran, ein Herz aus Eis zu besitzen, ist wohl, dass man Gemeinheiten nicht persönlich nimmt. Bernadettes Mundwinkel zuckten zwar kurz, vielleicht hatte sie von Wills Blicken ein paar Frostbeulen bekommen, doch im Grunde störte sie sich an keiner Provokation. Josy musste endlich ihre Fragen stellen. Vielleicht antwortete sie ihr, ohne sie in Grund und Boden stampfen zu wollen. Und vielleicht stürzte heute Nacht der Himmel ein.

Da sie nicht riskieren wollte, dass Will Bernadette das Fell über die Ohren zog, erklärte sie hiermit ihre Mission als gescheitert. Ihr Vorhaben war bescheuert gewesen. Sie nahm sich vor, gleich morgen früh die Herren der Sonderkommission anzurufen, um alles, was sie wusste, zu erzählen. Dann würden zwar unangenehme Details ihres Lebens ans Licht gelangen, aber sie begann sich langsam zu fragen, ob es das in diesem Fall nicht wert war.

»Was für ein Biest«, bemerkte Will und teilte das Brot. »Es wundert mich, dass du sie nicht schon vor Jahren erwürgt hast.«

Sie legte das halbe Brötchen auf die Seite und versuchte, sich den Tiefschlag nicht anmerken zu lassen.

»Ich habe mir wirklich Mühe gegeben, aber die Frau erkennt eine Beleidigung nicht einmal, wenn sie sich den Kopf daran stößt.« Will schnaubte.

Sie versuchte, sich krampfhaft abzulenken und trank einen Schluck Wein, als sich alle ihre Nackenhaare steil aufrichteten, gefolgt von einem unangenehm juckenden Prickeln, das sich über ihren Rücken zog. Automatisch veränderte sich ihre Wahrnehmung. Ihre Sensoren erfassten das Auftreten des Mörders. Sie verschluckte sich und prustete los. Hastig griff sie nach ihrer Serviette, um sie sich vor den Mund zu pressen, während sie unaufhörlich versuchte, die rote Flüssigkeit aus ihren Lungen zu bekommen. Ihre Augen tränten. Will war inzwischen aufgesprungen und klopfte ihr auf den Rücken.

»Danke«, sagte sie.

Josy …

Sie hörte die vertraute Stimme. Spürte, wie er näher kam, und drehte sich in Zeitlupentempo um. Wie im Traumzustand sah sie, wie Dan und Pat auf sie zukamen. Die Erkenntnis traf sie wie ein Güterzug. Im Leben wäre ihr nie in den Sinn gekommen, dass einer der beiden das perverse Schwein sein könnte.

Herrgott, wie viel elender konnte dieser Abend noch werden?

Bernadette und Blondi quiekten erfreut über deren Kommen. Josys Schwester ergriff das Wort. »Ihr seid aber spät, ihr beiden«, sagte sie tadelnd.

»Es tut uns leid. Wir konnten so schnell keinen Parkplatz finden«, rechtfertigte sich Pat.

Dan stimmte ihm zu und drehte sich zu Josy. »Hey.«

Er umarmte sie. Sie ließ es geschehen. Schluckte dabei Galle. Ihr Hirn lief zur Höchstform auf. Verbissen versuchte sie, ihr Gefühl einem der beiden Männer zuzuordnen. Es war nicht möglich, denn sie waren zu nah beieinander.

»Ihr kennt euch?«, fragte ihre Schwester, bekam aber keine Antwort.

»Will.« Dan hob kurz sein Kinn zum Gruß.

»Dan«, grüßte Will zurück.

»Könnten wir jetzt essen? Ich verhungere gleich«, kam es schmollend vom Nebentisch.

»Sicher«, sagte Pat und ging um den Tisch der Frauen herum, um sich zu setzen. Dan tat es ihm gleich.

Josy fand nicht heraus, wer mit wem ein Date hatte und der Moment, um zu fragen, verstrich. Das wäre ein nützlicher Anhaltspunkt, denn da sie die Blonde nicht kannte, schloss sie, dass ihre Schwester das nächste Opfer sein könnte.

Da es sich um einen quadratischen Tisch handelte und sich Männer und Frauen bei der Platzwahl abwechselnd hinsetzten, erhielt sie auch so keinen hilfreichen Hinweis, wer von den beiden das gewissenlose Monster war. Fassungslos und mit endgültig zugeschnürter Kehle setzte sie sich auf ihren Stuhl und ließ sich ins Bodenlose fallen.

Der schwarze Mann war nicht mehr unterm Bett versteckt, er war zu ihr zurückgekommen. Ihre schrecklichsten Vorstellungen wiederholten sich. Und schon wieder musste sie für ihr Vertrauen büßen, denn egal, wer es war, beide waren Freunde und Vertraute.

Energisch nahm sie ihre melancholische Seite an die Kandare und schnappte ihr Wasserglas. Jetzt war nicht der Zeitpunkt für

Selbstmitleid. Dafür drehte das Lachen der beiden Frauen ihr den Magen um. Sie feixten und schäkerten, ohne zu ahnen, dass einer der beiden Männer ein kaltblütiger Mörder und Sadist war.

Pat sah zu ihr herüber und zwinkerte. Josy zwang sich mühsam ein Lächeln aufs Gesicht. Er war von Beginn ihrer Zeit im SWAT-Team derjenige gewesen, der aus ihrer Truppe am schärfsten hervorgestochen war. Egal, wie blutig es zuging, er bewahrte Nerven und behielt den Durchblick. Deswegen hatte sie ihn auch ständig an die Spitze gestellt. Außerdem war er ein ausgezeichneter Schütze, der schnell und intuitiv handelte, ohne den Fokus zu verlieren. Hätte er die Frauen nicht eher erschossen, als sie mit einem Messer zu töten? Oder hätte das den Spaß an der Sache verdorben?

»Du bist kreidebleich«, riss sie Will aus ihren Überlegungen.

Sie sah ihn lange an. »Spürst du es nicht?«

»Ich besitze deine Gabe nicht. Aber mein Vorstellungsvermögen ist noch nicht eingerostet, genauso wenig wie mein Scharfsinn, und wenn ich in dein Gesicht sehe, weiß ich, was Sache ist.«

»Ich weiß nicht, welcher der beiden mir diese Gefühle schickt, ob er es mit Absicht tut oder sich heute nur nicht verstellen wollte. Will, ich schwöre bei Gott, ich habe es nicht gewusst. Egal, wer von beiden es ist, er hat sich immer verstellt und ich weiß nicht, wie er das geschafft hat.«

»Er hat dich ausgetrickst. Du brauchst dir keine Vorwürfe zu machen.«

Das tat sie aber. All die Menschen, die ihr Leben verloren hatten und sie war ständig im Kreis gerannt, ohne auch nur die geringste Ahnung zu haben.

Will nahm ihre Hand und küsste ihre Fingerspitzen.

Die Schwingungen verstärkten sich augenblicklich. Josy neigte ihren Kopf. Dan schaute herüber, sein Blick war wie ein Dolch, während er das Glas fest auf dem Untersetzer absetzte.

Dan?

Will registrierte ihre Gemütsbewegung, doch das Fass war

bereits am Überlaufen. Sie konnte keinen zusammenhängenden Satz formulieren, um ihr Verhalten zu erklären. Die Ungewissheit und diese trügerische Empfindung brachten sie um den Verstand.

Als sich Dan wegdrehte, stand sie auf und hastete auf die Damentoilette. Dort lehnte sie sich schwer atmend gegen die Fliesenwand und zählte bis hundert. Danach stellte sie das Wasser an, tupfte sich das erhitzte Gesicht damit ab.

Dan?

Konnte sie so blind gewesen sein? Dan hatte sie aufgefangen, ohne jemals eine Gegenleistung zu erwarten. Er hatte ihr wortlos auf die Beine geholfen. Sie aus dem Sumpf gezogen. Ihr Mut gemacht. Ihr Anerkennung gezollt. Ihr die Möglichkeit gegeben, etwas aus sich zu machen. Sie zum *Team Zero* versetzt, weil man sie dort verstand und brauchte.

Er konnte einfach kein heuchlerischer Meuchelmörder sein!

Wochenlang hätte er sie mit List und Heimtücke an der Nase herumführen müssen. Zweifelsohne hätte er eine besondere Fähigkeit besitzen müssen, um diese Seite vor ihr zu verbergen. Das war nicht möglich. Das hätte sie erkennen müssen! Doch warum nach dem Verborgenen suchen, wenn das Offensichtliche so nahe liegt? Dan war der Einzige, den sie nah genug an sich herangelassen hatte, damit er sie kennenlernen konnte. Durch ihre Akte kannte er einen Teil ihrer Geschichte. Er kannte ihre persönlichen Lebensumstände. Wusste von ihrer Vergangenheit. Wusste, wo sie aufgewachsen war. Er hatte alle nötigen Informationen besessen, um so lange in ihrem Leben herumstochern zu können, bis er auch das kleinste Puzzleteil zusammenfügen konnte.

Das hätte Pat allerdings auch zustande gebracht, wenn er gewollt hätte.

Sie wollte beides nicht glauben. Sie schob ihre Zweifel beiseite und konzentrierte sich auf die Fakten. Was war geschehen, nachdem ihre Welt offengelegt worden war? Konnte man es sich einfach zum Vorsatz machen, ihr Leben, ihre Lasten, ihr Leid, zu rächen? Sie wusste, dass es sich genau so zugetragen haben konnte. Schließlich wurden beinah alle ausgeschaltet, die zu ihren Seelenqualen einen Beitrag geleistet hatten. Wenn sie auch nur unbewusst ihren Anteil hinzugeschaufelt hatten – diese Menschen hatten dafür mit ihrem Leben bezahlen müssen.

Welche selbst gedrehte Moral konnte man für das Töten von Menschen vertreten? Oder war das für einen Mörder keine Frage der Ethik, der Moral? Stumm schrie sie in sich hinein, während sie sich an den Rand des Waschbeckens klammerte. Warum, verdammt? Aus Zuneigung? Aus Freundschaft? Aus Liebe? Sie konnte es nicht verstehen. Sie wollte es nicht verstehen. Verflixt, sie wollte es nicht einmal wahrhaben!

Und was bitte schön sollte sie nun tun? Für die Öffentlichkeit schmorte der Serienkiller bereits in der Hölle. Wie sollte sie beweisen, dass in Wirklichkeit Dan oder Pat für all die Morde verantwortlich war? Abgesehen davon, dass es keinerlei Beweise gab, um dem Täter wenigstes einen Mord anzuhängen, waren beide noch dazu hoch geachtete Polizisten. Menschen von Wert. Menschen, denen man die Frage nach Moral und Ethik gar nicht erst stellen musste. Selbst wenn die Staatsanwaltschaft ihr Glauben schenkte, würde es noch immer keine Beweise geben, die denjenigen eindeutig überführen konnten. Alles, was sie hatte, war ein Schuss ins Blaue. So oder so.

Da erkannte sie auch, dass heute tatsächlich ein fabelhafter Tag war, um sich ihr zu zeigen. Das Szenario war perfekt organisiert. Würde sie hier eine Szene machen, würde sie es mit ihrer Schwester zu tun bekommen, die aller Welt mit Freude verkünden würde, dass Josy das kranke Monster war. Und niemand sonst.

Scheiße. Scheiße. Scheiße.

»Josy?«

Will. Sie hatte ihn total vergessen. Sie rappelte sich mühsam auf und öffnete die Tür der Damentoilette. Wills Blick begegnete ihrem. Auf seinem Arm hielt er ihre Jacken.

»Geht es dir besser?«

»Ja. Tut mir leid.«

»Ich habe bereits bezahlt. Komm.« Er reichte ihr seine Hand.

Wortlos führte er sie zum Wagen. Als sie das Auto erreicht hatten und eingestiegen waren, fuhr er um die nächste Ecke.

»Was will dieser Hurensohn eigentlich mit dem ganzen kranken Scheiß bezwecken? Wochenlang, nein monatelang hat er mich an der Nase herumgeführt, nur um mir mitten in einem Restaurant die Erleuchtung zukommen zu lassen.«

Will antwortete nicht.

Josy hatte große Lust, zu schreien. Ihre ganze Wut hinauszuschleudern. So viele Menschen hatten ihr Leben geben müssen. Und warum? Wegen ihr? Sie konnte diese Bürde nicht tragen. Sie sah sich dieser Sache nicht gewachsen. Es war viel zu schrecklich. Sie stieß einen Seufzer aus, der tief aus ihrem Herzen kam.

»Und was tun wir jetzt?«

Will zeigte auf Dans BMW, der in einer Seitenstraße stand. Daneben stand Pats Pick-up. Von ihrer Position aus würde sie keiner der beiden sehen können. Andererseits, was würde das schon ändern? Schließlich wurden sie gerade aufs Spielfeld gebeten.

»Wir folgen ihm.«

Er musste nicht sagen, wen er mit ihm meinte. Josy vermied es außerdem, Will anzusehen, um der Wahrheit noch etwas entkommen zu können.

Dann warteten sie.

Eine halbe Stunde später führte Dan Bernadette zu seinem Auto. Ihr Gespür hatte sie also nicht getäuscht. Ihre Sinne reagierten ebenfalls sofort.

Sie griff mit beiden Händen in ihre Haare. »Er will sie töten ...«

Liebevoll nahm Will ihre Hände in seine und zog sie an sich. »Ich weiß. Ich weiß.« Bedächtig küsste er sie auf ihren Scheitel und streichelte ihren Rücken.

Die endgültige Gewissheit drückte unbarmherzig gegen ihre

Brust.

»Es tut mir so leid, dass es ausgerechnet Dan ist.«

»Das braucht dir nicht leidzutun.«

Ihre Fassade hatte Risse bekommen und sie wusste nicht, wie lange sie noch durchhalten konnte, ohne entwürdigend zusammenzubrechen.

»Du bist nicht für sein krankes Hirn verantwortlich.« Will drückte sie noch enger an sich. Ein verirrter Schluchzer hatte sich erfolgreich einen Weg nach draußen gebahnt. »Es ist okay, wenn du weinen möchtest. Du musst nicht immer stark sein.«

Sie presste sich eng an ihn. Sie wollte nicht weinen. Nicht jetzt. Aber ihre Augen waren anderer Ansicht.

»Ich mochte Dan nicht, weil er dich immer so angesehen hat. Ich war eifersüchtig, Josy, weil ich wusste, was er dir bedeutet und was du ihm bedeutest. Ich war eifersüchtig, weil es zwischen euch dieses wortlose Verständnis gab, das ich mir so sehr gewünscht habe. Aber dass er zu diesen Taten fähig wäre, hätte ich ihm nicht zugetraut und ich schwöre bei allen Heiligen: Ich bin alles andere als glücklich, dass er derjenige ist, den wir suchen.«

Wills Worte waren aufrichtig. Wenn sie nicht schon längst gewusst hätte, wie sehr sie ihm verfallen war, hätte sie spätestens in diesem Moment alle Schilde fallen lassen.

»Ich weiß«, flüsterte sie.

Aber ihre Gewissensqualen und den Schmerz in ihrem Herzen konnte auch er ihr nicht nehmen. Willst du jetzt heulen wie damals?, fragte die Stimme in ihrem Kopf boshaft. Josy straffte sich mit Mühe und Not. Es ging hier nicht um ihre Vergangenheit. Und auch nicht um eine gehässige Schwester. Es ging um ein Menschenleben. Um ein weiteres Menschenleben, das ihretwegen den Tod finden sollte. Und wenn sie durch die Hölle und wieder zurückgehen musste, diesen Mord würde sie nicht zulassen.

22. Kapitel

Wills Überlegungen überschlugen sich, während er dem schwarzen BMW Kombi den Hügel zu dem alten Herrenhaus hinauf folgte, wo sie am Tag zuvor Joshs Leiche gefunden hatten. Was hatte Dan geplant? Was wollte er mit seinem rätselhaft inszenierten Auftritt erreichen? Wollte er etwa Zweifel säen und hatte sich schließlich durch seine eigene Eifersucht ungewollt verraten?

Als Josy aus dem Gleichgewicht geraten war, hatte Will sofort erkannt, dass Dan hinter all dem steckte. Will hatte ihr den nötigen Raum gelassen, damit sie selbst das Ersichtliche begreifen konnte. Manchmal benötigte der Verstand nur wenige Sekunden, während das Herz sich noch lange gegen die Wahrheit sträubte. Er konnte sich jedoch nicht erklären, wie Dan es geschafft hatte, sein zweites Ich zu verhüllen. Und wie um alles in der Welt hatte er es die ganze Zeit über angestellt, seine Aura vor Josy zu verbergen?

Ihm fehlten leider die Antworten. Fragen hätte er durchaus genug.

Fest stand jedoch, er musste Dan auf frischer Tat ertappen, um ihn ans Messer liefern zu können. Wobei seine nüchterne Seite der Überzeugung war, dass Dan genau da nicht mitspielen würde. Bisher war Dan sehr gründlich gewesen. Hatte das Ganze zu einem grotesken Schachspiel der Superlative gemacht. Im Moment wollte Will gar nicht wissen, was Dan noch so alles aus dem Ärmel ziehen würde, um diese Partie zu gewinnen. Er konnte nur hoffen, dass Dan inzwischen so selbstsicher vorging, dass er bereits Fehler machte und diese würde sich Will zunutze machen.

Wills selbst gestricktes Konzept war also mehr als durchsichtig. Innerlich verkrampfte er. Er hatte diese eine Chance und er würde nicht scheitern. Josy war inzwischen ganz still geworden. Er wusste, er würde ihr ihre Vorwürfe nicht ausreden können. Eines konnte er allerdings tun. Dan zur Rechenschaft ziehen. Und zwar ein für alle Mal.

Der Wagen ruckelte, als er über einen größeren Stein fuhr. Er folgte Dan ohne Scheinwerferlicht, um wenigstens unangemeldet aufzutauchen. Die zunehmende Dunkelheit hier in der Einöde und das unwegsame Gelände erschwerten die Fahrt erheblich. Da er nun wusste, wohin die Reise führte, reduzierte er das Tempo.

»Könntest du Alexa anrufen und ihr sagen, sie soll die Jungs hier hochschicken?«

Josy saß zusammengekauert neben ihm. Nun richtete sie sich auf und griff nach ihrer Tasche, um nach dem Handy zu suchen.

»Kein Empfang. Warte. Doch, jetzt geht's.« Sie hielt sich das Mobiltelefon ans Ohr, sah sich aber kurz darauf wieder das Display an. »Schon wieder weg. Verdammtes Ding.«

»Nimm meins.« Er griff in die Hosentasche und zog sein Motorola hervor.

»Das gleiche Problem. Wenig bis gar kein Empfang. Shit«, sagte sie und seufzte. »Sollen wir umkehren?«

Er sah zu ihr hinüber. »Dann könnte es für Bernadette bereits zu spät sein.« Umkehren würde er nicht. Aber schließlich waren sie zu zweit, erfahren und geübt genug, um Dan überwältigen zu können.

»Glaubst du nicht auch, dass er auf uns wartet, damit er eine Show abziehen kann?« Schwungvoll warf Josy ihr Handy zurück in ihre Tasche.

Im Prinzip konnte alles möglich sein. Herausfinden würden sie es erst, wenn sie mitten im Geschehen waren. Etwa hundert Meter vor dem Haus stellte er den Motor ab, nahm zwei Pistolen aus dem Handschuhfach und reichte Josy eine.

»Danke. Ich habe meine«, sagte sie und griff zu ihrem Holster am Unterschenkel.

»Warst du schon jemals ohne deine Glock unterwegs?«

»Nicht, dass ich mich dran erinnern könnte.«

Will ging um sein Fahrzeug herum und wartete, bis Josy ihren langen Zopf zu einem Knäuel auf ihrem Kopf verstaut hatte. Dann zog sie ihre Schuhe aus, warf diese auf den Rücksitz und krempelte ihre Hose ein Stück hoch.

»Fertig«, meinte sie und deutete auf das Haus, das heute Nacht noch gespenstischer als gestern aussah.

Hohe Bäume und dicke Büsche säumten das weitreichende Grundstück. Außerhalb dieser natürlichen Barriere befand sich weites Ackerland. Die gesamte Anlage um das pompöse Haus wirkte ungepflegt und schmuddelig. Seit dem Tod des ehemaligen Hausherrn schien niemand den Rasen zu pflegen oder die Büsche zu stutzen. Auch Josh, der das Haus vor einem Jahr geerbt hatte, hatte nichts an dem Zustand verändert. Mittlerweile waren dicke Wolken aufgezogen und verdüsterten den Nachthimmel. Nur vereinzelte Blitze erhellten die Wolkendecke in der Ferne. Die Luft roch bereits nach Regen. Will lief mit Josy um einen Dornenbusch und spähte zur Einfahrt. Dans BMW war nirgends zu sehen. Es deutete auch nichts darauf hin, dass in den vergangenen Stunden eine Polizeiwache hier vorbeigekommen war. Nachdem der vermeintliche Mörder ermittelt war, war das vermutlich nicht als nötig erachtet worden und Dan hatte sich das zunutze gemacht. Alles, was nun auf seine Anwesenheit hindeutete, waren die matten Lichter hinter den Fenstern im Parterre, die Schatten auf die Kieseinfahrt warfen. Das Klirren eines Windspieles und das ferne Grollen eines aufziehenden Gewitters zerrissen die Stille der Nacht und übertönten die Geräusche ihrer Atmung. Josy ging dicht neben ihm. Büsche und Sträucher dienten als Sichtschutz, während sie sich Meter für Meter näher ans Haus schlichen.

Beim Schrei einer Krähe fuhr Josy zusammen. Beruhigend legt er seine Hand auf ihre Schulter.

»Sie war auch gestern hier«, sagte sie im Flüsterton.

Dann ging sie weiter. Er hatte die Krähe gestern ebenfalls bemerkt. Aber er wollte sich nicht näher damit beschäftigen. Krähen waren keine Vögel, die von der Liebe sangen. Jetzt waren sie dem Haus schon so nah, dass er das Windspiel auf der Veranda sehen konnte, das er schon eine Weile hörte. Die dünnen Seile, kleine hölzerne und metallische Stäbe wehten im Wind und verliehen dem Haus eine Atmosphäre wie in einem

B-Movie. War das bei ihrem letzten Besuch auch schon dort gewesen?

»Hast du dein Handy mit?«, fragte Will und zwang Josy zum Stehenbleiben.

»Ja.«

»Hör mir zu.« Er griff nach ihren Handgelenken. »Ich möchte, dass du hier draußen bleibst und nach einer Stelle suchst, an der man Empfang hat. Wir werden hier Verstärkung brauchen.«

Will war der Auffassung, dass sie beide Dan ohne Weiteres allein bezwingen konnten, aber er wollte nicht, dass Josy dieses Haus betrat. Nicht, weil er ihr nicht zutrauen würde, mit der Situation klarzukommen oder weil er es ihr nicht zumuten wollte, sondern weil er nicht wusste, was Dan geplant hatte. Vielleicht war es eine Falle. Ihren Protest erstickte er bereits im Keim.

»Ich weiß, dass du ihn dafür bezahlen lassen möchtest. Aber er hat dich in diesem Restaurant viel zu schnell entkommen lassen. Er spielt mit uns. Und ich will nicht riskieren, dass er komplett durchdreht und dir etwas antut. Wahrscheinlich ist das das Letzte, was er tun will, aber er hat auch schon zu oft bewiesen, wie kaltblütig er sein kann. Wenn er dich erwartet und ich dort auftauche, kann ich vielleicht den Überraschungseffekt nutzen.«

Dass das Ganze auch eine Falle sein konnte, ließ er absichtlich außen vor.

Josy seufzte. »Ich gebe dir zehn Minuten. Keine Sekunde länger.«

Er lächelte. Dann küsste er sie, bevor er sie stehen ließ und zur Veranda schlich. Dort stellte er sich mit dem Rücken zur Wand. Vorsichtig spähte er durch die Fenster, sah den Eingangsbereich, die breite Treppe, die in das Obergeschoss führte und abgedeckte Möbelstücke. Er entschied, es zuerst durch die Tür im Garten zu versuchen, die er gestern ausgemacht hatte. Denn würde er den Vordereingang nehmen, wäre er zu sehr Zielscheibe für die Schatten der angrenzenden Zimmer, und Zimmer gab es schließlich einige.

Er durchquerte den unbeleuchteten Garten, verschmolz mit der Dunkelheit und folgte dem Weg der kleinen Steinplatten, bis er schließlich diese Tür erreichte. Abgeschlossen. Ein paar verwitterte Stufen führten zu einem Abgang, der einen weiteren Eingang barg. Vermutlich den Kellereingang. Er schob ein paar lange Holzlatten beiseite und kämpfte sich den Weg durch verwachsenes Gestrüpp frei, um die Stufen hinunterzusteigen. Ebenfalls abgeschlossen. Die Tür mental zu öffnen, würde zu viel Lärm machen. Mit den Händen tastete er die Tür und den Türrahmen ab, bis er schließlich den lehmigen Boden erreichte. Ein Blumentopf. Darunter ein Schlüssel. Jackpot. Nach einigen Anläufen öffnete sich das Schloss. Die Tür gab nur widerwillig und ebenfalls zu laut für seinen Geschmack nach. Muffiger, lauwarmer Geruch nach vermodertem Stoff und verschimmeltem Gemäuer wallte ihm entgegen.

Nachdem er nicht das leiseste Geräusch vernahm, zog er seinen Autoschlüssel aus der Hosentasche, an dem eine kleine Taschenlampe hing. Mit einem dünnen, matten Strahl leuchtete er in das Innere des Hauses. Gerümpel, alte Gartenmöbel und stinkendes verfaultes Brennholz türmten sich bis zur Decke. Beim Eintreten musste er sich ducken, um durch die Tür zu passen, dabei entfernte er Spinnweben, die sich im Laufe der Jahre angesammelt hatten.

Der Keller war nicht gerade das Prunkstück des Hauses. Rattenkot war in jeder Ecke zu entdecken, ebenso passende Fallen, die die Schädlinge vernichten sollten.

In sich zusammengefallene Regale lagen kreuz und quer am Boden. An der hinteren Wand lehnte ein uraltes Fahrrad. Er beleuchtete jeden Winkel, achtete dabei auf jeden Schritt, um nicht versehentlich über etwas zu stolpern, das sein Eintreffen verraten hätte.

Auf leisen Sohlen betrat er den nächsten Raum und stellte fest, dass das gesamte Haus vollständig unterkellert sein musste. Türen gab es hier unten keine. Unverputzte Durchgänge verbanden die Räumlichkeiten. Er stieg über einige Pappkartons und alte Stoffmäntel, die achtlos verstreut auf dem kalten

Steinboden lagen, bis er schließlich in einen langen, fensterlosen Gang kam. Am Ende des Ganges musste sich die Treppe ins Erdgeschoss befinden, aber um das erkennen zu können, musste er sich weiter vorarbeiten.

Dort erkannte er jetzt zwei Türen. Auf einer war ein gelbes Schild angebracht. Anscheinend befand sich dahinter der Heizraum. Bevor er den Gang betrat, schaltete er die Taschenlampe aus und horchte.

Will wollte seinen Weg schon fortsetzten, als er das Scheppern von etwas Metallischem hörte. Er presste seinen Rücken an die Wand und wartete, bis er die Entfernung des Geräusches ausmachen konnte. Er erwartete Stimmen, doch außer dem Klang, als klappere jemand mit Besteck, vernahm er nichts. Es war nicht weit entfernt, daher entsicherte er seine Waffe und schritt an der Wand entlang dem Geklirr entgegen.

Ein weiteres Klicken ertönte in dem Moment, als er einen sengenden Schmerz im Nacken spürte. Zügig fuhr er herum, griff gleichzeitig nach der schmerzenden Stelle und zog sich etwas Pfeilähnliches aus der Haut. Unverzüglich suchten seine Augen die Dunkelheit nach dem Schützen ab. Dieser musste sich hinter ihm befunden haben, doch da war niemand. Nur gähnende Leere.

Will hastete die paar Meter zurück und bog mit schussbereiter Waffe um die Ecke in den letzten Kellerraum. Mit angehaltenem Atem und gestrafftem Körper taxierte er in völliger Stille jeden Winkel, während er sich Deckung hinter Vorsprüngen und Gerümpel verschaffte.

Jäh begannen seine Lider zu flatterten, wurden schwer. Betäubungsmittel.

Kurz und heftig schüttelte er den Kopf, doch das Toxin breitete sich rasant in seinem Blutkreislauf aus. Die plötzliche Müdigkeit legte sich wie Eisenfesseln um seinen Körper. Er hatte Schwierigkeiten, seine Augen offen zu halten. Seine Glieder begannen zu kribbeln, fühlten sich taub an. Plötzlich nahm auch der Schatten Gestalt an. Doch er war nicht mehr in der Lage, zu zielen, geschweige denn, zu schießen. Sein Gewicht verlagerte sich auf seine Knie, die sogleich einsackten. Mit den Händen stützte er sich ermattet am Boden ab.

»Dan, ich werde …«

»Gar nichts wirst du«, schnitt Dan ihm das Wort ab und trat vor ihn. »Ich werde.«

Wills Gliedmaßen gehorchten nicht mehr. Zorn wallte auf und wütete in ihm wie ein wilder Orkan. Er versuchte, durch den Einsatz seiner Gabe Dans Gewehr wegzuschleudern. Doch er schaffte es nicht, seinen Kopf aufrecht zu halten, um das Ziel anzupeilen. Er konnte nicht einmal seinen Oberkörper vor dem Fall bewahren. Dumpf prallte er auf dem steinigen Untergrund auf.

»Hast du gedacht, ich würde dich so einfach davonkommen lassen?« Dan lachte hämisch. »Nein, Will. Du wirst keine Chance bekommen, Josy das Herz zu brechen. Denn das werde ich verhindern. Und nun ...« Dan zielte auf Wills Hals. »Darfst du die Dosis Halluzinogen genießen, die Josy unfairerweise für dich bereits bewältigt hat. Mal sehen, ob du das auch so bravourös meisterst, wie sie es konnte. Während ich mich mit zwei Damen vergnüge, wirst du schön schlafen, und wenn du wieder aufwachst, wirst du dich ausgiebig deinen Ängsten stellen. Danach werden wir sehen, wie wir dich in den Himmel schicken.«

Dann drückte er ab.

23. Kapitel

Josy zählte die Sekunden, während sie vergebens auf Empfang hoffte. Dabei huschte sie zwischen den Sträuchern hin und her und verfluchte sich, weil sie Will alleine in das Haus hatte gehen lassen. Natürlich hatte er gute Begründungen gehabt. Aber waren sie so gut, dass sie darauf vertrauen konnte, dass er die Lage unter Kontrolle hatte?

Zwanzig Sekunden verstrichen, ehe sie sich dazu entschloss, in den Verstand ihrer Schwester einzudringen, um den Stand der Dinge zu erkunden. Weitere dreißig Sekunden, ehe sie wieder zurück in ihrem Körper angelangt war. Bernadette lag angekettet auf einem glatten, kalten Untergrund im Dunkeln. Sie war panisch und kämpfte gegen die Sturmflut ihrer Tränen, während sie sich fragte, wie sie in so eine Situation geraten konnte.

Nun wusste sie wenigstens, dass ihre Schwester nicht tot war. Die schlechte Nachricht war allerdings, dass Dan sich nicht in Bernadettes Nähe aufhielt. Also musste Josy annehmen, dass sich Will mit ihm auseinandersetzte. Sie eilte auf die Veranda und lugte durch das Fenster. Kein Will. Kein Dan. Niemand.

Verdammt. Sie ging um das Haus in den Garten und hockte sich hin, während sie bereits ihre Fühler um Dans Verstand legte. Er wusste ohnehin, dass sie hier war. Also konnte sie sich einen kleinen Abstecher erlauben und würde ihn unter Umständen sogar ablenken.

Nach wenigen Augenblicken stellte sie beklommen fest, dass sie sich in unüblicher Weise immer weiter von ihrem Körper entfernte. Sie wurde regelrecht in Dans Verstand gezogen. Ihre Gliedmaßen fühlten sich plump und schwerfällig an. Ihr war, als würde sie sich vollständig aus ihrem Körper lösen und damit auch die Kontrolle über seine Funktionen einbüßen. Das war keinesfalls ein Normalzustand.

Sie versuchte auf halbem Weg umzukehren, doch daran wurde sie heftig gehindert. Etwas zog sie immer weiter, hatte sie vollständig am Haken.

Gottverdammte Scheiße.

Ungewollt musste sie ihren Widerstand aufgeben. Um nicht umzufallen, setzte sie sich ins Gras und ließ das Unausweichliche geschehen. Das Erste, was sie feststellte, als sie bei ihm ankam, war Anspannung und ein tief sitzender Groll. Um Dan herum herrschte eine erdrückende Stille, eine geladene Ruhe. Seine Augen hatten sich bereits der Dunkelheit seiner Umgebung angepasst und nahmen etwas Bewegliches hinter der nächsten Ecke ins Visier. Ein paar Zentimeter weiter rechts. Dann drückte er einen Abzug. Josy sah Will, der sich um die eigene Achse drehte und einen Pfeil aus seinem Nacken zog. Entsetzt sah sie zu, wie Dan einige Schritte rückwärtsging, bevor Wills Waffe an ihm vorbeischwenkte.

Dan atmete nicht. Bewegte sich nicht. Gab keinen Laut von sich. Er stand einfach nur da und sah Will zu, der langsam die Kontrolle über seinen Körper verlor. Bevor er in sich zusammensackte, trat Dan näher zu ihm.

»Dan, ich werde ...«

»Gar nichts wirst du. Ich werde.«

Will versuchte unter Anstrengung, seinen Kopf zu heben, bevor ihm die Kraft ausging und er auf dem Boden aufschlug. Dan triumphierte innerlich über Wills Niederlage. Genauso hatte er es sich gewünscht. Genauso hatte er es sich tagelang ausgemalt. Alles verlief nach Plan.

Josy wurde schlecht.

»Hast du gedacht, ich würde dich so einfach davonkommen lassen?« Dans spöttisches Lachen legte sich wie frostige Klauen um ihre Brust. »Nein, Will. Du wirst keine Chance bekommen, Josy das Herz zu brechen. Denn das werde ich verhindern. Und nun ...« Dan hob sein Gewehr. »Darfst du die versprochene Dosis Halluzinogen genießen, die Josy unfairerweise für dich bereits bewältigt hat. Mal sehen, ob du das auch so bravourös meisterst, wie sie es konnte. Während ich mich mit zwei Damen vergnüge, wirst du schön schlafen, und wenn du wieder aufwachst, wirst du dich ausgiebig deinen Ängsten stellen. Danach werden wir sehen, wie wir dich in den Himmel schicken.«

Dann drückte er ein weiteres Mal ab. Der zweite Pfeil traf Will seitlich am Hals. Dan beugte sich über Will, der noch immer gegen die Mattigkeit ankämpfte, griff unter seine Achseln und schleifte ihn zurück in den Gang, hinauf zu zwei Türen. Er öffnete die, die mit einem gelben Schild versehen war, schaltete das Licht an und kniff die Augen zusammen. Beschwerlich zerrte er Wills Körper in das Zimmer, in dem ein Heizkessel stand. Dort legte er ihn auf den gefliesten Fußboden und betrachtete ihn, wie ein Jäger es bei einem erlegten Wild tun würde.

Sein nächster Gedankengang verursachte Josy dann endgültig Übelkeit. »Bitte nicht. Tu das bitte nicht.«

Doch ihr Flehen hörte niemand. Sie war gefangen in Dans Verstand und musste mit ansehen, wie er ein schweres Jagdmesser mit gezackter, langer Klinge ergriff. Er wog das Gewicht in seiner Hand. Der Griff passte sich geschmeidig seiner Handfläche an, während er ihn fest umschloss. Er stellte sich vor, wie die scharfe Schneide über Haut strich, sich tief in Fleisch bohrte. Er rief sich die Gesichter der Frauen in Erinnerung. Erinnerte sich an die Ungläubigkeit, die sie aufsetzten, wenn sie ihn und das Messer sahen. Wie schnell der Ausdruck in blankes Entsetzen wechselte, ehe sie begriffen, dass ihr Leben einzig und allein in seiner Hand lag. Diese Freude würde ihm Will gewiss nicht machen, dessen war er sich bewusst.

Wie flüssigen Honig ließ er seine Erinnerungen noch etwas träufeln, bevor er sich darauf besann, was er eigentlich tun wollte. Mit einer einzigen, schnellen Bewegung stach er das Messer tief in Wills Oberschenkel. Das eisblaue Feuer in Wills Augen flammte ein letztes Mal mit Abscheu und Schmerz auf, ehe es verblasste und sein Leib endgültig erschlaffte.

Josys stummer Schrei wurde von einem Donnergrollen begleitet. Ihre Tränen vermischten sich mit ersten Regentropfen. In völliger Erschütterung krallte sie ihre Finger in die feuchte Erde.

»Gut, dass ihr Bastarde nicht so schnell verbluten könnt.«

Oh Gott, Will. Bitte nicht. Auch wenn alle Mitglieder des

Team Zero aufgrund ihrer genetischen Eigenart ein geringeres Risiko trugen, schnell zu verbluten, so waren sie doch ebenso sterblich wie jeder andere Mensch.

Dan zog das Messer heraus und wischte es an seiner Hose ab, dann erhob er sich und lächelte siegessicher. Nun hatte er wenigstens sichergestellt, dass Will nicht weit kam, käme er hier irgendwie heraus. Dan war zufrieden, vor allem hatte er seinen unbändigen Hunger an Zerstörung etwas stillen können.

Zutiefst schockiert und mit aller Kraft versuchte sie, Dans Verstand zu verlassen, während sie ihren trägen Körper rückwärts zu bewegen begann, um sich zu verstecken, bis sie wieder die vollständige Gewalt über ihre Bewegungen zurück erlangt hatte. Doch ihre Bemühungen, wieder in ihren Körper zurückzukehren, waren vergebens. Sie steckte fest.

Ihren Blick noch immer auf das Haus gerichtet, schleppte sie sich rückwärts, bis sie den Stein des Brunnens in ihrem Rücken spürte. Einsetzender Regen prasselte wie Nadelstiche auf ihre Haut. Sie war klatschnass und zitterte. Doch ihr Zittern kam keineswegs von der Kälte. Es war Empörung, die sie beben ließ. Japsend lehnte sie sich an den Stein und versuchte, sich zu organisieren. Sie musste aus Dan raus, sonst hatte sie keine Chance, Will zu helfen und sich gegen Dan zur Wehr zu setzen. Und bei Gott, sie würde Dan umbringen.

Inzwischen hatte Dan den Keller beinah verlassen. Er suchte nach ihr. Aber er wusste nicht, wo sie sich befand. Josy streckte ihre Hände zu beiden Seiten aus, um sich hochhieven zu können, als sie etwas ertastete. Was war das? Sie tastete sich weiter nach oben. Heiliger.

Zwei Polizisten. Zwei tote Polizisten saßen links und rechts von ihr, starrten mit leerem Ausdruck auf das Haus, ihre Hände im Schoß gefaltet, als würden sie beten. In ihren Stirnen prangte ein sauberes, präzise geschossenes schwarzes Loch, als hätten sie um den Schuss gebeten oder ihn selbst gesetzt. Ein Blitz zerriss den Himmel, erhellte die beiden Männer. Sie schauderte.

»Josephine«, rief Dan mit einer ihr fremden Stimme. Er klang zerstreut. Ein bisschen verrückt. Er kam in den Garten, aber er sah sie nicht.

Sie fühlte sich wie in einem Sumpf, wo es von Krokodilen nur so wimmelt. An jeder Ecke konnte Gefahr lauern. Das wäre alles nicht so tragisch, würden ihr die Arme und Beine gehorchen. Aber alles, was sie zustande brachte, waren zähe Bewegungen, die sie derart ermüdeten, dass ihr schummerig wurde. Zentimeter für Zentimeter robbte sie von den Leichen weg, um hinter den Brunnen zu gelangen. Sie störte sich nicht an dem dornigen Gestrüpp, das ihr Gesicht, Hände und Unterarme zerkratzte. Alles, was zählte, war ein Unterschlupf. Und sei es nur, damit sie ein paar Minuten herausschinden konnte, um Kraft zu sammeln. Ihr Vorteil, und leider auch ihr einziger, lag darin, dass sie wusste, wo Dan war. Und nicht umgekehrt. Zumindest schaffte sie es bis hinter den Brunnen, bevor er die Richtung seiner Suche änderte.

Ohne zu verschnaufen, lehnte sie ihre Schulter gegen das Gestein und spähte in die Richtung, aus der er bald auftauchen würde. Mühsam zog sie ihre Glock aus ihrem Holster und entsicherte sie. Dann bewerkstelligte sie, sich auf die Knie zu ziehen. Den Unterarm positionierte sie am Rand des Brunnens. Der Lauf ihrer Waffe war auf die Schemen der Nacht gerichtet, in der Hoffnung, Dan würde direkt auf sie zulaufen. Etwas Zuversicht konnte nicht schaden. Schließlich hatte sie nur diese Möglichkeit. Diesen einen Versuch durfte sie auf keinen Fall versauen. Dann wartete sie in trügerischer Sicherheit.

Im selben Moment, in dem sie sich durch seine Augen sah, war er im richtigen Winkel zu ihrem Lauf. Josy drückte ab. Ihr Arm verrutschte. Der Schuss ging ins Leere. Die Glock fiel aus ihrer Hand und landete im Gras. Keuchend warf sie sich hinterher. Das Ganze hätte besser laufen müssen. Doch für solche Szenarien stand leider Gottes kein Choreograf zur Verfügung. Somit waren Improvisationen unvermeidbar und ihre war buchstäblich für den Arsch. Während sie sich um ihre Waffe bemühte, schimpfte sie vor sich hin. Für ihre momentane Trägheit war sie relativ schnell, um die Glock zu fassen, doch Dan war viel schneller als sie.

Seine Hände packten sie. Grob warf er sie auf den Rücken. Die Kollision mit dem Erdboden presste den Sauerstoff aus ihren Lungen.

»Du willst mich erschießen? Für das, was ich für dich getan habe, wünschst du meinen Tod?« Seine Züge verrieten seine Verstimmung, wenn er auch leise und beherrscht zu sprechen versuchte.

»Du sollst in der Hölle schmoren«, presste sie beschwerlich hervor.

Seine Ohrfeige traf sie hart. Ihre Lippe platzte auf. »Du undankbares Miststück. Weißt du, wie viel Zeit und Geduld mich das Ganze gekostet hat? Wie viel Vorbereitung und Arbeit? Hast du eine Ahnung, was ich für dich riskiert habe?«

Sie musste blinzeln, denn der Regen traf ihr ins Gesicht. »Du hast es doch genossen.« Ihre Stimme war dünn. Jede Silbe kostete unendlich viel Kraft. Dazu hörte sie ihr eigenes Echo, da sie in Dans Kopf steckte und er direkt bei ihr stand. Jeder Laut kam doppelt an. »Du brauchst mich doch nur als Vorwand.«

Ihre Anschuldigung traf ihn unvorbereitet. Er entgleiste kurz. Dann wurde er wieder ärgerlich. »Das habe ich für dich getan«, brauste er auf und griff forsch unter ihren Rücken.

Mit einem Ruck hob er sie hoch. Dann drückte er sie fest an seine Brust und stapfte auf das Haus zu. Als er an den Leichen der Polizisten vorbeikam, trat er einen Fuß beiseite. »Alles blutige Anfänger.«

Nicht jeder konnte das Morden im Blut haben. Josy verkniff sich jeden Kommentar über die Cops, die vermutlich hier auf Streife gewesen waren. Sie sah Dan an. Ein völlig unbekannter Mensch. Seine sonst tröstenden Augen waren schmal und wirkten fremd. Genauso seine Lippen, die er dünn zusammenpresste. Nichts erinnerte noch an den gutherzigen, sanftmütigen Dan, wie sie ihn gekannt hatte.

Doch das war ihre geringste Sorge. Wenn sie auch ihre Körperfunktionen nicht in vollem Maße steuern konnte, so waren ihre Gefühle umso deutlicher zu spüren. Und dabei behielt die Furcht um Will die Oberhand. Furcht, wie sie sie so nicht kannte.

Auch musste sie an ihre Schwester denken und wie sie die beiden aus diesem Schlamassel heil herausbekommen konnte.

»Wo ist Bernadette?«

Er sah auf sie herab. »Wir werden jetzt ein bisschen Spaß mit ihr haben.« Seine Miene erhellte sich.

Sie versuchte, sich erneut aus seinem Verstand zurückzuziehen.

Dan schüttelte den Kopf. »Erst, wenn ich es sage.«

Er spürte sie also tatsächlich und befehligte bis zu einem gewissen Grad ihre Fähigkeit. Aber wie? Die Frage stand vermutlich in ihrem Gesicht geschrieben.

»Alles zu seiner Zeit, mein Mädchen. Ich werde dir alles in Ruhe erklären.«

Als die Krähe zu kreischen begann, stürzte sie auch schon auf sie beide zu. Mit Gewalt zog Josy schützend ihre Arme vor ihr Gesicht. Doch sie war nicht Ziel der Attacke. Mit Schnabel und Krallen ging die Krähe auf Dans Kopf los. Sie hackte auf seine Schläfe ein, zerkratzte seine Wange. Dan wirbelte mit Josy im Arm herum und fluchte, doch der pechschwarze Vogel mit den stechenden schwarzen Perlenaugen ließ sich nicht abwimmeln. Mit schrillem Gekreische attackierte die Krähe Dan, während Josy den unkoordinierten Bewegungen seines Abwehrmanövers hilflos ausgeliefert war. Durch das Schwindelgefühl wurde ihr schwarz vor Augen. Die Laute des Tieres hallten in ihrem Kopf wider und verursachten ein Hämmern in ihrem Schädel. Als die Krähe erneut energisch auf Dan einhackte, ließ er Josy los. Sie fiel.

Schmerz in ihrer linken Schulter explodierte wie ein Feuerwerk, als sie auf dem Boden aufschlug. Sie verlagerte ihr Gewicht, damit sie nicht auf dem ausgekugelten Arm liegen musste.

Dan hingegen kämpfte noch immer mit dem dunklen Geschöpf. Blut rann bereits an der Seite seines Gesichtes herunter, wurde vom Regen weggewaschen. Der Vogel ging unaufhörlich auf ihn los. Dan hätte fünf Hände benötigt, um den Schaden, den die Krähe anrichtete, abzuwehren. Trotz des starken Wolkenbruches erhob sie sich mit schwerem Flügelschlag in die Luft, um sich erneut auf Dan zu stürzen.

Josy nutzte diesen Moment und riss sich von Dans Geist los. Tatsächlich war er abgelenkt genug, um nicht zu bemerken, wie sie sich aufrappelte. Ihr Arm war ihr dabei egal. Sie schüttelte die Nachwirkungen ihres geistigen Auswärtsbesuches ab und rannte auf die Baumgruppe zu. Auf diesem Weg würde sie zwar länger ins Haus brauchen, Dan würde aber hoffentlich denken, sie wäre dabei, abzuhauen.

Ein Schuss gellte durch die Dunkelheit. Die Krähe hörte auf zu schreien. Ihre Glock in Dans Händen hatte den Angreifer wohl erledigt. Seine Treffsicherheit hatte er mit einsetzendem Wahnsinn also nicht eingebüßt.

Keine Minute später spürte sie es am eigenen Leib. Sie hatte sich eine Schussverletzung immer irgendwie anders vorgestellt. Zumindest dachte sie dabei nicht an einen Mark verzehrenden, bohrenden Schmerz, der als Höllenqual in ihrem Hirn mündete und dann durch jede Faser ihres Leibes bis zu der angeschossenen Stelle sauste. Und das war noch die Untertreibung des Jahrhunderts.

Nun wollte ihre angeschossene Wade bei keinem Schritt mehr mitmachen. Genauso wenig ihr Kreislauf, der sich eine Sekunde zu lange ausschaltete, sodass sie mit dem Gesicht im Matsch landete. Sie spuckte Dreck und bemühte sich, kriechend weiterzukommen. Schon der Versuch war lächerlich. Dan schnappte ihren intakten Fuß und zog sie zu sich. Als er sie hochhob, zog sie scharf den Atem ein und gestand so ihren Zustand ein. Scheiß auf Courage.

»Was bist du nur für ein durchgeknalltes Arschloch!«

Ihre Wunde pulsierte, ihr Arm pumpte Schmerzwellen durch ihren Körper, und ihr Bewusstsein wollte sich unbedingt verabschieden. Sie hatte keine Energie mehr, um sich gegen Dan zu wehren, dessen Miene seine Wut spiegelte und andeutete, dass er kurz davorstand, endgültig zu explodieren. Was wollte er dann tun? Sie eigenhändig durch den Fleischwolf ziehen?

Sie wusste nicht, was mehr wehtat. Ihre Verletzungen oder das Wissen, dass Dan sie ohne zu Zucken erledigen würde.

Er brachte sie wortlos in den Keller, in den Raum, der nicht weit von Will entfernt war. Dort schaltete er grelle Neonröhren ein, die einen großen quadratischen Grundriss erhellten. Oh Shit, der Raum sah aus wie in ihrem Traum. Verdammt mieses Karma. Die Wände waren in sterilem Weiß gehalten, der Boden grau gefliest. In der Mitte standen zwei Metalltische, die wie Operationstische aussahen. Auf einem lag ihre Schwester. Füße und Hände angekettet. Ihr Mund war mit einem Klebeband zugeklebt. Sie sah aus, als würde sie schlafen.

War sie bewusstlos? Hatte er sie betäubt?

Wie einen nassen Sack legte er Josy auf den leeren Tisch. Als er ihre verwinkelte Schulter sah, zog er seine Stirn in Falten, nahm ihren Arm und kugelte das Gelenk kurzerhand ein.

Josys Verstand wurde von einem kaum auszuhaltenden Schmerz überschwemmt. Großer Gott. Mehr war an einem Tag nicht mehr zu verkraften. Sie biss die Zähne aufeinander, und dennoch konnte sie alles nur verwischt und schemenhaft erkennen, während er sie fesselte.

Der Schmerz lähmte sie. An Widerstand war nicht zu denken. Einige Minuten verstrichen, ehe sie wieder geradeaus denken konnte, ohne sich dabei übergeben zu wollen.

»Was soll das Ganze, Dan?

Selbst in ihren Ohren klang diese Frage zu banal angesichts ihrer ausweglosen und sehr qualvollen Situation.

»Das sagte ich doch bereits.«

Hinter der Tür standen ein kleiner Schrank und ein Stuhl. Er öffnete den Schrank und holte einen Verbandskasten heraus, dem er eine Mullbinde entnahm und diese an seine verletzte Schläfe drückte. Er blutete stark. Woraus sie schloss, dass er nicht aus ihrem Holz geschnitzt war, in vielerlei Hinsicht. Wie hatte er ihre Fähigkeit manipulieren können, wenn er selbst keine besaß? Okay, langsam. Eins nach dem anderen.

Mit seiner freien Hand schnappte sich Dan den Stuhl und setzte sich neben Josy. Er war ebenfalls triefend nass. Sein

Hemd klebte an seinem Oberkörper und seine Schuhe machten schmatzende Geräusche. Er fuhr sich über den Kopf, um sein Haar zu ordnen, das der Kopfhaut anhaftete.

»Du hast gesagt, dass du das alles für mich getan hast. Doch das stimmt nicht. Ich habe deine Gefühle wahrgenommen. Du hast es genossen. Du bist ein krankes Schwein, Dan.« Verhöhne niemals deinen Peiniger, während du gefesselt vor ihm liegst. Aber wer hielt sich schon an Handbücher?

»Ach. Analysierst du mich?«

»Hör schon auf«, spie sie ihm entgegen. »Warum? Sag mir, warum du das alles getan hast!«

Er funkelte sie betrübt an. »Hättest du einmal deine Augen geöffnet, wüsstest du, wie viel du mir bedeutest. Dann müsstest du diese Frage nicht stellen.«

Seine Bitterkeit war unüberhörbar. Doch in Anbetracht ihrer zerschossenen Wade hatte sie starke Zweifel an seinem Geständnis. »Und deswegen mussten all die Menschen ihr Leben geben?«

Dan stand auf und tigerte mit verletzter Haltung hin und her. Josy hatte nicht gewusst, dass sie ihn in all den Jahren mit ihrem Verhalten gekränkt hatte. Aber sie hatte nie den Eindruck, er wünschte sich, sie würde ihm mehr als nur ein Freund sein.

»Sagt dir der Name Dr Westermann was?«

Dan lehnte sich gegen den Türrahmen und versuchte, wieder lässig zu erscheinen, seine Verbitterung zu verbergen. Indes überlegte sie fieberhaft, wie sie hier rauskommen könnte. Doch ihr Denkvermögen hatte sich entschieden, sich auf das Wesentliche zu konzentrieren. Und das war ihr blutendes Bein.

Dan bemerkte die Lache, die sich inzwischen gebildet hatte. Er stieß sich vom Türrahmen ab, hob sein Messer vom Stuhl und schnitt ihr Hosenbein ab. Um sich ein Ächzen zu verkneifen, schloss sie die Augen. Den Geräuschen nach hatte er soeben sein Hemd zerrissen und band damit ihren Unterschenkel ab, um die Blutung zu stillen. Danach versorgte er die Wunde mit Antiseptikum und deckte sie mit Mullbinden ab.

»Dr Westermann war der Wissenschaftler, der mit Jonathan

Turner die Forschung für das Projekt Zero betrieben hat«, half er ihr schließlich auf die Sprünge und entfernte sich wieder ein Stück. Er tat so, als wäre ihre Nähe nicht ertragbar für ihn. »Er war mein Vater.«

Perplex sah sie ihn an. »Aber du ...«

»Ich habe meinen Namen geändert. Jetzt heiße ich West. Daniel West. Niemand wusste, dass er einen Sohn hatte. Ich glaube, er selbst hat es sich auch so lange ausgeredet, bis er es vergessen hat. Ich war ein Musterschüler. Habe alles, wirklich alles getan, um ihm zu gefallen. Doch ich hatte keine besondere Gabe. Außer, dass ich rechnen konnte wie eine Maschine, hatte ich keine Fähigkeit, die ihn daran erinnert hätte, dass ich sein Sohn war. Aber er hatte ja Ersatz. William. Ray. Jeff. Max. Das waren seine Kinder. Seine Lieblinge. Sein ganzer Stolz. Ich war nur Dan. Ein bedeutungsloser, normaler Mensch, den man leicht übersehen konnte. Doch da hatte er sich gewaltig getäuscht. Ich habe seine Studien verschlungen. Ich habe euch studiert, euch beobachtet, von euch gelernt. Ich weiß alles über euch und eure Gaben. Ich habe herausgefunden, wie man paranormale Fähigkeiten erkennen und steuern kann. Wie man euch an der Nase herumführen kann, auch ohne eine Gabe zu besitzen. Man muss hart daran arbeiten, aber auch das Gehirn eines Normalsterblichen ist in der Lage, sich einige Kniffe anzueignen. Und glaube mir, die sind gar nicht so übel. Aber das weißt du inzwischen ja bereits.« Er zwinkerte. »Außerdem habe ich einen Weg gefunden, dass mich die Welt achten muss ...«

Dan setzte sich wieder und sah Josy direkt an. »Ich habe ein paar Leute zusammengetrommelt. Wissenschaftlich begeisterte und autorisierte Menschen, die genauso ticken wie ich und mir helfen, euch noch besser zu verstehen, um euch für zukünftige Dienste und Geschäfte einzusetzen. Es gibt mehr Menschen mit Fähigkeiten, wie du vielleicht annehmen wirst, außerdem ...«

»Du hast ein paar Versuchskaninchen gefunden. Habe ich dich richtig verstanden?«

»Es dient einem höheren Zweck«, sagte Dan enttäuscht, weil sie nicht auf den Zug aufsprang.

»Gott duldet keine selbst ernannten Götter, Dan.«

Sein Unterkiefer spannte sich an, doch er blieb ruhig. »Du könntest meine Partnerin sein. Gemeinsam könnten wir die Forschungen vorantreiben, um schnell so viel Profit wie möglich aus der Sache zu ziehen. Ich habe bereits die ersten Krieger getestet. Du kannst dir nicht vorstellen, welche überragenden Möglichkeiten sich durch ihre Leistungsfähigkeiten auftun. Wir können sie steuern und befehligen. Wir haben bereits Dutzende von Aufträgen erhalten. Jeder möchte einen persönlichen Leibwächter der Superklasse besitzen. Es ist grandios«, schwärmte er. »Und du könntest das alles mit mir erleben.«

Er wollte Menschen zu Maschinen umfunktionieren und sie als Ware verkaufen? Es gab Personen, die an einem solchen *Produkt* interessiert waren? Mit welch einer Teufelsbrut verhandelte er? Mit der Mafia? Mit Drogenbaronen? Oder Schlimmeren?

»Ich glaube, du musst mich umbringen Dan, da mach ich nämlich nicht mit.«

»Du ...« Er sprang auf und schlug mit der Faust gegen die Mauer. »Du willst mich einfach nicht verstehen.«

»Was du tust, ist falsch«, sagte sie mit fester Stimme. Doch was wollte man einem Verrückten schon erklären? Josy kannte Dan. Er war sehr intelligent und sie glaubte ihm auch, dass er sich von seinem Vater verletzt und zurückgestellt gefühlt hatte, doch er konnte nicht einfach den Schöpfer mimen und willenlose Menschen produzieren, mit denen er handelte, als wären sie käufliches Gut. Sie konnte sich auch nicht vorstellen, wie das vonstattengehen sollte. Wie man einem Wesen aus Fleisch und Blut den eigenen Willen entziehen konnte, um es zur Maschine zu machen, das seinem Herrn lebenslang diente und gehorchte. Doch so wie sie Dan nun kennenlernen musste, musste sie annehmen, dass er es verdammt ernst meinte. Er hatte bereits demonstriert, wie reuelos er jeden und alles vernichtete. Er ging sprichwörtlich über Leichen.

»Was ist falsch? Dass ich dir zeigen wollte, wie viel du mir wert bist? Wie ernst es mir mit dir ist?«

»Alles ist falsch. Soll ich etwa dein nächstes Projekt sein? Was willst du eigentlich von mir?«

»Dich. Nur dich. Sag mir, dass du dich mir anschließt. Dass du für immer mir gehörst. Ich bin bereit, für dich zu sorgen. Zusammen wären wir ein perfektes Team.«

Unwillkürlich dachte sie an das *Team Zero*. An den Zusammenhalt und die Aufrichtigkeit, die unter ihnen herrschte. Nun verstand sie auch erstmals, was das Wort Familie bedeutete. Zudem hatte sie einen Mann kennengelernt, der eher sterben würde, als sie aufzugeben, schließlich hatte er sie mit seinem Leben beschützen wollen, als er in das Haus gegangen war und das alles, obwohl sie durchgeknallt und ein wenig verrückt war. Obwohl das Wort verrückt, wenn sie sich Dan so ansah, nun neu definiert werden sollte.

Wenn sie in den nächsten Stunden in die ewigen Jagdgründe eingehen sollte, war das Einzige, was ihr dabei leidtun würde, dass sie Will nicht deutlich genug gemacht hatte, wie wichtig er für sie geworden war. Sie hätte ihm gern noch gesagt, dass sie ohne ihn nicht mehr hätte sein wollen. Dass er das Beste war, was ihr in ihrem Leben passieren konnte und dass sie noch nie so viele glückliche Stunden erlebt hatte, bevor sie ihn traf. Sie konnte nur hoffen, dass er wusste, was er ihr bedeutete.

Zu allem entschlossen, sah sie Dan an, der noch immer auf eine Antwort wartete. »Ich werde dir zu keiner Zeit gehören, Dan. Genau, wie ich niemals deine Vorstellungen vertreten könnte, auch wenn ich nie mehr hier rauskomme. Lieber sterbe ich mit dem Wissen, für das Richtige gekämpft zu haben, als an deiner Seite das Falsche zu tun.«

»Hör auf!«, schrie er. »Sag so etwas nicht!«

Er würde jeden Moment zerspringen. Sein linkes Auge begann bereits zu zucken, so sehr regte ihn ihr Widerstand auf. Dennoch wollte und konnte sie keine Heuchlerin sein, egal, wie aussichtslos die Lage war.

»Du nimmst Menschen einfach ihr Leben weg. Und du hast Unschuldige getötet, Daniel.«

»Sieh dir deine Schwester an. Sie ist eine egoistische, herzlose

Kreatur. Sie würde dir ohne zu überlegen ein Beil in den Rücken rammen. Genau, wie es Will tun würde, wenn er seinen Arsch retten müsste. Und wie es all die anderen gewissenlosen Menschen bereits getan haben, indem sie dich verletzt und mit Füßen getreten haben. Wie zum Beispiel diese Zicke von Rechtsanwältin, die deinem Vater die Enterbung vorgeschlagen hatte. Weißt du was? Ohne zu überlegen, hat er eingewilligt! Und du willst mir ernsthaft sagen, der Tod solcher Menschen würde dich traurig machen?«

Das war also der Grund, warum er diese Rechtsanwältin umgebracht hatte.

Unverwandt sah sie Dan ins Gesicht.

»Genau das will ich damit sagen.«

»Jo ...«

»Was war mit diesem Mädchen? Marie?«

Dan lachte. »Hast du es nicht gespürt? Wolltest du nicht wissen, wie es ist, wenn man einen Menschen tötet?«

»Du bist völlig übergeschnappt. Du hast vollends den Verstand verloren.«

Bernadette begann, sich zu rühren. Zuerst schlug sie die Augen auf. Als sie merkte, dass sich ihre Situation nicht verändert hatte, rüttelte sie an ihren Fesseln. Das Geräusch schepperte durch das beinah leere Zimmer. Dan ging zu ihr und schlug ihr auf die Wange.

»Nein.« Josys Stimme klang brüchig. Sie konnte um einiges entspannter sein, wenn es sich ausschließlich um sie selbst handelte. Als Dan das Messer zog, bäumte sich Josy auf. »Steck das weg«, fuhr sie ihn an.

Bernadette begann zu weinen. Erschrocken und voll Entsetzen sah sie ihn an. Stumm bettelte sie um ihre Freilassung, während er sacht mit der Klinge über ihren Hals strich und an ihrer Schlagader anhielt. Sie erstarrte. Ihre Augen weiteten sich.

»Lass das, Dan. Sofort!«

Er neigte den Kopf, als würde er Josys Worte abwägen. Nun wirkte er genau wie der Geisteskranke, zu dem er geworden war. Wirrer Gesichtsausdruck. Zerzaustes Haar. Ein dümmliches Grinsen auf den Lippen.

Dann, als hätte sich etwas Grundlegendes geändert, schüttelte er sich. Er steckte das Messer weg und riss Bernadette das Klebeband vom Mund. Sie machte keinen Mucks, obwohl es grausig ratschte, als er den Streifen abzog. Dann drehte er sich um und verließ das Zimmer, ohne etwas zu sagen, ohne eine Erklärung abzugeben.

Nachdem er den Schlüssel von außen abgezogen hatte, kehrte die Stille zurück. Jedenfalls so lange, bis Bernadette glucksend zu weinen begann.

»Was ... wer ... warum ...«, stammelte sie und schielte Josy beschwörend an.

»Bitte beruhige dich.«

»Ich soll mich beruhigen? Er will mich umbringen«, wisperte sie hysterisch und zerrte erneut an ihren Ketten. »Tu doch was.«

»Ich gebe ehrlich mein Bestes.«

»Du kennst ihn. Er wird auf dich hören. Wie wäre es, wenn du ihn nicht ständig anschnauzt, sondern ihn einfach mal nett um unsere Freilassung bittest?«

Noch keine zehn Minuten wach, zerrte sie bereits gewaltig an Josys Nerven. »Halt endlich deinen Mund.«

Bernadette schwieg. Ob aus Verblüffung oder Sorge um ihr Leben, Josy wusste es nicht. Wenigstens war es nun ruhiger und sie konnte nachdenken. Zumindest so lange, bis ihre Schwester wieder zu weinen anfing.

»Bernadette, ich kann verstehen, dass du dich fürchtest. Aber es hilft uns nicht weiter, wenn du heulst.«

»Daran bist nur du schuld ...«

Na klar.

»Er meinte, ich war immer so fies zu dir und deshalb wird er mich umbringen.«

»Womit er immerhin recht hat«, merkte sie an.

Während sie vor sich hin jammerte, versuchte Josy, ihre Hände zu befreien. Anders als Bernadettes Hände waren ihre mit dünnen Seilen gefesselt. Sie drehte ihre Gelenke hin und her. Doch der ersehnte Erfolg blieb aus.

Ein stechender Gedanke ließ sie abrupt hochfahren. Was tat Dan? Er war doch nicht etwa zu Will gegangen, um ihn umzubringen? Ihr Puls beschleunigte sich und ihre Versuche, sich freizubekommen, wurden energischer. Nach wenigen Minuten gab sie auf, lehnte sich zurück auf den kalten Tisch und starrte auf die Decke. Sie musste wissen, ob es Will gut ging. Sie suchte die Ebene, auf der sie ihn erreichen konnte, und trat, ohne ausgeschlossen zu werden, in seinen Verstand.

Zu ihrer Erleichterung konnte sie sich davon überzeugen, dass er noch schlief. Keine Schmerzen hatte. Gott sei Dank.

»Wieso hast du keine Schuhe an?«, fragte Bernadette aus heiterem Himmel.

Als wären Josys dreckige Füße von Belang. War die Frage nach dem Loch in ihrem Bein nicht gewichtiger? Sie antwortete mit einem nonverbalen Grunzen, denn mehr konnte sie ihr für diese dämliche Frage nicht zugestehen.

Der Schlüssel wurde wieder ins Schloss gesteckt.

Dan kam zurück.

Eine erdrückende Spannung nahm wieder von Josy Besitz und Bernadette begann erneut, zu winseln und zu jammern. Josy verstand, dass sie sich ängstigte, aber sie wünschte, Bernadette hielte einfach nur still.

Dan betrat den Raum. Josy musste ihren Kopf heben, um ihn sehen zu können. Auf seiner Schulter trug er Pat.

Schweigend lud Dan die leblose Gestalt in einer Ecke ab und trat wieder an Josys Seite.

»Die kleine Blondine ist schlauer, als sie aussieht und der große Pat mutiger, als man glauben möchte.«

Da sie keine Verletzungen an Pat erkannte, vermutete Josy, dass Dan ihm das Betäubungsmittel verpasst hatte. Wahrscheinlich war Dans Versuchslabor mit solchen Wässerchen ausgerüstet, um sich potenzielle Ware zu beschaffen. Josy nahm an, dass er solche Maßnahmen ergreifen musste, denn seine Argumente würden wahrscheinlich nicht ziehen.

»Was halten Sie davon, sich ihr Hirn entfernen zu lassen, um mir zu dienen?« Oder: »Sie passen hervorragend in meine

Sammlung! « Noch besser: »Willkommen in Dans Horrorshow. Da vorn in der ersten Reihe wäre noch ein Platz. Beim Hinausgehen zahlen sie mit ihrem Leben.«

Josy fragte sich, wieso es im echten Leben keinen Reset-Knopf gab. Sie würde um Dan gern einen großen Bogen machen. Dans Gesicht blickte finster auf sie herab, als seine Fingerspitzen über ihr heiles Bein nach oben strichen. Er erreichte ihren Bauch und öffnete die Verschlüsse ihrer Bluse. Sie drehte sich weg und starrte an die Wand.

»Wie weit wirst du gehen, um deine Schwester zu retten?«, flüsterte er ihr zu und küsste sie dabei auf die Wange.

Ihre Bestürzung konnte sie nicht verhehlen. »Wie bitte?«

»Du hast richtig gehört. Was bist du bereit, zu opfern, damit das Miststück am Leben bleibt? Pat? Will? Dich?«

Er wartete.

»Alle? Und ist der Preis das wirklich wert?«, wollte er wissen.

Bernadettes Nasenflügel weiteten sich. Sie wartete auf eine Antwort und blickte abwechselnd auf Pat und Josy.

Verdammt, was sollte der ganze Dreck? »Dan, du warst jahrelang ein guter Kumpel. Ich habe dir vertraut. Wo ist der Mensch nun, den ich zu kennen glaubte? Ah, richtig. Dieser Dan, mein Freund, hat nie existiert, nicht wahr? Schließlich hast du mich von hinten bis vorn verarscht und knallst mich einfach ab, wenn's dir in den Kram passt. Dein vorgegaukelter Charakter war also nur ein schlechter Witz. So wie du wirklich bist, bist du nicht besser als dein Vater, denn du behandelst ebenfalls alle, als wären sie nur lästiger Schmutz unter deinen Schuhen und pickst dir diejenigen heraus, die dir nützlich sein könnten.«

Keine Reaktion.

»Hab ich nicht recht? Worum verhandeln wir hier noch einmal schnell? Um Menschenleben? Entscheidest du, wer leben und wer sterben muss? Wer. Bist. Du. Dan? Gott? Oder nur ein hirnverbrannter Idiot, der sich tatsächlich einbildet, dass der Zweck jedes Mittel heiligt?«

Das Licht in seinen Augen wurde schneidend. Mit seinem Messer entfernte er ihre nasskalte Bluse und warf die Fetzen zu

Boden. Die Spitze der Klinge deutete auf ihre Unterarme und ummalte ihre Narben. »Kannst du dich daran erinnern? Warum hast du das gemacht? Hm?« Er ritzte an ihrer Haut. »Ich kann es dir sagen. Du hast dich allein und im Stich gelassen gefühlt. Und ich kenne dieses Gefühl. Wir sitzen im selben Boot. Ich kann dich verstehen. Ich kann für dich da sein. Sie kann es nicht«, sagte er mit Nachdruck und zeigte auf Bernadette. »Und Will auch nicht, denn sein Daddy hat ihm alles in den Arsch geschoben. Aber du und ich, wir wissen, was es heißt, für sich selbst einstehen zu müssen. Ich wäre dankbar gewesen, wenn jemand das für mich getan hätte, was ich für dich getan habe. Muss ich dich daran erinnern, wie du dich damals gefühlt hast?« Die Zacken der Schneide schrammten tiefer. »Hast du dazu nichts zu sagen?«

»Ich habe angenommen, das sei ein Monolog.«

Er schnaubte wütend und schnitt tiefer in ihre Haut. Dabei hielt sie seinem Blick stand. Sie hatte sich derart in Rage geredet, dass sie außer Zorn ohnehin nichts mehr spürte. Er sollte sie ansehen, während er sie weiter verletzte. Er sollte sehen und erkennen, wer hier auf dem Tisch lag. Dass sie sich sehr wohl voneinander unterschieden. Aber genau darin lag ihr Denkfehler, denn er begriff, dass er so nicht weiterkommen würde. Er ließ von ihr ab und schlenderte zu Bernadette.

Josy hatte wenige Schwachstellen, wenige, die sie nicht vor der ganzen Welt verbergen konnte. Doch sie wäre nicht Polizistin geworden, könnte sie seelenruhig zusehen, wie jemand an einem Lebewesen seine sadistischen Neigungen auslebt. Der erste Schnitt an Bernadettes Handgelenk übersprang ihre Schmerzgrenze.

»Okay. Okay, Dan. Leg das Messer weg und sag mir, was ich tun soll.«

24. Kapitel

Wills Fleisch brannte. Er konnte es riechen. Verbranntes Gewebe und Muskeln. Es stank grauenhaft. Er fühlte die Pein und die Qual, während das Feuer seine Haut von den Knochen fraß, bis er nur noch ein Häuflein Asche war. Dann wiederholte sich die unsagbare Folter. Sein Körper setzte sich wie durch Zauberhand wieder zusammen. Stück für Stück. Knochen, Gelenke, Sehnen, Muskelstränge. Er brüllte vor Schmerz, riss an den unsichtbaren Ketten, die ihn festhielten. Endlich war er wieder ganz. Doch die Flammen züngelten bereits von Neuem, bis sie ihn erreicht hatten und sich an seinem geschundenen Leib nährten.

Das musste die Hölle sein.

Die Eisenfesseln schnitten ihm tief in die Handgelenke, während er daran zerrte, um dem Höllenfeuer zu entkommen. Er spannte seine Arme, begehrte gegen die sprühenden Funken auf. Doch es gab kein Entrinnen. Nicht jetzt und vielleicht nie wieder. War er tot und schmorte nun für alle Ewigkeit im Höllenschlund, wo er Tag für Tag, Minute für Minute am lebendigen Leib verbrannte? Seine Schreie wurden vom Feuer verschluckt, als sein Körper gänzlich vereinnahmt worden war. Das Gefühl des Schmerzes war durchdringend und wurde von Mal zu Mal gewaltiger. Der Geruch seines lichterloh brennenden Körpers lag schwer in der Luft. Wieder und immer wieder war er dem Flammenmeer schonungslos ausgeliefert.

Kämpfen!

Als er erneut auferstanden war, bäumte sich sein Geist in ihm auf, zerrte an seinem Verstand.

Kämpfen!

Will brüllte. Mit der Kraft seiner Gedanken schleuderte er seine gebündelte Macht gegen das Feuer. Funken sprühten. Die Flammen stoben auseinander und erhoben sich wie eine Schlange vor dem Angriff. Wieder schmetterte er geballte Energie gegen das Meer aus feurigen Säulen. Sie zogen sich kurz zurück, kamen wieder auf ihn zu.

Plötzlich formte sich ein Gedanke, ein Bild, während er seine zerstörerische Wut abermals in Form von telekinetischen Strahlen gegen den flackernden Feind katapultierte, um ihn auf Abstand zu halten. Er sah eine wunderschöne Frau mit pechschwarzem langem Haar, vollen roten Lippen und Haut so weiß wie Schnee. Sie lachte, drehte sich im Kreis und bedeutete ihm mit gekrümmtem Finger, zu ihr zu kommen.

Oh ja. Das wollte er. Ihre Haare schimmerten im Licht der Sonne. Ihre braunen Augen leuchteten, als sie lächelte. Dann wurde das Bild dunkler. Die Sonne ging unter, der Mond erleuchtete den nächtlichen Himmel. Das Gesicht der Frau wirkte traurig. War sie bekümmert, weil er nicht sofort ihrem Ruf gefolgt war? Wie sollte er? Er war gefangen in der Hölle und musste sich vor den Flammen schützen.

Dann sah er sie im Regen sitzen. Weinte sie? Er wollte sie beschützen, sie tröstend in die Arme schließen. Warum weinte sie bloß?

Josy.

Ihr Name überschwemmte seine Illusion. Wurde immer greifbarer, bis er alleiniger Mittelpunkt seines Denkens war. Angst kroch unter seine Haut bis auf seine Knochen. Das aufgebäumte Feuer fiel zu Boden, zog sich immer weiter zurück, als hätte es erreicht, was es erreichen wollte.

»Josy«, flüsterte er wehmütig, weil er sie anders nicht erreichen konnte.

Augenblicklich verschwand das Feuer. Doch eine verwirrende Bestürzung blieb, die ihn fortwährend aufforderte, etwas zu tun, etwas zu unternehmen.

Erinnere dich. Gemächlich begann sein Gedächtnis, zu arbeiten. Dan. Ein Haus. Und ... Josy!

Furcht und Erkenntnis trafen wie Speere in seine Brust, durchbohrten und lähmten ihn. Die Panik, die ihn mit seinen Erinnerungen erreichte, verlieh ihm eine unmenschliche Kraft. Will lehnte sich gegen seine Fesseln auf, zog an ihnen, schleuderte seine Fähigkeit auf die Ketten, bis er sie schließlich aus den Verankerungen reißen konnte.

Er war frei.

Ohne zurückzublicken, rannte er durch den finsteren Tunnel. Er wusste nicht, ob er so den Ausgang erreichen würde. Er wusste nicht einmal, wo er sich befand. Er wusste nur, dass er sie finden musste. Er musste ihr helfen. Sie beschützen. Für sie da sein.

Will erwachte und hustete, als müsse er Rauch aus seiner Lunge entfernen. Orientierungslos kippte er nach vorn und fiel schwer auf den Fliesenboden. Mit den Händen tastete er seine Umgebung ab. Nichts, was ihm bekannt vorgekommen wäre. Wo befand er sich?

Sein Kopf war voller dichter Schwaden, die sich kontinuierlich über sein Erinnerungsvermögen legten. Schlief er? Hatte er von dem Feuer nur geträumt? War er nicht tot? Sein Herzschlag war schnell und unregelmäßig. Er war bestimmt nicht tot. Barsch fuhr er sich über sein Gesicht. Sein Blick trübte sich, doch langsam gewöhnte er sich an die Dunkelheit.

Schmerz pochte in seinem Bein. Er griff an die betroffene Stelle. Er blutete. Doch er war nicht tödlich verwundet. Eine plötzliche Ruhelosigkeit stiftete ihn dazu an, seine Sinne einzusetzen, um herauszufinden, wo er war. Er hatte den Eindruck, die Zeit lief ihm davon. Weswegen? Ein Blitz erhellte die Kammer. Der Heizungsraum. Halluzinogen, Beruhigungsmittel. Josy.

Stocksteif richtete er sich auf. Augenblicklich begannen seine Emotionen Amok zu laufen, brachten ihn derart in Aufruhr, dass roter Nebel in seinen Kopf schoss. Instinkt trat Objektivität nieder, übernahm die Kontrolle über sein Handeln. Der Raum seiner Wahrnehmung galt nun ausschließlich einem Menschen. Die Erde begann zu vibrieren.

Mit einem Brüllen feuerte er seine Konzentration gegen die Tür, die prompt aus ihren Angeln geschleudert wurde. Fünf lange Schritte, dann musste die nächste Tür dran glauben. Mit ihr riss er Gestein aus der Mauer und stürmte wie der Teufel persönlich durch das Loch, das er gerissen hatte. Trümmer fielen hinter ihm zu Boden. Steinchen rieselten nieder. Staub waberte um ihn herum.

Da lag sie.

Gefesselt auf einem Tisch. Eine Gestalt stand neben ihr, schützte sich vor dem Ausmaß von Wills Tobsuchtsanfall. Da erfasste Will auch schon das Messer, das in der Hand des Mannes steckte, und erkannte die Bedrohung, die davon ausging. Mit einer fließenden Kopfbewegung setzte er einen telekinetischen Hieb ein, der den Mann gegen die Wand schmetterte. In der Wand entstanden Risse. Ein Knacken war zu hören, dann fiel die reglose Gestalt zu Boden.

Mit einem Satz war er bei Josy. Schützend legte er seinen Oberkörper über ihren und redete auf sie ein, während er ihr fortwährend über die Wange strich.

»Will ...«

Er war hier. Alles war gut. Sie lebte. Sie war bei Bewusstsein.

»Will ...«

War sie verletzt? Er betaste ihr Gesicht. Kratzer. Viele Kratzer. Schon wieder glühte Jähzorn in ihm auf.

»Will ...«

Er hörte seinen Namen, wie ein Wispern des Windes. Sie war verletzt. Schnitte an ihrem Arm. Eine Schusswunde an ihrer Wade. Oh Götter, er würde denjenigen töten, der das verschuldet hatte. Er würde ihm das Herz herausreißen, würde ...

»Will!«

Aber nun wollte er sie nur betrachten. Sie lebte. Gott sei Dank. Er hätte seine Seele gegen ihre eingetauscht, wenn ... Er wollte den Teufel nicht heraufbeschwören.

»Schau mich an«, forderte die lieblichste aller Stimmen.

Er war im Himmel. Wie gut es tat, sie zu hören. Er betrachtete ihr Gesicht. Strich ihr über die schönen Rundungen ihrer Lippen.

Sie biss ihn.

»William, komm sofort runter. Du machst mir Angst!«

Ihre Worte sickerten durch sein verschleiertes Urteilsvermögen. Josys Augen flehten ihn an. Sie hatte Angst? Vor ihm? Wie lächerlich. Niemals hätte er ihr auch nur ein Haar gekrümmt.

Eine gellende Explosion erschütterte das Haus. Dann eine zweite.

Stille.

Erst jetzt nahm er ein Wimmern wahr. Abrupt sah er auf, ohne Josy seinem Schutz zu entziehen. Eine Frau lag auf einem Tisch, keine zwei Meter entfernt. Bernadette? Sein Hirn war sich unschlüssig. Aber ja, so könnte sie heißen.

»Mein Kopf ... Ah, Scheiße.«

Will drehte sich um. Ein anderer Mann versuchte, sich in der Ecke hochzuhieven. Als er stand, schwankte er auf ihn und Josy zu.

»Stopp«, befahl Will eisern. Er klang gefährlich, selbst in seinen Ohren. Doch das spielte keine Rolle. Der Mann blieb sofort stehen und sah ihn alarmiert an.

»Will ... Was ist ... Jo!« Er ging weiter schwankend auf Josy zu, wollte sie berühren.

Will griff an.

»William«, schrie Josy.

Ihre Stimme lähmte seine Muskeln. Er blieb stehen und versuchte, sich zu sortieren. Was war nur mit ihm los? Zum Kuckuck! Er schüttelte sich, wie es wohl ein nasser Hund tun würde. Er wusste nicht ...

Gefahr.

Ein weiterer Schritt in Richtung des Mannes. Wills Körper aufs Äußerste gespannt.

»Will, bitte sieh mich an. Dan hat dir ein Halluzinogen injiziert ...«

Er drehte sich zu ihr um.

»Komm her. Sieh mich an«, bat sie ihn noch einmal. Er tat, was sie von ihm wollte. Ihre gefesselte Hand ergriff seine. Ihre kalten Finger strichen träge über seine Haut. »Binde mich los.«

Er löste den Knoten des Seils. Dann den zweiten.

»Pat, hilf Bernadette.«

Der Mann kam Josys mattem Befehl nach. Josy wirkte sehr

schwach. Sie war kreidebleich und klitschnass. Will löste ihre Fußfesseln. Dann nahm er Josy in seine Arme, um sie zu wärmen. Er wiegte sie, drückte sie eng an seine Brust und murmelte beruhigend auf sie ein, während sein Denken immer klarer wurde und Josys Körper schlaffer.

Was tat er nur? Er vergeudete kostbare Zeit. Wahrscheinlich musste sie operiert werden und brauchte ärztliche Betreuung. Anstatt sie hier rauszubringen, um die benötigte Hilfe zu holen, wütete er wie ein Verrückter.

Er blickte sich um. Pat, wie er nun erkannte, befreite die bewusstlose andere Frau von ihren Fesseln. Er wirkte benommen, ferngesteuert. Das konnte Will nur recht sein, so würde er vorerst keine Fragen stellen.

Aber da war doch noch etwas.

Dan.

Scheiße. Wo war er?

Will hörte Schritte und wappnete sich für einen Angriff. Erleichtert sah er, wie Ray und Jeff den Raum betraten, und entspannte sich wieder. Beide waren ... staubig?

»Sieht schlimmer aus, als es ist«, sagte Jeff und machte ein erstauntes Gesicht, als er Josys schlaffe Gestalt in seinen Armen sah. »Verdammt. Was war hier los?«

»Wie habt ihr uns gefunden?« Zu seiner Beruhigung stellte er fest, dass seine Stimme nicht mehr bedrohlich klang, eher nach einer durchzechten Nacht oder als wären seine Stimmbänder mit Schleifpapier bearbeitet worden. So fühlte sich auch sein Kopf an, doch er schob die Nachwirkungen beiseite, um sich auf Josy konzentrieren zu können, die bereits in die Bewusstlosigkeit geglitten war.

Es war Ray, der nun auf seine Frage antwortete. »Josy hat Alexa angerufen, aber nur einmal läuten lassen. Als sie zurückgerufen hat, war Josys Handy aus. Deins auch. Wir haben im Restaurant angerufen. Dort sagte man uns, dass ihr das Lokal vor zwei Stunden verlassen hättet. Dann habe ich den Sender an Wills Auto geortet.«

Ein missgelaunter Ian stakste herein.

Jeff drehte sich zu ihm um. »Hast du ihn?«

»Nein.«

»Was? Ich dachte, du streckst ihn nieder.«

»Hat nicht funktioniert.«

»Wie bitte?«

»Es hat ihm nichts ausgemacht«, sagte Ian grimmig. »Millers Leute versuchen, ihn auf der anderen Seite der Felder zu schnappen.«

Dummer Idiot, rügte sich Will, weil er wusste, dass er es war, der es vermasselt hatte.

Jeff fluchte heftig und klopfte sich den Staub von der Hose.

»Gib sie mir«, sagte Ian.

Es dauerte, bis Will begriff. Er sah zu Josy, die reglos in seinen Armen lag.

»Gib sie ihm.« Ray sah sich Wills Bein an. »Das sieht gar nicht gut aus, Kumpel. Gib ihm Josy. Ich werde dich stützen. Und dann raus hier.« Ray deutete auch zu Pat, der langsam nickte, als wäre sein Kopf für diese Bewegung viel zu schwer.

»Wie schlimm ist es?«, fragte Will, weil Ray nichts zu Josys Zustand gesagt hatte, als dieser die blutunterlaufenen Mullbinden von ihrem Bein genommen hatte. Wie immer ließen seine Gesichtszüge keine Schlüsse zu.

»Die Kugel muss entfernt werden.«

Auf Wills Schweigen ließ sich Ray zu einer ausführlicheren Antwort herab. »Sie ist nur bewusstlos. Es sieht nicht kritisch aus. Alexa und Shania haben daheim alles vorbereitet, für den Fall, dass jemand verletzt ist. Ian wird sie tragen.«

Verdrießlich gab Will nach und legte Josy in Ians Arme. Vorsichtig, als sei sie aus Glas und unsagbar kostbar, trug der mürrische Krieger Josy aus dem Keller. Will humpelte mit Ray hinterher. Jeff half Pat mit Bernadette.

Oben angekommen, sah Will das Ausmaß der Explosion, die er in seinem Wahn beiläufig mitbekommen hatte. Rays Auto lag kopfüber im Eingangsbereich. Wo einmal eine Tür war, klaffte ein riesiger Durchbruch in der Hausmauer.

»Mit einer Bombe haben wir auch nicht gerechnet. Das Auto

ist quasi abgehoben und hier gelandet. Mann, das hättest du erleben müssen«, sagte Jeff.

Ray verdrehte die Augen. Er blutete aus einer Wunde am Haaransatz und fand Jeffs Scherz wohl nicht so lustig wie Jeff selbst, der nur den Dreck der zerbröckelnden Mauern abbekommen hatte.

»Heilige Maria, Mutter Gottes«, rief Pat und alle drehten sich synchron zu ihm um. An der Wand neben dem Durchgang zum Gesellschaftsraum hing Pats Restaurantbegleitung, aufgespießt mit einem Schürhaken.

Geistesgegenwärtig griff Jeff nach Pat und schob ihn aus dem Haus.

Jeffs schnelle und sachliche Reaktion überraschte niemanden, nicht einmal Pat, der sich ohne Zögern lotsen ließ. Es hätte im Moment ohnehin keinen Sinn gehabt, Pat zu erklären, wie es zu all dem kommen konnte. Genauso wenig wäre es sinnvoll, Pat zu fragen, weshalb er hierher gefahren war, denn er schien noch immer nicht klar denken zu können und auch seine Bewegungen waren ungelenk. Das kam von dem Betäubungsmittel. Die anderen kommentierten den Fund der Leiche ebenfalls nicht weiter, sondern gingen aufgrund Wills Verletzung langsam zu Wills Auto.

Behutsam legte Ian seine Fracht auf die Rückbank des Audis. Will setzte sich zu Josy und bettete ihren Kopf auf seinem Schoß. Beim Anblick ihres verkratzten Gesichtes und ihres zerschundenen Körpers zog sich etwas in seiner Brust zusammen. Er machte sich für ihren Zustand verantwortlich und für alles andere. Für sich selbst konnte er rechtfertigen, was er getan hatte, denn er war der Überzeugung gewesen, die Situation unter Kontrolle zu haben. Schließlich war er in weit verzwickteren Fällen mit weit weniger Informationen schon nach vorn geprescht, um den Widersacher zu stellen.

Hier und heute war er aber nicht allein gewesen. Er hatte eine Entscheidung getroffen, die auch sie betraf. Ihr gegenüber hatte er sich verantwortungslos und leichtfertig verhalten, wofür sie schlussendlich hatte bezahlen müssen. Seine Selbstanklage griff nach ihm wie das Feuer seiner Illusion. Das Ergebnis seines schlecht durchdachten Handelns hatte er deutlich vor Augen. Ihr Anblick peinigte ihn schonungslos.

Jeff durchbrach die Marter von Wills Gedanken, indem er ihm eine Decke reichte, die Will über Josys kalten Leib ausbreitete. »Ray bringt euch nach Hause. Shania und Alexa erwarten euch. Um uns braucht ihr euch nicht zu kümmern. Ein Krankenwagen ist unterwegs und Millers Leute ebenfalls. Ian und ich warten hier, bis Pat und die Frau ins Krankenhaus gebracht werden. Ich melde mich später.«

Will nickte. Die gesamte Fahrt streichelte er Josys Arme, ihr Gesicht und betete inständig, dass sie wieder ganz genesen würde, denn sonst könnte er sich niemals vergeben. Das war auch so schon fast unmöglich.

»Sie wird schon wieder«, versicherte Ray und sah über seine Schulter zurück. »Sie ist ein zähes Ding. Außerdem sagte ich bereits, dass es nicht kritisch aussieht.«

25. Kapitel

Ray stellte die sterile Schale mit der gebogenen Nadel, an der ein schwarzer Faden hing, auf den Beistelltisch der Behandlungsliege. »Es wundert mich, dass du trotz des Betäubungsmittels schon wieder aufrecht sitzen kannst. Ganz zu schweigen von dem DMT. Dein Blutbild ist ein einziges Durcheinander, selbst für einen von uns.«

Durcheinander. So in etwa konnte man auch Wills Gemütszustand beschreiben.

Seit er wusste, dass es Josy den Umständen entsprechend gut ging und Ray sie nur in einen künstlichen Tiefschlaf versetzt hatte, damit sie sich schneller erholen konnte, ging es ihm besser.

»Ich werde dich jetzt ohne Betäubung nähen.«

Will nickte zum wiederholten Male. Das war ihm lieber, denn er spürte noch immer die Folgen von Dans Injektionen und konnte auf weitere Giftstoffe getrost verzichten, die ihn wieder in einen Zustand bringen konnten, der ihn unkontrollierbar machte. Auch wenn er nicht glaubte, dass diese Lokalanästhesie dies mit ihm anstellen konnte, wollte er doch auf Nummer sicher gehen.

»Josy ist ein tolles Mädchen.« Ray setzte den ersten Stich und zog die Nadel durch Wills empfindliches Fleisch.

Schmerz überflutete ihn. Kalter Schweiß brach aus. Er lehnte sich zurück und versuchte, sich nicht zu verkrampfen, während Ray zum nächsten Stich ansetzte. Dass Josy wunderbar war, wusste Will schon lange, es war jedoch ungewohnt, solche Worte aus Rays Mund zu hören. Mit Kommentaren oder Eindrücken über andere Personen warf das Genie der Truppe äußert selten um sich.

Erneut setzte Ray zu einem Stich an. Um sich abzulenken, versuchte er sich in einem Gespräch.

»Wieso war eigentlich dieser Pat in dem Haus?«

»Soweit ich weiß, hatte seine Begleitung ein schlechtes Gefühl und er hat diese Empfindung geteilt und sich schließlich auf seine Instinkte verlassen. Und falsch hat er nicht gelegen. Dass Dan ein wahnsinniger Irrer ist, konnte vorher keiner ahnen.«

Wie wahr. Keiner der Menschen, die Dan vertraut hatten, hätten eine abgrundtief böse Seite in ihm vermutet. Unter diesen Menschen war auch Josy, die ohnehin äußerst selten jemanden nah an sich heranließ. Doch Dan hatte sie vertraut. Hatte ihn gemocht. Hatte ihn als Freund akzeptiert.

»Hat sich Jeff schon gemeldet?«

»Ja, vorhin. Dan ist Millers Leuten entkommen. Wenn ich dich genäht habe, fahre ich zu Dans Wohnung. Miller hat arrangiert, dass ich vor der Sonderkommission reinkomme.«

»Ich begleite dich.«

»Es ist drei Uhr morgens, Will. Es wäre besser, wenn du dich eine Stunde hinlegst. Du kannst mir ohnehin nicht helfen.«

Da hatte Ray recht. Er würde die Wohnung innerhalb von Minuten auf den Kopf gestellt haben. Will würde ihm wahrscheinlich nur im Weg stehen, wenn er nicht vor Erschöpfung bereits umgefallen war.

»Also gut.«

Ray schnitt den Faden ab, legte die Nadel beiseite und bestrich die Wunde mit Jod, bevor er sie mit Pflaster zuklebte.

»Shania«, rief Ray durch die geschlossene Tür. Als hätte sie nur auf seine Aufforderung gewartet, kam sie in das Behandlungszimmer geschneit.

»Oh Will. Es tut mir ja so leid.«

»Es ist alles in Ordnung«, beschwichtigte Ray sie und stand von seinem Hocker auf.

»Aber Will ist verletzt und Josy auch.« Shania sah Ray vorwurfsvoll an, als ob er den ernst der Lage nicht erkannt hätte.

»Mir geht es gut, und Josy auch. Es ist alles gut, Shania, wirklich. Komm her.« Will streckte eine Hand nach ihr aus und zog das Mädchen in eine Umarmung. Sie schniefte.

»Ich habe mir Sorgen um dich gemacht, Will. Und auch um Josy.«

Das konnte er sich vorstellen. Er drückte sie fester. »Jetzt ist ja alles gut. Ich wollte mich auch noch für meinen Wutausbruch von gestern bei dir entschuldigen. Ich war nicht ich selbst. Es tut mir leid, dass du das abbekommen hast.«

Sie nickte. »Ist schon vergessen. Du bist ja auch nur ein Mann.«

»Oh, dankeschön.« Er unterdrückte ein Lachen.

Dann machte sie sich von ihm los und legte ihre Hände auf die betroffene Stelle, die gerade eben genäht worden war. Will spürte den Energiefluss. Ein Kribbeln wanderte von innen heraus, verstärkte sich. Die Wunde begann zu heilen. Genau wie die Schmerzen, die allmählich nachließen.

»Ich werde mich jetzt auf den Weg machen. Alexa hat in der Zwischenzeit Telefondienst. Entspann dich ein wenig,« sagte Ray, der inzwischen seine Sachen weggeräumt hatte.

Einfacher gesagt als getan. Aber Will würde es versuchen. Nachdem Ray gegangen war, sah Shania zu ihm hoch.

»Du magst Josy sehr gern, stimmt's?«

»Ja, das tue ich.«

»Sie ist cool.«

Will musste lächeln. »Ja, das ist sie wohl.«

»Und sie passt zu dir.«

»Findest du?«

»Ja. Ich glaube, sie mag dich auch sehr.«

»Und du? Magst du sie auch oder findest du sie nur cool?«

Shania zuckte mit den Schultern. »Wir kommen miteinander klar. Ich glaube, sie versucht, sich bei mir einzuschleimen. Aber das ist schon in Ordnung. Sie weiß es eben nicht besser.«

Jetzt lachte er. »Du hast sie also durchschaut.« Er hatte nicht mitbekommen, dass die beiden miteinander zu tun gehabt hatten. Eigentlich hatte er geglaubt, dass Josy Shania nicht mochte, aber da hatte er sich ein weiteres Mal in ihr getäuscht, denn anscheinend hatte sie den Kontakt gesucht. Ein wenig unbeholfen offenbar, wenn Shania ihre Taktik erkannt hatte, aber immerhin, Josy hatte sich die Mühe gemacht.

»So, fertig. Wenn du ein wenig geschlafen hast, wiederholen wir das Ganze noch einmal«, sagte Shania, wieder ganz in ihrer

Heiler-Rolle aufgehend.

»Okay. Und wir reden später noch einmal.«

»Ja, ist schon gut«, erwiderte sie, drückte ihn noch einmal und ging.

Will stand auf und zog sich seine Jogginghose über seine Calvin Kleins. Humpelnd ging er aus dem Zimmer, überquerte den Flur und trat in den Operationsraum.

Josy lag auf einem Bett mit weißer steriler Bettwäsche, inmitten von Gerätschaften und Operationsmaterial. Genauso keimfrei, wie der Raum aussah, roch er auch. An Josys Schläfen und überall auf ihrem Kopf klebten Sensoren, deren Kabel an einen Computer angeschlossen waren. Linien, die ihre Gehirnströme maßen, konnte man am Bildschirm erkennen. Ein weiterer Monitor, der ihre Herzfunktionen anzeigte, stand auf der anderen Seite des Bettes und gab Pieptöne von sich. Alexa und Shania hatten Josy gewaschen, die restlichen Wunden versorgt, während Ray Wills Beinverletzung genäht hatte. Nun lag sie schlafend da, zugedeckt mit weißen dicken Decken, um sie möglichst warmzuhalten. Er unterdrückte den Drang, sich zu ihr zu legen, um sie festzuhalten, und strich ihr stattdessen eine lange Strähne aus dem Gesicht.

Alexa saß neben Josy und wartete darauf, dass Will etwas sagte, doch er konnte nicht. Seine Kehle war wie zugeschnürt. Seine Augen brannten. Eine ganze Weile sagte niemand etwas, bis es Will gelang, zu sprechen.

»Sie ist ganz schön übel zugerichtet worden.«

Von der ausgekugelten Schulter angefangen, die Ray erst im OP bemerkt hatte, weil sie nicht richtig eingerichtet worden war, bis über ihre unzähligen Kratzer und die zerschossene Wade.

»Das wird wieder.«

Er nickte.

»Würdest du uns ein wenig allein lassen?«

»Natürlich.«

Als Alexa gegangen war, hob er vorsichtig die Decke und legte sich zu Josy. Behutsam nahm er sie in die Arme, ohne die verletzte Schulter zu berühren oder an den Kabeln zu zupfen.

»Ich liebe dich«, flüsterte er.

Er würde ihr diese Worte nicht sagen, wäre sie wach. Er wusste, dass auch sie so für ihn fühlte, doch sie war nicht der Typ, es zu sagen und er respektierte das.

Im Moment hatte er jedoch dringend das Verlangen, es auszusprechen. Immer und immer wieder. Sachte strich er ihr über den Rücken und küsste ihren Hals. Es übermannte ihn. Er fragte sich, wie er ohne sie hatte existieren können. Alles, was sie war und was sie verkörperte, verzauberte ihn auf eine Weise, die ihm das Gefühl gab, lebendig zu sein. Seit sie bei ihm war, nahm er alles viel intensiver, nachhaltiger wahr. Mit ihr an seiner Seite fühlte er sich wie der mächtigste Mensch auf diesem Planeten. Es ist ein Geschenk, einen Menschen wie Josy lieben zu dürfen, das war ihm in dieser Stunde bewusst.

Ohne sie würde sein Leben die Farben verlieren und ihn ins Verderben stürzen. Er drückte sich enger an ihren Rücken und sog tief ihren Geruch ein, ehe er sein Gesicht in die Beuge ihres Nackens legte, um ihrem Herzschlag zu lauschen und Gott zu danken, dass sie noch bei ihm war.

26. Kapitel

Es piepte. Ein nervtötendes Geräusch. Josys Mund war staubtrocken, mit einem Geschmack auf der Zunge, als hätte sie Papierservietten verspeist. Sie drehte sich zur Seite und spürte den Widerstand in ihrer Armbeuge. Schon wieder hing sie an Flaschen. Irgendwie, so schien es ihr, zog sie das Pech regelrecht an. Sie war es ja gewöhnt, ständig in den einen oder anderen Hundehaufen zu treten, aber jetzt reichte es langsam. Sie richtete sich auf. Sie lag in einem Krankenbett, in Rays Operationsraum. Als sie die Decke hob und hinunter zu ihrem Bein sah, stellte sie fest, dass es dick verbunden war. Zu ihrer Verwunderung tat es kein bisschen weh. Trotzdem kam sie sich ramponiert vor. Die Kratzer in ihrem Gesicht spannten auf ihrer Haut. In den Fingern der linken Hand hatte sie wenig bis gar kein Gefühl. Die ausgerenkte Schulter hatte wohl ein paar Nerven geklemmt. Seufzend ließ sie sich zurückfallen. Wo war Will und wie ging es ihm? Er war verletzt. Er müsste doch auch hier im Keller liegen.

Sie grübelte ein wenig und beschloss, es herauszufinden, nachdem sie sich von dieser Leitung und den Heftpflastern auf ihrem Kopf befreit hatte. Sie wollte wissen, wie es Will ging. Vorsichtig setzte sie ihre Füße auf den kalten Boden, um zu testen, ob der Schmerz in ihrer Wade beim Auftreten einsetzen würde. Doch das geschah nicht. Das Laufen fiel ihr erstaunlich leicht.

In Unterwäsche und T-Shirt verließ sie das Behandlungszimmer, ging über den langen Kellergang zur Treppe und hinauf in die Empfangshalle. Durch die Fenster schien die Sonne. Alexa kam vom Obergeschoss nach unten, als Josy hinaufgehen wollte.

»Weißt du, wo Will ist?«

Alexa riss die Augen auf. »Du bist wach.«

»Ja. Hast du Will gesehen?«

»Er ist oben in seinem Büro. Mit den anderen.«

Josy ging an Alexa vorbei und über die Stufen hinauf. Ohne

anzuklopfen, trat sie in das Zimmer.

»Josy«, rief Ray aus. »Du dürftest noch gar nicht wach sein.«

Will stand von seinem Stuhl auf, kam ihr entgegen und platzierte sie auf einem Sofa. »Wie fühlst du dich?«

Sie fühlte sich, als hätte sie ihn tagelang nicht zu Gesicht bekommen. Vor Erleichterung, dass er gesund und munter war, machte ihr Herz einen riesen Satz. Sie war nicht sicher, ob sie alle Sinne beisammenhatte, aber das Einzige, was sie primär tun wollte, war Will zu umarmen. Also tat sie das. Es war ihr schnuppe, dass Ray, Ian und Jeff im Zimmer waren und sie beobachteten.

»Hey. Es ist alles gut«, sagte Will so leise, dass nur sie ihn hören konnte. Langsam ließ sie ihn los. »Sag, wie fühlst du dich?«

»Komisch«, gestand sie, obwohl sie damit mehr ihre Gefühle meinte als ihren körperlichen Zustand. Automatisch glaubte Ray, sie durchchecken zu müssen, kam zum Sofa, griff nach ihrem Handgelenk und fühlte nach ihrem Puls. »Es ist alles in Ordnung. Mir geht es gut.«

»Wie Will bereits sagte, du dürftest noch nicht wach sein.« Ray zog eines ihrer Augenlider hoch.

Sie machte sich von ihm los und stand auf. »Das gleiche gilt für ihn.« Sie zeigte auf Will, der schmunzelte.

»Wohl wahr.« Ray ließ von ihr ab und setzte sich auf die Sofalehne.

Es klopfte und Alexa trat ein. Mit einem Lächeln reichte sie Josy eine Hose. »Könnte von Nutzen sein.«

»Danke dir.« Josy schlüpfte in das Kleidungsstück und zog sich dann einen Stuhl heran. »Wo waren wir gerade?« Sie sah die Männer an. Ian lehnte in der Ecke neben dem Fenster und grinste ihr aufmunternd zu, als sich ihre Blicke trafen.

»Dan konnte entkommen«, kam Jeff ohne Umschweife zum Punkt.

Josy hatte vermutet, dass sie zurück ins Bett geschickt wurde und eine Endlosdiskussion führen musste, damit sie an der Besprechung teilnehmen durfte. Aber nichts dergleichen geschah. Auch Will hatte nichts einzuwenden, sondern griff nach ihrer Hand, während sie sprach.

»Ich weiß. Dan hat sich im Keller davongeschlichen. Ich glaube, Will hat ihm einen ganz schönen Schrecken eingejagt.«

Jeff lachte. »Glaub mir, er war auch ziemlich Furcht einflößend.«

Sie hatte Will gesehen, als er wie ein Monstrum in den Raum gekracht war und Dan an die Wand geschleudert hatte. Dessen Kopf würde die nächsten Tage hoffentlich noch dröhnen. Aber sie wollte das Thema ruhen lassen. Keiner konnte oder wollte Will dafür verantwortlich machen, dass Dan entkommen war.

»Dans Vater war Dr Westerman.« Sie sah, wie allen die Gesichtszüge entgleisten. Dann erzählte sie den Männern, was sie von Dan erfahren hatte. Über die Morde, für die sie noch keinen Zusammenhang gehabt hatten. Die Rechtsanwältin und die Tochter des Polizeipräsidenten, die Dan aus Rache getötet hatte, weil ihm der Fall entzogen worden war. Die erschreckendste und beunruhigendste Neuigkeit war mit Abstand die über diese abstruse Organisation, mit der Dan Soldaten erschuf, um sie an zahlungskräftige Kunden zu verkaufen. Dabei ließ sie auch Details über das Projekt Zero fallen, die ihr Dan zugespielt hatte. Folglich musste sie Ray nicht verraten, der ihr die Studie gegeben hatte.

Nach ihrem Redeschwall sahen die Männer aus, als hätte man ihnen einen Kübel Eiswasser über den Kopf gegossen.

»Und du solltest wohl seine Königin werden, was?« Jeff schüttelte den Kopf. »Wann genau Dan wohl den Bezug zur Realität verloren hat?«

»Die Bösen und die Guten wird es so lange geben, wie sich die Welt dreht«, warf Ray ein.

»Und die, die zu viele Comics gelesen haben. Solche Hirngespinste! Die Ich-will-an-die-Macht-und-die-Welt-wird-vor-mir-erzittern-Scheiße stinkt mir gewaltig«, knurrte Ian.

»Klingt nach einem Hollywoodfilm«, meinte Will und seufzte.

»Dan hat sich von seinem Vater zurückgesetzt gefühlt. Er

wollte sich mit dieser Aktion beweisen. Beweisen, dass er seines Vaters würdig ist. Die Menschen hat er getötet, um mir zu beweisen, wie viel ich ihm bedeute«, sagte Josy, und weil es sich angehört hatte, als würde sie Dan verteidigen, was sie keinesfalls wollte, fügte sie hinzu, dass dies alles nicht rechtfertigte, was er getan hatte.

»Wie wäre es mit Blumen gewesen? Und sein Vater ist im Übrigen bereits seit drei Jahren tot. Das Einzige, was Dan bewiesen hat, ist, dass er ein kaltblütiger, verrückter Psychopath ist, der das Töten von unschuldigen Menschen für eine Rechtschaffenheit hält«, sagte Ray und starrte mit leeren Augen auf den Vorleger.

»Irgendwelche Vorschläge, wie es weitergeht?« Will wirkte zerknirscht.

Josy wusste, dass er sich gerade sein Scheitern vor Augen führte. Denn nun war es aussichtslos, Dan jemals in die Finger zu bekommen. Er hatte ihr nicht gesagt, wo sich sein Labor befand. Ebenso wenig konnte sie sagen, wie viele Menschen er beschäftigt hatte oder wie viele Soldaten er bereits sein Eigen nannte. Auch wusste sie nicht, wer für ihn arbeitete. Sie hatte nichts, absolut nichts, was sie zu ihm führte. Gedanklich zu ihm reisen würde sie, nach dem, was in dieser Nacht geschehen ist, auf keinen Fall. Wer wusste schon, was er sich noch alles angeeignet hatte in den vergangenen Jahren. Beziehungsweise, wozu er noch fähig war, außer sie in seinem Verstand festzuhalten. Zudem dürfte er ihr mittlerweile nicht mehr so wohlgesonnen sein. In seiner Wohnung würden sie ihn ganz sicher nicht antreffen und ansonsten hatte Josy keine Ahnung, wohin er sich zurückziehen würde.

Oder? Moment!

»Dan hat eine Hütte in den Bergen«, entfuhr es ihr.

Er hatte ein paar Mal erwähnt, dass er sich vor Jahren eine Rückzugsmöglichkeit zugelegt hatte. Einen ruhigen, abgeschiedenen Ort, an den er fliehen konnte, wenn ihm der Druck seiner Arbeit zu viel wurde. Wenn er Abstand brauchte, von dem was er Tag für Tag zu sehen bekam. Innerlich schnaubte

Josy. Als ob Mord und Totschlag Dan jemals zu viel werden konnten.

»Er hat mir einmal angeboten, mit ihm ein paar Tage Urlaub zu machen. Ich weiß, wo das ist.«

Alle starrten Josy an.

»Kannst du uns auf der Karte zeigen, wo sich diese Hütte befindet?« Ray stand auf und ging um den Schreibtisch.

»Ja.«

»Worauf warten wir dann?« Ian grinste düster und stieß sich von der Wand ab.

27. Kapitel

Es war ein Helikopter organisiert worden und Miller hatte ihnen die Bevollmächtigung erteilt, zu tun, was immer nötig war, um Dan zu fassen. Auf weitere Einsatzkräfte hatte Will verzichtet, damit das Team uneingeschränkt seine Fähigkeiten einsetzen konnte. Miller war einverstanden, dass Ray den Helikopter flog, was er nicht das erste Mal tat. Laut Will konnte er alles fliegen und fahren, was dafür gemacht war. Auch nicht übel.

Und so saßen sie nun in diesem Helikopter und flogen zu ihrem Ziel, das weit oben in den Bergen lag. Da sich in 1700 Meter Höhe noch Schnee befand, hatten sie sich den Witterungsverhältnissen gemäß angezogen und in Daunenjacken gehüllt. Die Aussicht war atemberaubend. Während sich in den Tälern bereits saftiges Grün breitgemacht hatte, waren die Gipfel noch weiß. Die Wasserspiegel der Bäche und Flüsse waren in den letzten Wochen stark gestiegen, da die Schneemassen in höheren Gefilden zu schmelzen begonnen hatten. Das Wasser war braun und schlammig. In kürzester Zeit würde es wieder sauber und klar sein, wenn die Sonne und der Frühling auch in den Bergen endgültig Einzug gehalten hatten.

Es war seltsam, zu einem Einsatz aufzubrechen, ohne ihre Gabe einzusetzen und daher nicht zu wissen, was sie erwartete. Für gewöhnlich wusste sie, was auf sie zukommen würde.

Sie landeten auf einer Kuppe und hatten von dort noch ungefähr eine halbe Stunde Fußmarsch vor sich. Es hätte die Möglichkeit bestanden, sich direkt über Dans Hütte abzuseilen. Doch darauf hatte Will verzichtet, weil er unter keinen Umständen riskieren wollte, dass Dan erneut flüchtete. Also würden sie nun den restlichen Teil des Weges zu Fuß bewerkstelligen müssen.

Josy sprang aufgrund ihres Beines etwas bedächtiger aus dem Helikopter. Obwohl dank Shanias Kräften die Verletzung beinah verheilt war, blieb Josy instinktiv vorsichtig. Außerhalb der wärmenden Kabine zog sie ihre Jacke enger um den Körper.

Hier oben war es verdammt kalt.

Sie schlugen den Weg nordöstlich ein. Josy nahm ein wenig Schnee in die Hand. Es graute ihr davor, wieder vor Dan treten zu müssen, aber sie hätte Will und die anderen nicht allein gehen lassen. Außerdem war es ihr ein persönliches Anliegen, Dan zu schnappen. Also hatte Shania sich besonders viel Mühe gegeben, den Heilungsprozess ihrer Schusswunde zu beschleunigen. Andernfalls hätte Will sie nicht mitgehen lassen.

Ian, Jeff und Will gingen voran und unterhielten sich über Dans Experimente. Josy ließ sich zurückfallen. Sie hatte den Namen Dan eindeutig zu oft gehört und konnte gut und gern eine halbe Stunde darauf verzichten. Doch da hatte sie sich zu früh gefreut, denn Ray gesellte sich zu ihr.

»Wie geht es deinem Kopf?«

»Soweit ganz gut. Sollte es denn nicht?«

Ray sah sie mit diesem durchdringenden Blick an, den sie faszinierend und zugleich unheimlich fand.

»Du warst lange außerhalb deines Körpers. Um festzustellen, welche Folgen das haben könnte, hätte ich mir mehr Zeit nehmen müssen, um dein Gehirn zu überprüfen. Aber du scheinst keinen Schaden davongetragen zu haben.«

Sie musste lächeln. »Ich glaube nicht, dass ich Schäden habe. Jedenfalls nicht mehr als sonst. Aber es war schon sehr seltsam. Ich wurde tief in Dans Verstand gezogen und hatte kaum Kontrolle über meine Motorik.«

»Dan wird sich gründlich auf ein Zusammentreffen mit dir vorbereitet haben. Sein Vater war ein großartiger Wissenschaftler. Er hat Jahre mit uns experimentiert und uns erforscht. Wenn Dan diese Informationen besitzt, kann es nicht allzu schwierig für ihn gewesen sein, zu lernen, wie man gewisse Fähigkeiten von uns steuern oder beeinflussen kann. Schließlich haben auch wir es geschafft, unseren Geist vor Chris und deiner Gabe zu verschließen. Nur weil Dan keine Gabe besitzt, heißt das nicht, dass er sich gewisse Fähigkeiten nicht antrainieren konnte. Das menschliche Gehirn ist ein wahres Wunder.«

Sie schüttelte sich unwillkürlich und musste an Dans Organisation denken. »Kann man Menschen willenlos machen? Ich meine, kann man ihnen die Menschlichkeit nehmen und sie sich hörig machen?«

Ray dachte eine Weile darüber nach, bevor er antwortete. »In vielen Sekten ist es üblich, die Anhänger gefügig zu machen. In so manchen religiösen Glaubensgemeinschaften wird der Glaube zur Gehirnwäsche. Ja, es ist möglich, einem Menschen die Menschlichkeit zu nehmen und ihn zum Leibeigenen zu machen. Ich glaube, dass man sich Individuen wie uns noch einfacher gefügig machen kann. Personen, die über paranormale Fähigkeiten verfügen, leben am Rande der Gesellschaft. Es ist die Frage, ob sie sich für das Gute oder das Böse entscheiden. Mithilfe der Wissenschaft hat man natürlich viel weitreichendere Ressourcen, um sich einen Menschen hörig zu machen, ihn zu versklaven.« Ray sagte das alles so emotionslos, dass Josy ein kalter Schauder nach dem anderen über den Rücken lief.

Es war einfach verrückt. Absurd. Menschen versklaven. Sie zu programmierbaren Soldaten umfunktionieren. Willenlos machen. Gruselig.

»Mach dir nicht zu viele Gedanken. Und mach es auch nicht zu deiner persönlichen Angelegenheit. Wenn du nicht unbefangen an eine Sache herantreten kannst, ist es schwierig, heil wieder rauszukommen.«

Sie wünschte, die Dinge so sehen zu können wie er. Es stimmte. Solange sie sich in etwas hineinsteigerte, war es schwer, objektiv zu handeln. Aus diesem Grund war auch die erste Zeit als Polizistin kompliziert gewesen. Sie hatte sich tatsächlich eingebildet, die Welt verändern zu können. Der Glaube daran war ihr aber schnell abhandengekommen, als sie erst einmal gesehen hatte, wie viel Unheil tatsächlich Tag für Tag geschah. Es war traurig, wie sich die Menschheit auf schreckliche Weise hinrichtete. Lug, Betrug, Misshandlungen, Totschlag, Mord.

Ein Einzelner oder auch eine Handvoll Menschen waren chancenlos. Die Wahrheit war, dass es immer so sein würde.

Dass die Welt kaum zu verändern war. Je schneller sie das verstanden hatte, desto eher konnte sie anfangen mit den Dingen, mit denen sie in ihrem Job konfrontiert wurde, klarzukommen. Erst als sie das Unabänderliche akzeptiert hatte, war es ihr gelungen, ein guter Cop zu sein. Dennoch, obwohl sie versucht hatte, Distanz zu wahren, war ihr so manches an die Nieren gegangen.

Ray hatte sich scheinbar einen großen Abstand zu alldem aufgebaut, denn sie glaubte nicht, dass ihm egal war, was rings um ihn geschah. Er konnte die Dinge eben aus der richtigen Perspektive betrachten und war zufrieden mit dem, was er leistete. Deshalb war er wahrscheinlich auch so gut in allem, was er tat, was er anpackte.

»Wir sind gleich da«, sagte Will neben ihr und zeigte auf eine Hütte, die auf einem Vorsprung umringt von Bäumen stand.

Das war die Hütte. Sie hatte sie auf Fotos gesehen, die Dan ihr gezeigt hatte. Massive Holzstämme, kleine Fenster und ein winziger Schornstein.

Ray hatte inzwischen zu den anderen aufgeschlossen. Nun hatte sie die Möglichkeit, ein paar Minuten mit Will allein zu sein, während sie das letzte Stück durch den Schnee stapften.

»Du schuldest mir ein Date.« Josy grinste und nahm seine Hand.

»Ich schulde dir noch einige Dates, würde ich meinen.« Liebevoll streichelte er über ihren Handrücken. »Lass uns das hier hinter uns bringen, dann reden wir über alles.«

»Ja. So machen wir das.«

Sie spürte Wills Anspannung und konnte sie ihm nicht verdenken. Dennoch hoffte sie, dass sie ihn nie wieder so sehen musste wie am Abend zuvor in diesem Horrorhaus. So liebevoll er war, so furchterregend konnte er auch sein. Da hätte selbst Ian wie ein Lämmchen neben ihm ausgesehen. Stille Wasser sind tief.

Als er sah, dass Ray, Jeff und Ian haltgemacht hatten, wurden Wills Schritte länger.

Ray sah durch ein Fernglas zur Hütte. »Sieht nicht so aus, als sei jemand hier.«

Will ließ Josy los und nahm Ray das Fernglas aus der Hand. »Er selbst hat Josy von der Hütte erzählt. Könnte gut möglich sein, dass er annimmt, dass wir hierherkommen.«

Dessen ungeachtet wollte dennoch jeder wissen, was sich in der Hütte verbarg.

»Wir sollten es von dieser Seite versuchen. Der Jungwald ist dichter bewachsen«, schlug Jeff vor. »Für den Fall, dass doch jemand auf uns lauert.«

Wenig später waren sie nah an der Hütte. Es deutete nichts auf Dans Anwesenheit hin. Dennoch vorsichtig näherten sie sich dem Holzhaus. Jeff lehnte sich neben die Holztür und lauschte. Dann zuckte er mit den Schultern. Die Luft schien rein zu sein.

Ray nahm sich das verschlossene Türschloss vor und hatte es wenige Sekunden später geknackt. »Na, dann wollen wir doch mal sehen«, sagte er und drückte die Klinke durch.

Will betrat die Hütte vor allen anderen. Josy blieb stehen. Sie sträubte sich dagegen, Dans Habe zu begutachten und beschloss daher, draußen auf die Männer zu warten. Schon nach kurzer Zeit fühlte sie die Kälte, die unter ihre Kleidung kroch. Sie wollte den anderen folgen, als sie plötzlich einen Schatten im Wald und die Anwesenheit von mindestens zwei Personen wahrnahm. Sie spähte in den Wald und sah Dans graues Haar hinter den Büschen aufblitzen. Außerdem hielt er jemanden an der Hand. Bernadette.

Josy traute ihren Augen nicht. Bernadette? Aber warum? Hatte Bernadette mit Dan gemeinsame Sache gemacht, um sie und Will zu diesem Horrorhaus zu locken? Konnte man Bernadette ein so hinterhältiges Denken und Handeln überhaupt zutrauen, selbst wenn Josys Leben auf dem Spiel stand? Oder war ihre Schwester nur zum Mittel geworden, um Josy zusätzlich eins auszuwischen? Sie hatte keine Ahnung.

Zusammen liefen Dan und Bernadette kreuz und quer durch das Gehölz, als wollten sie Spuren verwischen. Dans freier Arm hing in einer Schlinge. Will hatte ihm also die Hand gebrochen, als er ihn gegen die Wand geschmettert hatte. Sehr schön. Sie würde ihm den Rest auch noch brechen.

Adrenalin und Hass stiegen Josy so schnell in den Kopf, dass sie ohne zu überlegen hinter den beiden herlief. Sie rannte über die kleine Lichtung und tauchte in den Wald ein. Während sie den beiden nachsprintete, entglitt ihr jegliche Vernunft. Dabei richtete sich ihre Wut nicht gegen ihre Schwester, denn diese war schon immer ein mieses Stück gewesen. Es war Dan, den sie bis aufs Letzte verachtete, denn ihn hatte sie anders gekannt. Aber nun wünschte sie sich nichts sehnlicher, als ihn zu enthaupten. Noch nie in ihrem Leben hatte sie den Wunsch gehegt, jemanden umzubringen, eigenhändig zu erwürgen. Doch bei Dan war das anders. Es war persönlicher, dringlicher und unaufschiebbar.

Besessenheit und Rachegelüstete verliehen ihr die Schnelligkeit und die Kraft, Dan zu Boden zu ringen, indem sie ihn seitlich mit vollem Körpereinsatz rammte und sich auf seinen gebrochenen Arm fallen ließ.

Er schrie auf. Bevor er reagieren konnte, traf ihn ihre Faust mitten im Gesicht. Aus seiner Nase spritzte Blut. Ehe er sich zu wehren begann, musste er noch einen Faustschlag einstecken. Josys Handknöchel schmerzten, so fest hatte sie zugeschlagen. Dan verpasste ihr einen Seitenhieb, doch sie war zu wütend, zu aufgeladen, um sich abschütteln zu lassen. Sogar ihre noch nicht verheilte Schulter stellte kein Hindernis dar.

Bernadette wich langsam rückwärts. Sie schien zu kapieren, dass es besser war, sich nicht einzumischen. Josy kam sich wie ein wildes Tier vor. Sie sprang Dan erneut an. Sein Kopf prallte mit voller Wucht gegen einen Stein.

»Miststück«, geiferte er und schlug nach ihr. »Ich hätte dich sofort umbringen sollen.«

Josys nächster Tritt ging ins Leere. Dan erwischte ihren Fuß und zerrte sie zu Boden. Ihre Hände fingen den Aufprall ab, doch das kostete Zeit, vor allem, weil der aufflammende Schmerz in ihrer Schulter jedes Nervenende erreichte. Während sie auf die Beine kam, zog sie ihre Glock aus dem Hosenbund, entsicherte sie und lud durch. Dan hatte sich ein Stück entfernt und grinste. Den Unterarm seiner bandagierten Hand hatte er um Bernadettes Hals gelegt, seine Waffe auf ihre Schläfe gerichtet.

Innerlich fluchte Josy, weil sie nicht schnell genug gewesen war. Sie sah Dan in die Augen, ihre Arme vor sich ausgestreckt, den Lauf der Waffe auf ihn gerichtet.

»Gib auf, Dan.« In ihrer Stimme schwang die Entschlossenheit, ihn nicht davonkommen zu lassen.

Dan verstärkte seinen Klammergriff, obwohl es ihm sichtlich Schmerzen bereitete. Der Verband färbte sich rot. Sie hatte ihn gehörig erwischt. Wenigstens etwas.

»Was willst du jetzt tun? Mich erschießen? Riskierst du es, deine Schwester mit in den Tod zu schicken?«

Er versuchte, die Pattsituation auszunutzen, um ihren wunden Punkt zu treffen. Selbst wenn Bernadette freiwillig mit ihm mitgekommen war, änderte das nichts daran, dass sie gerade zum Opfer geworden war. Ganz sicher wäre es Dan völlig egal, wenn sie ihre Schwester tötete.

Ihr nicht. Mit sachlicher Diskussion würde sie jedoch nichts erreichen. Abgesehen von der Beharrlichkeit, die er ausstrahlte, sah Dan aus, als wäre er übermüdet. Seine Haare waren verfilzt, sein Gesicht und sein zerrissenes Hemd dreckig. Dadurch wirkte er erst recht wie der Wahnsinnige, den er darstellte. Darüber hinaus sah er sie entschlossen an.

»Lass sie gehen.«

»Damit du mich in die Hölle schicken kannst?«

Die Wahrscheinlichkeit, dass sie Bernadette treffen würde, war hoch. Die Wahrscheinlichkeit, dass Dan gleichzeitig feuerte, auch. Sollte sie es dennoch riskieren? Josy haderte mit sich. »Es muss nicht so enden, Dan!«

Er lachte. »Nicht? Wir könnten die Aufführung auch noch interessanter gestalten, da hast du recht.«

Dan griff in seine Hosentasche und zog ein kleines rechteckiges Gerät heraus. Er drückte einen Knopf und warf es ihr vor die Füße. Der Gegenstand war ein Sender und die Zeit hatte zu ticken begonnen. Dreißig, neunundzwanzig, achtundzwanzig ...

Eine Bombe.

»Besser? Komm schon, Jo. Bring es zu Ende, aber das *Team Zero* nehme ich mit.«

Blankes Entsetzen ließ Josy vergessen, was sie mit Dan machen wollte, dass er überhaupt hier war. Sie drehte ab, vergaß jegliche Möglichkeit, abzuwägen, auch die, selbst von hinten erschossen zu werden, während sie um Wills Leben und um das der Jungs zu rennen begann, als wäre die Höllenbestie selbst hinter ihr her. Es zählte jede Sekunde. Sie stolperte über Schneebrocken und stürmte durch das Dickicht, während sie sich die Seele aus dem Leib brüllte.

Endlich hatte sie die Lichtung erreicht, rannte in horrendem Tempo auf die Hütte zu. »Will ... Jeff ...raus da!«

Sie stolperte wieder, taumelte weiter. Ihr Herz trommelte, während sie schrie und schrie und schrie.

Jeff kam auf sie zugelaufen, blickte sie verwirrt an.

»Eine Bombe ... raus ... raus da ... alle raus!«

Schließlich hatten ihre Worte auch die anderen erreicht, doch als Will aus der Hütte kam, ging die Sprengladung bereits hoch. Ray und Ian wurden nach vorn geschleudert. Fenster barsten, Holzbalken flogen durch die Luft, Inventar wurde zu allen Seiten geschleudert. Selbst kleinste Splitter wurden zu gefährlichen Geschossen.

Josy rannte unbeirrt weiter auf Will zu, der ihr etwas entgegenbrüllte, dass sie nicht verstehen konnte, nicht verstehen wollte. Sie hielt immer weiter auf ihn zu. Durch den Druck der Explosion verlor er schließlich die Bodenhaftung, riss sie mit seinem Körpergewicht mit und schlug mit ihr gemeinsam auf der schneebedeckten Erde auf.

Zur gleichen Zeit näherte sich ein Helikopter. Josy rang nach Atem und sah in den Himmel. Es war nicht ihr Helikopter, der wenige Sekunden später über ihnen schwebte. Luft wurde aufgewirbelt, während fünf kahl geschorene Kerle aus der hinteren Kabine schnellten. Bevor der Helikopter abdrehte, erkannte sie

Dan, der ihr listig zuwinkte. Dann war er verschwunden.

Ian, Jeff und Ray gingen sofort zum Kampf über. Die Männer, die auf sie zukamen, schienen körperlich voll einsatzbereit, mit Unmengen an Muskelkraft, Waffen und Messern ausgestattet und einem unerschütterlichen Ausdruck, der an Versessenheit grenzte.

Ian allen voran, rammte brutal seinen Schädel gegen die Stirn des ersten Kerls. Der Zweite ging ohne Zutun ächzend zu Boden. Offenbar hatte Ian mit seiner Gabe dessen Hirn gebraten.

Jeffs Fäuste flogen und schlugen unbarmherzig auf den nächsten Typen ein, der gar nicht erst die Gelegenheit bekommen hatte, eine seiner Waffen zu ziehen. Ray rang mit dem vierten.

Nun rührte sich auch Will, sah zuerst Josy unter sich, dann seine Männer an. »Rühr dich nicht, du könntest verletzt sein.«

Josy wollte verhindern, dass er aufstand. Die anderen hatten alles unter Kontrolle. Kommentarlos nahm er ihr die Waffe aus der Hand und knallte den fünften Kerl ab. Josy verrenkte ihren Kopf und sah, wie der Glatzkopf zu Boden ging.

»Sauberer Schuss, aber ich glaube, du hast den Jungs gerade den Spaß an der Sache verdorben.«

Schließlich könnte Ian jeden Einzelnen umlegen, ohne ihn anzufassen. Es schien, als würde den Männern der Kampf sogar Vergnügen bereiten.

»Wenn das seine tapferen Soldaten sind, bin ich aber beruhigt«, rief Jeff und grinste Ray kühn an, bevor er dem Typ unter sich mit einer gewandten Bewegung das Genick brach.

»Ich hatte genug Action in den vergangenen Tagen«, rechtfertigte Will den Kopfschuss.

Er schien erst jetzt zu bemerken, dass er Josy beinah erdrückte, rollte zur Seite und zog sie mit. Seine Arme hielten sie fest. Josy legte den Kopf auf seine Brust und spürte seine Lippen an ihrem Scheitel. So blieben sie liegen, bis die anderen die Leichen in den Haufen brennendes Gerümpel verfrachtet hatten.

Epilog

Josy stand vor dem Krankenhaus, in dem sie und Will zuvor Pat besucht hatten. Zu ihrem Glück konnte er sich an keine Details der Nacht in dem Horrorhaus erinnern. Er durfte schon bald wieder nach Hause.

Das *Team Zero* hatte sich darauf geeinigt, dass sie die Anklage gegen Josh, der mittlerweile unter der Erde lag, nicht berichtigen würden, damit Josys Vergangenheit endlich ruhen konnte. Es würde ohnehin nichts mehr ändern, außer dass man viel Dreck aufwirbelte.

Dan wurde inzwischen für vier Morde gesucht. An Pats Restaurantbegleitung, den zwei Streifenpolizisten und an der Tochter des Polizeipräsidenten. Ein Cop, der den Verstand verloren hatte. Das Motiv war ausreichend gewesen.

Die nächsten Tage und Wochen würde das Team damit verbringen, Dan vor den Behörden ausfindig zu machen.

»Bist du soweit?«, fragte Will, legte seine Hand auf ihren Rücken und lächelte sie an.

»Sicher.« Josys Handy begann zu klingeln. Sie kramte in der Seitentasche ihres Rucksackes und sah das Display an. Sie kannte die Nummer nicht. »Silver?«

Verblüfft vernahm sie ihren Vater, der eine wüste Schimpftirade abfeuerte. Josy hätte, auch wenn sie darauf vorbereitet gewesen wäre, nicht zu Wort kommen können.

Will nahm ihr das Handy ab und horchte, bevor er mit seiner tiefen Stimme ruhig in das Handy sprach. »Ihre Tochter ist mit einem psychopathischen Serienmörder auf der Flucht. Sie sollten sich über ihre Erziehungsmethoden Gedanken machen, Mr Silver. Ich bitte Sie nun höflich, das erste und das letzte Mal, diese Nummer nicht mehr zu wählen und einen großen Bogen um uns zu machen. Sollten Sie meiner Bitte nicht nachkommen, sehe ich das als persönliche Herausforderung. Dann könnte es schmutzig und unlustig werden. Ich hoffe, Sie haben meine Worte verstanden.«

Dann legte Will auf. Wow.

»Wenn ich es mir recht überlege, wäre mir ein wenig Action sogar willkommen.«

Damit schob er sie grinsend zurück an die Hauswand und küsste sie. Josy zog Will noch näher und küsste ihn zurück, während sich ihre Hände in seinem dichten Haar vergruben.

In den vergangenen Wochen hatte sich so einiges geändert. Zum Guten. Obwohl die Sache mit Dan noch offen war und obwohl sich nichts mehr an den schrecklichen Dingen, die geschehen waren, ändern ließ und man nur mehr das Beste daraus machen konnte, fühlte sie sich das erste Mal in ihrem Leben frei. Frei in ihrem Kopf und frei in ihrem Herzen. Sie war endlich angekommen. Zu Hause. Geborgen. Verstanden. Geliebt.

Daughters of Darkness: SCARLETT
von Bianca Iosivoni

ISBN-Paperback: 978-3-902972-86-6
ISBN-EPUB: 978-3-902972-93-4

Sie will Rache – er will Gerechtigkeit

Die Auftragskillerin Scarlett Morrington traut ihren Augen kaum, als ausgerechnet Garrett Winter sie nach einem erfolgreichen Job zur Rede stellt. Vor sechs Monaten war der HUNTERS-Agent selbst das Ziel der Daughters of Darkness, doch statt ihn zu töten, rettete Scarlett ihm das Leben. Nun ist er auf der Suche nach dem Mann, der ihn tot sehen will – und bereit, jedes Risiko einzugehen, um ihn zu finden. Selbst wenn er dafür der verführerischen Auftragskillerin näher kommen muss, als ihm lieb ist …